W0204899

COLLECTION FOLIO

Angela Huth

Souviens-toi de Hallows Farm

Traduit de l'anglais par Lisa Rosenbaum

La Table Ronde

Titre original :

ONCE A LAND GIRL

© 2010, by Angela Huth.
© Quai Voltaire / La Table Ronde, 2011,
pour la traduction française.

Auteur de nombreux romans dont *Les filles de Hallows Farm, L'invitation à la vie conjugale, Tendres silences, Folle passion* ainsi que de recueils de nouvelles, Angela Huth vit à Oxford avec son mari, recteur d'université.

À Sally et John.

CHAPITRE 1

« Combien de temps vas-tu continuer à contempler ce champ nu ? demanda une voix derrière elle. Il n'y a rien à voir. »

Perchée sur le troisième échelon de la barrière, les genoux pressés comme autrefois contre le bois doux et détrempé, elle regardait le Pré d'En Bas à présent vide d'animaux. Les terres étaient en jachère, les haies moins bien taillées que ne l'exigeait jadis Mr. Lawrence. Les longues herbes ployaient négligemment dans le vent. Elle revoyait au bout du pré la meule en feu, les vaches affolées fuyant l'intense chaleur qui faisait trembler l'air comme un mirage. Elle entendait encore les meuglements des bêtes et les voix moins fortes de Stella et d'Ag qui, bâtons en main, essayaient de chasser le bétail vers le champ de trèfle, de l'autre côté du chemin. Elle sentait de nouveau la sueur âcre qui mouillait ses aisselles alors qu'elle courait les rejoindre, les jambes en coton.

« Allez, viens. Nous ferions mieux de rentrer. »

Prue ne bougea pas. Elle avait besoin de rester là encore un moment. La haie qui bordait le côté ouest du Pré d'En Bas avait tellement poussé qu'il lui aurait été impossible à présent de voir ce qu'elle avait vu ce jour-là : Stella dans les bras de Joe, leurs corps affalés l'un contre l'autre, soulagés d'avoir maîtrisé l'incendie, mais tendus par l'excitation de leur premier baiser. Ils avaient quitté la scène du sinistre quelques instants avant que, bras dessus bras dessous, essuyant rageusement leurs larmes, Ag et elle ne jettent un regard aux pitoyables restes de Nancy, la vache tuée par une bombe, la seule du troupeau que Mr. Lawrence avait décidé de ne pas vendre. Une fois dans le champ de trèfle, se souvint Prue, les autres avaient continué à beugler de peur, poussant des cris étrangement aigus pour d'aussi gros animaux. Elles avaient rué, s'étaient cabrées. Leurs peaux tachetées de blanc et de noir formaient un dessin bizarre aux yeux larmoyants de Prue. Les flammes de l'incendie avaient été d'une terrifiante beauté, mais la fumée avait créé dans le ciel une sorte d'énorme rocher noir qui refusait de se dissiper. Sa puanteur imprégnait les narines de Prue, encore maintenant, trois ans après qu'un avion allemand avait largué ses dernières bombes en retournant à sa base.

« Partons. Nous avons déjà perdu assez de temps. Je ne comprends pas ce qui peut retenir ton attention ici. »

Prue descendit de la barrière, dédaignant la

main que lui tendait son mari. Bien qu'elle lui eût parlé de l'époque où elle était volontaire agricole, il ne semblait pas comprendre qu'elle était parfaitement capable de sauter à terre sans son aide. Il ne connaissait rien à la campagne. La vie rurale ne l'intéressait pas, même s'il déclarait être fier des services que sa femme avait rendus à leur pays. Pendant leur lune de miel, il avait promis, si cela pouvait lui faire plaisir, de l'amener un jour revoir Hallows Farm. Trois années plus tard, il réalisait sa promesse. Pour lui, ça avait été une sale journée. Il avait dû conduire sur des chemins où la boue et d'autres matières encore pires éclaboussaient la carrosserie impeccable de sa Humber. Il espérait bien ne pas avoir à renouveler l'expérience. Une chance qu'il eût décidé de prendre la Humber plutôt que la Daimler : Dieu sait quels dommages sa voiture de luxe aurait subis dans ce coin perdu.

Garée sur une étroite route, la Humber bloquait le passage.

« Encore heureux que personne ne veuille passer par ici en tracteur. »

Barry ôta l'un de ses gants de conduite en peau de porc et caressa le capot. Il donna ensuite une petite tape sur l'épaule de sa femme et lui ouvrit la portière avec l'emphase de celui qui a souvent vu faire les chasseurs d'hôtel. Prue s'était habituée à rouler dans cet énorme véhicule équipé de sièges moelleux en tissu et d'un tableau de bord en acajou. Très attaché à cet engin, Barry ne manquait jamais d'en faire remarquer les qualités à Prue chaque fois qu'ils voyageaient ensemble. Prue s'installa, se tortillant sur son siège. Elle avait espéré que Barry s'intéresserait au paysage qui entourait Hallows Farm, mais le bien-être que lui procurait la voiture atténua un peu sa déception. Elle descendit la vitre pour essayer de modérer l'odeur de cigare qui imprégnait l'intérieur du véhicule.

« À ta place, je la garderais fermée », dit Barry en appuyant sur le starter avec un respect que Mr. Lawrence n'avait jamais montré pour sa vieille Wolseley. « Tu ne veux tout de même pas qu'une voiture comme celle-ci empeste le fumier ! » Prue remonta la vitre. Aujourd'hui, Barry pouvait lui demander n'importe quoi, elle céderait sans discuter. Tout lui était égal. Elle se trouvait en un autre lieu, en un autre temps, bouleversée une fois de plus par ses souvenirs. « Alors, qu'est-ce qu'on fait ? Tu veux aller à la ferme ? » Barry consulta sa montre. Prue savait que rien ne les pressait, mais elle n'avait aucune envie de revoir la maison, la grange et la cour avec quelqu'un de si manifestement impatient. Cette sortie, elle le voyait bien, n'était pas du goût de Barry. En outre — ce que son mari ignorait —, elle était déjà revenue une fois à Hallows Farm. Quelques semaines plus tôt, lasse d'attendre, elle avait secrètement revisité les lieux.

« Laissons tomber, décida-t-elle. Il va bientôt faire nuit. Rentrons. »

L'attitude compréhensive de sa femme éveilla

en Barry cette sorte de bienveillance qui lui était propre.

« Tu es chic. On s'arrêtera en route boire un verre. Une coupe de champagne peut-être ? Qu'en dis-tu ?

— D'accord. » Peu importaient à Prue l'endroit où ils feraient halte, la boisson qu'ils prendraient.

Elle mourait d'envie de jeter un autre coup d'œil à la ferme, à la cour désolée, à la grange, mais seule, ou avec Stella et Ag. En tout cas, pas avec Barry.

Ils roulaient lentement, Barry n'avait pas l'expérience des petites routes et ne voulait pas salir davantage sa chère Humber. Ils passèrent devant le cottage de Ratty, l'ouvrier agricole qui vivait là dans le temps avec sa femme un peu dérangée. Il avait été rénové par de nouveaux propriétaires. Repeints en un vert criard, le châssis des fenêtres et la porte d'entrée juraient avec le jardin. Aucune lumière. Malgré les changements apportés, ses occupants actuels, se demanda Prue, sentaient-ils la souffrance qui avait assombri cette demeure quand Ratty et Edith y habitaient ?

« Ça doit être pénible pour toi de revenir ici, dit Barry. Personnellement, je n'aimerais pas retourner dans un endroit qui a tant compté dans ma vie.

— Oh, simple curiosité… » répondit Prue en haussant les épaules.

Ils longèrent le bosquet où Joe et elle avaient

si souvent fait l'amour. Après Joe, elle y était allée aussi avec Barry n° 1. On y était à l'abri des regards, en sécurité. On n'entendait que des chants d'oiseaux, mais les amants étaient bien trop occupés pour les écouter. Là, dans les broussailles, et comme elle l'avait reconnu à l'époque, son amour pour Barry n° 1 était vraiment sincère. Lorsqu'il avait été tué et que son ami Jamie était venu la consoler, elle avait fini par accepter des rendez-vous galants dans ce même bois — par habitude, peut-être. Avec Jamie, toutefois, cela n'avait pas été pareil.

Barry resserra son étreinte sur l'énorme volant et accéléra un peu. Ses précieux gants en peau de porc choquaient Prue. Ils lui rappelaient Sly, la vieille truie hargneuse des Lawrence à laquelle les trois filles avaient fini par s'attacher. L'idée que Sly, ou tout autre cochon, pût être transformée en gants était si affreuse que...

« Quand nous serons rentrés, disait Barry, je te préparerai un de mes sandwichs spéciaux au pâté de saumon. Une grosse couche de pâté et quelques feuilles de cresson. Ça te dit ?

— Formidable. »

Il faisait déjà nuit, aussi Barry ne pouvait-il voir les larmes sur ses joues. Elle aurait voulu lui crier : « Arrête ! C'est là à gauche. Mrs. Lawrence nous attend avec une marmite de ragoût aux navets et du gâteau à la graisse de bœuf. » Mais dans l'état de confusion où elle se trouvait, mélangeant passé et présent, elle n'osait prononcer un mot. Elle risquait de s'effondrer et la gentillesse momentanée de Barry se transformerait en agacement.

Ils tournèrent dans le chemin plus large qui menait de la ferme au village. Pendant un instant, Prue prit l'ombre des arbres pour le troupeau de moutons qu'elle avait si souvent conduits le long de cette route, et elle se sentit sourire. Puis, comprenant que son esprit lui jouait des tours, elle se traita d'idiote. Il n'y avait pas de moutons.

« Je me disais, reprit Barry, si on achète une autre voiture, on devrait choisir une Sunbeam Talbot. Qu'en penses-tu ? Une Sunbeam avec une belle carrosserie rouge et des sièges en cuir. Ça ferait de l'effet.

— Oui, pourquoi pas ? » répondit Prue distraitement. Elle essayait de calculer combien de fois elle avait fait l'amour avec Joe dans le bois et si c'était plus souvent qu'avec Jamie. Et si le tout additionné était supérieur au nombre de fois où elle l'avait fait avec Barry n° 1, ce garçon qu'elle avait aimé plus qu'aucun des autres...

À la fin de la guerre, alors que Stella et Ag, ses amies volontaires agricoles, étaient parties se marier, Prue était retournée à Manchester travailler dans le salon de coiffure de sa mère. Cela n'avait pas été une bonne solution. Avant la guerre, Prue avait aimé son métier. À Hallows Farm, elle avait continué à exercer ses talents sur Ag et Stella, les surprenant souvent par l'audace de ses coupes et de ses décolorations. Cependant, son séjour à la ferme semblait l'avoir dégoûtée de travailler toute la journée dans une petite boutique qui sentait le shampoing, l'eau oxygénée et les cheveux accidentellement brûlés par le fer à friser. Jamais elle ne réussit à faire une permanente que sa mère jugeât satisfaisante, et elle n'ambitionnait plus alors de devenir une bonne coiffeuse, encore moins la responsable adjointe du salon. Elle passait ses journées à rêver d'un mari qui l'enlèverait à cette vie étriquée et lui procurerait luxe et richesse. Même si Ag et Stella l'avaient beaucoup taquinée au sujet de son envie de robinets en or, elle continuait à en désirer. Les jeunes gens, toutefois, étaient rares, sans même parler des candidats au mariage. Certains de ses amis d'enfance avaient été tués, d'autres blessés. Presque tous les soirs, elle allait seule au pub, parcourait des yeux l'assemblée d'hommes âgés et rentrait, profondément déprimée, dans la maison de sa mère dont l'exiguïté la rendait claustrophobe.

Un soir, après le travail, mère et fille se rendirent jusqu'à l'arrêt d'autobus sous une pluie battante. Déjà par beau temps, les bus étaient peu fréquents, mais quand il pleuvait, ils semblaient se volatiliser. Trempées jusqu'aux os, les deux femmes attendirent une demi-heure. Soudain, une grande automobile se gara devant elles, leur éclaboussant les pieds avec l'eau du caniveau. Mrs. Lumley soupira bruyamment contre la pluie.

« Une Daimler ! roucoula-t-elle. Une voiture pour mariages. Qu'est-ce que ce type peut bien nous vouloir ? »

Un homme se pencha par-dessus le siège passager et descendit la vitre.

« Mes pauvres dames, vous dégoulinez de partout. Je peux vous déposer quelque part ?

— Ce n'est pas de refus. Une goutte de plus et on sera fondues.

— Maman, tu crois que c'est prudent ? » Entre deux clientes, Prue lisait les histoires de viols et de meurtres que le *Daily Mirror* publiait en cette période d'après-guerre.

« Ne sois pas idiote. À nous deux, nous pouvons neutraliser n'importe quel agresseur. Monte. »

Sans jeter un regard à sa fille, Mrs. Lumley grimpa à la place du passager. Prue ouvrit la portière arrière et se laissa tomber sur un siège moelleux comme un canapé. L'homme se tourna vers elle.

« Ça va ?

— Oui, très bien. » Elle eut juste le temps d'entrapercevoir deux yeux sombres enfoncés dans un visage plutôt joufflu.

« Où est-ce que je vous emmène ?

— Au 25 Wimberly Road, si vous voulez bien. »

Prue était persuadée que leur chauffeur s'adressait à elle, mais à la rapidité avec laquelle sa mère avait répondu, elle comprit que celle-ci était encore plus excitée qu'elle par la possibilité d'une aventure.

« Parfait. C'est sur mon chemin. »

La Daimler démarra en faisant gicler l'eau qui inondait la chaussée.

« Nous risquons de mouiller vos sièges, s'excusa Mrs. Lumley.

— Peu importe. Ils sécheront. »

Prue s'abandonna contre le dossier et ferma les yeux. Malgré la sensation désagréable que lui causaient ses vêtements trempés, elle imaginait avoir atteint le comble du bonheur que peut espérer une fille après celui d'être allongée sous un merveilleux amant.

« Permettez-moi de me présenter, Barry Morton, dit l'homme, rompant un bref silence.

— Ravie de faire votre connaissance. Je suis Elsie Lumley, et, derrière vous, c'est ma fille Prudence. Prue pour les intimes.

— Enchanté.

— Eh bien… Où avez-vous déniché cette superbe voiture ?

— Je suis dans l'automobile. J'achète et je revends. Dans une dizaine d'années, il y aura une forte demande. Le marché explosera, croyez-moi.

— Je vois. C'est très intéressant.

— Et vous-même, que faites-vous dans la vie ?

— Je tiens un salon de coiffure. Elsie's Bond Street Hair Salon. Prue travaille avec moi.

— Ah oui, je l'ai remarqué. Je passe souvent devant. » Sacré flatteur, se dit Prue. Mais, après tout, il était peut-être sincère.

« Vous êtes très aimable. »

Prue aurait bien roulé ainsi jusqu'au bout du monde. Cette voiture était un nuage, un écrin de velours, un bijou. Et parfaitement silencieuse, qui plus est. À ses pieds, une peau de mouton chatouillait ses chevilles humides. Ah zut ! elles descendaient déjà leur rue.

Barry Morton s'arrêta en douceur. Ses deux passagères ne bougèrent pas. Mrs. Lumley repoussa une mèche de cheveux mouillés collée à sa joue. Elle devait regretter de ne pas avoir remis de rouge à lèvres avant de quitter le salon, se dit Prue. Mais comment aurait-elle pu savoir que ce simple trajet serait bouleversé par un sauveteur millionnaire ? En effet, il ne faisait aucun doute que leur chauffeur était très riche. Mrs. Lumley se tourna vers lui, plissant les lèvres comme lorsqu'elle caressait un chat ou apercevait un bel homme de l'autre côté de la rue.

« Eh bien, nous voilà arrivées, monsieur Morton. Je ne sais pas comment vous remercier.

— Appelez-moi Barry. »

Pourquoi l'appeler par son prénom alors qu'il allait poursuivre son chemin et disparaître de leur vie ? se demanda Prue, toujours assise. Elle voulait garder en mémoire le doux contact du dossier de la banquette contre son dos. Elle voulait se le remémorer lorsqu'elle prendrait le bus ou marcherait dans la rue par une autre journée maussade comme celle-ci.

« Barry », dit Mrs. Lumley après avoir considéré un moment la façon dont elle devait greffer sur sa langue le nom de ce remarquable inconnu. Elle se pencha légèrement, effleura du doigt l'épaule de l'homme. « Mais il ne faudrait pas que nous vous retardions, ajouta-t-elle sur un ton de regret.

— C'est un plaisir », assura Barry. Bien que ne comprenant pas la logique de sa réponse, Prue sentit qu'il appréciait la gratitude de sa mère. « Laissez-moi vous aider à descendre. »

Il aurait été stupide que Barry sorte de la voiture par un temps pareil. Il se pencha aussi discrètement que le lui permettait sa corpulence et sous le regard fasciné de Prue tendit le bras par-dessus sa passagère pour ouvrir la portière. Une rafale de pluie pénétra à l'intérieur. Encouragée par un sourire de leur chauffeur millionnaire, Prue parvint à ouvrir seule la sienne.

« Vous feriez bien de courir, dit Barry.

— Aucune importance, nous sommes déjà trempées. » Le conseil de Barry s'adressait à Prue, mais par la rapidité de sa réponse, Mrs. Lumley montrait qu'elle se sentait maintenant tout à fait capable d'assumer la fin de la conversation. Elle eut un de ces petits rires malicieux que Prue avait si souvent entendus avant la guerre.

Mère et fille remontèrent en hâte leur allée de béton, la tête baissée contre le vent, aveuglées par la pluie. Dans leur petite cuisine, Prue alluma le chauffage à gaz et Mrs. Lumley mit de l'eau à bouillir. Les murs blancs brillaient sous la lumière d'une ampoule de quarante watts pendue au plafond, sous un abat-jour en raphia. Autrefois, se souvint Prue, elle considérait cette pièce comme la cuisine idéale. Avec ses murs grisâtres écaillés et le lapin qui attendait dans l'évier d'être dépouillé, celle de Hallows Farm l'avait d'abord choquée et même dégoûtée. Désormais, c'était cette dernière qui, à ses yeux, remportait la palme. La propreté éclatante de la cuisine de sa mère, la vaisselle assortie, ornée des mêmes coquelicots, la gênait sans qu'elle sût trop pourquoi.

« Quelle histoire ! disait Mrs. Lumley. La vie est vraiment pleine de surprises. Je suis bien contente qu'il — je veux dire Barry — ait remarqué notre salon. » D'un pas allègre, elle se dirigea vers sa collection de boîtes à biscuits empilées les unes sur les autres, choisit celle du dessus qui contenait une précieuse réserve de gâteaux secs au gingembre auxquels elle ne touchait que dans les grandes occasions. Prue discerna en elle la lueur de l'espoir. Sa mère eut un petit mouvement de tête qui l'inquiéta.

« On ne sait jamais, poursuivit Mrs. Lumley en fourrageant dans la boîte à biscuits. Il passera peut-être un de ces jours. »

Une semaine plus tard, toujours aucun signe de Barry. Après le soir de leur rencontre, Mrs. Lumley ne mentionna plus son nom. Prue se dit qu'il devait lui en coûter. Elle savait que cet homme occupait ses pensées. Tandis que sa mère réchauffait en silence le potage en conserve dans une casserole, ses lèvres esquissaient cette moue provocante que Prue connaissait bien et elle se passait les doigts dans ses cheveux fins sagement coiffés. Elle avait commencé à se vernir les ongles en rouge vif avec un nouveau vernis de Peggy Sage.

Un soir, elle se détourna de sa casserole pour regarder sa fille.

« Je ne devrais pas te dire une chose pareille à toi, Prue, mais parfois ça ne me déplairait pas de me retrouver au lit avec un beau gosse à rêver de la patrie.

— T'en fais pas, maman, ça peut encore t'arriver », répondit Prue, peu désireuse de connaître les désirs secrets de sa mère. Elle lui entoura les épaules de son bras et sentit ses omoplates. « J'espère. »

Le lendemain après-midi, alors que le salon était vide, mère et fille contemplaient leur image, assises devant deux miroirs. Elles attendaient patiemment qu'une cliente vienne à l'improviste. Il arrivait qu'une femme entre sur un coup de tête, sans doute attirée par les photos de Margaret Lockwood et de sa brillante chevelure lavée au Drene exposées en vitrine.

« Je me demande si les gens s'imaginent vraiment que Margaret Lockwood se fait coiffer ici, dit Prue, s'extirpant difficilement d'un profond ennui.

— Bien sûr, sinon ils ne viendraient pas. »

Fatiguée d'attendre, Mrs. Lumley abandonna son reflet pour poser son regard sur la porte. Elle fut donc la première à voir le livreur dans le miroir. Il tenait un grand bouquet de fleurs. À son tour, Prue l'aperçut dans la glace. Mrs. Lumley se leva d'un bond, faisant tomber brosses, peignes et fers à friser. Prue ne bougea pas. C'était un grand moment dans la vie de sa mère, elle n'allait pas le lui gâcher.

Mrs. Lumley adressa au livreur un de ses sourires, dont elle avait été avare toute la semaine.

« Ces fleurs doivent être pour moi, dit-elle. Merci beaucoup. »

Après avoir signé le reçu d'une main tremblante, elle revint s'asseoir. Tout se déroula ensuite comme au ralenti. Elle tira sur un ruban rouge en satin d'avant-guerre, le papier de soie glissa lentement par terre. Elle enfouit son visage dans les roses en quête d'un parfum inexistant, mais la surprise du présent lui fit pousser un cri de joie.

« Qui peut t'avoir envoyé ça, maman ? demanda Prue, sachant le plaisir que sa mère aurait à lui répondre.

— Tu ne devines pas, petite sotte ?

— Où est la carte ?

— Ah oui, la carte. C'est moi la sotte maintenant. » Se baissant pour fouiller dans le papier de soie, Mrs. Lumley remarqua, toujours pragmatique, qu'il y avait beaucoup de cheveux par terre. Prue aurait dû les balayer. Elle découvrit une petite enveloppe. « Tiens-moi ça pendant que je l'ouvre », dit-elle en tendant les fleurs à sa fille.

Elle fendit le rabat avec ses meilleurs ciseaux. Impatiente d'apprendre ce que Barry Morton avait écrit, Prue trouvait les gestes de sa mère d'une lenteur exaspérante.

Mrs. Lumley retira la carte de deux ongles écarlates dont le vernis s'était écaillé en même temps que ses espoirs. Elle fit une pause pour chercher ses lunettes dans la poche de sa blouse. Enfin, elle leva la carte comme si elle pesait très lourd et la tourna vers la lumière grise qui entrait par la vitrine. Prue vit, horrifiée, les yeux de sa mère aller et venir sur le court message, puis la peau autour de ses joues fardées blêmir.

« Elles ne sont pas pour moi, mais pour toi, annonça Mrs. Lumley, tendant la carte à sa fille.

— Oh, maman, il doit y avoir une erreur.

— Non. Lis toi-même. »

Prue parcourut les phrases polies avec lesquelles Barry invitait Miss Lumley à faire une vraie balade dans sa Daimler et à boire un verre le vendredi suivant. Il se sentirait très honoré si elle acceptait. « Il peut quand même s'agir d'une erreur, maintint-elle. Il voulait sans doute dire *Mrs.* Lumley.

— Pas du tout. Son écriture est parfaitement claire. »

Prue voyait sa mère se décomposer sous ses yeux. Elle piétinait les bouts de mèche éparpillés sur le sol et n'arrêtait pas de se passer la langue sur les lèvres.

« Je n'irai pas, déclara Prue. C'est évident. Pourquoi sortirais-je avec un parfait inconnu pour la simple raison qu'il a une chouette bagnole ? »

Mrs. Lumley la regarda soudain avec un air féroce.

« Tu iras, ma fille, c'est moi qui te le dis. Je veux savoir à quel petit jeu il joue, ce monsieur.

— Comme tu voudras », concéda Prue.

Alarmée par la déception de sa mère, elle était

incapable d'imaginer ce qui pourrait découler d'un rendez-vous avec Barry Morton.

Le vendredi, Mrs. Lumley guetta l'arrivée de Barry à la fenêtre de sa chambre. Elle attendait depuis vingt minutes derrière le rideau de tulle lorsque, à sa grande surprise, elle vit apparaître la Daimler à six heures trente précises. Elle avait en effet commencé à se dire que Barry était un goujat plutôt qu'un homme de parole ponctuel. L'après-midi pluvieux de leur rencontre, il s'était montré si aimable avec elle alors qu'il avait à peine échangé deux mots avec Prue, assise à l'arrière. C'est tout juste s'il avait pu l'apercevoir.

Tandis que Barry remontait l'allée, elle put constater que c'était un homme aisé : pardessus en poil de chameau, œillet à la boutonnière, boîte de chocolats Black Magic à la main. De toute évidence, il savait se débrouiller en ces temps de rationnement pour se procurer des sucreries. À la lumière du jour, il lui fut plus facile d'évaluer son âge : il était un peu plus vieux qu'elle ne l'avait pensé. Si cela avait marché entre Barry et elle, on l'aurait accusée de les prendre au berceau. Si les choses *se concrétisaient* (une expression qu'elle avait glanée dans un roman) entre Prue et lui, les gens diraient que sa fille sortait avec (ou même épousait ?) un homme d'un certain âge.

Elle entendait des voix en bas, sans distinguer toutefois ce qu'elles disaient. Prue l'avait suppliée de venir saluer Barry pour « faciliter les choses ». Mais Mrs. Lumley avait été formelle : elle n'allait certainement pas faire la conversation à un monsieur qui avait eu envers elle une attitude sans équivoque, puis avait changé d'avis. Malgré tout, quand Prue et Barry s'arrêtèrent au milieu de l'allée, se tournèrent et agitèrent la main en direction de la fenêtre, elle se laissa fléchir et leur rendit leur salut, sachant qu'on distinguait mal son geste derrière le rideau. Ensuite, elle vit Barry prendre Prue par le coude et la guider vers la voiture. À sa grande satisfaction, elle s'aperçut que plusieurs têtes étaient apparues aux fenêtres des voisins. L'impression d'avoir, par procuration, une certaine importance s'accrut encore lorsqu'une bande d'enfants accourut pour admirer la Daimler. L'un d'eux toucha le capot. Cela aussi lui fit plaisir. Dans le quartier, Mrs. Lumley avait toujours été accusée de vouloir vivre au-dessus de ses moyens. Même si ce reproche n'avait jamais été formulé, elle était sûre qu'il existait. Elle l'avait toujours ressenti. Or maintenant, la vérité éclatait : un rupin venait chercher sa jolie Prue dans une voiture de luxe. Curieusement, vu l'horrible semaine qu'elle venait de passer, Mrs. Lumley prit bientôt conscience qu'elle était capable de reporter sur sa fille les espoirs qu'elle avait nourris pour elle. Elle descendit s'asseoir dans sa cuisine, entourée de ses précieux souvenirs. Tandis qu'elle grignotait plusieurs de ses meilleurs biscuits — en pareilles circonstances de tels excès devaient être permis

— elle imagina le couple en train de danser le fox-trot dans un hôtel élégant du centre-ville.

Barry Morton ne parla nullement d'aller danser. Il emmena Prue dans un grand pub de la banlieue où elle se sentit trop habillée. Encouragée par sa mère, elle avait mis la robe qu'elle portait lors du thé que le roi et la reine avaient donné à Buckingham Palace en l'honneur des volontaires agricoles. Ce vêtement avait parfaitement convenu à cette journée mémorable. Plusieurs autres invitées, obligées de retoucher une robe d'avant-guerre de leurs mères ou d'en confectionner une à partir de rideaux en dentelle, voire de soie de parachute, l'avaient complimentée. Sa robe était du bleu de la jacinthe des bois, peut-être pas tout à fait assez sombre, mais seul l'œil exercé de Prue notait la nuance. Avec son décolleté en cœur et sa jupe virevoltante, la robe, comme Prue l'avait raconté par la suite à la ferme, avait ébloui Leurs Majestés. Dans ce bar enfumé, à la table qu'avait choisie Barry et sur laquelle trônait un unique cendrier publicitaire en fer-blanc pour la moutarde Colman, elle craignait d'en avoir fait trop. À leur entrée, plusieurs têtes s'étaient tournées. Des hommes pour la plupart, certains en uniforme. Lorsqu'elle croisa les jambes, elle dévoila ses genoux plus qu'elle ne l'aurait voulu, mais la pénurie de soie, même synthétique, justifiait que sa jupe fût courte. Toutefois, sa paire de bas nylon, la seule qu'elle possédait, donnait à ses jambes un beau reflet cuivré que Barry Morton put admirer à loisir tandis qu'il allumait son cigare.

« Alors, Prue, dit-il, par où commençons-nous ? »

Plusieurs idées traversèrent l'esprit de Prue, la réduisant au silence. En fait, elle sentait dans son estomac une contraction due à la déception. Elle avait cru que le propriétaire d'une Daimler l'emmènerait tout droit dans l'hôtel le plus chic du coin et non dans ce pub lugubre. Peut-être Barry la mettait-il à l'épreuve ?

Finalement, il rompit le silence : « Buvons à... »

Il leva sa coupe de champagne et invita Prue à l'imiter. Ils trinquèrent.

« À quoi buvons-nous ? demanda Prue en souriant.

— Allez savoir. » Barry lui rendit son sourire, découvrant une grosse dent en or dans le fond de sa bouche. Peut-être les robinets de la salle de bains étaient-ils en or, eux aussi, se dit Prue. Lorsqu'il s'appuya contre le dossier de sa chaise, la lumière d'une lampe éclaira ses traits lourds, mais bien proportionnés. Prue lui donna la quarantaine. Un peu jeune pour sa mère. S'il faisait allusion à cette dernière, elle essaierait de savoir ce qu'il pensait d'elle, doutant toutefois d'en avoir l'occasion. L'important, c'était qu'il avait un visage agréable, empreint de bienveillance. Ses yeux écartés, semblables à ceux d'une grenouille, cillaient lentement. Il l'examinait avec une telle attention qu'elle se sentit rougir. Le regard de Prue passa de sa cravate mauve en soie véritable, et non en un vulgaire tissu synthétique, à son costume aux rayures un peu trop larges à son goût, mais taillé dans une étoffe de belle qualité — une qualité d'avant-guerre, supposa-t-elle. Tout chez Barry Morton, y compris sa bedaine, respirait l'argent.

« J'en ai eu de la chance de vous trouver l'autre soir, dans la rue ! dit-il. Je jouais les bons Samaritains. En récompense, je suis tombé sur deux vraies beautés. Ces femmes ont quelque chose de spécial, ai-je pensé. Toute la semaine je me suis demandé si je devais donner suite à cette rencontre. Puis je me suis dit : Et pourquoi pas ? Vas-y, Barry ! Le pire qui puisse arriver, c'est qu'elles refusent. Quand je dis elles, je veux dire *vous*, évidemment. Les relations triangulaires sont désagréables et puis je suis un peu jeune pour votre mère, aussi séduisante soit-elle.

— Bien sûr », acquiesça Prue. L'idée de vanter les mérites de Mrs. Lumley s'évanouit.

« Mais je suppose que vous voulez en savoir un peu plus sur moi ? »

Prue hocha la tête, espérant manifester assez d'enthousiasme. Elle vida son verre. Barry fit signe à la barmaid d'en apporter deux autres. Il semblait être le seul homme du pub à pouvoir être servi à table.

« Je suis né et j'ai grandi à Manchester. Mon père était ferrailleur. On n'avait pas un rond. Mes deux frères et moi dans le même lit, les toilettes à l'extérieur, vous voyez le genre. Mais qu'est-ce qu'il trimait mon père ! Quand il a fini par amasser un peu d'argent, il a emmené ma mère en vacances à Southend et s'est efforcé de nous faire oublier toutes ces années de dèche. Il a acheté un joli pavillon. Il nous a laissé à chacun une petite somme, ce qui m'a permis de m'offrir ma première bagnole. J'avais toujours été un fou de voitures. Je l'ai repeinte et bien revendue. Et voilà, c'était parti. Je me suis acheté une maison, puis une autre, et à présent je possède presque toute la rue. Bon, j'exagère un peu : je possède deux autres maisons dans ma rue. Dans vingt ou trente ans, elles vaudront une fortune, Prue. Je serai un vieil homme très riche. Lorsque le pays se sera redressé, le marché immobilier connaîtra un boom, croyez-moi. »

Au cours des deux heures suivantes, il fournit à Prue un tas de détails sur les voitures qu'il avait achetées et revendues, l'argent qu'il avait tiré de chacune d'elles. Puis il lui décrivit sa maison. « Un endroit charmant, de la moquette, des lustres, un canapé et deux fauteuils dans du cuir de première qualité…

— Des robinets en or ? » Prue, qui n'avait pas parlé depuis un bon moment, posa sa question d'une voix enjouée pour que son compagnon puisse croire qu'elle plaisantait.

Barry resta silencieux une minute et essaya de rallumer son cigare à moitié éteint.

« Ah ! Là vous me prenez en défaut, Prue ! » Il rit. « Pas de robinets en or jusqu'ici. Si je trouve une épouse qui en désire, j'en installerai peut-être un jour. J'ai de très jolis robinets en cuivre, remarquez. Ils sont un peu difficiles à nettoyer, mais ça en vaut la peine. »

Prue lui lança un regard compréhensif comme pour lui indiquer qu'elle, elle n'aurait jamais ce genre d'exigence. Elle regarda la pendule au-dessus du bar : il était temps que Barry s'intéresse à sa personne.

« Et vous, Prue, dit-il, qu'avez-vous fait dans la vie ? »

La curiosité modérée qu'il manifestait incita Prue à s'en tenir à une seule période.

« J'ai été volontaire agricole », répondit-elle.

Trois verres de champagne avaient rougi les joues de Barry. Elles étaient de la couleur de la canneberge, pensa Prue.

« Passionnant, commenta Barry. Tout à fait admirable. Je regardais souvent des photos de ces filles dans le *Picture Post*. Elles étaient plutôt sexy, non ? »

Il se passa la langue sur sa lèvre inférieure, la faisant briller.

« Je ne sais pas. Nous étions tout ce qu'il y a de plus ordinaire, en réalité.

— Aviez-vous au moins une vie agréable ? C'était toujours mieux que de trimer dans une usine d'armement, je suppose. »

Prue soupira. Le champagne lui avait donné sommeil. Vu le peu d'intérêt que témoignait Barry, elle n'allait pas faire de grands efforts pour lui fournir une description adéquate. Dans ce pub lugubre et enfumé, aux lumières d'un vilain orange, comment aurait-elle d'ailleurs pu lui expliquer les hauts et les bas de son séjour à Hallows Farm ? En outre, elle ne le désirait pas. Il s'agissait de souvenirs personnels jalousement gardés. Elle ne les ressortait que dans les moments où son travail au salon menaçait de devenir insupportable.

« Oui, c'était une vie agréable », lâcha-t-elle enfin.

Bien que succincte, cette réponse satisfit Barry. Il fit remarquer à Prue qu'il était peut-être l'heure de la ramener chez elle.

Dans la voiture, ils n'échangèrent pas un mot. Prue avait du mal à rester éveillée. Tandis qu'ils remontaient l'allée d'un pas incertain, Barry lui prit le bras. Lorsqu'elle se tourna vers lui et le remercia pour la soirée, il lui enserra le poignet d'une main chaude, hermétique comme un manchon. Un jour, Mrs. Lawrence lui en avait offert un en peau de lapin. Prue trouva ce contact rassurant. Elle avait vaguement imaginé qu'elle aurait à repousser Barry, mais il ne l'embrassa même pas sur la joue. Il se contenta de lui dire que, si elle était d'accord, ils pourraient ressortir ensemble. Comme Prue le confia le lendemain matin à sa mère, Barry Morton était clairement un gentleman.

Pendant plusieurs mois, ils se rendirent une ou deux fois par semaine dans divers pubs, tous aussi enfumés et mal éclairés que le premier. Barry ne lui offrit plus de champagne, mais l'initia aux cocktails. Fort de son savoir en la matière, il donnait des instructions précises au barman. Les lèvres pincées de celui-ci indiquaient qu'il n'avait pas besoin de recette : il connaissait son métier. Prue montra bientôt un faible pour le White Ladies. Le premier verre la plongeait dans un étrange bien-être. Barry Morton n'avait rien d'excitant, mais il était d'un commerce facile. Il suffisait à Prue de l'interroger sur son ascension sociale pour qu'il se lançât dans la description détaillée de sa réussite, ce qui lui permettait à elle de se détendre au moins une heure dans son fauteuil. Loin d'elle l'idée de s'offenser du manque d'intérêt réciproque de son compagnon. Au contraire, c'était un soulagement. Elle n'avait aucune envie de parler d'elle. Elle ne plaisantait pas avec lui comme elle l'avait fait avec Barry n° 1. Ils ne riaient pas, sauf quand il lui racontait l'anecdote où il donnait à une femme qui s'était mal conduite avec lui une leçon qu'elle ne serait pas près d'oublier. Dans ces moments-là, il s'esclaffait. Mais il était bien le seul.

Ces sorties se terminaient toujours par des adieux guindés sous le porche et la main-manchon de Barry autour de son poignet.

« Je me demande ce que ces soirées lui apportent, dit Prue à sa mère. De toute évidence, je ne lui plais pas.

— Qu'est-ce qu'il peut bien avoir derrière la tête ? » Cela faisait plusieurs semaines que

Mrs. Lumley se posait cette question. « Peut-être qu'il veut juste un peu de compagnie.

— Aucun homme sensé ne veut juste un peu de compagnie. Dans la plupart des cas, cela ne les intéresse pas, même lorsqu'ils ont eu ce qu'ils désiraient.

— Je suppose que tu sais de quoi tu parles. » Mrs. Lumley s'était toujours demandé si sa fille avait préservé sa virginité pendant la période où elle était volontaire agricole.

« Que veux-tu dire par là ? » Prue afficha une expression si innocente que sa mère s'en voulut de l'avoir soupçonnée. Les deux femmes rirent, chacune pour des raisons différentes.

Les jours commençaient à s'allonger. Un samedi, alors que Prue s'installait dans la Daimler (elle s'était habituée au confort de l'énorme siège passager), Barry Morton la regarda, le sourcil froncé.

« Oh non ! Encore cette robe bleue ! s'écria-t-il. Vous l'avez portée à chacune de nos sorties. Je n'aime pas le bleu, bien que j'aie gardé ça pour moi. Vous n'avez rien d'autre à mettre ? »

Levant la tête, Prue lui lança un regard de défi.

« C'est ma plus belle robe, répliqua-t-elle. Je l'ai mise pour aller à Buckingham Palace. Et non, je n'ai aucun autre vêtement qui conviendrait. Après tout, on ne sait jamais, il se pourrait que vous m'emmeniez un soir dans un endroit chic. »

Sans le faire exprès, elle avait frappé Barry au-dessous de la ceinture. Ce dernier gonfla les joues, surpris de découvrir les pensées secrètes de sa compagne. Pendant toutes ces semaines, elle avait paru satisfaite, et voilà qu'elle avouait avoir espéré être invitée dans un établissement plus luxueux. Pourquoi n'y avait-il jamais pensé ? Plein de remords, il s'empara du poignet de Prue et le lui serra comme à son habitude.

« Je suis vraiment désolé. Je croyais que vous étiez tout à fait contente de prendre un verre, de bavarder avec moi, de faire plus ample connaissance...

— Oh, c'était très bien. Sortir avec vous a été très agréable... quoiqu'un peu inhabituel. Je n'avais encore jamais fréquenté un homme de votre âge. »

Ce nouveau coup — il ne s'était encore nullement considéré sous cet angle — incita Barry à extirper son portefeuille. Il en tira un billet de cinq livres. Le grand morceau de papier blanc était soigneusement plié, l'écriture noire qui le parcourait formait un joli dessin.

« Tenez, prenez ça, dit-il. Achetez-vous deux ou trois robes. Ensuite, nous irons dans un endroit élégant plein de lumières où l'on vous sert des crêpes flambées.

— Il m'est impossible d'accepter. Merci quand même. » Prue lui rendit le billet. D'un geste impatient, Barry repoussa sa main.

« J'insiste. Cela me ferait plaisir. » Prue perçut un accent de vérité dans sa voix. Elle céda. Elle avait appris qu'en résistant trop on risquait de passer à côté de choses intéressantes. Elle rangea l'argent dans son sac. N'en ayant jamais eu autant, cette somme lui donnait le vertige.

« Offrez-vous quelques jolis vêtements, disait Barry. Si cet argent ne suffit pas, vous n'avez qu'à m'en demander davantage. » Il parlait d'une voix entrecoupée, empreinte d'une douceur qu'elle n'avait encore jamais détectée chez lui. Était-ce la bonté ou des intentions malhonnêtes qui l'incitaient à tant de générosité ? se demanda Prue. Elle ne remit jamais sa robe bleue.

La semaine suivante, Barry arborait une cravate brillante comme de l'or martelé et Prue une robe neuve en crêpe couleur ambre qui voletait autour de ses jambes. Elle lui avait coûté la plus grande partie de ses tickets soigneusement économisés. Sa mère l'avait assurée que ce vêtement était une pure merveille et Barry la gratifia d'un regard appréciateur.

« Voilà qui est mieux, commenta-t-il. Cela fait une sacrée différence. »

Ils se rendirent dans un grand hôtel, au centre de Manchester, où Prue poussa plusieurs fois la porte à tambour. Elle n'avait encore jamais mis les pieds dans un endroit pareil. À la vue des tapis rouges et des colonnes à bordure dorée elle éclata de rire.

« Vous êtes une vraie gamine parfois, dit Barry lorsqu'elle eut terminé ses tours de manège. Quelqu'un devrait vous avoir à l'œil, vous serrer un peu la vis au besoin. » Prue se remit à rire.

Habituée à ses légères critiques, elle ne s'en offensait plus. Intimidée par la débauche de tapis rouges, elle lui tendit son poignet. Ils entrèrent dans une immense salle à manger blanche. Posté près de la porte, un serveur leur fit ce que Prue interpréta comme une courbette. Il les conduisit à une table couverte d'une nappe si blanche que Prue se frotta les yeux, éblouie. Les nombreux couverts en argent la déroutèrent aussi — de quel couteau, de quelle fourchette, de quelle cuiller convenait-il de se servir en premier ? Dans un vase étroit, une unique rose en bouton se tenait au garde-à-vous. Elle ne s'ouvrira jamais, pensa Prue, ce qu'elle ne mentionnerait pas à Barry de crainte qu'il ne le prît pour un reproche. Dans ce grand espace blanc, pareil à un lac, quelques dîneurs étaient attablés très loin les uns des autres comme des naufragés sur des îles. On voyait bouger leurs lèvres, aucun son n'en sortait.

Avec délicatesse, Barry guida Prue à travers les arcanes du menu. Bien que ne parlant pas français, des années d'étude de diverses cartes de restaurant lui avaient permis de comprendre à peu près le langage culinaire. Tâche qui lui était d'ailleurs facilitée par le choix réduit dû à la pénurie alimentaire de l'après-guerre. Impressionnée par son savoir, Prue suivit ses conseils et l'écouta discuter avec le sommelier de crus dont elle ignorait tout.

Pendant qu'ils mangeaient leurs minuscules côtelettes, à moitié cachées sous le papier froissé qui les tenait au chaud, Barry lui décrivit ses débuts dans l'automobile. Prue examina son visage. Elle ne l'avait encore jamais vu en pleine lumière : les pubs qu'ils avaient fréquentés étaient tous très sombres. Ici, ses yeux noirs étincelaient, son nez grêlé luisait. Lorsqu'il souriait, on remarquait moins la minceur de sa lèvre supérieure ou la lourdeur de sa longue mâchoire. Barry n'était pas beau, songea Prue, mais, à une certaine distance, son physique pouvait passer pour agréable. Elle se rendit compte que, habituée à lui, son visage lui était devenu cher. Elle considérait Barry comme un oncle affectueux. Elle lui était reconnaissante de la sortir dans cette incroyable voiture, de lui offrir tous les verres qu'elle désirait et, aujourd'hui, de l'avoir emmenée dans ce palace. Par-dessus tout, elle lui était reconnaissante de n'avoir pas essayé de la peloter. Il semblait d'ailleurs qu'il ne le ferait jamais.

Trois vieux musiciens entrèrent à la queue leu leu, traversèrent la piste de danse et s'installèrent. L'usure avait lustré les épaules de leur smoking. Prue ne remarqua nul échange de regards entre eux, mais à un signe de tête du pianiste, ils se lancèrent dans une version somnolente de *Pack Up Your Troubles.* Barry se leva si brusquement qu'il renversa son verre de vin. Une tache rouge couvrit la nappe blanche. Plusieurs serveurs surgirent de derrière les colonnes pour réparer les dégâts.

« Vous dansez, Prue ? » demanda Barry en tendant les bras.

Nous y voilà, songea Prue, embarrassée par l'agitation autour de la table. Tous ces beaux et grands gaillards qui s'affairaient autour d'un simple verre de vin renversé ! Nous y voilà. Le souhait de ma mère se réalise : en avant pour le fox-trot !

Avec ses talons hauts, Prue ne mesurait que trois centimètres de moins que Barry. Celui-ci la guida à travers le labyrinthe des tables. Seul un autre couple avait déjà atteint la piste de danse et se balançait tel un vieux rafiot à marée basse. Sans doute mari et femme. Barry prit Prue par la taille, lui tenant la main très haut, comme s'il relevait une longue jupe dans une rue mouillée, et courbant légèrement la tête vers celle de sa cavalière.

C'était un danseur plus enthousiaste que doué. Tandis qu'ils glissaient sur le parquet, Prue se rendit compte que les pieds de son partenaire suivaient la mesure, mais que son corps manquait totalement de rythme. Si seulement il avait eu un peu plus de vivacité ! Cela ne semblait pas être dans sa nature. Ses cheveux brillantinés se rapprochaient du visage de Prue. Pour les éviter, elle était obligée d'incliner le cou dans une position inconfortable. « Oh ! c'est si bon de raccompagner sa petite chérie la nuit. » La musique dégoulinait.

Fermant les yeux, Prue pensa à la fête à laquelle elle s'était rendue avec les filles et Joe. La grande salle froide, les chaises grinçantes, le buffet qui offrait des petits pains briochés et des gelées aux couleurs primaires. Stella y avait été courtisée par un enseigne de vaisseau qui dansait comme un dieu. Ils formaient un si beau couple que les autres danseurs s'étaient écartés pour les regarder évoluer tels des professionnels qui auraient dansé toute leur vie ensemble. À la fin, Joe s'était levé pour les applaudir. Prue, elle, s'était un peu désintéressée de Stella : elle avait repéré le lieutenant de l'armée de l'air avec lequel elle avait échangé des regards dans un salon de thé quelques jours plus tôt. Elle s'était approchée de lui et ils avaient dansé — non pas comme Stella et son enseigne de vaisseau, mais sous l'emprise d'un courant si fort qu'elle se sentait toute ramollie, comme liquéfiée. Ayant eu l'imprudence d'accepter les nombreux verres offerts par son cavalier, elle ne se rappelait que vaguement avoir regagné la voiture, soutenue par ses amis. Quand ils étaient arrivés à la ferme, Joe avait dû la porter dans la maison, mais cela faisait longtemps que Joe ne l'attirait plus. Ce soir-là marqua le début de son amour pour Barry n° 1, son vaillant aviateur, avec ses yeux malicieux et ses cheveux blonds. Auprès de lui, elle avait eu l'impression d'être comprise. Ils n'avaient pas besoin de parler et riaient toujours au même moment. Lorsqu'ils s'aperçurent qu'ils étaient amoureux, ils évitèrent les déclarations de crainte de ne pas savoir choisir les mots qu'il fallait. « Je t'aime est la phrase la plus difficile à dire », déclara Barry peu avant que son avion ne soit abattu, lui dévoilant ainsi ses sentiments d'une façon qui le rendit encore plus cher à Prue. Ce premier soir où elle avait abandonné sa dignité sans que Barry n° 1 ne parût s'en soucier avait été très différent de la soirée guindée qu'elle passait à présent avec Barry n° 2. Elle libéra sa main pour masser sa nuque endolorie.

Le Barry actuel se pressait contre elle, haletant. Les musiciens se lancèrent dans *I'm In The Mood For Love.* Oh, bon sang ! pensa-t-elle. Nous y voilà !

Mais Barry se domina. Dans la voiture, il resta silencieux et lorsqu'ils remontèrent tous deux l'allée de Mrs. Lumley, il ne s'empara pas de son poignet. Une fois sous le porche, il lui caressa brièvement les cheveux.

« Vous êtes une fille bien, Prue, dit-il. J'espère que vous avez passé une bonne soirée. »

Prue acquiesça.

« La prochaine fois... Savez-vous où je vous emmènerai la prochaine fois ? » Craignant la réponse mais curieuse de l'entendre, Prue secoua la tête. « Je vous emmènerai chez moi. J'aimerais que vous voyiez ma maison, poursuivit Barry avec solennité, comme persuadé que Prue n'attendait que ça. Je viendrai vous chercher à l'heure habituelle. »

Là-dessus, il pivota sur lui-même avec une agilité surprenante pour quelqu'un qui avait bu une aussi grande quantité de son vin préféré et regagna sa voiture. De toute évidence, il faisait des projets matrimoniaux et Prue devait y réfléchir avec soin. Une fois au lit, parfaitement lucide, elle se mit à peser le pour et le contre, un art qu'elle maîtrisait mal. Au réveil, elle rit de sa sottise. Quelle idée ! Il y avait peu de chances que Barry Morton la considérât comme une épouse possible. Rien ne disait qu'il avait des intentions sérieuses. Il attendait simplement qu'elle s'abandonne à lui. Du rire elle passa aux larmes en pensant à ce bal, en pleine guerre, où elle avait dansé avec l'autre Barry, le seul vrai Barry.

Les Mélèzes, comme s'appelait la maison de Barry, se dressait dans une large rue, à la lisière de la ville. Elle avait été construite à l'époque où le néo-Tudor était à la mode. Les maisons voisines étaient du même style. La Daimler crissa sur l'allée de graviers. Une lanterne en verre coloré pendait sous le porche. Le heurtoir en cuivre avait la forme d'une tête de lion.

« Avant même de descendre de voiture, j'ai été éblouie, écrivit Prue par la suite à ses amies Stella et Ag. Éblouie, mais aussi légèrement mal à l'aise. Je n'étais encore jamais entrée dans une maison de riches. »

Barry la conduisit à travers un vestibule au sol couvert d'un épais tapis jusqu'à ce qu'il appela le « salon ». Prue y trouva tout ce qu'il avait promis : un canapé en cuir et deux fauteuils assortis, d'autres fauteuils, plus bas, en velours, des tableaux, un vaste miroir au-dessus de la cheminée. C'était une pièce sombre, mais une fois l'œil habitué à sa lumière ambrée, on voyait qu'elle avait été décorée par quelqu'un qui savait marier les tons chauds. Le feu intrigua Prue : du gaz, comprit-elle. Toutefois, les bûches d'imitation étaient si parfaites qu'on aurait pu s'y tromper. De fausses flammes léchaient la plaque du fond, mais elles ne chatoyaient pas comme les vraies.

« Elle est marrante, cette cheminée, finit par dire Prue.

— La pièce vous plaît ?

— Elle est superbe.

— Attendez d'avoir vu le reste. »

Un plat de sandwichs et deux verres fins étaient posés sur une table basse. Prue se demanda si c'était Barry qui avait préparé cet en-cas : il n'avait pas une tête à confectionner des sandwichs. Une domestique invisible devait habiter à l'arrière de la maison. Un petit brin de persil décorait chaque tranche de pain.

« On fête ça avec une coupe de champagne ? proposa-t-il.

— On fête quoi ? demanda Prue sans réfléchir. Je veux dire...

— On fête votre venue, mon chou. Ne bougez pas, je vais chercher la bouteille. »

Restée seule, Prue eut le temps de constater que chaque meuble, chaque ornement, chaque tapis, tout comme les grands rideaux de soie, avait dû coûter une fortune. De toute évidence, Barry Morton était très riche. Prue soupira.

Assis devant le feu qui ne mourait jamais, ils burent une bouteille de champagne, puis une autre. Ils mangèrent les sandwichs au pâté de poisson. Prue aurait donné n'importe quoi pour une assiette de potage, fish & chips, une nourriture consistante pour calmer son début d'ivresse. Barry Morton manigançait-il quelque chose ? Elle pouffa de rire.

« Est-ce que vous manigancez quelque chose ? demanda-t-elle.

— Quelque chose ? À quoi pensez-vous ?

— Je ne sais pas... Tout, ici, est tellement surprenant.

— Et vous n'êtes pas au bout de vos surprises. » Barry s'approcha de Prue, referma sa main-manchon sur son poignet et la fit se lever. Ils se tenaient l'un en face de l'autre, leurs corps se touchaient presque. Si elle s'était sentie moins chancelante, Prue aurait reculé. Malgré sa vue brouillée, elle discernait sur le visage de Barry une grande détermination.

« Écoutez-moi bien, Prue chérie, j'ai quelque chose à vous dire. Pendant ces mois où nous sommes sortis ensemble, j'ai beaucoup réfléchi et j'ai pris une décision. Je voudrais que vous deveniez ma femme. Qu'en pensez-vous ? »

Prue s'affala dans son fauteuil. Une de ses jambes se releva et heurta la table basse. Les deux bouteilles de champagne, les verres et l'assiette vides tombèrent sans bruit sur le tapis. Prue devint écarlate. Derrière le sourire patient de Barry, elle perçut une ombre d'agacement.

« Oh ! je suis désolée.

— Ce n'est pas grave. » En deux secondes, Barry ramassa les objets et les remit en place. Il comprenait que ce fâcheux incident avait coupé la parole à Prue. Sa réponse pouvait attendre. Il ne l'effaroucherait pas en insistant. « Si nous visitions le reste de la maison ?

— D'accord. »

Ils montèrent côte à côte l'escalier dont l'épaisse rampe en chêne aurait pu retenir une armée. Prue était à peu près dans le même état que lors de la nuit du fameux bal, lorsque ses amis avaient dû la ramener à la voiture : tout tournait autour d'elle.

Ils franchirent une porte en bois foncé qui menait à la chambre à coucher. Dans le brouillard qui l'enveloppait, Prue discerna un énorme lit, un édredon en satin, des rideaux sombres tirés, une débauche de tapis, des abat-jour couleur pêche. Elle traversa la pièce, sachant qu'elle allait tomber et luttant pour ne pas s'affaler ignominieusement par terre. Elle se laissa choir sur l'extrémité du lit. Debout, Barry la regarda, l'air grave. Prue s'entendit dire :

« Que voulez-vous ?

— Ce que je veux, ma chérie ? » demanda Barry. Un filet de sueur descendait sur l'une de ses joues. « Qu'est-ce que j'attends depuis si longtemps, d'après toi ? »

D'une main il arracha sa cravate dorée, de l'autre il retroussa la jolie jupe de Prue. Puis il la pénétra brutalement en grognant. L'affaire fut vite expédiée.

Plus tard, alors que Barry Morton ronflait paisiblement à ses côtés, Prue se dit que cette partie de jambes en l'air avait été différente de celles qu'elle avait connues par le passé — et elle en avait connu beaucoup. Franchement, Barry n'était guère plus doué pour l'amour que pour la danse. Mais le sexe n'était pas tout. Prue pesa de nouveau le pour et le contre. Elle avait sous la main l'homme riche dont elle avait toujours rêvé, l'homme qui satisferait son moindre caprice. Finis tous ces pénibles problèmes d'argent dont elle avait tant souffert chez sa mère. Barry était quelqu'un de solide, de courtois, de gentil — non ? Ils pourraient vivre ensemble, se marier, avoir des enfants. Elle connaîtrait un meilleur sort que celui de millions de filles en quête de mari. Après la guerre, le manque d'hommes s'était fait cruellement sentir. Si elle refusait Barry, l'occasion ne se représenterait peut-être jamais. Prue se tourna, contempla les lourdes épaules de son compagnon dans un rayon de soleil matinal qui filtrait par les interstices des rideaux, et prit sa décision.

À son réveil, Barry avait disparu. Elle se demandait comment elle allait se rendre à son travail, lorsqu'il sortit de la salle de bains. Son court peignoir en éponge découvrait ses jambes, qu'elle put étudier : poilues sur le devant, les mollets, imberbes et dodus, s'achevant par des chevilles minces. Prue déglutit.

Barry s'assit sur le lit et lui prit la main. « J'ai

préféré te laisser dormir encore un peu, fit-il. Il est six heures et demie.

— Merci. C'est gentil. »

Barry se pencha et l'embrassa sur la joue. Il sentait le dentifrice et une eau de Cologne puissante. Puis il traversa la chambre, ses mollets tremblotants comme de la gelée, et tira les rideaux. Une lumière nébuleuse envahit la pièce. L'édredon en satin orange mettait une note de frivolité dans ce mobilier de bois sombre. Barry revint près du lit. « Ça a été cette nuit ? » demanda-t-il.

Prue resta un moment silencieuse. « Bien sûr », assura-t-elle avec un sourire contraint.

Barry s'empara de son poignet. « As-tu réfléchi à la question que je t'ai posée ? Es-tu toujours d'accord pour qu'on se marie ?

— Oui », murmura Prue d'une voix à peine audible. Barry lui adressa toutefois un large sourire et l'embrassa sur la joue. Il allait se lever quand Prue le retint par le bras. Il lui restait un point à éclaircir. « Pourquoi veux-tu m'épouser ?

— C'est évident, non, ma chérie ? Un homme se doit d'avoir une femme.

— Et l'amour, ça joue un rôle dans notre histoire ? Est-ce que tu m'aimes ?

— Évidemment que je t'aime. » Barry souffla par le nez, puis consulta sa montre. « Le petit déjeuner sera servi à sept heures, ensuite je te déposerai au salon de coiffure.

— Je pourrai continuer à aider maman, n'est-ce pas ?

— Ne sois pas ridicule, chérie. Après notre mariage, pas question. Je ne vais pas laisser ma femme travailler. J'ai les moyens, je peux te donner tout ce que tu veux. Pour quelle raison perdrais-tu ton temps dans un salon de coiffure ? Tu peux annoncer la nouvelle à ta mère ce matin. Lui remettre ta démission. » Il rit, se leva et serra la ceinture de son peignoir, faisant apparaître un bourrelet de graisse au-dessus et au-dessous de sa taille.

Ils se retrouvèrent en bas, dans une petite salle à manger qui avait vue sur un jardin presque nu. Le soin professionnel avec lequel le couvert était mis dérouta Prue : Mrs. Lawrence posait le miel, la confiture et les toasts au hasard sur la table de la cuisine. Elle soupçonna de nouveau une domestique fantôme d'avoir préparé le café, placé les coquetiers sur des assiettes assorties et les serviettes dans des supports en argent.

« Mrs. Morley, Bertha, est là pour veiller sur moi, expliqua Barry. Une perle. Elle est à mon service depuis des années. Tu vas faire sa connaissance. »

Mais Bertha resta invisible. Dans la voiture, ils discutèrent des décisions à prendre. Ils ne changeraient rien, dit Barry, jusqu'à leur mariage, qui aurait lieu quelques semaines plus tard, dès les beaux jours. Ensuite, elle viendrait vivre avec lui, évidemment. Prue n'y trouva rien à redire. Encore toute meurtrie et endolorie, elle n'était pas pressée de subir à nouveau les assauts maladroits de Barry.

Sa mère l'attendait au salon de coiffure. « Je me suis fait un sang d'encre ! Où étais-tu ?

— Tu le sais très bien, enfin.

— Oui, d'accord, je m'en doutais. Mais je te trouve bien pâle, ma fille. Attends, je vais te préparer du thé. »

Prue passa un bras autour des épaules de sa mère.

« Maman, Barry m'a demandé de l'épouser. »

Une expression indignée glissa furtivement sur le visage de Mrs. Lumley. « Pas possible ! Et qu'as-tu répondu ?

— J'ai accepté. Tes soucis sont terminés, maman. Barry s'occupera de nous.

— Il est beaucoup plus vieux que toi. Mais il est vrai que l'âge n'a jamais empêché l'amour. » Mrs. Lumley boutonna sa blouse et se tapota les cheveux. Ses yeux s'embuèrent de larmes. « Je m'en réjouis pour toi, Prue. Tu mérites un bon mari. Tu as eu tellement de déboires avec les hommes. »

Prue pouffa. « Oh ! pas que des déboires », répliqua-t-elle. Les deux femmes s'étreignirent, puis se préparèrent à une journée de travail comme les autres.

Barry offrit à Prue une bague sertie d'un gros diamant carré. Les semaines précédant le mariage passèrent à une allure alarmante. Durant cette période, lorsque Prue n'était pas occupée à dresser des listes ou à comparer des fleuristes, elle se forçait à réfléchir sérieusement à ce qui l'attendait. De nature extravertie — sa mère lui avait toujours conseillé de vivre sa vie plutôt que de la fantasmer —, elle trouva bientôt cet exercice fort ennuyeux. Au fond d'elle-même, elle savait toutefois qu'il lui en coûtait de se persuader que Barry était bien l'homme qu'il lui fallait. « Évidemment que je t'aime », avait-il répondu à sa question. Qu'est-ce que cela signifiait ? Qu'il éprouvait pour elle le genre d'amour qui avait des chances de durer éternellement ? Ou qu'il l'aimait *un peu* — juste assez pour l'épouser ? Elle-même ne lui avait jamais dit « Je t'aime » non plus, mais il est vrai qu'il ne lui avait jamais demandé de préciser ses sentiments envers lui. Définir avec exactitude la nature de leur amour lui était difficile. Il n'avait rien à voir avec celui qu'elle avait éprouvé pour Barry n° 1, un amour si fort qu'il n'avait engendré aucun doute. Rien à voir non plus avec celui que lui avait inspiré Joe, une passion fougueuse qui avait électrifié son corps pendant ces longues journées laborieuses à Hallows Farm.

Son amour pour Barry était sans doute plus proche de l'affection et de la gratitude que d'un désir ardent d'être constamment auprès de lui. Penser à lui ne l'empêchait pas de dormir. Il ne lui manquait pas dans la journée, même si elle était toujours contente de le retrouver. Ils avaient une relation amicale, échangeaient des bribes d'informations ou parlaient de leurs intérêts respectifs : les voitures ou les travaux de la ferme. Ça devait suffire, se disait Prue. D'ailleurs l'amour ne venait-il pas parfois avec le temps ? De toute façon, elle ne pouvait plus reculer. Le gâteau, son chapeau et les fleurs avaient été commandés. Et puis, malgré les doutes et les craintes (quelle fiancée en était dépourvue ?), elle estimait que Barry n'était pas un mauvais choix. Ses ruminations s'arrêtaient là et la ramenaient toujours au même point : Prue se disait qu'elle avait pris une décision et qu'elle allait s'y tenir. Même la nostalgie de cet amour plus indéniable qu'elle avait vécu autrefois ne parvenait pas à l'ébranler. L'amour absolu, ça ne vous arrivait sans doute qu'une fois dans la vie. Espérer le connaître à nouveau n'était pas raisonnable. Elle avait de la chance d'épouser Barry, et elle se contenterait d'une forme d'amour différente.

La cérémonie eut lieu par un jour venteux, à la mairie. Prue portait un chapeau de feutre plat qui lui tombait sur l'œil et un petit bouquet de roses en velours sur la poitrine. Leurs témoins — Mrs. Lumley et le gérant du magasin de Barry — déjeunèrent ensuite avec eux dans l'hôtel chic où le couple avait récemment dansé. Ni Stella, ni Ag, ni aucun des membres de la famille Lawrence n'avait pu venir. Tous avaient envoyé des cartes de vœux, disant qu'ils espéraient faire bientôt la connaissance de Barry. Ag voyageait en Égypte avec son mari, Stella ne pouvait quitter Philip, de nouveau malade, et les

Lawrence étaient pris par des problèmes agricoles dans le Yorkshire. La veille du mariage, Prue pleura une dernière fois dans son lit, et en même temps éprouva un étrange soulagement. Elle se demandait ce que ses amis les plus chers penseraient de Barry. Elle désirait qu'ils approuvent son choix, mais n'était sûre de rien.

Après le mariage, Mr. et Mrs. Barry Morton prirent plusieurs trains pour aller à Brighton où ils descendirent dans un hôtel du front de mer. Leurs fenêtres donnaient sur la jetée. Le premier soir, ils dînèrent dans leur chambre — de petites rations de fish & chips — et parlèrent de leçons de conduite pour Prue. Ils vidèrent une bouteille de champagne, et rapidement les contours de la pièce comme ceux de Barry se brouillèrent. Prue se dit qu'elle entamait le genre de vie dont elle avait toujours rêvé. Elle fut envahie d'une gratitude confuse envers son mari, mais elle était très fatiguée. Le mariage n'avait pas été celui qu'elle avait imaginé : ni robe blanche, ni grande église, ni chorale. Elle donnait toutefois raison à Barry d'avoir opté pour une cérémonie simple en ces temps difficiles de l'après-guerre. Son mari était un homme sage. Sage, bon et riche. Elle se déshabilla dans la salle de bains en marbre et se glissa dans le vaste lit sans ôter son peignoir.

Barry ne leva pas les yeux quand elle se coucha : il lisait les annonces concernant les ventes de voitures dans le journal du soir. Lorsqu'il eut fini, il jeta un coup d'œil à sa femme et s'aperçut qu'elle s'était endormie. Peu d'épouses se conduiraient ainsi le premier soir de leur lune de miel, se dit-il en souriant, mais il ne voyait nulle raison de la réveiller.

CHAPITRE 2

Durant les premiers mois de sa vie de femme mariée, Prue chercha désespérément à s'occuper. Barry lui avait défendu de continuer à travailler. Soit : elle n'avait jamais beaucoup aimé son métier, mais sa mère lui manquait. Plusieurs fois par semaine, elle effectuait un long trajet en bus jusqu'à la ville et déjeunait d'un sandwich avec elle. Barry ne paraissait pas disposé à inviter sa belle-mère chez eux. Prue assura toutefois à Mrs. Lumley que cela ne saurait tarder.

Elle n'essayait pas de cacher ses visites au salon de coiffure. Si elle ne les mentionnait pas, c'était parce que, à la fin de ses longues journées de travail, Barry ne lui demandait pas comment elle avait passé les siennes. Lorsqu'elle lui raconta un soir qu'elle avait vu sa mère — oui, elle s'y était rendue en bus — Barry s'était montré étrangement agacé.

« C'est fini ça, ma petite. Je refuse que ma femme prenne le bus. Pas question. Je vais te payer des leçons de conduite et t'acheter une voiture. Après ça, libre à toi d'aller où tu voudras. »

Prue apprécia les leçons. Elles remplissaient une heure de sa journée et Rod, le moniteur, était un beau jeune homme, toujours prêt à plaisanter. Les matins où elle le voyait, elle mettait du mascara et du rouge à lèvres. Elle aimait conduire, cela lui semblait facile.

« Vous êtes douée », la complimenta Rod un jour. Ils s'étaient garés dans une rue tranquille pour discuter de la technique du double débrayage. « Rares sont les élèves qui pigent si bien avec si peu de leçons.

— J'ai conduit un tracteur pendant trois ans, répondit Prue, flattée. Nous étions trois volontaires à la ferme. Bon, je ne devrais pas le dire, mais j'étais la meilleure de nous trois. J'arrivais à labourer un grand champ en une matinée et mes sillons étaient comme tirés au cordeau.

— Pas possible ! s'exclama Rod. Je suis impressionné. » Il sourit à Prue, qui battit de ses cils alourdis de mascara. La prochaine fois, se dit-elle, elle mettrait dans ses cheveux un de ces nœuds auxquels, bon gré mal gré, les Lawrence avaient fini par s'habituer. Pendant une fraction de seconde, elle posa sa main sur la cuisse du moniteur. « La vérité, c'est que vous êtes un professeur fantastique.

— Merci. » L'étincelle qui jaillit entre eux fit rougir Prue, et Rod baissa sa vitre comme s'il étouffait. « Laissons le double débrayage pour la semaine prochaine. Notre heure est presque terminée. »

Quelques instants plus tard, après que Rod l'eut déposée devant sa porte — avec dix minutes d'avance, remarqua Prue — elle lui envoya un baiser du bout des doigts. Sans aucun remords, elle passa le reste de la journée à s'étonner qu'un jeune inconnu comme lui la trouvât encore séduisante.

Chaque jour, Barry quittait la maison à sept heures dans la Daimler et rentrait pour dîner. Au moins une fois par semaine, il rapportait un cadeau à Prue : une montre en or, un foulard qui venait de Paris, jurait-il, un stylo à plume d'or, une mallette en cuir garnie de soie qu'il appelait « vanity case » — un mot qu'elle ne connaissait pas mais elle se garda de le dire —, ou encore une broche en rubis. Ces présents étaient offerts dans de somptueuses boîtes et du papier de soie. Après le dîner, Prue et Barry se rendaient au salon, allumaient le chauffage au gaz et écoutaient le Light Programme de la BBC. Venait alors la cérémonie de la remise et de la réception des cadeaux.

Plus Prue les déballait lentement, plus Barry était content. Il prenait plaisir à voir sa femme, les joues roses d'émotion, chercher désespérément toujours davantage d'adjectifs pour décrire sa surprise et sa gratitude. Un soir, il lui offrit un portefeuille en cuir rouge contenant cinq billets neufs de cinq livres. Prue éclata en sanglots. « Je ne peux pas continuer à accepter tous ces cadeaux, dit-elle. Quant à cet argent… Je n'en ai jamais vu autant de ma vie. Qu'est-ce que je vais en faire ?

— Dépense-le, ma chérie », répondit Barry. La satisfaction que procurait à Barry sa réaction paraissait suspecte à Prue sans qu'elle sût expliquer pourquoi. « Que pourrais-je faire de mon argent sinon le dépenser pour ma femme ?

— Alors… » Une part secrète de Prue était d'accord avec son mari. À présent, elle recevait en abondance ce qu'elle avait toujours désiré. C'était à la fois excitant et troublant.

Une fois le cadeau déballé et les exclamations de surprise épuisées, Barry déclarait qu'il allait se coucher car il devait se lever tôt le lendemain. Lorsque, une demi-heure plus tard, Prue le rejoignait dans la chambre, il dormait déjà. Le samedi, c'était différent. Prue appréhendait ce jour-là. Barry lui demandait alors de se mettre nue et d'enrouler son foulard neuf autour du cou ou de tenir sa nouvelle broche contre sa poitrine. Il lui faisait ensuite traverser la pièce et s'approcher du lit sur lequel il était allongé. Chaussant ses lunettes, il l'examinait comme si elle était un spécimen rare, l'attrapait par le poignet et l'attirait au-dessus de lui. La partie suivante du rituel était toujours rapide mais désagréable et dénuée de passion. Elle n'avait d'autre choix que de subir. Son plaisir à elle ne semblait nullement préoccuper son mari. Barry ne cherchait qu'à assouvir le plus vite possible son propre désir.

Au début, désireuse de lui plaire, Prue trouvait ces exigences du samedi soir supportables bien que décevantes. Elles finirent bientôt par la lasser. Un jour, elle essaya de traverser la pièce en accélérant le pas. Mal lui en prit. « Retourne à ton point de départ et recommence, cria Barry, rouge de colère. Lentement ! »

« C'est sûr, il ne m'attache pas et il ne me bat pas, écrivit Prue à Ag quelques mois plus tard, mais je le trouve un peu bizarre. Enfin… c'est peut-être le prix à payer pour le luxe dont il m'entoure. »

À sa grande surprise, les cadeaux, eux aussi, lui procuraient moins de plaisir à présent. Lorsqu'elle supplia Barry de cesser de lui en acheter, il rejeta sa requête, agacé. « Tu es une bonne épouse, déclara-t-il. Tu mérites qu'on te gâte.

— Mais pas toutes les semaines, Barry !

— Chaque fois que j'en ai envie. Cela me regarde, après tout.

— On dirait presque qu'ils sont destinés à compenser… je ne sais pas moi… à compenser un manque d'amour.

— C'est comme ça que tu vois les choses ? » Prue n'aurait su dire si Barry était étonné ou indigné. « À ta place, ma chérie, je me dirais que j'ai de la chance d'avoir un mari généreux, poursuivit-il avec une pointe de mélancolie inédite.

— Oh, c'est ce que je fais », se hâta d'assurer Prue. L'air étouffant du salon dégageait une odeur de folie, seul le sifflement du chauffage à gaz rompait le silence. Elle aurait voulu traverser en courant le Pré d'En Bas pour retrouver Barry n° 1 dans le bois, par un beau soir d'été, au lieu d'admirer, agenouillée sur le parquet, trois paires de gants en chevreau qu'elle ne mettrait jamais.

Lorsqu'il ne partait pas de bonne heure, Barry aimait que Prue prenne son petit déjeuner avec lui. La plupart du temps, elle le rejoignait simplement pour lui être agréable. Elle ne voyait pas ce que sa présence lui apportait : il mangeait son porridge, plongé dans le journal. Une fois son bol vide, il allumait son premier cigare de la journée, puis, immanquablement, se précipitait hors de la pièce. Prue se demandait parfois où il allait, comment il passait sa journée. Lorsqu'elle lui posait des questions, il restait dans le vague. Elle était incapable d'imaginer ce qu'il faisait ou la façon dont il se comportait à l'extérieur.

Un matin après son départ, elle ouvrit en grand la fenêtre de la salle à manger. Elle détestait l'odeur du cigare. Un filet de fumée s'échappa, mais toutes ces années où l'on y avait fumé avaient imprégné la pièce d'une manière irrémédiable. Prue regarda le vaste et morne carré de pelouse entouré de buissons d'un vert sombre et de murs de brique recouverts de lierre. Des jonquilles et des arbres fruitiers auraient dû y pousser, or il n'y avait pas un seul arbre ni une seule fleur de ce côté du jardin. Déprimée par cette constatation, elle se rendit à la cuisine pour demander à Bertha si

Barry envisageait d'éventuels travaux de jardinage.

Prue n'avait pas réussi à établir de rapports amicaux avec Bertha. La gouvernante avait fort bien tenu la maison pendant des années et refusait que quiconque s'en mêle. À demi-mot, elle avait fait comprendre à Prue qu'elle n'était pas la bienvenue à la cuisine. Non, elle n'avait pas besoin d'aide. Prue avait offert de repasser, faire les courses, ranger, mais ses propositions avaient été rejetées avec plus ou moins de politesse. Bertha vivait dans un appartement au-dessus du garage. À la connaissance de Prue, elle y passait tout le temps qu'elle ne consacrait pas à cuisiner ou à nettoyer. Bertha représentait un certain mystère, mais lorsque Prue interrogea son mari à son sujet, celui-ci resta aussi vague que d'habitude. Bertha avait eu des malheurs et il l'avait aidé à s'en sortir, expliqua-t-il. Voyant qu'il n'avait pas l'air de vouloir s'étendre sur le sujet, Prue jugea préférable de ne pas insister.

Ce matin-là, Bertha astiquait l'argenterie à la table de la cuisine. À l'entrée de Prue, elle pinça presque imperceptiblement les lèvres. « Bonjour, Mrs. Morton, dit-elle, les yeux rivés sur une cuiller.

— Bonjour, Bertha. » Prue regarda cette femme maigre et tendue dans son tablier, avec des cheveux enroulés sur la nuque, un peu dans le même style que ceux de Mrs. Lawrence. Elle portait des pantoufles et une modeste alliance. Elle était à la fois triste et hostile, amère et résignée. Prue se demandait comment entamer la conversation. « Votre cuisine est magnifique, dit-elle enfin. Tout cet équipement moderne ! À la ferme où je logeais comme volontaire, on n'avait rien de pareil. C'était plutôt primitif. Des légumes et des pigeons morts éparpillés partout… Vous voyez ?

— Vraiment ? » Bertha ramassa une autre cuiller. « Non, je ne vois pas. D'ailleurs, ça m'intéresse très peu. »

Un ange passa. Prue était pourtant résolue à ne pas quitter la pièce avant d'avoir obtenu son renseignement. Elle n'allait pas se laisser intimider par cette femme. « Je ne veux pas vous déranger, Bertha, reprit-elle, mais je voulais vous demander si mon mari avait l'intention de faire des plantations dans le jardin. »

Bertha lui lança un regard offensé comme si elle avait dépassé les bornes.

« C'est quand même un grand jardin, n'est-ce pas ? poursuivit Prue. On aurait envie, je ne sais pas moi, d'y voir des arbres, des fleurs…

— Mr. Morton ne m'a jamais fait part d'un projet de ce genre, répondit Bertha d'un ton presque triomphant. Je n'ai pas la moindre idée de ses intentions. Et ce n'est pas à moi de le lui demander.

— Oui, bien sûr… » Prue réussit à émettre un petit rire. « Eh bien, je ne veux pas vous empêcher de travailler. Au fait, le poisson d'hier soir était excellent, mentit-elle.

— J'espère bien. C'est le plat préféré de Mr. Morton. »

Bertha se tourna pour ranger les couverts dans un tiroir, ses maigres épaules remontées sous l'effet de l'indignation.

Prue courut dans sa chambre se mettre du mascara. Elle avait une leçon de conduite. Devoir se concentrer sur le demi-tour en trois temps lui ferait peut-être oublier Bertha, se dit-elle. Leur conversation l'avait laissée toute flageolante.

Ce matin-là, Rod se montra très silencieux. Son attitude amicale avait disparu. Il se limitait à de brèves instructions et oubliait de récompenser ses prouesses par des compliments. Ils se garèrent enfin à l'endroit habituel. Prue se tourna vers lui. Elle aimait son profil. « Que se passe-t-il, Rod ? »

Le jeune homme considérait le pare-brise. « Rien.

— Je ne vous crois pas.

— Je vous assure…

— Allez, dites-moi la vérité. »

Rod la regarda de ses yeux couleur d'ardoise. « Si vous voulez vraiment le savoir, je suis perturbé. J'ai failli vous envoyer un autre moniteur.

— Pourquoi ?

— Je n'arrive pas à comprendre pourquoi, mais vous savez ce que c'est : parfois vous ne vous y attendez pas et quelque chose vous tombe dessus à l'improviste et vous déstabilise. On ne pense plus qu'à ça… Pourtant je n'ai rien d'un coureur. Je vois peu de filles à part celles qui veulent apprendre à conduire — et elles n'ont aucun intérêt. La première règle qu'on nous inculque à la formation, c'est : jamais de familiarité avec nos élèves. Ça, jamais.

— Évidemment. » Prue se retenait pour ne pas poser sa main sur le bras ou la joue de Rod.

« Or il m'est de plus en plus difficile de la respecter. Il va falloir que je vous trouve un autre moniteur. »

Prue poussa un petit cri.

« Oh, non ! Ne faites pas ça ! J'adore mes leçons avec vous. Vous êtes un merveilleux professeur.

— Moi aussi, je les aime, c'est justement le problème, répliqua Rod en souriant. C'est bien ma veine : je tombe sur une jolie jeune femme mariée. Avec beaucoup de classe. Sacrée belle maison et tout le bazar… »

Ils se regardèrent un moment dans les yeux, puis Prue se mit à pleurer. Sa conversation avec Bertha l'avait affectée plus qu'elle ne l'avait pensé, se dit-elle, et maintenant voilà que ce jeune homme lui manifestait une telle sympathie… Elle s'entendit sangloter. Alors qu'elle se frottait les joues, elle les imagina barbouillées de mascara. Elle devait avoir une de ces têtes ! Du coup, elle éclata de rire.

Rod sortit un mouchoir et lui en tamponna le visage puis lui passa le doigt sur la lèvre supérieure. « Eh bien vous alors ! s'écria-t-il. Qu'est-ce qui ne va pas ? »

Prue renifla et se moucha. « Tout est si étrange, déclara-t-elle.

— Je suis vraiment désolé, dit Rod d'un ton résolument léger. C'est pour ça que je ne veux pas entendre parler de mariage. J'ai toujours pensé que c'était un truc bizarre. » Il récupéra son mouchoir. Tous deux eurent un petit rire. « Je crois que notre heure est terminée, dit Rod. Voyons si vous arrivez à rejoindre la route en marche arrière. »

Lorsqu'il la déposa devant chez elle, il lui serra la main. « Bonne chance pour l'examen. Je suis sûr que vous réussirez. »

Ce ne fut qu'après son départ qu'elle comprit ce que signifiaient ses vœux : il jugeait préférable de ne plus la voir.

Malgré ses leçons de conduite trois fois par semaine, à présent avec un vieux moniteur dépourvu de tout charme, Prue trouvait les journées longues et vides. Elle prenait parfois le bus pour se rendre en ville et dépenser l'un des billets de cinq livres, mais les magasins offraient peu de marchandises et rien n'était à son goût parmi leurs collections de vêtements ternes. Elle allait aussi au salon de coiffure, mais n'y travaillant plus, elle s'y sentait déplacée. Elle établissait des listes d'arbustes et de fleurs à planter dans le jardin et des quelques amis qu'elle avait eus à Manchester avant la guerre.

Elle eut toutefois l'agréable surprise de découvrir, deux mois après son mariage, un téléphone sous une table du vestibule — un appareil lourd et poussiéreux pourvu d'un long fil brun emmêlé. Elle n'avait jamais vu Barry s'en servir, ne l'avait jamais entendu sonner. Prue passa un après-midi à essayer de joindre deux anciennes camarades de classe. Toutes deux avaient déménagé, sans laisser d'adresses. L'idée vint alors à Prue, dont la correspondance se bornait à des cartes postales, d'appeler Ag et Stella. Comme elle avait envie d'entendre leurs voix, de savoir ce qu'elles devenaient ! Depuis qu'elles avaient quitté la ferme des Lawrence, les trois amies déjeunaient ensemble une fois par an, à Londres. Leur dernière rencontre remontait à six mois. Il était temps de reprendre rendez-vous.

Stella, qui vivait au bord de la mer, dans le Norfolk, se confondit en excuses de n'avoir pu assister au mariage de Prue.

« Ne t'en fais pas, dit celle-ci. C'était un mariage des plus discrets.

— Et Barry ? Ton deuxième Barry, comment est-il ?

— Très gentil. Généreux. Il me comble de cadeaux. Nous avons une grande maison.

— Tu as tout ce que tu voulais, alors ?

— Presque. J'apprends à conduire. Mais conduire une voiture est moins amusant que de conduire un tracteur.

— Je m'en doute. »

Installée sur une marche d'escalier, Prue aurait pu continuer à parler à Stella pendant des heures. La voix douce, réconfortante de son amie, sa façon de lui faire comprendre qu'elle partageait ses sentiments, même si Prue ne lui en avait rien dit. « Quand j'aurai mon permis, je viendrai vous voir.

— Oh, oui ! Ce serait formidable. Moi, je ne peux pas m'absenter souvent. Philip a besoin de soins constants. Il est très courageux, il ne se plaint jamais, mais il n'arrête pas d'attraper des infections. Tâche de venir le plus tôt possible, bien avant notre prochain rendez-vous à Londres.

— D'accord, c'est promis. » Ragaillardie à l'idée de cette visite — selon Barry n° 1 il fallait toujours avoir un joyeux événement en perspective — Prue appela Ag qui habitait dans le Devonshire avec Desmond, son mari.

« Ça fait longtemps que j'espérais ton coup de fil, dit gaiement son amie. Nous venons d'emménager dans notre nouvelle maison. Je suis folle de joie.

— C'est merveilleux, Ag. Quand je saurai conduire, je viendrai vous voir.

— Dépêche-toi, alors. Tu te plairas ici. Notre exploitation est plus petite que Hallows Farm, mais j'ai un beau verger planté des pruniers que m'a donnés Mrs. Lawrence et nous sommes sur le point d'acheter du bétail. Nous avons déjà pas mal de poules, évidemment.

— Des poules ? Mince alors !

— Et toi, Prue, que me racontes-tu ?

— Eh bien, me voilà mariée, responsable et respectable. Mon mari a quelques années de plus que moi, il est riche et généreux. J'ai une bague de diamant, d'autres bijoux, un chapeau en fourrure, des gants en chevreau et des trucs de ce genre… C'est bien ce que j'ai toujours voulu, non ? »

Ag hésita. « Tu as aussi des robinets en or ?

— Presque. » Les deux amies éclatèrent de rire.

Bien que se réjouissant à l'avance de revoir ses amies, Prue resta assise sur l'escalier à ruminer ses souvenirs. Deux projets commencèrent à prendre forme dans son esprit : une grossesse et des poules. Un bébé et une demi-douzaine de poules lui donneraient de quoi faire. Dans cette maison cossue, froide et sombre, c'était son oisiveté qui la déprimait.

Quelques semaines plus tard, Prue obtenait son permis. Elle se demanda qui pourrait s'en réjouir avec elle. Elle appela sa mère — à présent, elle se servait beaucoup du téléphone — qui la félicita, sans toutefois avoir conscience de la prouesse accomplie. Il y avait peu de chances que sa réussite intéressât beaucoup Barry. Elle pourrait cependant l'inciter à lui acheter une petite Austin.

Prue se trompait. Barry manifesta une joie disproportionnée par rapport à l'insignifiance de la nouvelle. Il posa son cigare et étreignit sa femme — il ne l'avait encore jamais fait. À part les fois où il la besognait brutalement, il ne la touchait pas sauf pour la guider jusqu'à leur table lorsqu'ils sortaient dîner. Il la serra si fort qu'il faillit l'étouffer. Prue poussa un petit cri. Barry la libéra en s'excusant et reprit son cigare. Il lui proposa de « fêter » cet événement — mot que Prue en était venue à appréhender à cause de ses connotations habituelles. Ils prendraient la Daimler, feraient un bon repas, boiraient du champagne. Que Prue mette une de ses robes neuves et essaie son nouveau parfum. Ils allaient se payer du bon temps.

L'enthousiasme de Barry avait quelque chose de déconcertant. Une fois de plus, Prue se dit qu'elle ne comprenait rien à son mari. Comment pouvait-il se montrer si satisfait de la réussite de sa femme à un simple examen d'auto-école et se soucier si peu de ce qu'elle faisait de ses journées ? Qu'imaginait-il ? Qu'elle lisait des romans à l'eau de rose en mangeant des caramels ? Mais peut-être pourrait-elle profiter de sa bonne humeur, interrompre ses sempiternels souvenirs de jeunesse pour aborder le sujet d'un poulailler ou la possibilité d'avoir un bébé, voire les deux.

Assis à leur table habituelle, ils mangèrent comme toujours des mini-côtelettes et de la purée servie avec un dessin à la fourchette qui rappelait à Prue les permanentes que sa mère réservait aux clientes d'un certain âge. Elle pouffa de rire.

« Qu'y a-t-il, chérie ?

— Oh, rien. Juste une idée bizarre qui m'a traversé l'esprit.

— Tu as les plus jolis yeux verts que j'aie jamais vus, tu sais », dit brusquement Barry. Son compliment parut le surprendre tout autant qu'elle. Après s'être redressé pour le débiter, il s'affala de nouveau sur sa chaise.

« Barry ! C'est la première fois que tu me dis quelque chose d'aussi gentil !

— Ce n'est pas vrai, ma chérie. Et si je ne le dis pas, je le pense souvent. »

Voilà sans doute pourquoi j'aime bien Barry, se dit Prue en vidant son verre : il a un côté imprévisible. Il se peut, après tout, que nous vivions à jamais heureux comme dans les contes et que nous ayons de nombreux enfants.

Lorsque le dessert arriva, une coupe de glace à la fraise, elle l'écarta, joignit les mains et se pencha vers son époux. « Barry, tu es le mari le plus généreux du monde. Je sais que j'ai beaucoup de chance, mais... il y a une chose qui me chagrine.

— Vas-y, parle. » Barry plissa ses yeux de grenouille.

« Je n'ai pas grand-chose à faire de la journée.

— Quoi ? Ton temps t'appartient, chérie. Que peut-on avoir de plus précieux ? Tu es libre de faire ce que tu veux. Quel luxe !

— Oui, mais j'ai toujours travaillé dur... J'aimerais consacrer de nouveau mon énergie à quelque chose. »

Barry poussa sa coupe à côté de celle de Prue et alluma un cigare. « Ce n'est pas moi qui t'en empêcherai. » Sa douceur, son attitude presque affectueuse avaient disparu. Il parlait comme un orateur politique. « Le monde est à tes pieds, tu as tout l'argent que tu veux et tu te plains ! s'écria-t-il, presque menaçant.

— Je ne me plains pas, je t'assure. » Prue soupira, puis sourit, ne sachant comment continuer. « Je me disais qu'ayant tellement de loisirs...

— Tu pourrais t'occuper de bonnes œuvres, rendre visite à des vieillards, avoir ce genre d'activités. Être utile. Aider ceux qui sont moins fortunés que toi. » Barry avait pris un ton méprisant.

« Bien sûr, mais ce que j'avais en tête — ne le prends pas mal, Barry — c'était que nous essayions de faire un enfant. »

Suivit un long silence. Lorsque Barry n° 1 et elle avaient un jour — par un bel après-midi dans le bois — évoqué la possibilité d'avoir un bébé, ils s'étaient embrassés, déclarant qu'ils ne pouvaient rien imaginer de plus beau. Son mari, lui, faisait la moue et cognait son cigare contre le cendrier, mettant en balance toutes sortes de considérations tel un conseiller financier. « Je n'y avais pas songé », répondit-il. De nouveau, il changea brusquement d'attitude. Il esquissa un demi-sourire. De sa main libre, il tapota le poignet de Prue. « Mais je ne demande pas mieux que d'y réfléchir. Ça ne me déplairait pas d'avoir un fils avec tes yeux verts... et mon cerveau, ajouta-t-il en riant. Nous pourrions mettre le projet en route dès ce soir. Et continuer à y travailler. C'est une excellente idée. »

Son regard glissa sur le décolleté et les petits

seins ronds de sa femme. Prue se contracta mentalement. Si Barry avait l'intention de « travailler » à la conception comme à un vulgaire projet commercial, elle espérait que celui-ci serait réalisé rapidement et qu'une fois qu'elle serait enceinte il la dispenserait de ses assauts.

Il demanda l'addition, semblait pressé de rentrer. Prue laissa tomber l'idée de lui parler d'un poulailler. Lui présenter deux requêtes à la fois risquait de le dérouter. Les poules attendraient.

Sur le chemin du retour, Barry conduisit une main sur le volant, l'autre sur le genou de Prue. « L'opération bébé est une excellente idée, mon chou, répéta-t-il à plusieurs reprises. Un beau bébé aux yeux verts. »

Malgré l'enthousiasme apparent que Barry avait manifesté pour la mise en route d'un enfant, le premier essai n'eut pas lieu ce jour-là. Lorsque Prue, obéissante, parada toute nue de la salle de bains jusqu'au lit, Barry lui demanda de se couvrir. « Pas de zizi-panpan ce soir, ma chérie. J'aimerais bien m'atteler à la tâche le plus vite possible, mais je suis crevé ! J'ai pas mal de soucis au boulot. Mais ne t'inquiète pas, tu te promèneras bientôt avec le ventre comme un ballon. Sauf que ce n'est pas pour cette nuit. »

Il semblait s'excuser. D'ailleurs, Prue lui trouva effectivement l'air fatigué. Elle se mit donc au lit avec des sentiments mêlés et éteignit la lumière. Un bébé, elle le savait, arrangerait tout. Chose curieuse, malgré son premier élan, Barry ne mit pas sa menace « d'y travailler » à exécution. Il s'en tint à son rituel du samedi soir et Prue ne donnait aucun signe de grossesse.

Une agréable surprise lui fit oublier un peu sa déception. Quelques jours après l'obtention de son permis, une Sunbeam Talbot rouge vif fut livrée dans l'allée de la maison.

Tout émue, Prue s'assit sur le siège en cuir clair. Des larmes lui vinrent aux yeux. « C'est la plus belle voiture que j'aie jamais...

— Ainsi tu seras libre, ma chérie. Tu pourras aller où tu veux, faire ce que tu veux. Être heureuse. » Debout près de la vitre baissée, Barry mâchonnait un cigare.

« Comment pourrais-je jamais te remercier ?

— J'aime te faire plaisir.

— Je meurs d'envie de l'essayer. Juste un petit tour. Tu m'accompagnes ?

— Non, vas-y seule. J'ai du travail. »

Prue agita la main, remonta la vitre et mit le contact. Le moteur fit entendre une délicieuse petite musique.

Elle passa beaucoup de jours à rouler dans sa nouvelle voiture. Au début, elle n'allait pas très loin, mais une fois habituée au véhicule, elle explora la campagne autour de Manchester. Elle visita à plusieurs reprises le Derbyshire, comté qu'elle adorait. Lorsqu'elle s'arrêtait au bord de la route pour admirer le paysage, elle se disait souvent : « Je suis heureuse à présent. Enfin... assez heureuse. » Dès qu'elle aurait acquis un peu plus d'expérience, elle irait voir les Lawrence dans le Yorkshire.

Un après-midi, à son retour de la ville où elle avait acheté une irrésistible paire de chaussures rouges d'avant-guerre avec des tickets économisés depuis longtemps, elle aperçut sous leur porche un inconnu, la main sur le heurtoir. Lorsqu'elle descendit de voiture, il se retourna. « Une sacrée voiture que vous avez là ! » s'écria-t-il.

Grand et maigre, il avait un visage curieux, mais agréable, et des cheveux roux — auburn certes plutôt que carotte, mais assez roux toutefois, se dit Prue, pour avoir dû s'attirer jadis les moqueries de ses camarades de classe. Il lui rappelait un peu Robert, ou George, un homme qu'elle avait rencontré dans un bus, peu après son retour à Manchester, à la fin de la guerre. Il était descendu au même arrêt qu'elle et l'avait raccompagnée. Elle l'avait invité à entrer prendre une tasse de thé — sa mère était encore au salon de coiffure — et ils avaient longuement parlé d'élevage de lapins. Ils avaient ensuite fait l'amour jusqu'à épuisement dans son étroit lit de jeune fille. George avait filé juste avant l'arrivée de Mrs. Lumley. Cet inconnu qui agitait une lettre la faisait aussi penser à un adorable sous-lieutenant qui, assis un jour à côté d'elle au cinéma, avait ajouté un piment particulier au film.

« Excusez-moi de vous déranger, dit l'homme. Je cherche Barry Morton. Je m'appelle Johnny Norse.

— Je suis Prue, l'épouse de Barry. » Ils se serrèrent la main.

« Enchanté. Comme vous devez le savoir, je suis un de ses locataires. »

Prue sourit. Elle n'avait encore jamais rencontré un locataire de Barry, elle en ignorait même le nombre. « Mon mari devrait revenir dans une heure, dit-elle. Entrez un moment.

— Je ne voudrais pas vous déranger. » John Norse agita de nouveau sa lettre. « C'était pour lui toucher un mot au sujet du contrat. En fait, j'aurais voulu lui demander… » Il s'interrompit.

« Allez-y, dites-moi, j'ai tout mon temps. » Prue aimait la façon dont John Norse plissait les yeux quand il souriait. Elle ouvrit la porte d'entrée. La lumière de fin d'après-midi se répandit sur l'ameublement massif, le miroir tarabiscoté, les portraits d'ancêtres inconnus qui n'étaient certainement pas ceux de Barry.

« Ça alors ! s'exclama Johnny. Votre maison ne ressemble vraiment pas à la mienne ! »

Ils restaient debout dans le vestibule, embarrassés. Comme Prue l'expliqua au téléphone à Ag le lendemain, elle s'était soudain trouvée placée devant un dilemme ayant trait à l'ordre des convenances. Normalement, elle serait allée à la cuisine, aurait mis la bouilloire sur le feu et prié son visiteur de s'asseoir à la table. Dans cette maison, c'était impossible. L'accès à la cuisine lui était interdit. Y emmener quelqu'un et commencer à chercher du thé et des biscuits aurait provoqué la colère silencieuse de Bertha.

La gouvernante aurait été capable de se montrer impolie et Prue voulait à tout prix éviter d'offenser cet homme aimable et proche voisin. L'autre solution, c'était de se rendre seule à la cuisine et de demander à Bertha de servir du thé au salon. Mais dans le vestibule sombre, Prue perdit tout courage. Même si Bertha daignait suivre ses ordres, son attitude désapprobatrice jetterait un froid. Il ne lui restait qu'à aller s'asseoir avec Johnny et lui faire la conversation. Elle ne l'emmena pas dans le grand salon de devant, mais dans le petit qui donnait sur le jardin.

Johnny alla aussitôt à la fenêtre et regarda dehors. « Votre jardin a la même forme que le mien, dit-il, mais la ressemblance s'arrête là. Vous pourriez le transformer. Il a un grand potentiel. » Il se retourna. « Avez-vous des projets à ce sujet, Barry et vous ? Je connais un certain nombre de pépiniéristes. Je pourrais vous mettre en relation.

— Je ne crois pas que Barry s'intéresse au jardinage. Asseyez-vous je vous prie, dit Prue d'un ton si guindé qu'elle eut un petit rire nerveux. Excusez-moi de ne pas vous offrir…

— Oh, ne vous inquiétez pas pour ça. Je voulais simplement remettre ce papier à votre mari. » De ses longs doigts, il lissa l'enveloppe. Il y eut un silence comme si chacun d'eux attendait que l'autre reprenne la parole. Prue leva très haut le pied pour croiser les jambes.

Johnny ne sourit pas, ne lui adressa aucun

compliment. Il semblait plongé dans ses pensées. « Avec toute cette herbe vous devriez avoir des poules, déclara-t-il enfin.

— Des poules ? » Bizarre qu'ils aient eu la même idée, se dit Prue. La possibilité de la réaliser la fit presque défaillir d'excitation.

« Oui. J'ai deux douzaines de Rhode Islands Red qui pondent un œuf par jour à la bonne saison. Elles ont un grand poulailler au bout du jardin. Je l'ai camouflé avec des buissons. C'est un plus pour la propriété, croyez-moi.

— Oui, j'imagine. » Prue décida de décroiser les jambes, appuya les coudes sur les genoux et posa le menton dans ses paumes. Prise d'une humeur frivole, elle avait envie d'essayer toutes les poses pour voir si elle parvenait à émouvoir cet homme. Ils avaient au moins un intérêt commun : les poules. Pas si mal pour un début. Elle battit des paupières, furieuse de ne pas s'être donné la peine de mettre du mascara. « À la ferme où je travaillais comme volontaire pendant la guerre, il y avait des douzaines de poules et de bantams. En fait — Prue plissa les yeux, se demandant si elle allait raconter ce petit incident à un inconnu —, le jour de notre arrivée, nous avons été accueillies par ces volatiles qui se baladaient partout et j'ai dit bêtement que je n'avais encore jamais vu d'aussi petites poules. Ag, une fille de la haute, ne m'a pas ratée. "Je pense que ce sont des bantams", a-t-elle dit de sa voix distinguée. Cela ne nous a pas empêchées de devenir bientôt de très bonnes amies. Que voulez-vous, pour moi, une poule c'était une volaille qu'on servait rôtie à Noël. »

Johnny rit poliment. « Vous étiez volontaire agricole ?

— Oui, confirma Prue.

— Bravo ! » Il lui adressa un signe de tête respectueux qui la fit rougir. « Que serions-nous devenus sans vous, les filles ? C'était comment ?

— Ça a été la plus belle période de ma vie.

— On ne connaîtra plus jamais ça. Bientôt vous figurerez dans les livres d'histoire.

— Peut-être.

— Mais revenons à nos poules. » Johnny retourna à la fenêtre et promena son regard sur la pelouse. « Je ne voudrais pas être impertinent, mais j'ai un bon conseil à vous donner. Suggérez à Barry d'installer un poulailler au bout du jardin. Je vous fournirai six poules pour commencer. Je pourrais même leur construire un abri, à ces bestioles. Je suis menuisier à mes moments perdus.

— Merci, je lui en parlerai. » Prue rejoignit son visiteur à la fenêtre. Elle se tenait près de lui, mais pas assez près pour qu'il se fît des idées.

Johnny lui tendit l'enveloppe. « Auriez-vous l'obligeance de lui remettre ceci ? Je voudrais juste qu'il me permette d'agrandir mon poulailler.

— Je suis sûre qu'il n'y verra pas d'inconvénient. Quel dommage qu'il ne soit pas encore rentré ! » Prue prit l'enveloppe. Désireuse de retenir son visiteur, elle demanda : « Vous travaillez à Manchester ? »

Johnny eut un large sourire et haussa légèrement les sourcils. « Si on peut appeler ça travailler, oui. Je passe la journée chez moi, et non dans un bureau. Je m'assois à ma table, je regarde mes poules par la fenêtre et j'écris ce que je considère être de la poésie. J'ai aussi l'intention d'aménager un jardin maraîcher à quelques kilomètres de la ville. La conjoncture actuelle n'est pas favorable, bien sûr, mais je persévérerai. Pendant la guerre, j'avais un potager. Je donnais des légumes à des gens dans le besoin et vendais le reste au prix coûtant. » Il s'éloigna de la fenêtre. Prue sentit comme un sillage d'air froid remplacer la brève impression de chaleur. « Je dois aller enfermer mes poules pour la nuit. » Prue le raccompagna. « Faites-moi savoir si votre mari est d'accord pour l'installation d'un poulailler ici. Nous pourrions aller acheter les premières poules ensemble. » Du menton, il désigna la Sunbeam Talbot. « Ça me donnerait l'occasion de rouler dans votre chouette voiture. »

Prue se mit à rire.

Après le départ de Johnny, une sorte de mélancolie s'empara d'elle, mais au-dessous frémissait comme un vague espoir. Le voisinage de Johnny, l'amateur de volailles, lui offrirait peut-être l'occasion de remplir ses journées. L'intérêt qu'il avait manifesté pour ses souvenirs de volontaire agricole lui avait fait plaisir.

De retour dans le vestibule, elle décida de prendre un long bain en réfléchissant aux derniers événements. Elle mettrait ensuite une de ses robes neuves pour soumettre à Barry l'idée du poulailler. Il n'y mordrait pas aussi aisément qu'à celle de faire un bébé, elle n'avait donc pas à craindre un autre dîner de célébration dans leur sempiternel grand hôtel. Elle gravissait l'escalier quand Bertha sortit de la cuisine. Hésitante, Prue finit par regarder en bas. La gouvernante enfonçait la rangée irrégulière de ses dents dans sa lèvre inférieure presque inexistante.

« Vous avez eu de la visite ? » demanda-t-elle.

Prue acquiesça d'un signe de tête et rougit. Elle ne voyait pourtant aucune raison de se sentir coupable ou honteuse. « Le voisin d'à côté. Il venait remettre une lettre à mon mari », répondit-elle, avant de continuer à grimper les marches, curieusement perturbée.

Une heure plus tard, habillée et coiffée avec soin, elle redescendit, s'attendant à trouver Barry assis devant la cheminée à gaz avec son journal et son cigare. Nul signe de lui. Elle alla à la porte d'entrée, regarda dehors. La Daimler n'était pas là non plus. Elle alluma sous le porche et découvrit, sur l'escalier, une boîte de six œufs. Elle l'ouvrit. Il n'y avait pas de message, mais elle ne pouvait venir que de Johnny. Sans doute voulait-il encourager Barry. Prue sourit. Les gros œufs bruns luisaient comme des veilleuses. Elle les caressa délicatement, retrouvant le souvenir de leurs froides coquilles. Résolue à ne pas les remettre à Bertha, elle les emporta dans le salon.

Ce soir-là, Barry arriva avec une heure de retard.

Il ne donna pas d'explication. Préoccupé par quelque problème professionnel, il ne remarqua pas l'élégance particulière de sa femme. Alors qu'ils mangeaient des saucisses anémiques accompagnées de purée, Prue lui exposa son idée avec tact. « Nous pourrions avoir d'aussi beaux œufs tous les jours », conclut-elle, et elle poussa la boîte ouverte vers son mari.

« D'où viennent-ils, ceux-là ? » demanda Barry.

Prue lui donna une version édulcorée de la visite de Johnny et de ses suggestions. Barry ébaucha un geste d'indifférence. « Vas-y, ma chérie. Installe-le, ce poulailler, si ça peut te faire plaisir. Je te donnerai de l'argent. Demande à ce type de t'aider. »

Prue se leva de table et alla embrasser Barry sur la tempe.

« Merci, dit-elle. Tu ne le regretteras pas. Des œufs comme ça... »

Barry lui tapota le ventre.

« Alors, tu es enceinte ?

— Non, pas encore.

— Je me demande bien pourquoi.

— Ça prend un certain temps.

— Oui, c'est vrai. À présent, il faut que je m'installe à mon bureau, essayer de débrouiller cette affaire. »

Restée seule, Prue écrivit un petit mot à Johnny pour le remercier de ses œufs et lui annoncer l'autorisation de Barry. Elle monta ensuite l'escalier en courant, ses doigts dansant joyeusement sur la vieille rampe en bois.

CHAPITRE 3

C'était un après-midi de fin d'automne. Par la fenêtre à meneaux du salon, on voyait un ciel lourd, morne, d'un blanc gris. Prue jeta par terre les magazines qu'elle lisait et regarda de nouveau Johnny qui bricolait quelque chose sur le toit du poulailler. Elle avait ordre de ne pas sortir avant qu'il l'appelle.

Il n'avait mis que deux semaines à construire cet abri. Prue et lui avaient effectué plusieurs expéditions dans sa camionnette, acheté du bois, du grillage métallique, des boîtes de créosote. Le rôle de Prue s'était borné à dispenser louanges et encouragements. Le talent de menuisier de Johnny l'avait remplie d'admiration. Ces travaux avaient pleinement occupé les journées et Prue n'avait pas vu le temps passer. Elle avait désormais un projet, une mission.

Johnny se tourna enfin et lui fit signe. Prue courut le rejoindre. L'un près de l'autre, ils contemplèrent l'œuvre achevée : un poulailler identique à celui de Johnny de l'autre côté du mur. « Pas mal, hein ? fit-il.

— Une merveille.

— Bon, faut qu'on s'occupe des poules et du grain.

— Quand est-ce qu'on va les chercher ? »

L'impatience de Prue fit rire Johnny. « Eh bien... disons demain. »

Le lendemain, alors qu'elle attendait la camionnette de Johnny au portail, Prue se souvint d'avoir éprouvé les mêmes sensations certains matins à Hallows Farm. Ces matins froids lorsque, après la traite, Joe et elle avaient l'occasion d'échanger un mot, un regard, rappel du plaisir qu'ils avaient connu la nuit précédente et promesse de plaisirs à venir. Au début de l'ère Barry n° 1, elle était, à ces heures-là, dans un tel état d'excitation que ses doigts tremblaient sur les pis glacés et faisaient gicler le lait sur le sol. Comme elle l'avait confié à ses amies, même aux premiers jours de sa liaison avec Robert, un passe-temps plutôt qu'une passion, elle s'était sentie guillerette quand, à l'aube, elle s'arrachait du lit. Et voilà qu'elle était de nouveau toute frétillante — ce qui ne lui était jamais arrivé pendant ses fiançailles — parce que le voisin l'emmenait acheter des poules. Pauvre idiote, se dit-elle.

Ils roulèrent dans un épais brouillard jusqu'à un élevage de volailles à quelques kilomètres de Manchester. Six cages contenant chacune deux Rhode Island Reds les y attendaient. Johnny les empila à l'arrière de la camionnette. Prue paya avec l'un de ses grands billets de cinq livres et reçut une poignée de monnaie.

Sur le chemin du retour, le caquètement indigné des poules se mêla aux hoquets du moteur. Le véhicule sentait les excréments d'oiseau et les plumes mouillées. Il faisait très froid — la camionnette n'avait pas de chauffage.

« C'est bien mieux que de rouler en Daimler », déclara Prue. Johnny s'esclaffa. Il était bon public.

Après avoir trimballé les cages jusqu'au poulailler, ils libérèrent les oiseaux qui se secouèrent et entreprirent d'explorer leur nouveau territoire. Prue et Johnny les regardèrent boire dans l'abreuvoir et picorer l'herbe tendre. Le brouillard, qui planait encore au ras du sol, donnait un aspect fantomatique à leurs silhouettes rondes. Johnny posa un bras sur les épaules de Prue, l'espace d'un instant.

Pour la deuxième fois, celle-ci se trouva confrontée à un dilemme. De nouveau, elle aurait voulu inviter Johnny à la cuisine qu'elle estimait être sienne et lui préparer du thé. De nouveau, elle en fut dissuadée par la pensée que Bertha, gardienne jalouse de son domaine, risquait de l'humilier si elle osait y introduire un visiteur. « Je ne sais comment vous remercier, Johnny, dit-elle. J'aurais aimé vous demander d'entrer…

— J'ai l'impression que votre gouvernante vous tyrannise. » Au grand soulagement de Prue, Johnny semblait comprendre la situation sans attendre d'explications.

« Oh, n'exagérons pas ! Mais il est vrai qu'elle a du mal à m'accepter. Aussi, je garde mes distances.

— Rien ne vous empêche en revanche de venir prendre une tasse de thé chez moi, n'est-ce pas ? »

Prue n'hésita que quelques secondes. « En effet », acquiesça-t-elle en jetant un dernier regard aux poules qui commençaient à s'acclimater.

L'appartement de Johnny se trouvait au premier étage de la maison voisine — identique dans ses proportions et quelques autres détails à celle de Prue et de Barry. Ils pénétrèrent dans une grande pièce qui comprenait une cuisine en désordre et plusieurs fauteuils et tables recouverts de papiers et de dossiers. Johnny se mit à la recherche de tasses propres. Prue s'approcha de la fenêtre. Par beau temps, on devait avoir une bonne vue sur les deux jardins et leur poulailler.

« Vous savez, dit Johnny, d'ici je pourrai vous voir matin et soir transporter des seaux de grains. Et, mieux encore, ramasser les œufs. Cela rythmera ma journée.

— La construction du poulailler vous a pris beaucoup de temps, elle vous a empêché de travailler à votre poésie. J'en suis désolée. » Prue regarda Johnny mettre des cuillerées de thé dans une théière jaunâtre. La porcelaine avait un reflet argenté comme les fleurs de vigne qu'elle avait vues un jour dans le tableau d'un maître ancien. La théière ressemblait exactement à celle de Hallows Farm. Prue en eut un pincement au cœur.

« Ne vous inquiétez pas. Rien ne me distrait de ma poésie. Elle est toujours là, dans ma tête.

— Vraiment ? Je n'y comprends pas grand-chose, vous savez.

— Je vous en lirai des extraits un de ces jours. Tenez. » Johnny lui tendit une tasse ornée de délicates roses peintes. Prue le soupçonna aussitôt d'être marié. Était-il possible qu'il eût lui-même choisi un service aussi « vieille dame » ? « Asseyez-vous donc dans un de mes fauteuils défoncés. »

Prue opta pour un siège près de la fenêtre, un meuble triste, mais confortable. Sur le rebord de la fenêtre, elle aperçut le seul objet frivole de la pièce : une bouteille de vodka vide dans laquelle était fiché un moulin à vent d'enfant. Elle se demanda si, la fenêtre ouverte, la brise ferait tourner ses ailes de papier. Elle donna une chiquenaude à la bouteille.

« Est-ce que ce jouet a une signification qui m'échappe ?

— Non. Il ne représente qu'une victoire facile sans la moindre importance », rétorqua Johnny en s'asseyant sur un tabouret en face d'elle.

Ce type avait la particularité de ne pas vous répondre tout de suite, et il n'expliquait jamais rien, se dit Prue. Il vous laissait mariner quelques instants en silence comme s'il réfléchissait sérieusement à ce que vous veniez de dire. Ce qui n'était sans doute pas le cas.

Tout en gigotant dans son fauteuil pendant l'un de ces silences, Prue examina le visage irrégulier de Johnny dont l'expression impertinente semblait trop juvénile. Ce n'était pas le genre d'homme qui l'aurait intéressée quelques années plus tôt : trop maigre, un peu trop grand, pas vraiment son genre. Plus mûre à présent, elle trouvait sa mélancolie attirante. Ce qui l'intriguait le plus, c'était qu'elle n'aurait su dire si elle lui plaisait ou non. D'habitude, elle le devinait tout de suite. Un petit mouvement de tête, une moue de ses lèvres fardées, et les hommes (si nombreux) tombaient à ses pieds. C'était facile. Mais Johnny… S'était-il même aperçu qu'elle était jolie ? Depuis deux semaines, ils s'étaient vus presque tous les jours pour leur projet et elle n'avait pas détecté le moindre signe indiquant qu'il avait d'autres intentions que de construire un poulailler. Ridicule. À moins qu'elle ait perdu la main ?

Elle posa sa tasse de thé sur le rebord de la fenêtre, se laissa aller entre les bras délabrés du fauteuil et hissa son pied sur le siège. Elle secoua la tête et plaça une mèche de cheveux avec un petit sourire. S'il brûlait de désir, Johnny n'en laissa rien paraître.

« Je vais allumer, dit-il.

— Oh, ce n'est pas la peine. J'aime bien la pénombre. » Prue changea de position, elle croisa les jambes.

Ce mouvement provoqua chez Johnny un regard que Prue interpréta comme une réaction positive, presque de l'intérêt. Elle cligna lentement des paupières, les cils alourdis de mascara noir.

« C'est bizarre, dit Johnny, mais j'ai toujours rêvé de rencontrer une volontaire agricole. J'avais l'impression qu'elles étaient un peu irréelles. Je regardais des photos dans le *Picture Post.* Elles portaient toutes des jodhpurs sexy et des pulls moulants. Vous avez gardé les vôtres ? »

Curieux cet effet que leurs pantalons de cheval avaient fait sur la gent masculine d'Angleterre, se dit Prue. « Oui, répondit-elle non sans une pointe d'appréhension. En fait, nous n'avions le droit de ne conserver que le manteau, mais comme j'avais deux pantalons, j'en ai gardé un. » Un homme aussi gentil et réservé que Johnny ne pouvait tout de même pas être un de ces pervers qui voulaient…

« J'aimerais qu'un jour vous le mettiez pour moi.

— Pas question !

— Je plaisantais. » Johnny et elle échangèrent un sourire qui dissipa ce moment de gêne. Prue renonça alors à le séduire. Avec une certaine complaisance, elle se dit que, si elle avait essayé, elle y serait parvenue tout comme avec les autres. Mais elle n'en ferait rien, voilà. Au fond d'elle-même, sa vieille éducation religieuse restait bien ancrée : une fille pouvait avoir tous les petits amis qu'elle voulait (selon le précepte maternel plutôt que celui de l'Église), mais une fois mariée, aussi difficile que ce fût, elle restait fidèle. Et cette règle morale, elle la respecterait parce que… eh bien, parce que Barry lui procurait tout ce dont elle avait toujours rêvé, parce qu'il était calme et posé. Simplement, il était *absent.*

« Êtes-vous marié ? demanda-t-elle soudain, le regard fixé sur la décoration surannée de sa tasse.

— Je l'ai été. Brièvement. Un vrai désastre. Nous n'avions aucun point commun. Ma femme avait un sale caractère et une langue de vipère. Bien entendu, elle ne m'en a rien montré avant le mariage. Ou alors j'étais aveugle. C'est bizarre comme on peut se tromper. Ensuite j'ai pensé — et par chance elle était d'accord avec moi — qu'ayant commis une erreur nous devions la réparer au plus vite. À quoi bon continuer en espérant que les choses s'arrangent ? Contrairement à moi, elle avait des revenus personnels, on n'a donc pas eu à se battre pour des questions d'argent. Elle s'est remariée avec un type de Las Vegas. »

Serrées autour de sa tasse comme pour y trouver du réconfort, ses grandes mains tremblaient. Prue remarqua qu'un muscle de sa mâchoire tressautait à intervalles réguliers. Elle commença à se demander si son voisin n'était pas un peu hypertendu, voire névrosé. Elle devait éviter de s'aventurer sur un terrain miné. Il ne fallait plus mentionner l'épouse. L'instant d'après, toutefois, Johnny la regarda avec un sourire si désarmant qu'elle crut s'être trompée. « Je ne pense plus jamais à elle, déclara-t-il. Mais Barry ? Qu'en est-il de votre Barry ? Je le connais à peine. Nous n'avons que des rapports de propriétaire à locataire.

— C'est un chic type, Barry. Je ne le vois pas beaucoup. Il est pris par son travail, mais il est très généreux. » Elle tendit le poignet et tapota sa montre en or.

« En effet. Êtes-vous heureuse ? »

Prise au dépourvu, Prue gloussa. « Quelle question ! Bien sûr que je suis heureuse. Croyez-vous que je l'aurais épousé si j'avais pensé que ça ne marcherait pas ? Je dois admettre que nous sommes très différents, mais quel est le secret d'un bon mariage ? Parfois les unions les plus invraisemblables...

— Oui, c'est vrai. » Il faisait presque nuit maintenant. « Il est grand temps d'allumer », dit Johnny. Il se leva, prit la tasse vide de Prue.

« Et grand temps pour moi de rentrer. Mon mari doit se demander où je suis passée », ajouta Prue, consciente que c'était peu probable.

Ayant décidé de ne pas flirter avec Johnny, elle se sentait plus détendue, capable de gestes innocents. Elle supposait que son nouvel ami les interpréterait comme tels. Elle se planta devant lui. « Je ne sais comment vous remercier. Quand je pense aux heures et à l'énergie que vous avez consacrées à mon poulailler ! Ces poules vont changer ma vie. Qu'est-ce que moi je pourrais faire pour vous ? »

Johnny fronça le sourcil. Il semblait réfléchir à la question. De toute évidence, il n'y voyait aucun sous-entendu. Il finit par sourire. « Eh bien, votre voiture. Jamais je n'aurai les moyens de m'en offrir une qui soit aussi belle. J'aimerais faire un tour dedans. C'est possible ?

— Évidemment.

— Inutile d'aller bien loin. J'apporterai un bidon d'essence. J'en ai un peu en réserve.

— Mais je viens à peine d'apprendre…

— C'est moi qui conduirai, si vous me le permettez. Je vous montrerai les possibilités de cette voiture. Je connais une route bien droite. » Johnny posa les mains sur les épaules de Prue et la tourna doucement vers lui. Puis il l'embrassa sur le front. « Ça sera chouette. J'ai hâte d'y être. »

À son retour chez elle, Prue constata que la Daimler n'était pas au garage et qu'il n'y avait nulle lumière dans la maison. Elle entra et alluma. Bertha apparut dans le couloir qui menait à la cuisine. Parvenue dans le vestibule, elle regarda fixement Prue qui partit d'un petit rire nerveux. « Johnny Norse a terminé le poulailler, l'informa-t-elle. Les poules y sont déjà. Vous les avez vues ?

— J'ai pas regardé. Ça m'intéresse pas tellement les poules.

— Mais on va avoir des œufs ! bredouilla Prue. Vous avez une idée de l'heure à laquelle mon mari rentrera ?

— Non, répondit la gouvernante. Comment le saurais-je ? Ça ne me regarde pas, ça. »

Prue sentit monter en elle un flot de haine.

« Bon, eh bien, j'irai enfermer les poules, dit-elle en ramassant une lampe de poche sur le guéridon du vestibule. Ce sera mon travail désormais », ajouta-t-elle d'un ton qui se voulait dégagé. Elle n'avait nullement l'intention de se laisser intimider par Bertha.

« Très bien. » La gouvernante se détourna et repartit, les épaules remontées si haut qu'elles touchaient presque le mince rouleau de cheveux sur sa nuque. Exprimait-elle ainsi un sentiment de triomphe ? se demanda Prue. Qu'elle aille au diable, cette vieille peau de vache ! se dit-elle. Si elle croit qu'elle va me dominer, elle se met le doigt dans l'œil.

Rassembler les poules dans l'obscurité lui prit plus de temps que prévu. Elles couraient à droite à gauche, fuyant le faisceau de la lampe. Parfois, elles émettaient un caquètement lugubre. Prue s'amusa de leur ridicule désorientation, avant de se rappeler qu'elles venaient d'arriver et devaient s'habituer aux lieux. Les poules n'étaient pas son truc, comme Ag, mais elle s'y ferait, et elle était impatiente.

Après les avoir enfin enfermées, elle jeta un regard à la maison voisine. Johnny se tenait à sa fenêtre éclairée (elle se rappela qu'elle était dépourvue de rideaux). Il agita la main. Elle lui rendit son salut et rentra chez elle.

Il y avait de la lumière à la cuisine maintenant. Les rideaux n'étaient pas tirés. Prue éteignit sa lampe de poche et longea la pelouse en rasant les murs. Quelque chose la poussait à observer Bertha. À l'épier.

Bertha n'était pas seule. Campé de l'autre côté de la table, Barry enfonçait les mains dans les poches de son pardessus. Il semblait écouter avec attention la gouvernante qui gesticulait avec des mouvements raides du bras. Il posa soudain ses mains à plat sur la table, se pencha et cria. Prue n'entendait pas ses paroles, mais, de toute évidence, il était en colère. Bertha essuya ses doigts enfarinés sur son tablier et s'en couvrit les oreilles. Barry se précipita hors de la pièce après avoir pris un cigare. Il claqua la porte derrière lui. Bertha décrocha un torchon et s'en tamponna les yeux.

Le cœur de Prue battait à tout rompre. Sans savoir pourquoi, elle avait l'impression d'être coupable. Elle n'avait rien à se reprocher, mais elle se doutait qu'elle était la cause de cette querelle.

Barry était assis devant la cheminée, un verre de cognac à côté de lui, son cigare allumé. À l'entrée de sa femme, il leva la tête et lui adressa son plus beau sourire. « Bonsoir, ma chérie.

— Bonsoir. » Prue s'approcha de lui et l'embrassa sur la tempe. Luisante de sueur, la peau de Barry laissa un goût de sel sur ses lèvres. Cette façon de le saluer le soir était devenue un rituel.

« Il paraît que le poulailler est en service, dit-il.

— Oui. Johnny et moi sommes allés chercher une douzaine de Rhode Island Reds cet après-midi. Elles semblent aimer leur nouveau logis. Je viens de les enfermer pour la nuit.

— Très bien. » Barry contempla les fausses flammes couleur pêche. « On m'a dit aussi que tu étais allée chez Johnny. »

Pour autant que Prue pût en juger, il ne s'agissait pas d'un reproche : son mari avait parlé d'un ton léger. « En effet. Il m'a offert une tasse de thé. J'aurais difficilement pu l'inviter ici, n'est-ce pas ? »

Barry s'agita dans son fauteuil. « Et pourquoi pas, grand Dieu ? Tu es chez toi. Tu peux inviter qui tu veux.

— J'avais l'impression que cela ennuierait Bertha si j'utilisais sa cuisine. Et j'hésitais à lui demander d'apporter du thé au salon. »

Barry fixa sur sa femme un regard qu'elle ne put déchiffrer, puis il dit d'une voix forte, presque avec colère : « Écoute-moi, chérie. Bertha est notre gouvernante. C'est mon employée. Je la paie bien. Je lui assure un toit. Si ma femme veut inviter un voisin, qui, entre parenthèses, s'est donné beaucoup de mal pour nous construire un poulailler, je suis d'accord, et Bertha ferait bien de se conformer à nos désirs. J'y veillerai.

— Entendu », dit Prue, gênée. Elle regarda Barry se calmer et se renfoncer dans son fauteuil. Il tendit la main et lui prit le poignet. « Ma pauvre chérie, nous formons un drôle de couple, je le sais, mais nous nous entendons bien, non ? »

Bon sang ! se dit Prue. Qu'est-ce qui lui prend ? Barry n'était pas homme à faire de grandes déclarations. Décidément, il n'en finissait pas de la surprendre.

Au bout d'un moment, il la lâcha et lui lança un regard affectueux. « C'est un bon locataire, ce Johnny Norse, dit-il. Et un bon voisin. Il m'a aidé à réparer une fuite sous le toit. C'est aussi un bon menuisier. Et un écrivain, à ce qu'il paraît. En tout cas, si tu veux t'en faire un ami, vas-y, je n'y vois pas d'inconvénient. Je ne suis pas souvent là et tu n'as pas à tenir compte de l'attitude de Bertha. Je la crois un peu jalouse. J'ai vu la façon dont elle le regardait un jour — il descendait la rue et elle était en train de nettoyer la porte d'entrée. Quand je lui ai dit qu'il avait l'air d'être un homme charmant, elle s'est mordu les lèvres, au bord des larmes. J'ai alors filé, tu peux t'en douter. » Il partit de son rire tonitruant et se leva. « Passons à table, chérie. » À cet instant, Prue l'aima presque.

Au dîner, Bertha avait l'habitude de servir deux assiettes de nourriture peu appétissante cuisinée par ses soins et de les poser devant eux. Ce soir-là, elle avait simplement laissé deux filets de morue dans un plat, sur la plaque chauffante, des pommes de terre bouillies, mais pas d'autre légume.

« Les messages de Bertha sont toujours très clairs », dit Barry, et de nouveau il éclata de rire.

Quelques jours plus tard, Prue invita Johnny à essayer la Sunbeam Talbot, comme promis. Il resta plusieurs minutes immobile avant de mettre le contact. Puis il fit ronfler agréablement le moteur, exploit qu'elle n'avait jamais réalisé, et démarra avec des coups de volant pleins d'assurance.

Le brouillard, qui avait persisté toute la semaine, s'était levé. C'était une matinée ensoleillée et ils atteignirent bientôt une voie dégagée. Johnny roulait plus lentement que Prue ne l'avait prévu, mais elle se garda de lui en faire la remarque. Impatiente de goûter à un peu de vitesse, elle se dit qu'il devait s'habituer à la voiture avant d'appuyer sur le champignon. Ils quittèrent bientôt la banlieue, la campagne surgit des deux côtés de la route. Avec un grand sourire, Johnny accéléra. « Nous y voilà ! s'écria-t-il. Quelle voiture ! »

Cet excès fut de courte durée. Johnny s'arrêta dans un espace découpé dans l'accotement, en haut de la colline. « Vous voulez admirer le paysage ? »

Prue regarda la large vallée qui s'étendait à leurs pieds et gloussa. « C'est bizarre, dit-elle, chaque fois que les gens arrivent sur une hauteur, ils déclarent que la vue y est superbe, alors que ce n'est pas toujours le cas.

— C'est vrai, mais admettez qu'elle n'est pas mal ici.

— En effet.

— Je vous emmènerai voir quelques-unes de mes vues préférées.

— D'accord.

— Mais pas aujourd'hui. Nous allons boire un peu de café, puis rentrer. » Johnny tendit le bras vers la banquette arrière, en ramena un filet à provisions qui contenait une Thermos et deux tasses.

« Vous pensez vraiment à tout ! » s'écria Prue. Elle avait l'étrange impression que le temps passait très vite. Si elle n'inventait pas tout de suite un stratagème, leur excursion se terminerait sans qu'elle sût avec certitude s'il y en aurait jamais une autre. Elle sirota le breuvage chaud et sucré en regardant à travers le pare-brise. « Merci pour le café. »

Elle ouvrit la portière, descendit et alla s'appuyer contre le capot. Johnny la suivit. Croisant les bras, il laissa errer son regard sur un bouquet d'arbres, la terre noire d'un champ labouré, un cheval de trait aux oreilles aplaties contre sa tête tristement baissée.

« Je ne peux pas continuer à vivre en ville, il n'y a pas de ciel, se surprit à déclarer Prue qui venait seulement d'y penser. J'ai soif de ciel. Chez nous, il est encombré de maisons et d'arbres, on dirait un puzzle. Cela ne me convient pas. J'ai besoin de grands ciels vides, comme ceux de Hallows Farm. Des ciels qui descendent jusqu'aux haies…

— Je comprends ce que vous voulez dire. »

Johnny se tut un instant. « Mais que pouvez-vous y faire ? Votre mari vit à Manchester. »

Prue haussa les épaules et pouffa de nouveau. « Je suis bête. De toute façon, je ne peux rien y faire, n'est-ce pas ? »

Johnny se tourna vers elle. « Je ne crois pas. Il faudra vous habituer à vivre en ville.

— Jamais. Je n'en ai jamais été capable. Pas tout le temps, en tout cas. Il faut que je pousse Barry à y remédier. Toutes les cinq minutes, il me demande ce que je veux. Un de ces jours, je répondrai : "Je voudrais vivre à la campagne." Je ne sais pas pourquoi je n'ai pas réfléchi davantage avant d'accepter de l'épouser. J'ai dû penser que je m'habituerais à vivre dans ce lugubre vieux Manchester. Après tout, j'y ai grandi. Mais je n'y arrive pas.

— Ça m'étonnerait que vous puissiez changer Barry. Je le connais à peine, mais il m'a l'air d'être un citadin jusqu'au bout des ongles. Il faut qu'on rentre. » Johnny vint lui ouvrir la portière. « J'ai du travail.

— Vous avez de la chance.

— Écoutez, sur le chemin du retour, on va faire un peu de vitesse.

— Chic ! »

Ils roulèrent à tombeau ouvert jusqu'à Manchester. La voiture remonta l'allée des Mélèzes à vive allure, faisant gicler le gravier. À la fenêtre de la cuisine, Bertha montra un visage désapprobateur.

« Stupide vieille garce ! Peau de vache ratatinée ! » cria Prue. Pour contrarier encore davantage la gouvernante, elle se glissa vers Johnny et l'embrassa sur les joues. « C'était chouette comme tout, dit-elle. Vous êtes un bon conducteur. Merci.

— Nous remettrons ça bientôt. Promis. »

Johnny tint parole. Prue et lui partirent plusieurs fois à la campagne, parfois en roulant très vite, parfois à un rythme de croisière. Ils s'arrêtaient certains jours dans un pub pour boire une bière ou manger un fish & chips. Tous deux hésitaient à confier leurs sentiments. Prue se borna à faire une discrète allusion à l'étrangeté et à la solitude de sa vie conjugale. Johnny, lui aussi, se contentait d'évoquer vaguement ses désirs. Ils s'envoyaient des signaux qui restaient flous. Et cela valait mieux, se disait Prue. Ils étaient amis, ils n'étaient pas et ne seraient jamais des amants qui se feraient des confidences sur l'oreiller. L'amitié de Johnny lui apportait beaucoup. Stella et Ag lui manquaient, elle regrettait leur sagesse, leur rire, leur force. Elle n'avait pas d'amies en ville et aucune envie d'en chercher. Le voisinage de Johnny, ses petits signes depuis la fenêtre quand elle nourrissait les poules, son insistance à lui prêter des poèmes de Wordsworth (« Bon sang, Johnny ! Vous voulez que je lise tout ça ! ») lui étaient d'un grand réconfort. Le rendez-vous annuel avec Ag et Stella était encore loin et l'hostilité de Bertha à son égard ne cessait d'augmenter, rendant pénible l'atmosphère de la maison. « Qu'est-ce que je peux bien faire ? » se demandait Prue.

Les poules l'aidaient à remplir une partie de la journée, mais elle ne s'intéressait plus guère à elles. D'avoir à aller les enfermer les soirs de pluie était devenu une corvée. Il restait les œufs. Barry en raffolait. Ce qui aurait vraiment changé sa vie, c'était un enfant. Par des moyens détournés, elle parvenait à inciter Barry à lui faire l'amour (toujours à sa façon fruste) plus d'une fois par semaine. Il ne protestait pas, mais ne montrait guère d'enthousiasme. « Faire un bébé n'est pas une mince affaire », grommelait-il. Quelque chose clochait peut-être chez Prue, insinua-t-il. Elle devrait peut-être consulter un médecin.

Prue ne tint pas compte de sa suggestion et après presque deux ans de mariage elle n'était toujours pas enceinte.

Au printemps qui suivit l'arrivée des poules, Prue et Johnny commencèrent à faire des excursions plus longues. Prue ne les cachait jamais à Barry : la description des lieux qu'ils avaient visités, l'état des chemins et le nombre de fermes qu'ils avaient vues lui fournissaient un sujet de conversation au dîner. Barry semblait content qu'elle eût trouvé un « passe-temps » agréable. Et aussi que la voiture qu'il lui avait offerte fût un tel succès. « Si jamais tu manquais d'essence, préviens-moi, chérie, dit-il un soir. Je peux m'en procurer. » Il était très fier du talent qu'il avait pour dégotter des produits au marché noir.

Cependant, lorsqu'il tendait à sa femme des tickets d'essence ou des boîtes de chocolats, il avait la décence de prendre un air légèrement honteux. Prue acceptait ces « petites aides en des temps difficiles », comme les appelait Barry, plutôt que de l'offenser en les refusant. Les Lawrence auraient été choqués, mais elle essayait de ne pas y penser.

Elle repoussait dans son assiette des grumeaux de crème anglaise instantanée perdus au milieu de poires en conserve. La crème anglaise provoquait toujours chez elle une intense nostalgie. Mrs. Lawrence en préparait d'excellentes, avec de vrais œufs et de la vanille. Le dessert concocté par Bertha n'avait rien à voir, bien que Barry aimât en manger au moins trois fois par semaine.

« S'il fait beau demain, nous irons un peu plus loin que d'habitude, annonça-t-elle. Du côté de Bakewell. Comme Johnny ne peut partir qu'après le déjeuner, je risque de rentrer un peu tard. Ne t'inquiète pas. Demande à Bertha de laisser mon dîner dans le four.

— Ce sera une jolie balade », dit Barry. Après un long silence, il ajouta : « Heureusement que je suis un mari confiant. »

Prue éclata de rire. « Tu as toutes les raisons de l'être. Tu sais bien que je ne m'attaquerais jamais à Johnny et vice versa. C'est un ami, c'est tout. Quelqu'un à qui parler et avec qui je peux me promener de temps à autre en voiture. Tu n'es pas souvent là, les journées sont longues. » Pour éviter que Barry n'y vît un reproche, elle avait prononcé cette dernière phrase d'un ton léger.

« C'est un bon arrangement. » Bien que Prue n'eût pas terminé son dessert, Barry alluma un cigare. Il ne s'était encore jamais aperçu qu'elle détestait la fumée. « Bakewell ? C'est une sacrée virée. »

La journée ne s'annonça pas aussi bonne que Prue l'avait espéré. Une brume voilait le paysage et Johnny avait l'air préoccupé.

« Tu es en train de composer un poème ? » lui demanda Prue pour dissiper la tension qui semblait envelopper son compagnon comme du fil de fer barbelé. Johnny ne répondit pas. Comprenant sa maladresse, Prue se tut elle aussi. Les mains crispées sur le volant, Johnny conduisait trop vite. C'est ainsi qu'il avait serré sa tasse quand il lui avait parlé de son ex-femme. Était-ce pour cacher un tremblement ? Ses articulations étaient horriblement blanches et un muscle tressaillait de nouveau sur son visage, cette fois dans sa joue. Il luttait peut-être avec quelque démon intime, se dit Prue. Elle n'avait pas l'intention de lui demander ce qui le tourmentait. Il était le genre d'homme à s'effaroucher de pareille sollicitude.

Les pneus crissaient et dérapaient dans les tournants. Prue ne savait pas où ils étaient et répugnait à s'en informer. Finalement, Johnny s'arrêta. « Je voulais te montrer cette merveilleuse vallée. Mais ce n'est pas un bon jour pour ça. Désolé.

— Tant pis. Nous la verrons une autre fois. » Prue s'étonna de son indifférence. À bien réfléchir, son intérêt pour ces sorties touristiques commençait à s'estomper. Comme elle l'avait souvent dit à Johnny, elle aimait la nature autant que lui, mais elle ne voyait pas l'intérêt de se borner à admirer des paysages. Ce qu'elle adorait, c'était creuser, labourer, tailler les haies, soigner les animaux. Faire quelque chose d'utile. Aussi, quand Johnny proposa de trouver un pub, d'y déjeuner, puis de rentrer, accepta-t-elle cette idée avec un certain empressement.

Ils rentrèrent par un chemin plus long, pensant que le brouillard finirait par se lever. Prue feignit d'être très déçue lorsqu'il se mit à pleuvoir plus fort. En fait, elle était impatiente de rentrer, d'enfermer les poules — dont la charge était devenue une corvée quotidienne —, et de prendre un bain. Johnny la déposa devant sa porte à cinq heures. Ils s'embrassèrent sur les joues avec l'impression d'avoir raté leur journée.

« C'est la faute au temps », déclara Johnny.

À la grande surprise de Prue, la Daimler était au garage. D'habitude, Barry ne rentrait jamais si tôt. Prue pénétra dans le vestibule et resta là un moment à regarder les formes laides et sombres des meubles et des tableaux comme si elle les voyait pour la première fois. Quel lien avait-elle avec eux ? se demanda-t-elle. Seul le silence lui répondit.

Du couloir qui partait du bout du vestibule retentit soudain un couinement semblable au cri d'un pigeon effrayé. Bertha surgit dans l'encoignure, elle qui habituellement semblait glisser sur le sol. Sa coiffure s'était défaite, des mèches pendaient sur son cou épais. Une tache rouge, aussi vive que de la cire à cacheter, brillait sur ses joues. Ses yeux s'agitaient dans leurs orbites. Elle mordillait sa lèvre de ses longues dents. Apercevant Prue, elle poussa un cri. Puis elle plaqua sa main sur sa bouche. Ses doigts tachés de sang cherchèrent le haut de sa triste robe beige. Sans baisser les yeux, elle s'efforça de se reboutonner. « Vous êtes rentrée tôt ! cria-t-elle.

— Qu'est-ce que ça peut vous faire ? » rétorqua Prue en fermant la porte d'entrée.

Lorsqu'elle se retourna, Bertha criait en direction de la cuisine. « Reste où tu es, Barry ! » Trop tard. Barry émergea du couloir sans cravate et remettant ses boutons de manchette.

« Qu'est-ce que c'est que ce tohu-bohu, chérie ? » demanda-t-il, sans prêter attention à Bertha.

Prue haussa les épaules. « Quand je suis entrée, Bertha a piqué une crise. »

Livide, serrant des pans de sa robe, Bertha se balançait sur ses pieds nus. « Elle est revenue plus tôt que prévu », pleurnicha-t-elle. Elle se tourna vers Barry et glapit : « Tu m'avais juré que cela n'arriverait pas. Qu'elle n'apprendrait jamais la vérité. Tu m'as menti…

— Tu ferais mieux de nous laisser », répliqua

Barry d'une voix calme. Ses boutons de manchette en place, il tira une cravate mauve de sa poche et se la passa autour du cou. Bertha s'enfuit. Barry refit son nœud de cravate, les yeux rivés sur Prue comme si elle était un miroir. « Je te dois sans doute une explication. »

Prue acquiesça. Qu'est-ce que Barry et Bertha avaient bien pu fabriquer dans la cuisine pour se mettre dans cet état ? En plein désarroi, Prue ne trouvait pas de réponse. Peut-être avaient-ils eu une autre dispute et son mari — qu'à Dieu ne plaise ! — avait-il frappé la gouvernante ?

Dans le salon, Barry alluma la cheminée, se versa un verre de whisky et prit un cigare. Il s'assit dans son fauteuil habituel, genoux écartés, son pantalon à rayures formant des plis disgracieux sur ses cuisses. Prue s'assit comme toujours sur le canapé, face à lui. Les meubles, pourtant si familiers, semblaient bouger, les tableaux pendaient de travers sur les murs. Prue avait remarqué que lors d'événements imprévus, fussent-ils tragiques ou joyeux, les choses de la vie quotidienne se mettaient à danser, rendant méconnaissable le cadre habituel. Cette espèce de magie l'avait toujours perturbée.

« Tu dois te demander ce que signifie cette scène. Je vais te le dire. Tu as le droit de le savoir. » Barry tira sur son cigare d'un air satisfait comme s'il se réjouissait de donner une explication. Il exhala un nuage de fumée qui irrita les yeux de Prue. « Il faut que tu comprennes une chose, chérie. Bertha est une femme très compliquée. Privée d'amour, pathétique. » Rejetant la tête en arrière, il se tut pour réfléchir à ce jugement.

Une fois de plus, Prue se dit que faiblement éclairé comme à présent, Barry pouvait presque passer pour un bel homme, dans le genre rondouillet. « Ah oui ? » fit-elle.

Son manque d'intérêt aiguillonna Barry. « Tout à fait. Elle n'a pas eu de chance dans la vie. » Il marqua une autre pause. « J'ai fait pour elle tout ce que j'ai pu sans en être toujours récompensé. Mais je la plains, c'est normal.

— Comment est-elle entrée dans ta vie ?

— C'est toute une histoire. » Barry eut un petit rire. « Eh bien, curieusement, de la même façon que ta mère et toi. Par une de ces nuits pluvieuses de Manchester, dans une rue déserte, pendant une alerte. Je suis passé devant cette pauvre femme qui attendait à l'arrêt d'un autobus dont je savais qu'il n'y en aurait plus jusqu'au lendemain. Elle était trempée. Je me suis garé devant elle et lui ai demandé où elle allait. D'abord, elle a eu si peur qu'elle a été incapable de me répondre. Elle devait me prendre pour un assassin. » À ce souvenir, Barry éclata de rire une nouvelle fois. « Je lui ai dit de monter. Elle a eu du mal à grimper dans la voiture. Je lui ai demandé où elle voulait aller. À Liverpool, m'a-t-elle répondu, chez un cousin, le seul membre restant de sa famille. Il l'hébergerait peut-être, le temps qu'elle reprenne pied. Mais il avait quatre gosses et seulement deux chambres, et elle n'avait aucune idée de comment se rendre là-bas à cette heure de la nuit. La situation paraissait assez désespérée. Elle s'est mise à trembler, à sangloter et à tomber vers mon épaule. Je l'ai redressée. » Se rappelant la scène, Barry baissa les paupières. Prue n'avait encore jamais remarqué leur épaisseur légèrement repoussante. « "Je ne peux tout de même pas vous abandonner à cet arrêt de bus", ai-je dit. Bertha a secoué la tête et sangloté de plus belle. Je lui ai expliqué que j'avais un joli petit appartement pour des employés de maison au-dessus de mon garage. Elle pouvait y passer la nuit si elle voulait. Je la ramènerais en ville le lendemain et j'essaierais de trouver une œuvre de bienfaisance susceptible de l'aider. Ma proposition a paru lui remonter le moral. Alors je l'ai amenée ici, dans la pièce au-dessus du garage. »

Prue soupira. À quoi menait cette histoire ? Une part d'elle pensait à un de ses poulets qui boitait. Il lui faudrait demander conseil à Johnny…

« Le lendemain matin, lorsque je suis descendu à la cuisine à mon heure habituelle, reprit Barry après une pause encore plus longue que la précédente, elle était là. Le couvert était mis, le pain grillé disposé dans le porte-toast. Elle avait fait un brin de toilette et souriait. Je voyais qu'autrefois elle avait peut-être été — bon, ne disons pas jolie — mais pas trop mal. Elle avait plus de rondeurs alors. Seins, hanches… Elle avait repris une certaine assurance, aussi n'a-t-elle pas tourné autour du pot. Pouvait-elle rester et travailler pour moi comme cuisinière ? Avant la guerre, elle avait servi chez des gens très riches et le cuisinier lui avait appris une partie de son art. Tu me connais : je suis trop gentil. Je lui ai dit que je la prendrais à l'essai pour un mois. En fait, j'avais besoin de quelqu'un. Elle est restée. Elle tient bien la maison, comme tu as pu le constater. Elle lave, elle repasse, elle s'occupe de tout.

— Et puis ? »

Barry tapota son cigare contre le bord du cendrier et en poussa la cendre comme s'il pêchait quelque spécimen rare. « Eh bien, tout le problème est là. Il était inévitable, je suppose. Comme tu le sais, chérie, les gens désespérés s'attachent à des personnes qui ne leur conviennent absolument pas...

— Que veux-tu dire par “comme tu le sais” ? demanda Prue, soudain sur ses gardes.

— Je parle de tous ces hommes auxquels tu t'es offerte pendant la guerre. Ceux dont tu m'as parlé. Et les autres. »

Un petit sourire flottait sur ses lèvres. Il amassait des points pour, le cas échéant, s'en servir contre elle, pensa Prue. « Ce n'est pas ça du tout, protesta-t-elle. Je ne me suis pas offerte, comme tu le dis si grossièrement. Je prenais un peu de bon temps ici et là. Avec un ou deux d'entre eux, c'était plus que du sexe. J'en ai même aimé un. » Elle pétrissait ses doigts, tendue, offensée.

Sa réaction ne toucha pas Barry. Il agita son

cigare dans l'air, intensifiant la fumée laissée par sa dernière bouffée. « Admettons, chérie. Toujours est-il que Bertha a fini par me faire une déclaration, disant qu'elle m'aimait, et tout le bazar. Ses efforts pour me faire partager ses sentiments étaient à la fois irritants et pathétiques. Je me suis mis à l'éviter, à tenter de tourner son histoire en dérision. Un soir, en rentrant, j'ai trouvé la maison vide. Aucun repas préparé à la cuisine. Je suis monté dans sa chambre. Couchée sur son lit, elle sanglotait. En me voyant, elle s'est levée, a ouvert son peignoir et l'a laissé tomber par terre. Que voulais-tu que je fasse ? Qu'aurait fait n'importe quel homme ? » Barry se tut un instant. « Elle n'avait rien d'une Rita Hayworth, mais n'était pas dépourvue d'un certain charme…

— Épargne-moi les détails », dit Prue d'un ton désinvolte. Fascinée, elle essayait d'imaginer l'invraisemblable scène.

« C'était une erreur, bien sûr. Le lendemain, je lui ai dit qu'elle avait le choix entre cesser d'exiger de moi un amour que je ne pouvais lui donner ou partir. Évidemment, elle est restée. J'avoue que j'ai parfois été obligé de lui accorder ce qu'elle voulait. Une fois tous les trois mois semblait lui suffire.

— Vraiment ? Et cet arrangement, il continue ? Lui as-tu cédé depuis notre mariage ? demanda Prue, étonnée de pouvoir garder un ton aussi poli.

— Eh bien… » Barry bougea les cuisses, les croisa. « Je n'ai jamais pensé qu'on en viendrait là… Tu peux imaginer sa réaction quand je lui ai annoncé que je me mariais. En l'espace d'une nuit, elle s'est désintégrée. Son visage s'est affaissé, ses cheveux rebiquaient. Je lui ai dit : "C'est fini." Mais tu sais ce que c'est. Un homme prend pitié d'une femme triste, il a envie de la consoler. Et il faut dire que les laides sont les plus reconnaissantes. Elles ont moins d'occasions que les autres, vois-tu ? » Barry se tut de nouveau, puis reprit d'une voix calme. « Oui, je l'avoue, il y a eu quelques récidives. Cela n'avait aucune importance, crois-moi. C'était juste un coup. Pour lui remonter le moral.

— Et où en sommes-nous maintenant ?

— C'est une histoire bel et bien terminée. Demain matin, je donnerai congé à Bertha. Nous pouvons engager quelqu'un de plus jeune, de plus près de ton âge, qui puisse te tenir compagnie.

— Tu ne devrais pas la renvoyer, s'entendit dire Prue. La pauvre vieille. Nulle part où aller. Elle travaille bien et m'évite un tas de corvées. Non, ne la renvoie pas. »

Barry secoua la tête. « Qu'est-ce que ça signifie ? demanda-t-il. Une épouse qui suggère à son mari de se garder une maîtresse ? Tu t'en fiches, ou quoi ?

— Que veux-tu dire ?

— Tiens-tu si peu à moi, chérie, que mes petites infidélités te laissent indifférente ? »

Prue leva le menton. « Bien sûr que je tiens à toi. Simplement je n'accorde pas une grande importance à cette histoire avec Bertha. Tu es comme tous les hommes. Aussi plein de qualités que de faiblesses. Les femmes savent qu'elles doivent supporter ce genre de choses. Cela vaut-il la peine de renvoyer la bonne parce qu'elle a couché avec le patron ? Je pense que non. Garde-la, je t'en prie, Barry. »

Avec une moue de ses lèvres humides, Barry fit tomber davantage de cendre. « D'accord, dit-il après une seconde d'hésitation. Puisque ça t'est égal. Cela m'épargne l'ennui d'avoir à lui trouver une remplaçante. Mais je te promets…

— Très bien. Je te croirai jusqu'à la prochaine fois. Et, s'il te plaît, dis à Bertha que tout cela m'indiffère. Je ne voudrais pas qu'elle s'imagine que cette affaire m'a blessée. »

Une expression de surprise voila de nouveau les yeux mi-clos de Barry. « Tu as très bien pris cette histoire, ma chérie. Tu es plus adulte que je ne pensais. Et même très mûre pour ton âge. » Il tendit le bras. Prue se leva, s'approcha de lui et lui abandonna son poignet. Elle se demanda s'il entendait les battements de son cœur. « Tu me pardonnes ?

— Bien sûr. » Prue se pencha et l'embrassa sur la tempe. Il sentait le cigare.

« Pour sceller notre accord, il nous faudrait un enfant », reprit Barry. Il l'attira assez brutalement à lui. « Nous devrions peut-être y consacrer plus d'efforts.

— Oui, peut-être. » Prue se dégagea et se dirigea vers la porte. « Je monte prendre un bain, annonça-t-elle.

— Je te rejoins. » Le rire de Barry glaça Prue. « Nous ferons une petite sieste, puis je t'emmènerai dîner. Je suis certain que Bertha ne nous servirait pas de la *haute cuisine* ce soir. »

Prue gravit les escaliers deux à deux, se hissant sur les marches avec la même agilité que lorsqu'elle bondissait sur le dos de Noble, le grand cheval de trait, à Hallows Farm. Deux pensées se bousculaient dans sa tête : elle devait voir Ag et Stella le plus vite possible et trouver la conduite à tenir. Elle fut envahie par un sentiment si fort de liberté qu'elle aurait pu sauter au plafond. Quoi qu'il advienne, pensa-t-elle, je suis libre à présent. Mince alors ! je suis complètement libre !

CHAPITRE 4

Plus tard ce soir-là, lorsque Prue se mit au lit, réconfortée par la conscience qu'elle avait de sa nouvelle liberté, elle s'étonna de ne ressentir ni indignation, ni impression d'avoir été trahie, ni mépris pour la malhonnêteté de Barry, ni colère contre la malheureuse Bertha. Emplie d'une étrange bienveillance, elle comprenait comment les choses en étaient arrivées là entre son mari et sa gouvernante pathétique. Et elle s'en fichait. Rien n'empêchait sa vie conjugale de se poursuivre, elle en gardait les avantages matériels. Bertha et elle continueraient à cohabiter en s'ignorant mutuellement. Barry continuerait ou non à céder de temps à autre à cette vieille peau de vache de domestique. Une fois enceinte, en revanche, Prue réduirait ses rapports sexuels avec Barry au strict minimum, elle les supprimerait presque complètement.

Un mariage sans amour, mais avec d'énormes compensations, était supportable. Prue ne s'était jamais attendue à connaître une union aussi harmonieuse que celle de Mr. et Mrs. Lawrence. Elle n'avait rien fait pour la mériter. Elle avait de la chance d'avoir trouvé un mari, se dit-elle. Des milliers de jeunes femmes avaient perdu leur fiancé ou leur époux à la guerre. Étant mariée et libre à présent, elle profiterait de tout ce qu'elle pouvait obtenir : la sécurité que lui procurait Barry et la liberté de chercher son bonheur ailleurs. Ces pensées confuses cachaient toutefois une certaine mélancolie que Prue se refusait d'associer aux révélations de la soirée. Elle était surtout déçue, déçue par elle-même. Volontaire agricole, se rappela-t-elle, elle avait parfois éprouvé une profonde satisfaction après avoir terminé le labour d'un champ ou trait toute seule un troupeau entier de frisonnes. Cela ne lui arrivait plus jamais à présent. Stella et Ag seraient de bon conseil, elle le savait, mais leurs retrouvailles londoniennes n'étaient prévues que dans plusieurs mois et toutes deux habitaient trop loin pour qu'elle leur rende visite à l'improviste. Il lui faudrait d'abord économiser des tickets d'essence.

Le souhait de revoir ses amies se réalisa étrangement vite pourtant. Ag lui envoya un télégramme annonçant que Mrs. Lawrence était morte. Mr. Lawrence espérait vivement que les filles pourraient venir à l'enterrement qui aurait lieu trois jours plus tard, dans le Yorkshire. Elles pourraient loger à la ferme. Prue consulta les horaires de train et demanda à Barry l'autorisation de partir quelques jours. Son mari parut heureux de la lui accorder. Lors de ses visites éclair à la cuisine, il devait se faire vertement tancer par sa furie de gouvernante, se dit Prue. À présent, Bertha réussissait l'exploit de ne jamais s'adresser à elle. Depuis le jour du Grand Aveu, comme l'appelait Prue, Barry semblait abattu : soulagé d'avoir confessé sa faute, mais complètement désorienté quant au rôle qu'il devait jouer désormais. C'est son affaire, pensa Prue. Peu lui importait.

Barry la conduisit à la gare et lui donna l'argent pour l'achat d'un billet de première classe. Un porteur déposa sa valise Louis Vuitton — un cadeau d'anniversaire — dans un compartiment vide et toucha le bord de sa casquette quand elle lui tendit un shilling de pourboire. Malgré la triste raison de son voyage, elle éprouvait une certaine excitation à partir ainsi toute seule, à quitter l'atmosphère oppressante de la maison. Elle s'assit à côté de la fenêtre, s'appuya contre la têtière immaculée. Le tissu pelucheux du siège lui effleurait l'arrière des genoux. Une photo sépia d'un village du Dorset, près de Hinton Half Moon, était encadrée au-dessus du siège en face d'elle.

Au moment où le train s'ébranla, ses larmes se mirent à couler sans retenue. Elle renifla, imaginant ses joues barbouillées de mascara, mais c'était plus fort qu'elle. La photo lui rappelait tant de souvenirs, surtout celui de Mrs. Lawrence, qui était devenue une sorte de mère de substitution, une mère dotée de la force, de la sagesse et de la dignité qui manquaient à la sienne. Prue ferma les yeux. Mrs. Lawrence… Son air bienveillant, son visage osseux dont un sourire adoucissait les contours, sa voix dure, fêlée par la fatigue ou la désapprobation, ou bien douce comme celle d'une colombe quand elle avait le temps de se sentir heureuse. Ses longs bras musclés façonnés par toute une vie occupée à pétrir la pâte à pain, rouler de la pâte à tarte, traire les vaches, repasser les chemises de ses hommes avec un fer qui pesait une tonne. Sa cuisine, si délicieuse qu'on avait du mal à imaginer qu'il y avait un rationnement. Sa générosité, son souci constant des autres, ses incompréhensibles mouvements de colère quand elle se trouvait face à un comportement, anodin aux yeux d'autrui, qui elle la révoltait. Que diable ferait Mr. Lawrence sans sa femme ? Il tirait d'elle une grande partie de son immense force. Ils communiquaient davantage en étant ce qu'ils étaient qu'avec des paroles, et cela avait toujours bien marché. Ils se comprenaient sans avoir à s'expliquer. Quelle chance de trouver pareille harmonie ! Un soir où les filles s'apprêtaient à se rendre au bal, Mrs. Lawrence était montée au grenier pour les aider à s'habiller. La pièce était un fouillis tiède de vêtements abandonnés et de fards éparpillés, l'air chargé du parfum de Prue, *Nuits de Paris.* Comme si elle partageait leur excitation, Mrs. Lawrence avait les joues toutes roses. Prue avait cependant décelé une ombre mélancolique dans ses yeux. Sans doute pensait-elle à sa jeunesse, quand elle aussi se préparait pour sortir. Lorsque les filles avaient dévalé gaiement l'escalier, suivies de Mrs. Lawrence, Prue avait vu Mr. Lawrence — il devait les conduire à la fête — adresser à sa femme un signe de tête et un sourire à peine perceptible, comme pour lui dire qu'il devinait ses sentiments.

Mr. Lawrence s'imposa lui aussi à l'esprit de Prue. Grand, maigre, bourru, sage et silencieux, il aurait fait n'importe quoi pour n'importe qui. Seules le fâchaient l'incompétence ou la paresse. Il regrettait que son fils fût inapte au combat, mais, de toute évidence, il était fier de lui. Fier de la façon dont Joe surmontait sa propre déception et investissait toute son énergie dans la ferme. Joe, Joe... Il lui avait été d'un grand secours pour commencer sa vie de volontaire agricole. Et une fois leur passion éteinte, ils étaient restés amis, d'autant plus intimes qu'ils avaient été amants. Pas étonnant que Stella fût tombée éperdument amoureuse de lui...

Prue leva la main pour arrêter de nouvelles larmes. Sur ses joues froides, ses doigts se maculèrent de mascara. Je ferais bien de me débarbouiller un peu avant d'arriver, se dit-elle. Constatant le désastre dans un miroir de poche, elle s'aperçut qu'elle avait mis son vieux nœud rouge à pois dans les cheveux, le nœud qui lui avait toujours porté chance quand elle labourait. Honteuse de son étourderie, elle l'enleva et le fourra dans son sac. De la poche de son manteau, elle en tira un noir qu'elle fixa dans ses boucles. Elle aurait pu se passer complètement de nœud, mais ça n'aurait pas été elle. Les autres auraient été surpris. Un nœud noir, songea-t-elle, relevait davantage d'une coutume que de la frivolité. Mais était-ce bien le moment de penser à des choses pareilles ?

Regardant par la fenêtre, Prue ne vit rien qui fût susceptible de la réconforter. Le train longea des banlieues de villes industrielles où les bâtiments bombardés n'avaient pas encore été déblayés et où des mauvaises herbes, hautes comme du blé, poussaient parmi les gravats. Elle aperçut des maisons coupées en deux dont demeuraient des fragments de chambre. Le papier peint s'y détachait des murs fendus et quelques meubles cassés s'obstinaient à rester en place sur les vestiges du plancher. Devant ces ruines au décor intérieur encore visible et qui ne seraient peut-être jamais reconstruites, Prue remercia de nouveau le ciel d'avoir passé la guerre en pleine campagne, préservée de la plupart des bombardements. Quelle chance ils avaient eue ! Seulement une bombe dont la seule victime avait été cette pauvre vieille Nancy, la vache.

Lorsque le morne paysage urbain céda la place aux collines et aux vallons du Yorkshire, Prue regarda dehors avec l'intérêt d'une fermière. Mais là non plus, elle ne trouva pas grand-chose de réjouissant. Alors que les champs avaient une apparence soignée — grâce à ses camarades volontaires agricoles, se dit Prue en souriant —

les fermes et les villages paraissaient en piteux état. Toute une rangée de cottages était abandonnée, leurs toits effondrés, leurs ardoises éparpillées parmi les mauvaises herbes du jardin. Certaines parties de la campagne n'avaient, à l'évidence, pas échappé aux attaques aériennes. Ici, comme dans le Dorset, un Allemand retournant à sa base avait dû larguer son surplus de bombes.

Prue se demanda où elle était. Le train avançait avec lenteur, parallèlement à de petites routes. Aucun panneau indicateur nulle part. Peut-être n'avait-on pas pensé à les replacer ? Les gens du coin connaissaient leur chemin, peu importait que les étrangers se perdent. De toute façon, on ne voyait pas grand monde — sauf, de temps à autre, une femme sur une lourde bicyclette ou une voiture se traînant à trente à l'heure pour économiser sa ration d'essence. Dans une cour de ferme, à quelques mètres de la voie, un vieil homme attelait un cheval à une charrette tandis qu'au premier étage de la maison une femme fluette accrochait un tissu noir à un côté de la fenêtre. Sans doute était-elle trop fatiguée pour remplacer par les rideaux d'origine ce matériel de black-out, vieux de plusieurs années. Protégée par sa vie privilégiée de femme mariée, à Manchester, Prue se rendit compte qu'elle n'avait pas suivi le lent redressement de son pays. Maintenant qu'elle traversait le Yorkshire, elle prenait conscience d'une sorte d'inertie ambiante. On avait du mal à imaginer un retour à la normale avant un nombre incalculable d'années.

Dans la gare embrumée de vapeur et de fumée que quelques faibles lampes s'efforçaient d'éclairer, se pressait une foule en vêtements élimés, d'une ennuyeuse uniformité. Dans combien de temps reverrait-on des couleurs vives dans les rues et les lieux publics ? se demanda Prue avec une certaine impatience. Et à la fin du rationnement des textiles, les gens auraient-ils envie de couleurs gaies après tant d'années d'une mode terne et triste ?

De la gare, Prue prit un taxi jusqu'à la ferme des Lawrence, un trajet d'une demi-heure à travers un paysage nouveau pour elle : de vastes espaces, des chemins non bordés de haies, des villages éparpillés à côté des Dales. La maison était beaucoup plus petite que Hallows Farm, avec une façade craquelée un peu de guingois et d'étroites fenêtres. Il y avait une cour latérale ainsi qu'une grange qui abritait un tracteur Fordson. Aucune trace d'animaux : ni porcherie pour les descendants de Sly ni écurie pour un successeur de Noble.

Prue remonta l'allée entre deux clôtures industrielles. Cela la fit sourire. À Hallows Farm, ce genre d'entrée aurait été ridicule. Le frère dont Mr. Lawrence avait hérité la maison devait avoir des conceptions de l'habitat très différentes de celles de Faith et de Tom pour qui le côté pratique passait avant tout. Dans le potager, face à la cour, on avait tendu une corde à linge entre deux arbres. La robe grise que Mrs. Lawrence avait dû porter un millier de fois y était accrochée. Gonflée par la brise, elle se balançait toute seule sur la corde. Comment cette robe pouvait-elle encore exister ? Prue ne portait les siennes que quelques mois. Mrs. Lawrence, elle, avait le sens de l'économie. À la vue du fin coton qui exécutait sa dernière danse, Prue sentit monter ses larmes. Elle se hâta de détourner la tête.

À Hallows Farm, Prue n'avait jamais frappé à la porte. Elle décida de faire de même ici. Au fond du couloir obscur, elle aperçut une porte ouverte. Elle s'en approcha, se demandant qui elle trouverait dans la pièce. Après y avoir jeté un coup d'œil, elle s'immobilisa.

Mr. Lawrence était assis à la table de Hallows Farm — la vieille table et ses vieilles chaises assorties, qui, dans cette nouvelle cuisine plus petite, paraissaient si massives. Mr. Lawrence tenait un journal devant lui, mais il ne lisait pas. Le choc de la mort de sa femme marquait son visage. Les sillons entre son nez et son menton s'étaient creusés davantage. Ses yeux étaient striés de rouge et ses paupières, si lisses autrefois, affreusement gonflées. Il joignit les mains à la verticale, ses doigts rugueux tremblaient. L'aspect familier de ces mains qui avaient si souvent aidé Prue à traire, lui avaient montré comment se servir d'un coupe-racines ou dépiauter un lapin, lui donna envie de crier son nom, mais elle se maîtrisa.

« Mister Lawrence », dit-elle à voix basse.

Il leva la tête. « Oh, Prue ! » Il se mit debout. « Je suis si heureux que vous soyez venue, que vous soyez toutes venues. »

Ils s'étreignirent brièvement. Mr. Lawrence sentait toujours le foin, les pommes de terre et le tabac.

« Je suis désolée, dit Prue. J'aimerais pouvoir vous dire combien je suis désolée. » Malgré elle, sa voix s'était brisée.

« Dieu merci, elle a eu une mort rapide. Elle a encore passé une bonne dernière journée. Elle ne se doutait pas de ce qui l'attendait, du moins je ne crois pas. Une crise cardiaque au milieu de la nuit. Elle ne m'a même pas réveillé.

— Toujours si attentionnée, osa Prue, réussissant à arracher un faible sourire à son ancien employeur.

— C'était la meilleure façon de partir. Pourtant, elle s'habituait à cet endroit. On continuait à regretter Hallows Farm, mais on vivait. » Mr. Lawrence fit un geste raide et bref pour indiquer qu'il ne se sentait toujours pas chez lui dans cette nouvelle maison. « Les autres sont arrivées il y a deux ou trois heures. Elles sont là-haut, dans le grenier. Il ne ressemble pas à celui de Hallows Farm, mais ça fera l'affaire pour une ou deux nuits.

— Et Joe ? » s'informa Prue.

Mr. Lawrence lui jeta un de ses regards qu'elle connaissait bien. Elle se mordit les doigts d'avoir posé cette question.

« Il arrive. Janet attend un nouveau bébé pour bientôt. Voulez-vous que je vous porte votre sac ? » Prue secoua la tête. « Très bien, dans ce cas je mettrai la bouilloire sur le feu. Montez au premier, tournez à gauche, et reprenez l'escalier. »

Alors qu'elle gravissait les marches hautes et étroites, Prue entendit les voix assourdies des filles. Qu'y a-t-il dans les choses familières qui nous touche à ce point quand on les retrouve après un moment d'absence ? Elle poussa une porte et les aperçut. Stella et Ag étaient assises sur des lits bas, pieds nus, genoux serrés et jambes tournées vers l'extérieur, leur ancienne posture à la fin d'une journée de travail. Ag était adossée à une petite fenêtre à battants, Stella tenait son menton dans les mains. Dans la pénombre de la pièce, Prue ne distingua d'abord que leurs silhouettes.

« Fichtre ! s'exclama-t-elle à court de mots, c'est pas pareil qu'autrefois, hein ? Mais au moins nous sommes ensemble. » Elles s'embrassèrent, se tinrent à bout de bras pour s'examiner. Plus maigre et plus pâle, Stella avait l'air fatigué. Ag, au contraire, avait grossi. Ses cheveux strictement tirés en arrière faisaient ressortir ses traits de madone aux pommettes saillantes.

« J'ai parié avec Ag que tu arriverais avec un nœud noir, déclara Stella en réprimant un rire.

— Moi je disais que tu porterais une élégante robe noire et plein de diamants. Tu m'avais bien dit que ton mari t'offrait des diamants toutes les semaines ?

— N'exagérons pas. » Prue essaya de rire, mais leurs efforts pour paraître joyeuses échouèrent. Debout dans la petite pièce austère, les filles se turent, embarrassées.

Stella sauva la situation. « Nous devrions descendre manger quelque chose, dit-elle. J'ai apporté un panier de provisions.

— Moi aussi, dit Ag.

— Et moi j'ai apporté le whisky préféré de Mr. Lawrence ainsi qu'une bouteille du meilleur vin de Barry. » Prue jugea que ses amies en avaient fini avec leurs plaisanteries au sujet de sa fortune. Elle n'éprouvait aucun scrupule à offrir ces boissons de luxe.

Elles dévalèrent l'escalier.

« Joe va arriver, dit Prue.

— Je sais », répondit Stella.

Pareil à un somnambule, Mr. Lawrence se promenait dans la cuisine, une poêle à frire pendue au bout du bras.

« Asseyez-vous, Mr. Lawrence, dit Stella. Nous avons apporté des provisions. Nous nous occupons de tout. »

Le vieux fermier reprit son ancienne place devant la table. Il laissa errer son regard sur les filles tandis qu'elles fouillaient dans le placard à la recherche d'assiettes et de couverts. Stella lui ôta la poêle des mains et la posa sur le fourneau. La cuisine s'anima et bientôt une bonne odeur de café et d'œufs frits au bacon s'éleva.

« Ça fait plaisir de vous retrouver toutes les trois. C'est gentil d'être venues de si loin », déclara Mr. Lawrence. Il parlait comme s'il doutait qu'elles fussent vraiment là.

Les filles mirent un couvert pour Joe, mais celui-ci n'apparut pas au déjeuner. Ils mangèrent en s'entretenant à voix basse. Toujours avec cet air un peu perdu, Mr. Lawrence se permit d'évoquer certains incidents survenus à Hallows Farm. Puis, peut-être parce que les filles étaient là, il reprit de l'assurance et sa voix retrouva cette sécheresse qu'elles lui connaissaient si bien. Pour égayer l'atmosphère, elles ajoutèrent leurs propres anecdotes. Cet échange de souvenirs apporta un peu de chaleur à leur triste réunion. « Le plus étrange, dira Ag par la suite, c'est qu'on se serait cru à l'époque où nous étions chez eux. Presque comme si Mrs. Lawrence allait entrer d'une minute à l'autre. »

Prue détailla la cuisine. Épuisée par la guerre, Mrs. Lawrence n'avait pas dû avoir l'énergie de s'en occuper beaucoup. D'un vert acide, les murs n'avaient pas été repeints depuis des années. Le lino était fendillé, des carreaux craquelés d'un blanc d'hôpital couvraient le mur derrière le fourneau, deux ampoules nues pendaient du plafond. Surtout, l'endroit était froid comme si on n'y préparait plus de repas, on n'y pétrissait plus de pâtes, on n'y faisait plus de lessives. Peut-être qu'après leur départ de Hallows Farm Mrs. Lawrence avait cessé de se soucier de tout cela. Aucun d'entre eux ne pourrait jamais lui demander pourquoi, ils ne le sauraient jamais. Et les chiens, qu'étaient-ils devenus ?

Prue leva sa bouteille de whisky en direction de Mr. Lawrence. Celui-ci acquiesça d'un signe de tête. Elle lui en servit un quart de verre. « Qu'est-il arrivé aux chiens ? » demanda-t-elle.

Mr. Lawrence soupira, remua le liquide dans son verre. « Ils sont morts de vieillesse. Faith et moi, nous pensions nous procurer un nouveau colley. Maintenant, je ne sais pas…

— Vous devriez en prendre un, conseilla Ag. Vous avez besoin d'un chien.

— Vous avez sans doute raison. J'y réfléchirai après l'enterrement. Tout est prêt, vous savez. La cérémonie aura lieu demain matin dans l'église au bout de la route. Faith aura tous ses hymnes préférés. Dommage que Ratty ne soit pas là, il aurait sonné un très beau glas. À mon avis, il préférait les sons tristes aux sons joyeux. Bon, et maintenant, si vous voulez bien m'excuser, je vais aller me reposer. Vous, vous pourriez sortir vous promener. Et préparer du thé pour Joe quand il arrivera. »

Son verre à la main, il quitta la pièce d'un pas mal assuré.

« Je n'arrive pas à y croire, dit Ag. Je me rappelle ces jours où Mrs. Lawrence était souffrante, à Hallows Farm. Nous n'en revenions pas. Elle n'était pas du genre à tomber malade, n'est-ce pas ? Je m'étais occupée d'elle. Il ne m'est jamais venu à l'esprit qu'elle pourrait mourir.

— La guerre l'avait sans doute épuisée, avança

Stella. Une fois la paix revenue, elle n'avait peut-être plus envie de lutter.

— Ça ne lui ressemble pas, objecta Prue. Je suis sûre que, s'ils n'avaient pas été obligés de déménager, elle serait toujours…

— Je ne le crois pas, la coupa Ag. Elle était cardiaque, ne l'oublie pas. »

La conversation avait abouti à une impasse. La mort et l'absence compromettaient leur aisance de jadis. D'un commun accord, elles se levèrent de table, désireuses de quitter cette pièce peu familière.

« Allons explorer le Yorkshire », proposa Stella. Elles chaussèrent leurs vieilles bottes éculées de volontaire agricole qu'elles avaient pensé à emporter et commencèrent à marcher en direction des Dales lointaines.

À leur retour, elles aperçurent une petite Austin garée devant la maison, mais pas trace de Joe. Dans la cuisine, Mr. Lawrence tentait de préparer le thé rituel : au milieu de la table, une pile de tartines sur une assiette, l'énorme théière luisante de Hallows Farm accompagnée de l'inévitable pot à lait bleu craquelé. Émues par ses efforts maladroits, les filles s'empressèrent d'ajouter la vaisselle et les denrées complémentaires qu'elles trouvèrent dans les placards. Elles se gardèrent de tout commentaire.

Mr. Lawrence s'assit, soulagé d'être déchargé de sa tâche. « Alors, que pensez-vous de cet endroit ? demanda-t-il à Stella, celle des trois volontaires qui l'avait secrètement troublé autrefois.

— Rien à voir avec Hallows Farm.

— Oui, bien sûr, mais nous avons eu de la chance d'avoir cet endroit. » Mr. Lawrence lui fit face et ajouta d'une voix tranquille : « Joe est arrivé pendant que vous vous promeniez. Il a fait un sacré trajet en voiture. Il va descendre dans un moment. » Stella lui sourit. Elle le remerciait en silence de lui donner le temps de se préparer…

Ils étalaient sur leurs tartines de la confiture de prunes faite par Mrs. Lawrence, lorsque Joe entra dans la pièce. Levant la tête ensemble, les filles remarquèrent l'aspect neuf de sa veste en tweed et les cernes sous ses yeux. Pour chacune d'elles, des souvenirs personnels vinrent se plaquer sur sa présence physique.

Ag : cette seule nuit passée avec lui dans une cabane au milieu du bois où, à sa demande, il l'avait débarrassée en douceur de sa virginité.

Prue : ce premier matin dans la laiterie, quand elle avait essayé de deviner s'il brûlait d'un désir égal au sien… et recevant la réponse la nuit où elle était tombée de la poutre de la grange et bien d'autres nuits encore, dans son lit étroit de jeune homme, jusqu'à ce que l'épuisement les oblige à renoncer à leurs rendez-vous.

Stella : oh, Joe… Le temps que cela leur avait pris pour découvrir qu'ils s'aimaient. Ce jour terrible où une bombe était tombée sur la meule de foin : Joe l'avait prise dans ses bras en déclarant que tout ce qui comptait pour lui était qu'elle fût saine et sauve. La nuit blanche de l'agnelage qu'ils avaient passée ensemble. Le jour où elle avait dû lui annoncer que son honneur lui dictait d'épouser Philip et le douloureux silence qui avait suivi. Puis le voyage que Joe et elle avaient fait en Normandie, peu après la vente de Hallows Farm. Les kilomètres de pays dévasté vus à travers le pare-brise de la vieille Wolseley que Mr. Lawrence, comme s'il avait compris, leur avait obligeamment prêtée. Le moment où, face aux falaises blanches de Douvres, Joe lui avait dit : « Au moins, nous aurons eu cette semaine de bonheur... »

« Je suis content que vous ayez pu venir », leur dit Joe sans regarder aucune d'elles en particulier. Il s'assit à la place vide à côté d'Ag. Les filles poussèrent vers lui l'assiette de pain, le miel, la confiture et rirent lorsque ceux-ci s'entrechoquèrent.

Mr. Lawrence se redressa sur sa chaise comme il le faisait souvent avant de prendre la parole. « Je me demandais si, par hasard, vous aviez apporté vos uniformes », dit-il d'une voix presque aussi forte qu'autrefois.

Les filles secouèrent la tête.

« Nous avons dû les rendre, expliqua Ag. Ils sont drôlement mesquins...

— Ah, je l'ignorais. C'est juste que... Faith était si fière de vous, si fière d'avoir joué un rôle dans votre engagement. Je pense qu'elle aurait aimé que vous veniez à son enterrement habillées en volontaire agricole.

— Je suis vraiment désolée, dit Stella.

— Ça ne fait rien. » Mr. Lawrence se tut. Un mouvement de ses épaules annonça un nouvel effort. « Bon, eh bien je vais faire un tour avec Joe, lui montrer nos soi-disant progrès. Ensuite, nous descendrons à l'église. Si vous, les filles, pouviez vous occuper du dîner… »

Ce fut donc pendant qu'elles pelaient, hachaient, remuaient des ingrédients dans des casseroles, comme au temps de Mrs. Lawrence, qu'elles se parlèrent de leurs vies respectives. C'était ce qu'elles faisaient à leur déjeuner annuel à Londres, mais préparer un repas dans la maison des Lawrence facilitait la chose.

Chez Ag, rien de très nouveau : établie dans une ferme du Devonshire avec Desmond, elle poursuivait plus ou moins son travail de volontaire agricole. À sa grande satisfaction, dit-elle. Son habileté pour tailler les haies lui avait valu une certaine notoriété dans sa communauté, admit-elle avec modestie lorsque Prue insista pour connaître la nature exacte de son travail.

Stella habitait un cottage sur la côte du Norfolk — Philip avait tenu à s'installer près de la mer. Elle passait la plus grande partie de son temps à s'occuper de lui, prisonnier de son fauteuil roulant, et de leur fils James. Il était difficile de trouver de l'aide et parfois elle était si fatiguée qu'elle avait envie de s'allonger par terre et de dormir. Mais ils voulaient un autre enfant, une fille de préférence. « Ce qui me permet de tenir le coup, ce sont les longues promenades que je fais sur la plage déserte. Par tous les temps. Et le ciel changeant… Parfois, je pousse Philip dans son fauteuil jusqu'aux marais, mais je ne crois pas qu'il y prenne le même plaisir que moi. Il a toujours froid. Il remonte le col de son manteau et ne tarde jamais à vouloir rentrer. » Elle ramassa son sac et fouilla dedans. « Vous voulez voir une photo de James ? » Elle exhiba la photo d'un petit garçon à l'œil barré d'une mèche. Il ressemblait tellement à Joe que Prue et Ag en eurent le souffle coupé.

« Est-ce que Joe l'a vue ?

— Non. Je la lui montrerai peut-être un jour. »

Ag examina la photo. « Est-ce qu'il est au courant ?

— Je pense qu'il a deviné. En fait, je suis sûre qu'il sait. Je me suis aperçue que j'étais enceinte peu de temps après notre retour de France, juste avant mon mariage avec Philip. À la naissance de James, j'ai écrit à Janet et à Joe. En réponse, il m'a envoyé un mot disant… » Stella se détourna et pressa ses poings contre ses yeux. « L'important, c'est que Philip soit persuadé que James est son fils. Il n'arrête pas de me faire remarquer qu'ils ont le même front. C'est étonnant comme les gens voient ce qu'ils ont envie de voir. » Elle se retourna vers la table. « Et toi, Prue, quelles nouvelles ? Ton millionnaire de mari est-il toujours l'homme de tes rêves ? »

Prue gloussa. Elle s'assit, approcha d'elle une

planche à découper couverte de panais et un couteau. « Il est très riche. C'est ce que je voulais.

— Mais encore ?

— Il est aussi très généreux. » Prue leva sa main ornée d'une bague en diamant et tapota la montre en or à son poignet.

« Parfait, dit Stella d'un ton brusque. Mais es-tu heureuse ? »

Prue se sentit rougir. « Ça va.

— Vraiment heureuse ? » insista Ag.

Prue rit de nouveau. « Bien sûr que je suis heureuse. En fait, je crois qu'aucune de nous, à part toi, Ag, n'a trouvé le mari de ses rêves. On ne peut pas s'attendre à tomber sur l'homme idéal. Personne n'est parfait. Barry ne correspond pas à ce que j'avais imaginé, mais d'une certaine manière nous nous entendons bien. Il a une vieille gouvernante qui ne peut pas me sentir. Lui-même passe ses journées dehors et je n'ai pas grand-chose à faire. Barry m'a permis d'acheter des poules — chaque fois que je ramasse des œufs, je pense à toi, Ag. Johnny, un de ses locataires qui habite à côté, un menuisier, poète à ses heures, leur a construit un superbe poulailler. Mais les poules ne sont guère causantes, pas vrai ? »

Aucune de ses amies ne lui répondit. Stella, qui faisait frire quelque chose sur le fourneau, demanda :

« Et quels sont tes rapports avec ce menuisier-poète ?

— Johnny ? Il adore que je l'emmène dans

ma Sunbeam. Il me fait visiter le Derbyshire et me parle poésie — ce qui me passe un peu au-dessus de la tête comme vous vous en doutez. C'est un chic type, mais il n'a rien d'un séducteur.

— Eh bien, tant mieux. » Stella lui adressa un sourire maternel.

« Ne t'inquiète pas, je me suis rangée. Je sais pertinemment que j'ai de la chance d'avoir déniché un mari. Je ne vais pas m'amuser à fiche mon ménage en l'air. Tout ce que je voudrais, c'est trouver quelque chose à faire, quelque chose d'utile. Je n'ai pas l'habitude d'une vie oisive. D'un autre côté, bon sang ! je suis très contente de ne plus avoir à me lever à quatre heures du matin pour récolter des choux de Bruxelles gelés. C'est juste que j'aimerais avoir une occupation, voilà.

— Normal », approuva Stella.

Le dîner fut assez silencieux. Joe ouvrit à peine la bouche et le répertoire de souvenirs, que le vieux fermier avait courageusement égrenés au déjeuner, était épuisé. Les filles s'efforcèrent d'entretenir la conversation, mais tout le monde fut soulagé quand arriva le moment d'écouter les nouvelles à la radio dans le séjour, une autre pièce lugubre malgré les meubles familiers. Des tableaux étaient entassés contre un mur et les fenêtres, dépourvues de rideaux, portaient encore leur camouflage de black-out. Sur le siège du fauteuil près de la cheminée, le vieux fauteuil de Mrs. Lawrence, un tricot transpercé de deux longues aiguilles couvertes de mailles semblait indiquer que le cache-nez inachevé avait été brusquement abandonné. Lors de sa dernière nuit, Mrs. Lawrence avait peut-être senti un besoin inhabituel de se coucher très vite, songea Prue. Soudain elle n'y tint plus. Sans s'excuser, elle quitta la pièce dans l'intention d'aller pleurer au grenier, mais Joe, qui n'avait pas suivi les autres au salon, marchait devant elle. Instinctivement, elle le suivit à la cuisine. Il sortit par la porte de derrière. Se rendant compte qu'il n'était pas conscient de sa présence, elle lui emboîta le pas, le regarda se diriger vers la grange. Là, il s'adossa contre le tracteur Fordson tout neuf et alluma une cigarette.

Prue se glissa à son tour dans la grange, un endroit sombre auquel il manquait cette atmosphère de ferme prospère qu'on trouvait dans celle de Hallows Farm. On n'y voyait que quelques balles de foin et le nouveau tracteur.

« Joe », murmura-t-elle.

Le jeune homme leva la tête, surpris. « Ah, Prue », dit-il.

Elle s'approcha de lui. Si Mrs. Lawrence n'était pas morte, elle se serait jetée à son cou pour l'embrasser avec passion comme autrefois, se disant que c'était en souvenir du passé. Son geste aurait été d'une telle innocence que ni Stella ni Janet n'auraient pu lui en vouloir. En fait, elle n'avait aucune idée derrière la tête.

Elle voulait simplement être près de lui pour… pour quoi ? Elle n'en savait rien. Pour être réconfortée par le fils de la défunte ? Elle se tint devant lui, les bras ballants. « Je voulais juste te dire à quel point je suis désolée…

— Oui, merci.

— Aucune de nous n'arrive à y croire.

— Oui, c'est difficile de croire que maman n'est plus là.

— Mais ton père a l'air de tenir le coup.

— Pour l'instant, il est sous le choc. » Joe la regarda. La lune qui émergeait de derrière les nuages fit briller ses yeux comme deux éclats d'argent.

Prue se rapprocha d'un pas. « Je pense souvent que Stella, Ag et moi, nous nous rappellerons notre année à la ferme comme la plus belle période de notre vie.

— C'est possible, dit Joe en tirant sur sa cigarette. Et toi comment se passe ta vie de femme mariée ?

— Pas mal du tout.

— J'en suis heureux.

— Et toi, avec Janet ? Ça marche ?

— Que veux-tu dire ?

— Êtes-vous…

— Ça va bien. Nous viendrons habiter ici dans quelques mois. Nous occuper de papa et de la ferme.

— C'est une bonne chose. » Aussi doucement que possible, Prue s'approcha encore un peu plus de Joe. « Tu te souviens de tous ces moments ?

— Bien sûr que je m'en souviens, répondit Joe d'un ton sec, mais j'y pense rarement. Et pas maintenant.

— Évidemment. C'est normal. Ça doit te faire drôle de nous revoir toutes les trois.

— Tu es la seule qui n'ait pas changé, dit Joe d'une voix plus douce. Pareille à toi-même, petite coquine. » Il éclata d'un rire que Prue interpréta comme un signal. Sans avoir l'impression de trahir Stella, qui aimait vraiment Joe, ou Janet, qui devait l'aimer aussi, elle jeta ses bras autour de son cou. Elle le sentit basculer en arrière, contre le pare-chocs du tracteur, et plaqua sa bouche contre la sienne. Pendant une fraction de seconde, elle comprit qu'à un autre moment, dans un autre lieu, il lui aurait rendu son baiser. Mais maintenant, choqué, il réagit avec colère. Il la repoussa brutalement, se baissa pour ramasser son mégot.

Consternée d'avoir gaffé, Prue se traita de tous les noms. Elle aurait dû réfléchir davantage à la façon dont Joe prendrait son geste de « réconfort ». Dans cet instant de lucidité, elle se rappela que la plupart de ses erreurs étaient dues à un excès de spontanéité. « Je suis désolée, gémit-elle. Je ne voulais pas… Avec toute cette tristesse, je pensais…

— Tu pensais quoi ? Que tu me consolerais de la mort de ma mère avec un rapide baiser dans la grange, en souvenir du passé ? Franchement, Prue, n'as-tu pas le moindre sens des convenances, la moindre jugeote ? Va-t'en. Retourne dans la maison. »

Prue s'enfuit. Une fois à la ferme, elle monta l'escalier à toute allure, mortifiée. Les autres étaient déjà couchées. Une lampe à pétrole faisait surgir de douces ombres des ténèbres.

« Alors, tu as essayé de séduire Joe ? plaisanta Ag.

— Ne dis pas de bêtises, la réprimanda Stella. Dans ces circonstances, même Prue ne ferait pas une chose pareille. » Elle se mit à rire, elle aussi. La confiance que ses amies avaient en elle fut presque insupportable à Prue. Elle se glissa dans son lit près de la fenêtre, sous deux minces couvertures, se demandant pourquoi les poutres si familières du grenier de Hallows Farm ne soutenaient pas aussi ce toit-là. Ag baissa la lumière. Les trois filles se perdirent dans leurs pensées. Au bout d'un moment, Stella dit : « Tu sais, Prue, j'ai réfléchi. Tu devrais chercher du travail dans une ferme. »

Cette idée fit oublier à Prue le tourment que lui causait sa conduite honteuse, mais toutes trois trouvèrent la nuit bien longue.

Le lendemain, après le petit déjeuner, les filles restèrent à table, ne sachant que faire. Le corbillard arriverait une heure plus tard, ensuite elles se rendraient à pied à l'église. Ag regarda par la fenêtre. Des bandes de nuages sombres filaient dans un ciel aussi pâle qu'un champ de blé : parfois ils s'assemblaient, puis se divisaient à nouveau pour partir chacun dans une direction différente, tels des groupes d'étourneaux hésitant sur le chemin à prendre. « C'est un ciel bien frivole pour un enterrement, déclara-t-elle.

— Qu'est-ce que tu racontes ? gloussa Prue. Il n'y a que toi pour faire des remarques aussi bizarres. » Ag sourit, mais Prue s'aperçut qu'une fois de plus elle aurait mieux fait de se taire. Ce n'était pas le moment de se moquer de sa vieille amie. « Excuse-moi, Ag, mais tu continues à dire des choses qui ne me viendraient jamais à l'esprit. Remarque, j'aime ça. » Elle se leva. Sa chaise racla le sol avec un bruit horrible. « Je vais me changer. Ma jupe noire... »

Mr. Lawrence entra à ce moment. Il portait une chemise blanche fraîchement repassée — peut-être la dernière que sa femme avait repassée pour lui — et une étroite cravate noire au nœud aussi serré qu'un poing.

« Aimeriez-vous que je vous prépare un petit déjeuner ? » lui demanda Stella.

Mr. Lawrence s'arrêta, l'air de ne pas saisir la question.

« Pas ce matin, merci Stella, finit-il par répondre. Joe et moi, on s'est fait du thé un peu plus tôt. Ça suffira pour le moment. » Il se tut, cherchant ses mots. « Mary, une habitante du village, a prévu une collation après... l'office. »

Une demi-heure plus tard, Ag et Stella descendirent vêtues de modestes robes noires. Joe était assis dans le vestibule, à côté de l'horloge. Il portait de nouveau sa veste en tweed. Sa cravate noire était aussi étroite que celle de son père. Il se leva, et ils restèrent debout tous les trois en silence.

« Est-ce que Prue est prête ? demanda Joe.

— J'arrive ! » cria l'intéressée en dévalant l'escalier. Sa longue et ample jupe noire, plissée depuis la taille, battait contre ses jambes. Elle rejoignit le trio, les regardant tour à tour. « C'est le style new-look, murmura-t-elle, désireuse d'expliquer sa tenue au cas où ses amis la jugeraient inappropriée. Maman me l'a cousue avec un tissu qui servait au black-out. Nous n'avions pas trouvé autre chose. J'espère que...

— La voiture est là ! » annonça Mr. Lawrence depuis l'entrée où il avait guetté l'arrivée du fourgon. Il ouvrit la grande porte. Le soleil avait dispersé les derniers nuages frivoles d'Ag. Il inondait le vestibule, entourant tous les objets d'un halo doré. Le corbillard était garé au bout de l'allée. Trois gerbes de fleurs blanches couvraient le cercueil : deux d'entre elles venaient du mari et du fils, la troisième des filles. Ag l'avait fait livrer par un fleuriste.

Prue laissa Stella et Ag passer devant et prendre chacune un bras de Mr. Lawrence. Profitant de l'occasion, elle murmura à Joe : « Je suis vraiment désolée. J'ai agi bêtement, sans réfléchir. Pardonne-moi.

— N'en parlons plus. Nous ne sommes pas dans notre état normal. Aucun de nous », répondit Joe avec gentillesse, mais de toute évidence il ne l'écoutait que d'une oreille. Les sentiments qu'il avait éprouvés pour elle semblaient s'être évaporés depuis longtemps. Elle ne comptait plus pour lui. Le baiser maladroit qu'elle lui avait donné l'avait simplement agacé : il avait été surpris, choqué par sa conduite inconsidérée, mais non pas fâché. Il pensait à sa mère plutôt qu'à une ancienne volontaire agricole avec laquelle il avait couché quelques semaines jadis.

« Dépêche-toi », dit-il, et il se hâta de descendre l'allée.

Prue le suivit d'un pas plus lent, dégageant ses jambes de la jupe virevoltante. Elle regrettait d'avoir réclamé à sa mère ce style à la mode. Au chagrin que lui causait la mort de Mrs. Lawrence s'ajoutait à présent la façon dont Joe lui avait fait comprendre qu'il voulait qu'elle lui fiche la paix. Par son inconscience, elle avait peut-être détruit leur amitié. Elle se jura que dorénavant, dans des circonstances similaires, elle réprimerait ses attentes, ses espoirs. Elle avait supposé à tort que leur ancien désir pouvait être rallumé.

Une douzaine de personnes assistaient à l'office, des villageois qui avaient appris à connaître les Lawrence au cours des trois dernières années. Aucun de leurs vieux voisins de Hinton Half Moon n'était venu. Mr. Lawrence ne s'était d'ailleurs pas attendu à ce qu'ils entreprennent un aussi long voyage. Il se tenait très droit, les bras croisés, ses yeux évitant le cercueil. Debout près de son père, Joe gardait lui aussi son regard rivé sur l'autel où brûlaient deux cierges. Dans les rayons de soleil qui filtraient à travers les vitraux, leurs flammes étaient blafardes. Les filles s'étaient assises dans la première rangée, de l'autre côté de la travée. Elles chantèrent très fort pour compenser le manque de voix masculines et refoulèrent leurs larmes jusqu'à ce qu'on sorte le cercueil dans le cimetière.

Après l'enterrement, ils retournèrent tous à la ferme où des sandwichs et un gâteau au café les attendaient sur la table de la cuisine. La charitable Mary s'affairait, préparait le thé, déchargeant les filles de toute responsabilité. Assis dans son fauteuil droit en bois, Mr. Lawrence laissait pendre ses mains par-dessus les accoudoirs comme si elles étaient plombées. Sachant que sa mère aurait désapprouvé trop de tristesse, Joe éprouva soudain le besoin d'égayer un peu la réunion. Il se mit à raconter des anecdotes concernant les filles, quand celles-ci travaillaient à la ferme, et fit rire l'assemblée, un peu soulagée.

À l'heure du dîner, Mr. Lawrence s'était un peu détendu, mais il paraissait épuisé. Il alla se coucher de bonne heure. Demeuré en bas, Joe informa les filles qu'il resterait encore quelques jours pour s'assurer que son père s'en sortirait — ce qui ne faisait aucun doute — et que Janet et lui s'installeraient à la ferme sitôt leur maison vendue. Prue remarqua que Stella et lui se jetaient des coups d'œil tout en évitant soigneusement de croiser leurs regards.

Une fois au lit, et malgré leurs efforts pour bannir la mélancolie, les filles éprouvèrent un sentiment d'irréalité. Toutes savaient qu'il mettrait du temps à disparaître. Elles étaient trop fatiguées pour essayer de se montrer gaies et d'ailleurs elles se connaissaient trop bien pour feindre d'avoir accepté la mort d'une femme qui avait tant compté dans leur vie.

« C'est incroyable, déclara Prue. Même si Mrs. Lawrence habitait loin de chez nous, nous savions qu'elle était là.

— Tu auras beau répéter mille fois que c'est incroyable, ça ne changera rien », répliqua Ag.

Elles éteignirent et s'allongèrent dans cette pièce obscure qui n'était pas leur ancien grenier. Prises dans un tourbillon de pensées, elles se turent. Toutes appréhendaient de quitter Mr. Lawrence, maintenant que sa femme était dans la tombe, le lendemain matin.

CHAPITRE 5

Leurs adieux à Mr. Lawrence furent brefs et retenus. Il n'y avait plus rien à dire, plus rien qui aurait pu le réconforter. À chaque fille il donna un baiser sur la joue. Une barbe naissante rendait sa peau rugueuse, son haleine sentait le tabac et ses yeux restaient fixés sur un point bien au-delà de la scène de départ.

Joe devait les conduire à la gare dans la vieille Wolseley. Lorsqu'il ouvrit la portière côté passager, ce fut Stella qui choisit d'y monter. Prue les vit échanger un sourire à peine perceptible. Ag et elle grimpèrent à l'arrière. Mr. Lawrence agita la main et se dirigea vers la grange.

« Papa doit aller au marché, heureusement, commenta Joe. Il va continuer de s'occuper, d'exploiter sa petite ferme. Lorsque nous emménagerons avec Janet, nous achèterons plus de bétail… » Il parlait d'une voix lasse, atone. Le reste du trajet se poursuivit en silence.

Devant la gare, il descendit, fit le tour de la voiture et ouvrit les portières avant et arrière.

Contrairement à la veille, il ne quittait pas Stella des yeux. Une de ses mains tremblait. Il étreignit Ag et Prue, puis se tourna vers Stella. Elle se tenait à environ deux mètres de lui, sa valise à ses pieds. Joe parcourut la courte distance qui le séparait d'elle, trébuchant comme un aveugle. Ils se dévisagèrent. Puis Joe se pencha et lui donna un baiser si léger que seule une peau ultrasensible aurait pu l'enregistrer. Il n'ose pas la prendre dans ses bras, se dit Prue. Elle se tourna vers Ag qui, partageant la même pensée, hocha la tête. Stella recula, pâle comme un linge, et Joe partit, bredouillant qu'il les aviserait de l'accouchement de Janet, mais sans même essayer de leur faire des adieux en règle.

Les trois filles entrèrent dans la gare. Ag et Prue prirent chacune Stella par le bras. « Je suppose que c'est mieux que rien. Se voir comme ça, de temps à autre », dit celle-ci. Des larmes coulaient sur ses joues.

Pendant le voyage de retour, Prue fut envahie d'une tristesse croissante. Qu'avait-elle à espérer à part une vie monotone et vide avec Barry ? Ag et Stella habitaient loin, Mrs. Lawrence était morte. Prue eut beau se répéter plusieurs fois le mot — morte, morte, morte — elle ne parvenait pas à s'en convaincre. Elle essaya de tourner ses pensées vers un projet agréable — les poules, peut-être. Les poules ! Était-il possible qu'une jeune, riche et encore séduisante épouse n'eût rien de mieux à espérer que de se retrouver avec ses poules ? C'était ridicule, pathétique. Elle se moqua d'elle-même. Puis elle pensa à Johnny : il n'était ni très intéressant ni même séduisant, mais au moins était-ce un ami — le seul qu'elle eût à Manchester.

Dans la brume de ce soir d'octobre, le soleil rasait les arbres sans grâce qui protégeaient les Mélèzes de la route. Prue détestait l'araucaria et ses grosses branches. La prochaine fois que Barry lui accorderait un souhait, elle lui demanderait de le faire couper. Aucune lumière dans la maison, nulle trace de Bertha ou de son mari. Elle déposa sa valise dans le vestibule et sortit dans le jardin pour voir les poules.

Un panier au bras, Johnny ramassait des œufs dans le poulailler. Prue éprouva un sentiment de gratitude. « Ah, te voilà de retour, dit-il. Comment ça s'est passé ?

— Oh, c'était triste. Merci de t'être occupé de mes poules.

— Elles sont en pleine forme. J'ai apporté quelques œufs à la cuisine pour le petit déjeuner de Barry. » Johnny sortit du poulailler et s'approcha d'elle. « Chaque matin j'ai regardé par ma fenêtre, prêt à te faire un petit signe, mais… personne. Je crois que tu m'as manqué. » Prue lui adressa un faible sourire. Johnny passa un bras autour de ses épaules. « Hé là, tu trembles ! s'écria-t-il. Tu es frigorifiée.

— Non, pas frigorifiée. Juste… de retour. » Pendant un moment, ils restèrent immobiles et silencieux.

« Rentre chez toi et allume ton chauffage, dit Johnny. Je te raccompagne. » À la porte, il lui tendit le panier d'œufs, mais refusa d'entrer. « S'il y a quelque chose que je peux faire pour toi ?

— Peut-être. Stella m'a conseillé de trouver une ferme où travailler. Je dois m'occuper, or les travaux des champs, c'est ce que je connais et ce que j'aime. Connais-tu quelqu'un qui aurait besoin d'une ouvrière agricole ?

— Possible. » Johnny ôta son bras de ses épaules, l'air très sérieux. « En fait, j'ai une idée.

— C'est-à-dire ?

— Laisse-moi faire. Il y a autre chose que je voulais te proposer. Ça te dirait d'aller à Hallows Farm un de ces jours ? Tu m'en as tellement parlé que j'aimerais voir cet endroit.

— Chic ! s'exclama Prue. J'adorerais faire cette balade. Mais c'est très loin et il nous faudrait de l'essence…

— Ça se trouve. Viens chez moi demain matin, nous mettrons notre projet au point. Pour l'instant, entre vite. Tu es glacée. » Johnny l'embrassa, une seconde de plus qu'il n'en avait l'habitude. Si Prue avait été moins triste et moins pressée de s'asseoir devant le feu, elle y aurait peut-être réagi par un mouvement de tête l'invitant à continuer. En ces circonstances, elle se contenta de refermer la porte derrière elle.

Une heure plus tard, enfin réchauffée, elle entendit la voix de Barry. Il se précipita dans la pièce, ce qui n'était pas son habitude, suivi de la mère de Prue. Étonnée, Prue se leva d'un bond. Sa mère n'était venue que de rares fois dans cette maison, généralement en l'absence de Barry. Prue avait toujours le sentiment que son mari ne tenait pas à voir sa belle-mère, aussi continuait-elle à voir sa mère en ville.

Elsie Lumley parcourait la pièce, poussant des cris d'admiration devant presque tous les objets qui s'y trouvaient. Pour modérer son enthousiasme, elle plaqua une ou deux fois sa main sur sa bouche sans parvenir à étouffer complètement ses exclamations. Elle avait une nouvelle coiffure inspirée par la star de cinéma du jour et portait une robe qu'elle avait dû embellir elle-même en l'incrustant de petits bouts de guirlandes de Noël. Quelle idée ! songea Prue.

« Figure-toi que Barry m'a appelée au salon, expliqua Mrs. Lumley. J'étais débordée, avec des épingles plein la bouche. Il m'a dit qu'il était temps que je vienne chez lui. Pourquoi pas ce soir ? Vu qu'il était seul, il avait besoin qu'on lui remonte le moral. N'était-ce pas une merveilleuse idée ? » Elsie Lumley se glissa vers sa fille et l'embrassa. « Mais tu es de retour. C'est encore mieux, ajouta-t-elle sans grande conviction.

— Qu'est-il arrivé ? » Barry se versait un whisky. Il regarda sa femme. « Je croyais que tu rentrais demain.

— Je t'avais dit aujourd'hui.

— J'ai dû mal comprendre. Enfin… tu es là. » Il s'approcha d'un pas lourd et l'embrassa sur la joue. « C'est parfait. J'ai pensé qu'il était temps que j'invite ta mère à venir ici. Comment ça s'est passé, là-haut, dans le nord ? »

Prue se rendit compte du gouffre existant entre la mort de Mrs. Lawrence, son modeste enterrement, la réunion des anciennes volontaires agricoles et ce que Barry pouvait comprendre de tout cela. « C'était bien, se borna-t-elle à répondre.

— Que prendrez-vous ? demanda Barry à Mrs. Lumley.

— Un gin-orange, s'il vous plaît.

— Entendu. Et toi, Prue ?

— Rien merci. » Toute cette scène et ses possibles implications emplissaient Prue d'une pénible sensation d'irréalité. Elle n'avait qu'une idée : quitter cette pièce, fuir n'importe où, loin du trio bizarre qu'ils formaient.

« Je voulais faire visiter la maison à ta mère, disait Barry, tirer parti de son œil de décoratrice, puis sortir dîner. Maintenant, tu peux te joindre à nous. La soirée n'en sera que meilleure, n'est-ce pas, Elsie ? »

Mrs. Lumley acquiesça en souriant.

« À vrai dire, Barry, j'ai eu une longue journée, déclara Prue. Nous avons peu dormi. Je vais monter me coucher.

— Oh, Prue ! » Sa mère paraissait sincèrement déçue.

Barry haussa les épaules. « Comme tu voudras. Je suppose qu'Elsie et moi nous nous débrouillerons...

— C'est ce qui avait été arrangé entre vous, non ? s'entendit répliquer Prue d'un ton inhabituellement acerbe. Je suppose que je ne vous manquerai pas trop. » Elle vit sa mère tressaillir et avaler le reste de son gin-orange d'un trait.

Barry lui lança un regard. « On y va, Elsie ? » Soudain nerveuse, Mrs. Lumley s'activa, cherchant son manteau qu'elle avait laissé tomber par terre. « Repose-toi, Prue. Je ne rentrerai pas tard. » Dans sa hâte de partir, Barry aida maladroitement Mrs. Lumley à poser son manteau sur ses épaules et traversa la pièce à une allure qu'elle ne lui avait jamais vue. Il semblait avoir oublié la visite de la maison. « Dors bien, chérie. »

Des choses plus importantes que le rendez-vous de sa mère avec son mari occupaient l'esprit de Prue : la perspective de travailler dans une ferme, de soigner des animaux, idée qui l'enchantait. Elle sombra bientôt dans le sommeil. Barry tint parole : à onze heures, il fut au lit à côté d'elle et la réveilla en s'agitant comme d'habitude sous les couvertures qu'il avait la manie de s'approprier. « Dommage que tu ne sois pas venue, dit-il. On s'est bien amusés. Je suis content d'avoir pu gâter ta mère. L'élégance de l'hôtel l'a éblouie.

— Très bien.

— Elle est d'une compagnie fort agréable. Une vraie boute-en-train. À présent, je sais tout sur ses clientes.

— Ça ne m'étonne pas.

— Tu n'es pas fâchée ?

— Pourquoi le serais-je ?

— J'ai dû me sentir un peu seul en ton absence. Je me suis dit : Prue ne peut pas m'en vouloir si je sors avec sa mère. Ç'aurait été différent si j'avais invité une jeune...

— Bien sûr que je ne suis pas fâchée. Maintenant, Barry, laisse-moi dormir. » Leurs voix se heurtaient dans le noir. Mais n'était-ce pas le meilleur moment, là, dans l'obscurité, pour se risquer à lui poser la question qui lui tenait à cœur ? se demanda Prue. « Cela t'ennuierait beaucoup si j'acceptais un petit boulot ? » Il y eut un long silence. « J'ai besoin d'une occupation. Je te suis reconnaissante de m'entretenir si généreusement, mais il faut vraiment...

— Oui, évidemment. » Barry poussa un long et bruyant soupir. « Je ne suis pas le genre d'homme qui aime voir sa femme partir au travail. Ce qui me plaît, c'est d'avoir le sentiment de la combler. Je voudrais qu'elle puisse rester tranquille chez elle, se détendre, s'amuser. Toutefois, je suis capable de changer d'opinion s'il y a une bonne raison pour ça.

— C'est vrai, reconnut Prue, souriant dans le noir.

— Tu penses à quelle sorte de travail ?

— L'agriculture. J'aime ce travail. Je sais le faire.

— Bon, pourquoi pas après tout ? Trouve-toi une jolie ferme, ma chérie. Je serai fier de toi. Si tu m'achètes une paire de bottes, je viendrai peut-être te voir. » Il rit de cette menace si improbable. Puis, à la grande surprise de Prue, il ajouta : « Je me suis parfois demandé si tu ne gaspillais pas tes talents avec la vie que tu mènes ici. Ça te fera du bien de travailler de nouveau comme ouvrière agricole. Mais seulement jusqu'à ce que nous ayons un enfant.

— Bien sûr. »

Sur ce, Barry rejeta les couvertures et se hissa sur sa femme, l'étouffant au point qu'elle fut obligée de lui crier de se déplacer. Pour la deuxième fois de la semaine, il fit une tentative — rapide comme à l'accoutumée — pour la féconder. Ensuite, Prue se mit à penser au regard furtif que Joe avait échangé avec Stella et à ce qu'était le véritable amour.

Le lendemain matin, peu après le départ de Barry, le téléphone sonna. Le vieil appareil noir était couvert de poussière. Bertha négligeait de nettoyer les objets qu'elle jugeait inutiles. Les rares fois où il sonnait, Prue s'alarmait, craignant de mauvaises nouvelles. Elle n'oublierait jamais l'appel que Stella avait reçu un soir à Hallows Farm lui annonçant que Philip avait été blessé… Ce matin, contrairement à ce qu'elle appréhendait, elle entendit une voix joyeuse.

« Prue ? C'est maman. J'avais hâte de te parler. J'ai passé une soirée très agréable. Tu as une sacrée veine d'avoir trouvé un si bon mari. Veille à le garder.

— Bien sûr, maman. Je suis contente que tu te sois bien amusée.

— Il m'a dit que vous aviez une merveilleuse vie ensemble.

— Ah oui ?

— Ça ne m'étonne pas. Une maison comme la vôtre, aucun problème d'argent...

— Oui.

— Vous devriez venir dîner chez moi un de ces soirs, si Barry n'a rien contre une maison aussi petite que la mienne. Je pourrais préparer un civet de lapin. Sais-tu s'il aime le lapin ?

— Non, je n'en sais rien, maman.

— Qu'as-tu pensé de ma robe ?

— Elle est très chic.

— Barry m'a fait un compliment charmant. Il a dit qu'il voyait de qui sa femme tenait sa beauté.

— Je dois y aller, maman. Nourrir les poules.

— Toi et tes poules ! » Mrs. Lumley rit. « Oh, excuse-moi, je ne t'ai pas encore présenté mes condoléances pour cette pauvre Mrs. Lawrence.

— Merci.

— Bon, je ferais bien de bouger moi aussi. Je voudrais passer chez le boucher avant le travail, quoique, même à cette heure-ci, il y ait déjà la queue. Des queues, des queues et encore des queues, partout, tous les jours. Et quand arrive ton tour, qu'est-ce qu'on te donne ? Un misérable morceau d'abat — dans le meilleur des cas. La semaine dernière, on m'a proposé un pigeon squelettique. Un pigeon ! Qu'est-ce que j'en aurais fait, Prue ?

— Pas grand-chose.

— Entre nous, tu sais, quand j'ai raconté ça à Barry, il m'a dit qu'il pourrait me procurer un morceau de viande convenable. C'est pas gentil, ça ?

— Très gentil.

— Viens me voir bientôt.

— Je viendrai demain.

— Je t'aime, ma chérie.

— Je t'aime aussi. »

Comme promis, Prue se rendit chez Johnny et trouva la porte entrebâillée. Assis à la table, il dessinait. Il mit un moment à prendre conscience de sa présence sur le seuil.

« Ça va ? » demanda-t-il enfin en levant les yeux. Son expression anxieuse révéla à Prue qu'il avait deviné qu'elle avait passé une nuit agitée et était épuisée. Acquiesçant de la tête, elle affirma qu'elle allait bien. C'était plutôt lui qui l'inquiétait : il avait les yeux rouges et le visage défait. Lui cachait-il une maladie quelconque ? Un jour, elle lui poserait la question. Mais il se redressa, lui sourit. « J'ai de bonnes nouvelles, dit-il. J'ai parlé aux fermiers qui habitent à une quinzaine de kilomètres d'ici. Leur propriété n'est pas très grande : une centaine d'hectares. Polyculture, quelques cochons…

— Des cochons ? Chic ! J'adore les cochons !

— Il y a quelques années, je leur ai construit une porcherie. Ils auraient besoin d'une aide deux ou trois fois par semaine. Ils étaient ravis d'apprendre que tu es une ouvrière agricole expérimentée. Je leur ai dit que je vous présenterai la semaine prochaine. Entre et assieds-toi. Je vais te faire du café. »

Prue s'installa dans son fauteuil habituel, près de la fenêtre. Le soleil réchauffait ses genoux. Elle se sentait à l'aise ici, dans le séjour désordonné de Johnny. Elle lui fut de nouveau reconnaissante pour son intuition et sa gentillesse. « Merci mille fois. » Elle serra son mug entre ses doigts. Johnny retourna à sa table. Prue n'avait pas besoin de se creuser la cervelle pour alimenter une conversation. Johnny s'accommodait fort bien de longs silences. Il n'y voyait rien de suspect ni d'hostile.

Il finit par pousser ses papiers de côté, se tourna vers elle. « Je voulais aussi te proposer d'aller à Hallows Farm à la fin de la semaine. Nous pourrions partir de bonne heure.

— Ça serait formidable.

— J'attendrai que la voiture de Barry ait disparu. Puis, en route ! »

L'air de conspirateur qu'avait pris Johnny étonna Prue, mais elle s'abstint de toute remarque. Comme Barry ne s'intéressait pas à ce qu'elle faisait de ses journées, elle ne se sentirait pas coupable de passer une longue journée à se balader avec leur voisin. Mais peut-être celui-ci avait-il raison : mieux valait ne pas parler de leur projet.

« J'ai hâte d'aller là-bas, dit-elle, même si cette visite risque d'être… » Elle censura le mot « douloureuse ».

« Certains déconseillent de retourner sur les lieux qu'on a aimés, déclara Johnny. D'un autre côté, cela peut apaiser la mémoire. Cela m'a fait de la peine de te voir si triste après la mort de Mrs. Lawrence. Nous essaierons de passer une bonne journée.

— Oui. Merci, Johnny. Tu es le plus gentil des hommes. »

Au jour dit, Barry quitta la maison peu après six heures : il devait prendre un train pour Londres. Dès que la Daimler eut disparu, Prue gara la Sunbeam sur la route : il s'agissait d'éviter les regards indiscrets de Bertha. D'ici une demi-heure, elle retrouverait Johnny, censé rester « caché » derrière un arbre voisin mais, à sa grande surprise, il était déjà là. Lorsqu'il s'installa sur le siège du passager, le caractère légèrement clandestin de leur rendez-vous la fit rire. Son moral remonta d'un cran. « Tu es en avance, dit-elle.

— J'avais l'intuition que Barry partirait plus tôt que d'habitude.

— Soit tu es étrangement intuitif, soit tu es très bizarre.

— Cela fait des heures que je suis réveillé. J'étais impatient de prendre la route. Cela nous permettra d'éviter la circulation. Appuie sur le champignon, tu verras l'effet que ça fait. Je parie que tu n'as jamais dépassé les soixante dans cette voiture, pas vrai ? »

Ils roulèrent dans la pénombre qui, peu à

peu, fit place à une bande de lumière pure, incolore, dans laquelle le soleil répandait des traînées ambrées. Une fois sur la nationale, Prue accéléra. Elle adorait la vitesse. Le long trajet passa comme dans un rêve. Lorsqu'ils parvinrent dans la région de Hinton Half Moon, elle s'arrêta et demanda à Johnny de prendre le volant.

« Je voudrais concentrer mon attention sur le paysage », expliqua-t-elle. Ils se rendirent à la ferme, se garèrent dans l'allée qui longeait la cour. « Il vaut mieux que nous allions nous présenter aux nouveaux propriétaires, dit Prue. Je suis sûre qu'ils ne verront pas d'inconvénients à ce que nous fassions un tour. »

À présent, la cour de la ferme était vide : ni tas de fumier, ni mauvaise odeur, ni poules courant dans tous les sens. L'ancienne porcherie était inoccupée. Aucune trace de vie agricole.

« Bon sang ! s'exclama Prue à la vue des fenêtres fraîchement repeintes en bleu. Heureusement que les Lawrence ne verront pas ça ! »

Elle frappa à la porte de derrière — il n'y avait jamais eu de sonnette — appréhendant l'apparition du nouveau propriétaire.

Une femme d'âge mûr aux lèvres pincées ouvrit. « Vous désirez ? » Avec ces deux mots elle parvint à communiquer tout le déplaisir que lui causaient les visites impromptues.

Prue lui adressa son plus beau sourire. « J'étais l'une des volontaires agricoles logées ici pendant la guerre, expliqua-t-elle. À l'époque où la ferme appartenait aux Lawrence. Comme mon ami et moi passions dans le coin, nous nous demandions si vous nous permettriez de jeter un coup d'œil... ? »

Une expression de mépris apparut sur le visage de la femme. « Vous étiez volontaire agricole ?

— Oui.

— Tout le monde sait ce qu'elles fabriquaient. »

Prue gloussa. « On travaillait très dur, mais c'était merveilleux.

— Oui, sûrement. » L'attitude défensive de la mégère s'adoucit un peu. Toutefois, elle n'alla pas jusqu'à leur proposer d'entrer, invitation que Prue aurait refusée : elle n'avait aucune envie de voir les changements horribles qu'avait dû subir la cuisine. Avec un regard condescendant, la femme leur permit de visiter les lieux. « Veillez à refermer les barrières, dit-elle comme si Prue avait pu oublier cette règle primordiale. Nous avons beaucoup de moutons.

— Vous n'avez pas gardé les frisonnes ?

— Non, nous ne sommes pas éleveurs de bovins. L'année prochaine, nous démolirons la vieille laiterie.

— Eh bien, excusez-nous de vous avoir dérangée. Ne vous inquiétez pas pour les barrières », ajouta Prue, en espérant que la fermière décèlerait la pointe de sarcasme dans sa voix.

La femme recula. Sur les murs de la cuisine, Prue entrevit une nouvelle teinte affreuse. Elle ferma les yeux. Puis Johnny et elle traversèrent la cour.

« Le problème de cette vieille bique, c'est qu'elle n'a pas assez pratiqué ce qu'elle reproche aux volontaires agricoles. » Ils éclatèrent de rire.

Prue s'arrêta à l'ancien abri de Sly, la truie, s'appuya contre le mur et regarda le sol de ciment nu.

« Je suppose qu'ils détruiront aussi la porcherie. Je me demande pourquoi ils ont acheté une ferme.

— Emmène-moi faire le tour de la propriété, dit Johnny. J'aimerais voir les endroits où il t'est arrivé des choses. »

Son intérêt semblait sincère et pas seulement motivé par la gentillesse, se dit Prue. Elle lui en fut reconnaissante. Par ailleurs, sa présence sur les lieux paraissait… incongrue : un poète-menuisier du Nord vêtu d'un mince pantalon immaculé et d'une veste de tweed. Prue lui en voulut de ne pas être Joe, Barry n° 1 ou même Robert. Elle se réprimanda aussitôt pour ces pensées. Ils descendirent l'allée, s'arrêtant aux barrières pour regarder les champs dans lesquels Prue avait passé des journées entières à labourer, récolter des pommes de terre ou moissonner. Ils parvinrent à la grande haie où Ag avait gagné l'estime de Mr. Lawrence : il l'avait déclarée reine des tailleuses de haies. À présent, la clôture était négligée, broussailleuse.

« Quel gâchis ! s'écria Prue. Tout part à vau-l'eau ici. »

À cet instant, un oiseau sortit des branches basses de la haie et monta dans le ciel. Tout excitée, Prue attrapa Johnny par le bras. « Regarde ! Je crois que c'est une grive draine. Dommage que Mr. Lawrence ne soit pas là. Ag lui en avait appris le nom latin.

— *Turdus viscivorus*, non ? dit Johnny en dégageant son bras.

— Tu sais quoi ? Tu aurais plu à Ag. Elle est très savante, elle aussi. Je me souviens du jour où ils ont vu le turdus-machin-chose. Ce soir-là, au dîner, Mr. Lawrence nous a enseigné les autres noms de la grive. Je les ai notés rien que pour leur montrer que je n'étais pas une petite coiffeuse complètement stupide. Traie, tréjeasse, treue, trau, grive de voué… Il y en a un autre. » Fronçant le sourcil, Prue tapota son nœud rouge à pois. « C'était quoi déjà ? » Elle regarda Johnny. « La train-note ?

— Oui, c'est ça ! Tu t'y connais en oiseaux alors ? Pas seulement en poules ?

— Je m'y connais un peu. En tout cas, je suis content d'avoir vu la grive. »

Prue cessa soudain de le détester, mais son pantalon continua de l'horripiler.

Ils marchèrent un bon moment, traversant des champs si familiers à Prue que passé et présent se mêlaient inextricablement dans son esprit. Le Long Pré, Le Pré d'En Bas, l'endroit où l'épouse folle de Ratty avait jeté du thé bouillant sur les moissonneurs… Ils se frayèrent un chemin à travers des douzaines de moutons qui cessèrent de brouter pour les regarder de leurs yeux jaunes indignés : des moutons, mais pas ceux des Lawrence. Autrefois, Prue connaissait les habitudes de chacune des bêtes du troupeau. Celles-ci lui étaient étrangères.

Ils parvinrent au champ en pente, celui qui avait toujours été si difficile à labourer. Johnny lui proposa de s'asseoir un moment et de se reposer. Il étendit sa veste par terre et sortit une Thermos de thé d'une de ses poches.

Ils restèrent là sans parler, le regard fixé sur les prés et les arbres qui commençaient à jaunir. Le ciel limpide était presque du même bleu que la robe qu'elle avait portée lors de son invitation à Buckingham Palace. De temps à autre, un bêlement ou le cri d'une alouette rompait le silence.

« Nous ferions bien de rentrer », dit Prue après avoir bu son thé. En réalité, elle avait peur de se mettre à pleurer si elle demeurait là plus longtemps. Les souvenirs peuvent être dangereux, comme l'avait dit Stella lors d'un de leurs déjeuners annuels, pensant à Joe. Juste au moment où vous croyiez vous en être sorti, ils vous retombaient dessus.

Tandis qu'ils rebroussaient chemin, le temps connut un de ces brusques changements qui avaient souvent surpris Prue dans le passé. Elle partait le matin sur son tracteur sous un beau soleil pour se faire tremper par une averse deux heures plus tard. Le bleu du ciel se couvrit de meurtrissures et de nuages sombres. Il commença à pleuvoir. Cela ne dérangeait pas Prue le moins du monde. À son grand plaisir, elle vit que Johnny, impassible, ne remettait pas sa veste.

Ils passèrent à côté du bosquet, l'ancien lieu de rendez-vous de Prue, son endroit préféré sur la propriété. Elle leva les yeux vers les feuilles jaunissantes des ormes qui encerclaient les arbres à feuilles persistantes.

« Quel joli bois ! s'écria Johnny. On s'y abrite ?

— Je préfère pas », répondit Prue. Ils continuèrent à marcher. Que Johnny n'insistât pas lui valut d'autres bons points.

À la ferme, la voiture des propriétaires avait disparu, la maison était sans lumières. Prue proposa de jeter un coup d'œil à la grange avant de repartir. Il pleuvait à verse maintenant. Leurs vêtements mouillés leur collaient à la peau.

Une lumière poudreuse emplissait la construction. Les yeux de Prue mirent un certain temps à s'y habituer. Ici, au moins, rien n'avait changé. Des balles de foin étaient empilées les unes sur les autres. Le vieux tracteur — son tracteur — était toujours garé à la même place, dans un coin. Il y avait des sacs de farine pour animaux, dont certains fuyaient, et d'autres pleins de nourriture pour cochons que Sly n'avait pas mangée avant d'être abattue. De toute évidence, les nouveaux fermiers n'attachaient guère d'importance à la grange, ce dont Prue se réjouit. Elle s'approcha du tracteur, posa la main sur le garde-boue. Puis elle se hissa sur le siège, se souvenant exactement de ses courbes de fer conçues spécialement — se disait-elle à l'époque — pour soutenir son petit derrière. Baissant les yeux vers Johnny, elle éclata de rire. « Tu te rends compte du privilège que tu as ? Voir la meilleure laboureuse de l'armée de terre assise en chair et en os sur son tracteur ? Bon sang, je donnerais beaucoup pour mettre le contact et sortir…

— Sous cette pluie ? répliqua Johnny, imitant son ton enjoué.

— Raison de plus. J'adore sentir les gouttes entrer dans ma bouche, dans mes yeux. Évidemment, ça n'arrange pas ces trucs-là. » Elle toucha le nœud aplati dans ses cheveux, puis descendit de la machine. Johnny regardait le toit. Sans doute ne voyait-il ici qu'une vieille grange sale. Elle ne pourrait jamais lui expliquer ce que cet endroit avait signifié pour elle et pour ses amies, les choses qui s'y étaient passées. Elle n'avait d'ailleurs pas l'intention d'essayer.

« C'est celle-là, la poutre sur laquelle tu as marché ? » demanda-t-il.

Prue acquiesça.

« Elle est drôlement haute, dis donc. » Johnny lui lança un coup d'œil. « Tu oserais refaire ton numéro ?

— Quoi ? Maintenant ? » Pendant une fraction de seconde, Prue envisagea cette possibilité, puis la rejeta, la jugeant absurde. « Non, ça, c'était autrefois. Certaines situations ne se répètent pas. »

Elle s'approcha de l'échafaudage de balles de foin et commença à grimper. C'était aussi facile que dans son souvenir. Elle s'assit au sommet. Johnny avait dû prendre sa performance pour un défi et la suivit avec une étonnante rapidité : elle ne l'avait jamais considéré comme athlétique. Il s'installa à côté d'elle, leva les yeux vers les poutres fixées à presque deux mètres au-dessus d'eux, puis les baissa vers la couche de foin inférieure.

« Une sacrée chute !

— C'est vrai, mais je ne suis pas tombée tout en bas. J'ai... » Elle s'interrompit. Ce qui s'était passé ensuite était un souvenir intime qui ne regardait pas Johnny. En fait, elle sentit remonter en elle le sentiment de rancune qu'elle avait éprouvé par instants tout au long de la journée. Qu'est-ce qu'il fichait ici à essayer de partager son passé ?

Il pleuvait plus fort à présent. Des rafales frappaient le toit avec un bruit de clous qu'on éparpille. Prue avait froid dans son chemisier trempé. Elle lorgna la veste de tweed que Johnny avait montée avec lui, résistant à la tentation de s'en emparer et d'en couvrir ses épaules.

« Le bruit de la pluie me fait penser à des tonneaux de riz déversés sur du fer », dit Johnny.

Prue lui jeta un regard méprisant. « Foutaises, dit-elle. On dirait la pluie sur un toit en tôle, ce qui est le cas. Mais il est vrai que tu es poète, je ne peux donc pas critiquer tes fantasmes. » Pourquoi était-elle si désagréable ? Toute la journée,

Johnny s'était efforcé de lui témoigner de l'amitié et voilà comment elle le récompensait !

« Tu n'es vraiment pas commode, tu sais. Il est impossible de te plaire.

— Excuse-moi. »

John tira la veste vers lui et sortit une barre de Mars de sa poche. Il en déchira l'emballage et la lui tendit.

Prue éclata en sanglots. Normal, pensa-t-elle. Me voici dans la grange des Lawrence, mais avec Johnny et non pas avec Joe. Je suis à l'endroit précis où Joe et moi avons fait l'amour pour la première fois et où il m'a donné une barre de Mars. Et maintenant *Johnny* m'en donne une aussi !

« Oh, c'est insupportable, hoqueta-t-elle en secouant la tête. Non, je ne veux pas de chocolat. Nous n'aurions jamais dû venir ici. »

Elle sanglotait si fort que Johnny distinguait à peine ses paroles. « Je ne comprends pas. Qu'est-ce qui se passe ? Pourquoi une barre de Mars te fait-elle pleurer ?

— Je ne peux pas te l'expliquer. Je ne pourrai jamais te l'expliquer.

— Ah bon ? Mets ça sur tes épaules. Tu trembles. » D'un geste maladroit, il la recouvrit de sa veste.

« Je n'en veux pas de ta veste. Je veux… Je ne sais pas ce que je veux. »

Avec une brusque détermination, Johnny plaça son bras à la place du vêtement. Il attira Prue contre lui, embrassa ses joues inondées de larmes. Prue ne résista qu'un moment. Épuisée, désespérée, résignée, elle s'allongea sur le foin. Elle sentit le corps étrangement léger de Johnny sur elle et le frottement de leurs chemises mouillées. Elle entendit son ami murmurer des paroles incompréhensibles.

Quelques instants plus tard, elle put se rasseoir. Elle ne pleurait plus. Elle savait que ses joues étaient barbouillées de mascara, son rouge à lèvres étalé partout. La pluie tambourinait toujours dans ses oreilles. Johnny était allongé sur le dos à côté d'elle.

« Je ne sais vraiment pas ce qui m'a pris, bredouilla-t-il. Je…

— N'en parlons plus. » Sur l'une des balles de foin, elle aperçut le pantalon étriqué de Johnny. Mouillé mais toujours bien repassé, il était soigneusement plié. Quand Johnny avait-il eu le temps de s'en occuper ? Prue avait l'impression que tout avait été tellement précipité… Elle fut prise de nausée. « Rentrons, dit-elle. Nous avons pas mal de route à faire. »

Johnny plia ses longues jambes maigres. Il portait des chaussettes vertes retenues par des fixe-chaussettes. Son caleçon pendouillait autour de ses cuisses. Il se redressa, se leva, saisit son pantalon. Consternée, Prue détourna les yeux avec dégoût.

Ils glissèrent au bas des balles de foin et se précipitèrent dans la cour vide hachurée de pluie. L'endroit sembla méconnaissable à Prue — phénomène qui se produisait souvent lorsqu'elle vivait des événements inhabituels. Ils coururent à la voiture garée dans l'allée. Johnny se mit au volant. Le regardant de profil, Prue n'aurait su dire s'il était furieux ou craignait sa colère à elle.

Une demi-heure plus tard, Prue tapota ses cheveux. « Je dois avoir perdu mon nœud dans le foin, dit-elle. Quand les nouveaux propriétaires le trouveront, ils se poseront des questions. »

Ensuite, ils n'échangèrent plus un mot jusqu'aux Mélèzes.

CHAPITRE 6

Après leur expédition à Hallows Farm, Prue ne vit nulle trace de Johnny pendant trois jours. Tous les matins, en allant nourrir les poules, elle regardait sa fenêtre. Personne. Le quatrième jour, debout à sa place habituelle, il la salua de la main, puis lui fit signe d'approcher. Prue hésita un moment. Elle ne savait pas trop bien ce qu'elle ressentait. La colère qui s'était emparée d'elle dans la grange avait disparu depuis longtemps. Ce qui s'y était passé n'était pas exactement un viol, plutôt un moment d'apathie de sa part. Il s'était agi d'une aventure sans lendemain, or elle en avait connu beaucoup. Elle n'y attachait aucune importance. Ce qui la préoccupait, c'était ce qu'en pensait Johnny. Se sentait-il coupable, satisfait d'avoir obtenu ce qu'il voulait, honteux ? Curieuse de le découvrir, elle abandonna l'idée de l'ignorer et alla frapper à sa porte.

« Ah, te voilà », fit-il. Il se détourna aussitôt, rougissant légèrement, et s'empara de la bouilloire.

« Tu n'étais pas là, du moins pas à ta fenêtre », dit Prue. Elle s'assit à sa place habituelle, dans le vieux fauteuil fatigué.

« En effet. » Après un moment de silence, Johnny lui tendit une tasse de café. « Les Gander seraient heureux de faire ta connaissance, dit-il. Nous pourrions leur rendre visite vers trois heures, si tu as le temps. » Dans sa voix, une pointe inhabituelle de sarcasme indiquait qu'il savait parfaitement qu'elle n'avait rien d'autre à faire cet après-midi-là, pas plus que les autres.

« Les Gander ? Les fermiers qui vont peut-être m'engager ?

— Exact.

— Très bien. À trois heures. » Prue se concentra sur son café, bien décidée à ne pas aborder la première l'incident de la grange.

« Je pense que nous devrions parler de... ce qui s'est passé l'autre jour, dit Johnny un moment plus tard. Ensuite, nous pourrons reprendre nos relations d'avant. Du moins, je l'espère.

— Moi aussi.

— Je te demande pardon. Je ne sais pas ce qui m'a pris. En fait, oui, je le sais. J'ai été saisi du désir irrésistible de te consoler. Tu avais l'air si triste, si déprimée là-bas, dans ta grange...

— Ce n'est pas la peine de m'expliquer quoi que ce soit, dit Prue, troublée par la voix dure de son ami, du regret qu'elle lisait dans ses yeux.

— Mais si, j'y tiens. Je ne veux pas que tu puisses penser que je t'ai emmenée dans la grange de Hallows Farm pour t'y séduire.

— Cela ne m'est pas venu à l'esprit.

— C'était un acte totalement spontané. Je comptais simplement te serrer contre moi d'une manière affectueuse, fraternelle. Mais mon bon mouvement a dégénéré. On ne peut pas dire que tu sois dénuée de charme... » Johnny eut un petit sourire sardonique. « La chair étant faible, et cetera, mon étreinte s'est transformée en...

— Je comprends.

— C'était une erreur.

— Enfin, Johnny, dit Prue de son ton le plus léger, tout le monde peut en faire.

— Tu m'en veux ?

— Plus maintenant.

— Dieu merci ! » Johnny s'assit dans un fauteuil en face d'elle. « J'espère que tu ne penses pas que je suis le genre d'homme qui aime séduire les femmes mariées.

— Bien sûr que non. Cette idée ne m'a jamais effleurée. »

Redevenu lui-même, Johnny sourit. « Admets que lors de notre première rencontre je n'ai pas réagi à tes avances.

— Mes avances ? s'écria Prue avec une feinte indignation.

— Oui, cette façon que tu avais de relever le menton, de me regarder en coin, de te rapprocher assez de moi pour que je puisse éventuellement passer un bras autour de tes épaules... »

Prue rit de bon cœur. « Et moi qui croyais que tu ne remarquais rien ! Tu appelles ça des avances ? D'accord, j'ai eu une jeunesse un peu dissipée, mais maintenant je suis une femme mariée, non ? Je me conduis avec la plus grande… "bienséance". » Elle prononça la dernière phrase d'une voix qu'elle voulait aristocratique et collet monté.

Johnny rit à son tour. « J'aimerais… » Il croisa les doigts, peut-être pour les empêcher de trembler ou pour se concentrer. « J'aimerais que nous oubliions tout ça. Que nous redevenions de simples amis. Je ne voudrais pas te perdre. Il y a si peu de gens ici qui…

— C'est d'accord, acquiesça Prue. Continuons comme avant. » Sentant une larme poindre derrière ses yeux, elle se leva d'un bond.

« Je passerai te prendre à deux heures et demie, répondit Johnny. Nous ferions mieux d'y aller dans ma camionnette. Ta Sunbeam risque de perturber Mr. Gander. Il pensera peut-être que tu n'es pas le genre de fille qu'il cherche.

— Très bien. J'aime ta camionnette. »

Johnny lui tint la porte. Dernièrement, ils s'embrassaient sur la joue quand ils se rencontraient ou se quittaient. Ce jour-là, Johnny ne fit pas mine de s'approcher d'elle pour leurs adieux habituels. Toujours au bord des larmes, Prue haussa les épaules. Leur amitié redeviendrait-elle ce qu'elle avait été ou son innocence était-elle à jamais compromise ?

La ferme des Gander n'était qu'à vingt minutes de chez eux, si près de Manchester et pourtant tellement rustique. Johnny expliqua que Steve Gander était veuf. Il vivait avec sa fille Dawn et son gendre Bert qui travaillait en ville comme imprimeur.

« Dawn est un peu bizarre, dit-il. Une mauvaise tête. Surveille tes paroles. La meilleure tactique, c'est de lui parler d'elle. Elle ne s'intéressera pas à toi.

— C'est entendu. » Regardant les haies broussailleuses, Prue se demanda si elle n'allait pas rencontrer le job de ses rêves, après tout. La camionnette cahota au bas d'un chemin raboteux vers un terrain non cultivé où se dressait la ferme. « Une ferme, ça ? s'écria Prue. C'est le pavillon le plus moche que j'aie jamais vu.

— Tu y passeras peu de temps. Et crois-moi que la vue, de l'autre côté, est étonnante. Des chênes magnifiques, des ormes, des frênes, des marronniers. Quelqu'un a dû vouloir y faire un très beau bois autrefois. Quand les Gander ont acheté la propriété, ils en ont abattu la moitié pour construire leur maison. »

Ils se garèrent dans un coin, près d'un grand hangar en tôle ondulée. Jetant un coup d'œil à l'intérieur, Prue constata avec plaisir qu'il abritait un fouillis d'outils agricoles, un vieux tracteur et de grosses provisions de nourriture pour cochons.

Elle entendit Johnny s'écrier : « Ça alors, Prue ! Je viens seulement de remarquer que tu avais mis ta tenue de volontaire !

— Juste le jodhpur. » Elle rougit. « Qu'en penses-tu ?

— C'est très seyant.

— Je le porterai pour travailler.

— Pourquoi pas ? » Johnny rit. « Tiens, voici Steve. Allons à sa rencontre. »

Un petit homme voûté se dirigeait vers eux en boitillant. Il portait des guêtres et une vieille casquette graisseuse. Une pipe pendait de sa bouche. Lorsqu'il fut assez près de ses visiteurs, il coinça la pipe entre son oreille et sa casquette. La fumée qui s'en élevait évoquait une plume. Prue réprima un sourire.

« Bienvenue, chère Madame », dit Steve Gander, enfermant la main de Prue dans les siennes. La rugosité de sa peau avait quelque chose d'étrangement familier : des mains de fermier, la main de Mr. Lawrence. Il examina Prue de la tête aux pieds et poussa un cri enthousiaste. « Par exemple ! Vous étiez volontaire agricole, n'est-ce pas ? Johnny m'en a parlé. » Prue acquiesça. « Je suis très honoré de faire votre connaissance. Laissez-moi vous serrer encore une fois la main. » Joignant le geste à la parole, il écrasa les doigts de Prue. « Qu'aurions-nous fait sans vous ? J'aurais voulu que notre Dawn s'engage dans l'armée de terre, mais ce n'était pas son truc, disait-elle. Elle n'a jamais été une lève-tôt. C'est ma femme qui s'occupait de la traite. Dawn se chargeait de la cuisine.

— Avez-vous encore des vaches ? demanda Prue en dégageant sa main.

— Non, répondit Steve. Avant la guerre, nous avions un beau troupeau de herefords, mais nous avons dû reconvertir les prés en cultures, comme tous les autres fermiers. Ensuite, je n'ai pas eu le courage de recommencer. » Il se tourna vers le pavillon, reprit sa pipe et l'agita dans une vague direction. « Comme vous le voyez, l'exploitation a un peu décliné. Depuis qu'Amy est partie, ce n'est plus pareil. J'espérais qu'avec quelques heures par semaine vous pourriez nous aider à remettre les choses en état.

— Je veux bien essayer.

— Entrons. Dawn nous préparera peut-être du thé. »

Johnny et Prue suivirent le fermier qui, clopin-clopant, se dirigeait vers la maison, une bâtisse en béton gris dont les cadres de fenêtre étaient rouillés. Le vieil homme eut du mal à pousser la porte, de toute évidence on ne s'en servait guère. « D'habitude, j'entre par-derrière, expliqua-t-il, mais je voulais vous montrer… »

Prue s'attendait à un couloir sombre, en accord avec la façade. Et sombre il l'était, mais la peinture brunâtre des murs disparaissait presque sous des douzaines de boîtes en verre contenant des papillons. Steve appuya sur un commutateur. Des guirlandes de petites ampoules s'allumèrent dans les vitrines et des couleurs éclatantes brillèrent soudain dans la lumière tamisée. Prue alla d'une boîte à l'autre, émerveillée par ces ailes fragiles si soigneusement préservées.

« C'était mon passe-temps préféré autrefois,

expliqua Steve. Dans ma jeunesse, j'étais dans la marine marchande, ce qui m'a permis d'en collectionner dans le monde entier. Ce sont de très beaux spécimens. J'ai eu de la chance de les trouver. Je passe beaucoup de temps à les regarder. Mais Dawn ne comprend pas ma passion. »

Il éteignit. Dans l'obscurité soudaine, les couleurs des insectes, bien qu'adoucies, continuèrent à luire de façon magique.

Steve les conduisit à la cuisine, une pièce tellement encombrée de meubles, de boîtes, de vieux journaux et autres détritus qu'ils eurent du mal à se frayer un chemin jusqu'aux chaises entourant la table chargée d'objets. Une grande femme maigre servait du thé. « Voici ma fille Dawn, dit Steve. Elle prend soin de moi. Dawn, voici Prue, notre future aide. Tu connais Johnny. »

En guise de réponse, Dawn gratifia Prue d'un clignement de ses paupières sans cils et d'un sourire contraint gâté par des incisives anormalement longues. « Bonjour, finit-elle par dire. C'est vous, la volontaire agricole ?

— Ex-volontaire agricole », rectifia Prue.

Dawn posa brutalement la théière sur la table. « Ces filles se conduisaient très mal, si vous voulez mon avis.

— Personne ne t'a rien demandé, la réprimanda doucement son père.

— Une de mes amies en a connu une, insista Dawn. Vous n'en croiriez pas vos oreilles si je vous racontais ce qu'elles faisaient. » Prue et Johnny échangèrent un regard.

« On ne peut pas les mettre toutes dans le même sac, Dawn, objecta Steve. Pour ma part, je suis content que nous ayons trouvé une personne qui ait de l'expérience.

— On verra bien », dit Dawn, puis elle quitta la pièce.

Tout en buvant le thé horriblement fort préparé par sa fille, Steve expliqua à sa visiteuse le genre de travail qu'il voulait lui confier. « Les cochons, dit-il. Ils sont dans un champ, en bas, de l'autre côté de la colline.

— J'adore les cochons », affirma Prue.

Steve tapota ses dents avec le tuyau de sa pipe. « Certains peuvent être très méchants. Il faudra vous montrer prudente. »

Dawn revint tel un ouragan dans la pièce et s'assit à côté de Prue. « Le plus important, c'est que vous me déchargiez d'une de mes tâches.

— Laquelle ?

— Faire prendre de l'exercice à mon cheval, Jack le Luron. »

Comme Dawn ne semblait pas vouloir donner plus d'explications, Steve téta longuement sa pipe, puis intervint : « Avant la guerre, voyez-vous, nous élevions des chevaux de trait. Amy les aimait beaucoup. Des suffolk punches, des clydesdales. Ils ont remporté un tas de prix. Durant la guerre, nous en avons gardé trois pour les travaux de la ferme… mais ils ont fini comme les vaches. C'est vraiment dommage.

— Seul Jack a survécu, dit Dawn avec une

vivacité soudaine. Parce qu'il était *mon* cheval. Un sacré bel étalon. Je l'adore. »

Prue s'aperçut que Johnny s'était détourné de la table et regardait par la fenêtre. Sa bouche tressaillait comme s'il essayait de réprimer un sourire.

« C'était en effet un bel étalon, confirma Steve. Nous avions l'intention de lui trouver une jument un jour. Mais ça ne s'est jamais fait et il est devenu, comment dire, agité. Et même dangereux. Il s'attaquait aux gens.

— Jamais à moi, en tout cas. » Dawn frappa sur la table.

« Non, jamais à toi. Mais, pour finir, nous avons été obligés de le châtrer.

— Je ne l'ai jamais pardonné à mon père. » Dawn frappa la table plus fort.

« En tout cas, il est très calme à présent, doux comme un agneau. En ce qui me concerne, il peut terminer ses jours ici. » Détournant les yeux du visage furieux de sa fille, Steve regarda Prue. « Le problème, c'est qu'il n'a pas grand-chose à faire. Un peu de hersage, c'est tout. Alors, il s'ennuie. Il lui faut de l'exercice.

— Je le promène avec une longe, dit Dawn, mais je n'en ai pas vraiment le temps.

— C'est vrai, acquiesça son père sans conviction.

— Je compte donc sur vous pour vous en occuper. » Dawn montra ses longues dents à Prue.

« Entendu.

— Je crois qu'il est temps de rentrer », dit

Johnny. Steve bondit sur ses pieds et les guida à travers le bric-à-brac qui jonchait le sol.

« J'espère donc vous voir lundi matin », conclut-il en jetant un regard amusé au jodhpur de Prue.

Dès qu'ils eurent franchi le portail dans la camionnette, Johnny et elle piquèrent un fou rire.

« Alors, qu'en penses-tu ? demanda Johnny.

— Je peux toujours essayer. »

Lorsque, le lundi suivant, elle arriva à sept heures sur son lieu de travail, elle ne vit aucune trace de Steve Gander ou de sa fille. Elle gara sa Sunbeam entre des dépendances, derrière le hangar, se disant qu'il valait mieux que ses employeurs tardent à se trouver devant sa rouge splendeur.

Alors qu'elle descendait de voiture, toujours vêtue de son jodhpur de volontaire rien que pour défier Dawn, elle vit la maigre silhouette de celle-ci sortir du bâtiment en tôle. Elle portait une salopette informe, ses cheveux étaient ébouriffés. De loin, on aurait pu la prendre pour un épouvantail.

Prue se redressa et afficha un sourire enthousiaste. Elle était prête pour commencer à travailler et désireuse de manifester son ardeur. Les deux femmes s'approchèrent l'une de l'autre.

« C'est donc votre premier jour, dit Dawn, les yeux fixés sur le nœud dans les cheveux de Prue, un modeste petit nœud vert à rayures choisi avec soin. Eh bien, au boulot ! La porcherie a besoin d'être nettoyée. Les cochons sont dans un champ, en bas, derrière la maison.

— D'accord. Où trouverai-je une fourche et une brouette ? »

Dawn lui lança un regard méprisant. « Il vous suffira d'ouvrir les yeux. Mais, auparavant, il faudrait que vous fassiez la connaissance de Jack. Il a besoin de sa promenade. C'est l'animal le plus important de la ferme. »

Prue suivit son employeuse derrière le hangar. En tournant au coin, elles tombèrent sur la Sunbeam qui rutilait au soleil. Dawn s'arrêta net. « C'est à vous, ça ? »

Prue acquiesça.

« Franchement… » marmonna Dawn, énervée. Elle poursuivit son chemin en haussant les épaules. Trois oies surgirent de derrière le véhicule et coururent vers elle avec un étrange empressement, sifflantes, le cou tendu. Prue, qui détestait ces oiseaux, fut soulagée de voir qu'elle, en revanche, ne les intéressait pas.

Quand elles furent arrivées devant une rangée de box délabrés, Dawn adressa à Prue son horrible sourire de lapin. De toute évidence, elle se réjouissait de la surprise qu'elle réservait à son employée. Prue se plaça à ses côtés et regarda dans l'écurie : la stalle était presque entièrement remplie par le plus grand cheval qu'elle eût jamais vu. Sa tête était aussi grosse qu'un tonneau de bière, ses pieds plus larges que ceux d'un éléphant. La circonférence d'un de ses genoux dépassait son tour de taille à elle. L'animal se tourna avec autant de précaution qu'un paquebot entrant dans un petit port et passa la tête hors de la porte basse.

« Jack, mon garçon », murmura Dawn. Elle caressa son museau gris, puis posa sa bouche sur la lèvre supérieure de l'animal qui la retroussa aussitôt, découvrant une denture impressionnante. Un instant, la bouche de Dawn se trouva plaquée sur cette grimace. Puis le cheval secoua la tête et se libéra du pressant baiser de sa maîtresse. Sans doute en avait-il assez. Dawn, en revanche, semblait vouloir prolonger ce moment. « Nos câlins du matin, expliqua-t-elle d'une voix émue. Nous n'y manquerions pour rien au monde, n'est-ce pas, Jack ?

— Fichtre !

— Que voulez-vous dire ? demanda Dawn, ses yeux rêveurs prenant une expression soupçonneuse.

— J'étais en train de me demander comment je parviendrais à lui mettre son licol. Vous êtes beaucoup plus grande que moi. »

Dawn réagit à ce problème par un rire dédaigneux, mi-aboiement mi-grognement.

« Nous avons des échelles », dit-elle. Puis un sursaut de charité parut toucher son cœur dur. « Juste pour cette fois, je m'en chargerai.

— Ouf ! Merci. »

Dawn alla prendre un licol. Prue remarqua que son maigre bras avait du mal à le porter mais, à en juger par son expression, ce poids lui causait plus de plaisir que de douleur. Impressionnée, Prue la regarda s'étirer et passer la bride au-dessus des oreilles de Jack. Alors qu'elle levait le bras, son chemisier remonta de sa salopette, révélant un tricot de corps grisâtre. Elle fit sortir le cheval qui avança doucement de quelques énormes pas, puis s'arrêta. Sa maîtresse tendit la longe à Prue. « Vous n'avez qu'à descendre à travers champs. Allez n'importe où, ça n'a pas d'importance. Jack vous montrera le chemin. Il a des itinéraires personnels. Bon, en route ! »

Prue releva le défi en redressant le menton : les volontaires agricoles avaient toujours été prêtes à tout. Empoignant la longe, elle se rapprocha du cheval dont elle ne dépassait l'épaule que d'un centimètre ou deux. Ne sachant comment se conduire devant Dawn, elle donna une petite tape sur l'encolure de Jack. Dawn réagit aussitôt en caressant l'animal, mais sur le garrot, endroit que Prue eût été bien en peine d'atteindre. Puis elle enroula quelques mèches de sa crinière autour de ses doigts. Prue en eut la chair de poule. Pour finir, Dawn revint à la tête du cheval et l'embrassa de nouveau, cette fois sur le nez. « Au revoir, mon chéri, susurra-t-elle comme une actrice dans un film à l'eau de rose. Bientôt nous serons de nouveau réunis. »

À son grand soulagement, Prue constata que cet amour n'était pas vraiment partagé. Jack semblait pressé de partir. Ils se mirent en marche. Prue avait hâte d'être hors de portée du regard sévère de Dawn.

« Bon sang ! s'exclama-t-elle. C'est comme emmener un tracteur en promenade ! »

Occupée à rajuster son chemisier, Dawn ne prêta pas attention à sa remarque, ou ne l'entendit pas. Après avoir remis de l'ordre dans ses vêtements, elle s'essuya les yeux. Prue se rappela les images de vieilles actualités où des épouses faisaient leurs adieux à leurs maris soldats.

Un peu nerveuse au début, Prue découvrit bientôt que Jack était d'une compagnie facile. Et, comme l'avait dit Dawn, il connaissait le chemin. Ils empruntèrent des sentiers à travers d'épais bois, comme les avait décrits Johnny, qui conduisaient à des prés ou à une allée. De temps à autre, Jack secouait la tête et poussait un long soupir, son souffle couchant les orties au passage. Cela lui rappelait Noble. Levant le bras, elle lui tapotait alors la croupe.

Ils parvinrent à un champ où une douzaine de cochons fouillaient la boue de leur groin. Leurs abris en forme de ponts étaient faits de cette tôle qu'on voyait dans toute la propriété. Prue constata que leur litière trempée et pourrie était indigne de n'importe quel porc. Une de ses priorités serait de l'enlever et de fournir à ces pauvres bêtes une couche de paille fraîche. Mr. Lawrence aurait sévèrement condamné un tel manque d'égards pour des animaux qui, maintenait-il, étaient tout à fait propres de nature.

À leur retour, Prue estima que Jack et elle avaient parcouru de six à huit kilomètres. Elle ramena le cheval à l'écurie où il baissa obligeamment sa grosse tête pour lui permettre de lui ôter le licol. Puis elle se rendit dans la maison afin de se voir confier une nouvelle tâche.

Steve Gander l'attendait à la porte. Il toucha la visière de sa casquette. « Tout s'est bien passé ? demanda-t-il. Dawn était inquiète.

— Ah oui ? Elle ne m'a pas précisé la durée de la promenade.

— Eh bien, d'habitude, elle se contente d'un aller-retour le long de l'allée. Ce n'est pas grand-chose. Je suis sûr que Jack a été content de se dépenser davantage. » Steve l'introduisit dans la cuisine où régnait une forte odeur d'os bouillis. « Normalement, Dawn m'interdit une pause-café le matin, dit-il, trébuchant par-dessus les obstacles jusqu'au fourneau. Selon elle, c'est une perte de temps. Mais, vu qu'elle n'est pas là, nous pourrions peut-être nous accorder ce petit plaisir ? Amy et moi, on aimait s'asseoir au milieu de la matinée, avec un de ses biscuits à l'avoine qu'elle faisait. Tout ça, c'est fini. » Il baissa la voix. « Notre fille est tellement autoritaire que le plus facile, c'est de lui obéir. »

Mais, dix minutes plus tard, ils étaient pris en flagrant délit. Dawn se précipita dans la pièce, rouge, le chemisier de nouveau de travers. Elle se tourna vers Prue. « Où diable étiez-vous ? cria-t-elle. Je vous ai cherchée partout.

— Je suis désolée, je croyais…

— Elle a fait faire une longue promenade à Jack », expliqua Steve.

Dawn s'assit et regarda la théière d'un air furieux. « Nous n'avons pas l'habitude de nous dorloter ici. » Puis sa colère s'atténua aussi vite qu'elle avait surgi. « Papa et moi ne faisons jamais de pause-café à onze heures.

— Je sais et je comprends, dit Prue.

— Cet après-midi, il faudra vous occuper des cochons. Papa vous montrera où se trouve leur nourriture.

— Entendu. »

Il y eut un silence. Parle-lui d'elle, avait conseillé Johnny. À l'évidence, il avait découvert comment se comporter avec cette vieille chouette ronchonne. Tout sourire, Prue se tourna vers Dawn dont les doigts pianotaient sur ses joues rouges. « Et votre mari ? demanda-t-elle. A-t-il le temps de vous aider à la ferme ? »

Cette marque d'intérêt parut désarçonner la grande femme. « Aider à la ferme ? Bert ? » Son rire tonitruant éclata, pareil à un coup de klaxon. « Bert ne s'occupe que de son affaire. Il dirige une imprimerie. Lorsqu'il rentre, il empeste l'encre. Imprimer, imprimer, imprimer, c'est tout ce qu'il sait faire, pas vrai, papa ? » Steve se redressa pour opiner, puis se ravisa à la dernière minute. « Du coup, on le voit rarement. Il rentre le soir et se met les pieds sous la table. » Elle se passa nerveusement les mains dans ses cheveux en bataille. « Mais j'ai Jack, non, papa ? »

Cette fois, son père hocha vigoureusement la tête. « Oui, tu as Jack. »

Prue passa l'après-midi accroupie inconfortablement dans deux des abris à cochons. Elle dut enlever une couche si épaisse de fumier que cela l'occupa jusqu'à l'heure de son départ. La puanteur de vieille urine de porc faillit la suffoquer — ah ! où était la litière à l'odeur plus légère de Sly ? — mais elle s'y habitua vite. Alors qu'elle pelletait la paille souillée dans la brouette, elle sentit les muscles de ses épaules se contracter, comme au début de son séjour à Hallows Farm, quand elle avait des courbatures partout. Elle savait qu'au bout d'un ou deux jours l'effort physique ne serait plus douloureux et elle se réjouissait de pouvoir épater Dawn par la rapidité et l'efficacité de son travail.

Elle rentra chez elle à cinq heures, satisfaite d'elle et impatiente de raconter à Barry sa folle journée. Elle lui décrirait l'endroit, si différent de Hallows Farm, et cette névrosée de Dawn. Malgré tout, elle avait l'intention de continuer. Promener un cheval ou nettoyer une porcherie n'avait pas grand-chose à voir avec l'agriculture, mais rien ne semblait tout à fait normal à la ferme des Gander, où chacun à sa manière était malheureux. Elle espérait que son récit ferait rire Barry. Le lendemain, elle en parlerait à Johnny et téléphonerait à Ag et à Stella. Ses amies n'en reviendraient pas.

Lorsque Prue franchit le portail des Mélèzes, elle aperçut une grosse Humber verte garée près de la porte d'entrée. Elle éprouva une certaine déception à l'idée qu'ils avaient de la visite et que le récit de sa journée devrait attendre.

Mais il n'y avait pas de visiteur. Se hâtant vers le salon, elle trouva Barry assis dans son fauteuil habituel, triturant son cigare habituel. Quand elle entra, il renifla. « Tu pues, ma chérie, dit-il d'un ton qui se voulait tolérant.

— Désolée, répondit Prue. Je monte prendre un bain. Je voulais juste te dire… »

Barry leva la main pour l'arrêter. Elle savait qu'il était inutile d'insister.

« J'ai une nouvelle à t'annoncer. Une nouvelle très importante. Tu as vu la voiture dehors ? La Humber ? » Prue acquiesça. Barry lui adressa un large sourire. « Eh bien, c'est la nôtre. Notre première Humber. Je l'ai eue à un prix intéressant. Qu'en penses-tu ? »

Prue déglutit. Que pouvait-elle en penser ? « Formidable, approuva-t-elle. Vendras-tu la Daimler ?

— Jamais de la vie ! Je vais me constituer une belle collection de voitures. Qui vaudra une fortune un jour.

— J'imagine », mentit Prue. Elle avait conscience de l'odeur de purin qu'elle dégageait. Et n'avait qu'une envie : prendre un bain. Mais elle savait que Barry ne la lâcherait pas avant qu'elle n'ait exprimé abondamment la surprise et la joie que lui causait la grande nouvelle. « Je suis impatiente d'y faire un tour.

— Va dans ton bain, chérie, ensuite nous

ferons des projets. » S'en tirant à bon compte, Prue lui lança un baiser et s'enfuit au premier étage.

À part quelques brèves questions sur la journée qu'elle avait passée, la conversation roula toute la soirée autour de la Humber. Prue comprit que ce n'était pas le moment de distraire son mari avec les histoires de sa nouvelle vie de fermière. Après le dîner, ils retournèrent au salon, à la cheminée et au cigare. La tête renversée sur le dossier de son fauteuil, Barry souriait béatement. Courbatue et lasse, Prue l'embrassa sur la joue avant d'aller se coucher.

« Bonne nuit, chérie. » Barry ouvrit un œil et de sa main libre donna une chiquenaude au ventre de sa femme. « Rien de neuf ?

— Pas encore. » Prue recula. Elle détestait sa façon de la questionner.

« Soyons patients. Mets-toi vite au lit. » Il referma son œil. « Qu'est-ce que tu dirais d'aller faire un petit tour dans le Devonshire ou le Dorset — enfin par là où tu travaillais — pour essayer la voiture ?

— Ce serait…

— Je savais que ça te ferait plaisir. Bon, au lit ! Je reste encore un moment, à penser à la Humber. »

Merde ! se dit Prue en se hâtant de quitter la pièce.

« Ce ne sont pas de vrais travaux de ferme, dit-elle quelques jours plus tard à Johnny. Ce n'est même pas une vraie ferme. Steve semble y tenir, mais tout ce qu'il fait, c'est se plaindre que les choses aient changé depuis la guerre, lorsque sa femme vivait encore et dirigeait l'exploitation. Quant à Dawn, elle est aigrie et plus qu'un peu bizarre. Elle est jalouse de mes relations avec son cheval, mais ça l'ennuie de le promener elle-même. Elle ne l'emmenait jamais bien loin, comme ces dames qui font faire le tour du parc à leur pékinois. » Johnny éclata de rire. « Tu vas continuer ? demanda-t-il.

— Bien sûr. Ce job m'occupera trois jours par semaine. Et je pense qu'avec de la diplomatie je peux montrer aux Gander une façon plus efficace de gérer leur domaine — vendre des cochons par exemple, ce qu'ils n'ont pas fait depuis longtemps.

— Steve t'en sera reconnaissant. Je sais qu'il souffre de voir sa propriété se désintégrer, mais il semble incapable d'y remédier.

— Le seul problème, c'est Dawn. Nous ne nous entendons pas.

— J'ai une idée à ce sujet. Je sais qu'elle a la passion des voitures. Tu as vu le tas de revues automobiles dans la cuisine ? Tu pourrais lui proposer de faire un tour dans la tienne, un de ces jours.

— J'y réfléchirai.

— Ce serait une façon de l'amadouer.

— Encore faut-il qu'elle sache conduire convenablement.

— Ça vaut peut-être la peine de prendre le risque. »

Prue calibrait les œufs de Johnny sur la table de sa cuisine, chauffée par le soleil. Elle aimait cette tâche. Avec ses mains tremblantes, son ami avait tendance à les casser. Elle se sentait utile, heureuse. « Tu as remarqué l'énorme Humber garée dans notre allée ?

— Oui. Qu'est-ce qu'elle fait là ? »

Prue sourit. « C'est la dernière acquisition de Barry. Il a l'intention de collectionner toutes sortes de voitures parce qu'elles auront beaucoup de valeur dans une cinquantaine d'années. La mauvaise nouvelle, c'est qu'il veut qu'on la prenne pour aller faire un tour à Hallows Farm.

— Vas-tu mentionner notre visite ?

— Bien sûr que non. Je lui proposerai de regarder deux ou trois champs, le village, la maison de Ratty. Nous jetterons, de loin, un coup d'œil à la ferme et nous éviterons la grange comme la peste.

— Évidemment. » À l'évocation de la grange, Johnny avait pincé les lèvres.

Prue remplit les boîtes d'œufs, les empila soigneusement sur la table. Son travail terminé, elle rentra chez elle pour la sinistre cérémonie du déjeuner dominical, en tête à tête avec Barry : hachis parmentier tiède, prunes en conserve, deux cigares. Debout sur le seuil, Johnny lui fit un signe de la main, sa nouvelle façon de lui dire au revoir. Depuis leur visite à Hallows Farm, il ne l'embrassait plus sur la joue. Même quand ils ramassaient des œufs ensemble, il veillait à garder ses distances.

Avec un grand soupir, Prue entra dans le vestibule étouffant de sa maison, bien décidée à faire taire Barry au sujet de sa fichue Humber et à l'obliger à l'écouter, elle.

Au cours des semaines suivantes, à la ferme, Prue s'organisa dans son travail. À vrai dire, elle avait trop peu à faire. Ayant nettoyé à fond la porcherie, il lui suffisait à présent de changer la litière une fois par semaine, corvée qu'elle accomplissait en une matinée, au grand étonnement de Steve. Lui, il y mettait une semaine, avoua-t-il.

Elle rangea le hangar, déracina des orties, coupa du bois et emmena Jack pour des promenades de plus en plus longues. Elle avait établi de bons rapports avec lui. C'était donnant-donnant. Prue le laissait s'arrêter de temps à autre lorsqu'il tenait à goûter à un carré d'herbe particulièrement tendre. En échange, il baissait la tête quand il la voyait s'approcher, de sorte qu'elle n'avait aucun mal à lui passer son licol. Sa taille ne l'inquiétait plus. Parfois, lorsqu'il broutait, elle s'adossait contre lui, profitant de la chaleur que dégageait son énorme corps. Elle espérait chaque fois ne pas tomber sur Dawn à leur retour. Celle-ci, tiraillée entre le soulagement et la jalousie, lui lancerait immanquablement quelque remarque acerbe avant de s'éloigner dans un silence boudeur.

Un jour où ils revenaient à l'écurie, ils y trouvèrent Dawn qui les attendait, un sourire inhabituel aux lèvres. Elle s'approcha d'eux et tapota le garrot de Jack, sorte de défi lancé à Prue.

« Nous manquons de nourriture pour les cochons, dit-elle d'une voix de petite fille que Prue ne lui avait encore jamais entendue. La camionnette refuse de démarrer. Peut-être pourriez-vous…

— Bien sûr, répondit Prue, se rappelant le conseil de Johnny. J'irai en chercher au village. » Dawn continuait de sourire, le visage figé par l'effort. « Je ne veux pas vous déranger, dit-elle. Je pourrais peut-être y aller moi-même dans la Sunbeam. J'aime conduire et je conduis bien. Si j'avais une bonne voiture, je sillonnerais le pays à la vitesse du vent. »

Prue éclata de rire. Elle tendit ses clés à Dawn. « Tenez, allez-y, mais soyez prudente. Mettez les sacs dans le coffre.

— Oh, mon Dieu ! Quelle chance ! » La fermière partit en hâte, oubliant même de jeter un coup d'œil à Jack par-dessus son épaule.

Prue rentra rejoindre Steve occupé à parier sur les matchs de football. Lorsque Dawn ne risquait pas de les surprendre, Prue et lui prenaient le thé, habitude d'autant plus agréable qu'elle était secrète. Steve appréciait la compagnie de Prue : il aimait l'entendre évoquer ses souvenirs de volontaire agricole. Quant à elle, elle prenait plaisir à l'écouter parler des jours prospères de sa ferme.

Le magasin qui vendait de la nourriture pour

cochons n'était qu'à dix minutes de voiture de la maison, mais Dawn ne revint qu'au bout d'une heure. Prue, inquiète, l'attendait près du hangar où l'on devait ranger les sacs. Lorsque la Sunbeam finit par remonter l'allée et s'arrêta après un demi-tour spectaculaire, Prue ne montra pas qu'elle s'était fait du souci. Dawn aurait été trop contente. Bien que couverte de boue, la Sunbeam semblait intacte.

L'air de nouveau revêche, Dawn sauta de son siège, ouvrit le coffre et en sortit un gros sac de farine comme s'il ne pesait rien.

« C'était formidable, articula-t-elle à contrecœur. Un bon petit moteur. » Dire merci eût été au-dessus de ses forces — Prue ne s'était d'ailleurs pas attendue à des remerciements —, mais l'exubérance avec laquelle Dawn transportait le sac exprimait une certaine gratitude. Dieu seul savait où elle était allée et à quelle vitesse elle avait roulé. Prue ne voulait pas le lui demander.

« Vous pourrez prendre la voiture quand vous voudrez », dit-elle. Dawn renifla, tenta un sourire maladroit et porta un autre sac dans le hangar.

Au retour, alors qu'elle roulait tout doucement, comme toujours, sur les chemins, Prue sentit soudain sur sa langue le goût du thé très fort qu'avait préparé Steve. Comme elle n'avait pas l'habitude d'en boire le matin, cela ne l'étonna pas. Mais brusquement, ce liquide amer, qui semblait sourdre de son estomac, lui emplit la bouche. Elle s'arrêta en catastrophe, se jeta sur le bas-côté et vomit dans le fossé. Terminé, les petits en-cas de onze heures, se dit-elle, puis elle n'y pensa plus.

Une semaine plus tard, Barry et elle se rendirent en voiture à Hallows Farm où elle s'arrangea pour empêcher son mari de visiter la grange et la maison. Ils se contentèrent de regarder quelques champs par-dessus les barrières. Comme Barry ne manifestait aucun intérêt pour le rôle qu'ils avaient joué dans la vie de sa femme, elle ne lui imposa pas les anecdotes qu'elle avait racontées à Johnny quelques semaines plus tôt.

Au retour, assise sur le confortable siège passager de la Humber, elle se sentit nauséeuse, voire franchement malade.

« Tu es toute pâle, ma chérie, dit Barry lorsqu'ils furent rentrés.

— C'était un long trajet.

— Merveilleuse, hein, cette voiture ?

— Merveilleuse. » Prue se dit qu'elle devait avoir bien mauvaise mine pour que son mari le remarque. Elle monta à la salle de bains, se regarda dans la glace et vomit de nouveau.

Barry arpentait le salon en tripotant son cigare. « Tu es toujours blanche comme un linge, dit-il. Tu es sûre de ne pas avoir attrapé quelque chose ? » C'était la première fois que Prue le voyait inquiet.

« Sûre et certaine. C'est peut-être… Tu sais, ça arrive parfois d'avoir mal au cœur dans les voitures bien suspendues…

— Impossible. Pas dans une Humber. Tu pourrais faire le tour du monde dans cette bagnole sans jamais être malade.

— Ça dépend peut-être des gens. » La fumée du cigare provoqua chez Prue une autre vague de nausée. « En tout cas, je ne pourrai pas manger de sandwichs à la pâte d'anchois ce soir. Je ferais mieux de me coucher. »

Barry l'observa d'un regard perçant. « Bonne idée. Tu as raison. Je demanderai à Bertha de m'ouvrir une boîte de pilchards. » Il se laissa tomber dans son fauteuil, irrité à l'idée que sa femme puisse l'abandonner pour la soirée, mais sachant que, si elle se sentait aussi mal qu'elle en avait l'air, il fallait l'encourager à aller au lit. En tout cas, elle se trompait sur un point : son malaise n'avait rien à voir avec la Humber. À la connaissance de Barry, personne ne s'était jamais senti incommodé dans cette voiture. Il faudrait que Prue s'y habitue. Ils ne pouvaient pas toujours se servir de la Daimler.

Lors de sa promenade suivante avec Jack, Prue, grandement soulagée d'être parvenue à une décision, la confia au cheval. Alors qu'ils s'arrêtaient pour qu'il puisse brouter, elle s'appuya de tout son poids contre lui et frissonna. Elle s'aperçut ensuite que de mystérieuses larmes avaient collé quelques centimètres de son pelage.

Le lendemain, elle prit rendez-vous avec le médecin de sa mère, à Manchester. Une semaine plus tard, on lui confirma qu'elle était enceinte.

CHAPITRE 7

Pendant deux mois, Prue garda la nouvelle secrète. Seul Jack, s'il avait pu connaître les symptômes de la grossesse, aurait compris : lorsqu'il s'arrêtait pour brouter, Prue vomissait souvent à côté de lui. Elle se rendait compte qu'elle avait mauvaise mine : elle était plus pâle que jamais et des cernes s'étaient formés sous ses yeux gonflés. Elle se fardait les joues dans l'espoir que Barry ne s'apercevrait de rien. De temps à autre, elle remarquait que Bertha l'observait avec curiosité, mais c'était dans ses habitudes.

Elle attendait avec impatience d'être envahie par la joie de la maternité, mais rien ne venait. Peut-être connaîtrait-elle ce bonheur une fois qu'elle se sentirait mieux, se disait-elle. Derrière cet espoir se profilait le regret de ne pas avoir cet enfant d'un homme qu'elle aurait aimé. Sa grossesse ne la consolait pas de son mariage raté. Elle continua donc à se taire. Elle passa un matin particulièrement pénible le jour où l'odeur du grain pour les poules la fit vomir dans une haie, près du poulailler, et où Johnny désigna ses joues pâles depuis sa fenêtre. Elle fut tentée de courir chez lui, de tout lui raconter, de se laisser réconforter. Au lieu de cela, elle agita la main en souriant.

Un soir, au dîner, au quatrième mois de sa grossesse, un riz au lait agrémenté d'une cuillerée de confiture à la framboise — que Prue considéra comme une provocation de la gouvernante — fit voler en éclats son secret. Elle se forçait toujours à avaler même le plat le moins appétissant préparé par cette femme pour ne pas lui donner le plaisir d'avoir triomphé d'elle. Alors qu'elle mélangeait la confiture avec l'infâme bouillie blanche son estomac se révolta. D'habitude, elle se sentait pourtant bien le soir. Elle se leva sans explication, sortit précipitamment de la pièce et monta à toute allure à la salle de bains.

Après s'être rincé la bouche et lavé la figure avec de l'eau froide, elle s'estima capable de redescendre. Barry avait quitté la salle à manger. Chose curieuse, il n'avait pas terminé son dessert. Prue le soupçonnait de ne pas aimer plus qu'elle la cuisine de Bertha, mais d'avoir peur de l'offenser.

Prue passa au salon où elle trouva Barry assis dans son fauteuil, le cigare déjà allumé, de la fumée flottant au-dessus de sa tête. « Qu'est-ce qui t'est arrivé, chérie ? demanda-t-il.

— C'est ce riz, dit Prue. Je suis désolée, mais il m'a été impossible…

— Oui, il était un peu collant », admit son mari.

S'asseyant en face de lui, Prue appuya son menton sur ses mains jointes. « Il faut dire que je manque d'appétit ces jours-ci. J'ai souvent la nausée, surtout le matin. » Elle ne voulait pas prononcer le mot « enceinte ». C'était à Barry, qui se montrait parfois limité, de deviner.

« Qu'est-ce qui ne va pas ? Tu es malade ? »

Prue hésita. « J'attends un bébé. »

Il y eut un moment de profond silence. De la main, Barry écarta une volute de fumée. Prue vit apparaître dans les yeux de son mari une lueur terne qui ressemblait plus à une membrane qu'à des larmes. Il s'agita sur son siège, fit passer son cigare de sa main droite à sa main gauche. Puis, comme s'il venait de comprendre, il écrasa celui-ci dans le cendrier. « Dans ce cas, la fumée de tabac sera à éviter, dit-il enfin en essayant de maîtriser sa voix. Désormais, je ne fumerai plus à la maison. » Un tout petit sourire apparut sur ses lèvres, s'élargit. Il s'extirpa de son fauteuil et tapota les poches de son pantalon. De toute évidence, il ne savait comment réagir. Toujours souriant, il s'approcha de Prue et, l'attrapant par les poignets, la mit debout. « C'est le plus beau jour de ma vie, chérie. Moi, devenir père ? Tu te rends compte ? Toi, une mère ? Tu ne trouves pas ça exaltant ?

— Je trouverai ça exaltant quand je cesserai d'avoir mal au cœur. » Prue parvint à sourire.

Barry l'embrassa sur les joues, puis posa une

main sur son ventre. « Est-ce qu'il donne des coups de pied ? Ils sont censés faire ça très tôt, non ?

— Pas encore. Ça ne fait que quelques mois.

— Bien entendu, tu auras les meilleurs médecins privés. Et nous aménagerons une chambre d'enfant à ton goût. Oh, ma chérie, c'est le grand événement que nous attendions. Nous nous sommes donné du mal, n'est-ce pas ? Il faudra que tu prennes bien soin de toi. Tu seras obligée de renoncer à ton travail à la ferme. Tu ne peux pas continuer à trimballer des fardeaux. Ce n'est même pas nécessaire. Tu peux te reposer toute la journée, lire des magazines et réfléchir à la couleur de la chambre du bébé…

— Je ne trimballe pas de fardeaux, l'interrompit Prue. Je passe le plus clair de mon temps à promener le cheval. »

Sentant l'indignation de sa femme, Barry décida de louvoyer. « Bon, on verra. » Il ôta sa main du ventre de sa femme. « Et maintenant que tu attends un enfant, je ne t'embêterai plus. J'ai entendu dire que faire l'amour pendant la grossesse pouvait être dangereux. Nous ne voulons pas prendre de risques, n'est-ce pas ?

— Bien sûr que non. » Prue espéra que son ton léger dissimulait son immense soulagement.

Retournant à son fauteuil, Barry jeta un regard d'envie à son cigare. Il plongea machinalement la main dans sa poche, à la recherche de son étui. Avec un petit rire pitoyable, il rassembla toute sa volonté, remit la main sur son genou, pinça le tissu de son pantalon. « Que je suis bête ! » Le sourcil froncé, il ajouta d'une voix soudain acerbe : « Qui d'autre est au courant ?

— Personne. Tu es le premier à l'apprendre.

— Tant mieux, chérie. C'est merveilleux. Mon cœur déborde. » Barry avait retrouvé sa douceur. Une larme s'échappa de son œil.

« Oui, c'est merveilleux », confirma Prue. Son mari méritait qu'elle se montre d'accord avec lui. Elle n'aurait pas voulu qu'il devine ses véritables sentiments, sa confusion. « Je vais me coucher. Je dois me lever tôt demain.

— Oui, bien sûr. Dors tout ton saoul. Puis-je faire quelque chose pour toi ? » La voix de Barry tremblait d'une sollicitude inaccoutumée. Sa paternité prochaine semblait le dérouter.

« Non, merci, rien du tout. » Prue se dirigea vers la porte, se retourna pour lui souffler un baiser. Genoux écartés, Barry était affalé dans son fauteuil, trop abasourdi pour contrôler son corps. Mains jointes, il tapait silencieusement ses doigts les uns contre les autres. Un de ses genoux commença à tressauter. Un élan de tendresse s'empara de Prue. Elle lui envoya un autre baiser mais, plongé dans ses pensées, Barry ne le remarqua pas.

« Tu sais quoi ? marmonna-t-il si doucement que Prue dut tendre l'oreille. Notre fils aura tout ce que l'argent peut acheter.

— Fils ?

— Oui, je suis sûr que ce sera un garçon. »

Prue n'entendit pas Barry se mettre au lit ni se lever le lendemain. Elle quitta la maison plus tôt que d'habitude et, pour une fois, n'eut pas de nausée.

Arrivée à la ferme, elle aperçut une Austin 7 garée devant la maison. Un homme sortit du hangar. Petit, étroit d'épaules, il portait un costume mal coupé. Des mèches de cheveux gras se dressaient sur sa tête, la colère déformait ses traits. Il devait s'agir de Bert, le mari de Dawn, qui, d'habitude, partait au travail bien avant qu'elle n'apparaisse. Il s'approcha à grands pas de la voiture. « Tout ce que je demande, c'est un petit déjeuner convenable avant d'aller à l'imprimerie. Après tout, c'est moi qui entretiens tout le monde ici. Et que fait Dawn, ma soi-disant épouse ? Elle dit ses prières ! » Il tordit la bouche comme s'il allait cracher.

« Je suis désolée, dit Prue, se demandant comment réagir devant cette explosion. Puis-je vous préparer quelque chose ? »

Bert se tenait tout près de la Sunbeam à présent. Il en toucha le capot. « Non, merci. Je me débrouillerai. C'est vous la volontaire agricole dont j'ai tellement entendu parler ? » Prue acquiesça. « Une volontaire agricole avec une Sunbeam Talbot ? Ça, c'est pas banal ! » Il se tourna et gagna d'un pas lourd son Austin. L'instant d'après, sa petite voiture descendait l'allée à toute allure, le conducteur, dans sa rage, la poussant au-delà de ses capacités.

Prue resta un moment adossée à sa voiture, se demandant si elle allait directement à la maison établir avec Steve l'emploi du temps de la journée — il ne variait pas, mais son employeur aimait en discuter — ou essayer de découvrir la cause de la colère du mari de Dawn. Choisissant cette option, elle se dépêcha de gagner le hangar.

Bert n'avait pas menti. Dawn semblait prier. Agenouillée sur un sac de farine pour cochons, les mains jointes sur la poitrine, elle bougeait les lèvres, les yeux levés vers le toit de tôle. De temps à autre, elle émettait un petit gémissement où l'on distinguait vaguement les mots « ô Seigneur ». Soudain, elle bondit sur ses pieds, se tourna et regarda Prue avant que celle-ci puisse s'éclipser. Nullement gênée d'avoir été surprise en pleines dévotions, elle déclara : « C'est pour vous que je priais. Vous en aurez besoin.

— Oh, merci.

— En fait, je priais surtout pour le bébé. » Dawn s'approcha, répandant autour d'elle une forte odeur de dentifrice.

« Mon bébé ? Comment saviez-vous que j'étais...

— Ha ! » Dawn eut un rire triomphant, suivi d'un sourire dédaigneux. « Je vois des choses invisibles aux yeux des autres. J'ai toujours été comme ça. Cela fait des semaines que je sais que vous avez un polichinelle dans le tiroir. » Cette expression fit sursauter Prue. « Oui, un enfant dans vos entrailles, un futur petit être... » Sa voix s'estompa tandis que son affreux sourire remontait jusqu'à ses joues.

Secouée, Prue fut prise d'une nausée, différente toutefois de celle qu'avait provoquée le riz au lait. Dans la lumière du petit matin, Dawn la Mentholée avait quelque chose de répugnant. « Le hangar est un bon endroit pour prier, poursuivit-elle. J'y suis près de Jésus. Et Jésus est à mes côtés et tout autour de moi. Vous ne sentez pas sa présence ? » Son regard dément balaya les sacs de farine. « Croyez-moi.

— Je vous crois », dit Prue sans conviction. Elle n'avait qu'une hâte : s'éloigner de cette folle.

« Bert et papa pensent que je suis cinglée. Pour eux, tout est blanc ou noir. Un jour, ils s'apercevront que j'ai dit la vérité.

— Oui, eh bien, merci pour vos prières, articula Prue en réprimant un rire. Je dois aller demander des instructions à votre père. »

Tandis qu'elle se dirigeait vers la maison, elle sentit le regard de Dawn sur son dos, mais elle ne se retourna pas. Ce ne fut qu'une heure plus tard, pendant sa promenade avec Jack, qu'elle retrouva son calme. De toute évidence, Dawn était déséquilibrée, mais même les gens à moitié fous pouvaient avoir des visions terriblement précises. Le plus déplaisant, c'était que cette femme s'était rendu compte de sa grossesse avant elle. Malgré le soleil sorti de derrière les nuages, cette découverte la glaça.

Maintenant qu'elle avait révélé sa grossesse, Prue se dit qu'il était temps de l'annoncer à Stella et Ag, à sa mère et à Johnny. Comme elle s'y attendait, ses amies furent ravies pour elle, mais restèrent réservées dans leurs félicitations. Il n'en alla pas de même de Mrs. Lumley.

Répugnant à lui en parler par téléphone, Prue se rendit un après-midi en voiture au salon de coiffure. C'était un moment creux. Assise devant un des miroirs, Mrs. Lumley lisait une revue. Levant la tête, elle aperçut le reflet de sa fille en train d'ouvrir la porte. Elle poussa un cri, se précipita vers Prue et l'étreignit si fort que les deux femmes faillirent tomber. « Oh, ma chérie ! Tu as l'air si heureuse. Je vois que tu as une nouvelle à m'annoncer. Ce n'est pas vrai ?

— Si, maman, c'est vrai.

— C'est absolument merveilleux ! Quand ? Dis-moi vite. C'est pour quand ?

— Dans cinq mois, je pense. Je ne suis pas tout à fait sûre. »

Folle de joie, Mrs. Lumley riait, pleurait, se contorsionnait. Elle se penchait, se redressait, se penchait de nouveau telle une danseuse démente. À la recherche d'un mouchoir en papier pour essuyer ses joues striées de mascara, elle leva le bras vers une étagère chargée de bouteilles de teinture et autres lotions, mais dans son excitation, son geste envoya tous ces objets par terre. Des ruisseaux de divers liquides se répandirent sur le lino. Avec un cri d'horreur, Mrs. Lumley se baissa pour ramasser un flacon, glissa et tomba. Prue lui tendit la main pour l'aider à se relever. Sa mère cria que, dans son état, elle n'était pas censée soulever le moindre poids. Obéissante, Prue la laissa chercher à tâtons un pied de chaise pour pouvoir se relever. Enfin elle fut debout, tremblante, les pieds baignant dans un liquide visqueux, mais souriant de nouveau. « Que je suis maladroite ! s'écria-t-elle. Mais je suis tellement heureuse. Barry m'a dit que vous vous donniez du mal.

— Quand est-ce qu'il t'a dit ça ? » demanda Prue, légèrement contrariée. Qu'est-ce qui lui avait pris, à son mari ? « Tu l'as appelé ? Tu ne crois pas que c'était un peu indiscret ?

— Non, tu sais bien que je déteste le téléphone.

— Il est donc venu ici ? »

Mrs. Lumley hésita. « Non, il est passé chez moi un soir, en revenant du bureau.

— Je vois.

— Ne te fâche pas, Prue. Je crois que Barry savait que tu ne m'avais rien dit et il pensait que j'avais le droit d'apprendre la nouvelle.

— Bon… »

À cet instant, une grande femme dotée d'une maigre houppe de cheveux entra dans le salon. Elle regarda les débris sur le sol avec étonnement. « Tout va bien ? s'informa-t-elle.

— Je te laisse, maman », dit Prue, et elle s'élança vers la porte sur le lino poisseux.

Johnny fut le dernier à être informé. Lorsque

Prue revint du salon de coiffure et aperçut de la lumière à sa fenêtre, elle se rendit chez lui.

« Je suis juste venue te dire que j'étais enceinte », annonça-t-elle abruptement. Johnny la regarda sans sourire. Les félicitations se faisant attendre, Prue haussa les épaules. « Eh bien, tu ne trouves rien à me dire ? »

Johnny sembla sortir d'une rêverie. « Excuse-moi. Bravo ! C'est une bonne nouvelle. Je ne sais pas ce qu'on dit dans ces cas-là…

— Ça fera l'affaire.

— Tu vas être très occupée. Je te verrai moins, ou alors avec un landau.

— Oui, c'est possible.

— Tu veux boire quelque chose ? Du thé ? »

Prue secoua la tête. « Je dois rentrer. Barry aime que je sois là quand il vient à la maison.

— Je suppose qu'il est ravi.

— Il en a l'air. »

Johnny lui ouvrit la porte. « Je dois aller à Bakewell la semaine prochaine, dit-il avec plus de gentillesse. Je fabrique un portail très élaboré pour un client qui habite dans le coin. Tu veux m'accompagner ? Il y a un bon pub là-bas. Nous pourrions y déjeuner.

— Oui, pourquoi pas ? On ira en Sunbeam. »

Johnny daigna enfin sourire. « Formidable ! » Il se pencha, embrassa Prue sur le front, puis lui tapota maladroitement l'épaule. « Félicitations pour le bébé. Fais attention à toi. »

Alors qu'elle retournait chez elle dans le crépuscule naissant, Prue se dit que depuis « l'incident », comme elle l'appelait, et malgré leurs bonnes résolutions, ses rapports avec Johnny avaient changé. Dommage. Johnny avait été un ami attentionné. À présent, on aurait dit qu'elle l'avait déçu ou offensé de quelque manière. Elle espérait qu'un jour leur amitié retrouverait ses qualités d'autrefois. Johnny, cependant, n'était pas son plus gros souci. Elle savait que Barry allait lui interdire de travailler et elle était bien décidée à ne pas lui céder.

Barry attendit jusqu'après le dessert, un roulé à la confiture. Il se rendit au salon et s'installa dans son fauteuil, près du feu. Pendant un moment, on n'entendit que le doux sifflement des petites flammes bleues qui dansaient telles des pervenches dans la brise. Puis il poussa un grand soupir et tapa ses mains potelées sur ses genoux grassouillets. « Quelle joie d'avoir bientôt un bébé, chérie, dit-il, sentiment qu'il exprimait presque tous les soirs.

— Oui.

— Bon, tu ne peux pas me reprocher d'être maniaque ni même trop prudent, mais je sais quand on peut ou non prendre des risques. Je ne prendrais jamais de risque inconsidéré. » Un peu dérouté par la profondeur de ses propos, il poursuivit : « Or, dans le cas d'une grossesse, on ne peut se permettre aucun risque. Mon — notre — fils sera la créature la plus précieuse au monde. Nous devons faire l'impossible pour assurer sa sécurité.

— Oui, bien sûr. »

Barry mit machinalement la main à la poche intérieure de sa veste où il avait l'habitude de ranger son porte-cigares. Il la retira avec un mouvement impatient de la tête. « Ce qui veut dire, plus de travail à la ferme pour toi, ma chérie. Je ne veux pas que tu t'éreintes à soulever des balles de foin ou quoi que ce soit de ce genre. Tu n'as pas besoin des quatre sous qu'ils te paient. Tu n'as pas besoin de travailler. Je comprends que cela te fasse du bien d'être dehors, mais le temps est venu d'arrêter. Je te demande de donner ta démission. »

Prue haussa les épaules et leva les yeux au plafond. « Tu ne comprends pas, répliqua-t-elle. Il ne s'agit pas de vrais travaux de ferme, parce que cet endroit n'est pas une vraie ferme. Je promène un pauvre vieux cheval qui a besoin d'exercice, je nettoie la porcherie deux fois par semaine et je prépare du thé pour Steve quand sa cinglée de fille est absente. Par conséquent, cette occupation ne peut pas me nuire et j'aimerais la poursuivre jusqu'à disons un mois avant l'accouchement. »

Barry haussa un sourcil. « Ça m'a l'air d'une drôle d'entreprise.

— C'est une drôle d'entreprise. J'ai d'abord cru que je pourrais les aider à l'améliorer, à être plus efficaces, mais ça ne les intéresse pas. Ils n'ont ni l'énergie ni les connaissances nécessaires. À la mort de sa femme — apparemment c'était elle qui dirigeait l'exploitation — Steve a perdu l'envie de se battre. Il m'a engagée parce qu'il aimait l'idée que je sois une ancienne volontaire agricole, mais ça n'a jamais été un véritable emploi.

— Bon », dit Barry, qui s'était préparé à une discussion serrée et qui se laissait maintenant gagner par la simple logique de Prue. « Je suis en train de revoir mes arguments et cela me prend toujours un certain temps. » Il adressa à sa femme un sourire autodépréciateur censé être affectueux. Elle le lui rendit. « Voici ce que je pense : tu restes dans cette soi-disant ferme un peu plus longtemps. Tu continues à balader le cheval comme un toutou et à préparer le thé du fermier, mais tu renonces à nettoyer la porcherie. Je te le demande. Soulever des fourches chargées de paille trempée serait de la folie.

— Entendu, répondit Prue, toute contente d'avoir gagné la partie, du moins pour l'essentiel. Je laisse tomber les cochons, c'est promis.

— Merci, chérie. » Barry appuya la tête contre le dossier de son fauteuil et ferma les yeux. Pris de cette lassitude qui suit les compromis faciles, il croisa les doigts sur son ventre et parut s'endormir. Par crainte de le réveiller, Prue se glissa hors de la pièce.

Prue tint sa promesse. Elle expliqua à Steve qu'elle continuerait à faire faire de l'exercice à Jack, mais n'accomplirait pas d'autres tâches. Elle promènerait le cheval gratuitement. C'était un plaisir.

« Bien entendu, je comprends votre situation.

Dommage pour les cochons. Ces bêtes ne sont pas mon truc, mais il faudra bien que je m'en occupe. Dawn les déteste, elle ne s'en approche jamais.

— Vous n'avez qu'à les vendre.

— Ce n'est pas une mauvaise idée. » Steve regarda par la fenêtre comme s'il se demandait pourquoi il n'avait jamais pensé à cette solution. Depuis quelque temps, Prue notait que tout ce qui concernait la ferme semblait le laisser étrangement indifférent. « Je suivrai peut-être votre conseil. »

Au cours des mois suivants, rien n'indiqua son intention de réaliser ce projet. Lorsque Prue passait avec Jack dans le pré des cochons, elle remarquait que leur litière était sale et mouillée. L'odeur empestait tout le champ. Les pauvres bêtes, se disait-elle. Pendant la courte période où elle en avait eu la charge, elles avaient été propres. Elle aurait bien voulu remédier à la situation, mais elle ne pouvait manquer à sa promesse. Lors de ses promenades, elle remarqua aussi que les haies du pré aux cochons — comme d'ailleurs toutes celles de la propriété — étaient en piteux état. Elles auraient suscité l'indignation d'Ag et de Mr. Lawrence. Eux les auraient nettoyées en quelques jours, mais dans cette prétendue ferme personne ne savait tailler ces clôtures ni ne semblait se soucier du déclin de l'exploitation.

Lorsque Prue fut enceinte de sept mois, elle se sentit en pleine forme. Débarrassée des nausées, elle avait retrouvé une grande partie de son énergie. Les coups de pied du bébé dans son ventre la galvanisaient.

Un matin, quand elle arriva à la ferme, elle n'aperçut ni la voiture ni la remorque des Gander. Un message punaisé sur la porte lui apprit que Steve et Dawn avaient emmené Jack chez le maréchal-ferrant. Ils se rendraient ensuite au marché — sans doute pour s'informer du prix des cochons, se dit-elle en souriant.

Un pâle soleil éclairait la campagne, une brise fraîche soufflait. Prue n'avait pas envie de rentrer chez elle. Elle aimait quitter l'atmosphère étouffante des Mélèzes trois fois par semaine pour passer la journée dehors, à la ferme. Elle attendrait le retour de Jack, irait faire une promenade, puis s'installerait à l'intérieur pour lire le *Daily Mirror* de la veille. Elle se dirigea vers le bois.

Les branches nues des arbres, couleur de fumée, oscillaient dans le vent ; encore mouillé de pluie, le sous-bois étincelait. Prue adorait ce temps hivernal. À Hallows Farm, lorsque les filles devaient être aux champs à cinq heures du matin, elle avait aimé le mordant de l'air, le froid sur ses joues. Elle marcha à vive allure sur le sentier qui descendait dans la vallée, puis sortait du bosquet pour longer le pré des cochons.

À quelques mètres d'elle, elle aperçut une vieille truie énorme, hors de son enclos. Lui barrant le chemin, elle fouinait dans la terre. Alors que Prue s'approchait d'elle doucement, elle découvrit un grand trou dans la haie. De toute évidence, l'animal s'était échappé par là. Prue s'en voulut de ne pas avoir signalé cette brèche à Steve. Toutefois, chasser la truie vers son pré et bloquer l'issue avec une branche cassée ne présentaient pas trop de difficultés.

Tandis qu'elle s'approchait encore, la truie leva la tête et grogna, les oreilles dressées, menaçante. Attention ! se dit Prue.

Elle dépassa lentement l'animal, se tourna avec l'intention de le frapper sur l'arrière-train — juste assez fort pour lui faire comprendre qu'il devait repasser par le trou dans la haie. Alors qu'elle se penchait pour ramasser un bout de bois, elle sentit le bébé lui donner un coup de pied. Elle abattit son bâton sur la bête, lui criant des ordres comme elle l'aurait fait avec Sly.

Furieuse d'avoir été dérangée, la truie ne semblait avoir aucune envie de retourner dans son pré boueux. Avec un cri perçant, elle bondit en avant et se mit à courir vers le bosquet. Étonnée par la rapidité de cette grosse bête, Prue la suivit des yeux, horrifiée. Le sentier qui traversait le bois débouchait sur une route. Si jamais le cochon… Sans réfléchir une seconde de plus, Prue s'élança à sa poursuite.

Pour le dépasser et lui faire rebrousser chemin, elle devait courir très vite. Elle était une bonne sprinteuse, mais à présent la taille de son ventre représentait un handicap. Elle accéléra l'allure. Une petite course ne pouvait pas lui faire de mal…

Dans le bois, elle suivit les traces et les cris aigus de la truie. Elle la trouva finalement en train de renifler les racines d'un chêne. Elle ramassa une grosse branche cassée et parla à la bête d'une voix qu'elle voulait persuasive. Par chance, la truie, affaiblie par son exercice physique, décida de collaborer. Avec des grognements, elle trotta jusqu'au trou dans la haie, se glissa à travers et rejoignit ses congénères en haut de la colline. Se penchant avec peine, Prue s'y faufila à son tour. Elle reboucha l'ouverture avec quelques branches. À son retour, Steve devrait réparer la brèche d'une façon plus solide.

Une fois l'incident clos, Prue se sentit très lasse. Sans doute étaient-ce les séquelles de l'anxiété qu'elle avait ressentie à l'idée d'un possible désastre, se dit-elle. Elle remonta la colline, les pieds alourdis par la boue collée à ses bottes. La brise lui apportait par vagues les émanations âcres, écœurantes, de la porcherie. Soudain, elle éprouva une forte douleur au bas du dos.

Elle s'arrêta, arqua sa colonne vertébrale, la frotta. La douleur persista. Rien à voir avec le bébé, songea-t-elle. C'était dans le ventre qu'on devait sentir les signes annonciateurs de l'accouchement. Elle reprit sa marche, très lentement, en se courbant. Cela ne la soulagea pas, au contraire. Tout à coup, elle sentit les jambes de sa salopette d'hiver se mouiller. Des taches sombres apparurent sur le velours côtelé.

Elle se recommanda de ne pas paniquer, de continuer à avancer. Lorsqu'elle parviendrait à la maison, Steve l'emmènerait à l'hôpital si ce qui lui arrivait était anormal.

Elle réussit à grand-peine à bouger ses pieds. Pour empêcher ses mains de trembler, elle les posa sur son ventre, tendu et dur comme la pierre. Parfois l'intolérable douleur s'arrêtait un moment, puis reprenait de plus belle. Lorsqu'elle atteignit le sommet et parvint en vue des bâtiments de la ferme, elle gémissait. Les cochons levèrent la tête et la regardèrent. Des larmes roulaient sur ses joues. Les Gander et Jack le Luron n'étaient pas rentrés.

La barrière qui séparait le champ de la cour était lourde et récalcitrante. Prise de panique, épuisée, Prue mit un moment à la pousser. Sans prendre le temps de la refermer, elle se dirigea vers le hangar. Incapable de courir à présent, elle boitillait, presque pliée en deux. Un chœur de cris de cochons la fit se retourner : les porcs s'engouffraient par la barrière ouverte et folâtraient dans la cour. Prue laissa faire. De toute façon, elle était impuissante.

Alors qu'elle se traînait vers le hangar, elle sentit que le bébé descendait. Elle souffrait atrocement. Enfin parvenue dans le bâtiment, elle s'approcha d'une couche de sacs contenant de la farine pour cochons. Si seulement elle avait pu disposer de balles de foin, du confort de la grange de Hallows Farm ! Ici il n'y avait ni paille ni foin. Tremblant de tous ses membres, elle ôta sa veste et l'étendit sur un des sacs. Inutile d'essayer d'enlever ses bottes. Elle tira sur sa salopette et son slip, les baissa au-dessous de ses genoux et se jeta sur ce lit improvisé. Elle s'entendait crier, ses hurlements lacéraient l'air, se confondaient avec les couinements hystériques des cochons. Ouvrant les yeux, elle vit le toit en tôle ondulée : ses stries semblaient frémir.

Environ dix minutes — ou une éternité — plus tard, elle ressentit comme une brûlure et eut l'impression d'être écartelée. Quelque chose glissa entre ses jambes. La douleur cessa.

Prue s'assit péniblement. Entre ses cuisses gigotait un bébé rose et bleu. Il semblait petit, mais elle n'avait aucune idée de la taille normale d'un nouveau-né. Le cordon ombilical luisait dans un rayon de soleil apparu dans le hangar. Prue n'en croyait pas ses yeux. Il s'agissait d'un garçon. Barry serait content. Elle remarqua que son fils avait de fins cheveux auburn.

Elle s'y connaissait très peu en bébés. Elle avait eu l'intention d'étudier les complexités de l'accouchement durant les deux derniers mois de sa grossesse. Elle se rappela vaguement avoir entendu dire qu'on devait leur donner une tape aussitôt qu'ils sortaient du ventre maternel. L'absence de douleur lui redonnant des forces, elle agit instinctivement. Elle attrapa la petite créature poisseuse. Elle se sentait étrangement fière. D'une main tremblante, elle la frappa doucement dans le dos. L'enfant geignit un peu, puis se mit à hurler.

Il faisait froid dans le hangar. Le rayon de soleil que, dans un état second, Prue avait imaginé être venu la féliciter s'était évanoui. Elle savait qu'elle devait emmener d'urgence le bébé à l'hôpital. Comment ? Il n'y avait personne à la ferme. L'ambulance la plus proche se trouvait à des kilomètres — en supposant qu'elle pût entrer dans la maison pour en appeler une.

Soudain, elle expulsa autre chose d'entre ses jambes. Pendant un affreux moment, elle crut que c'était un second bébé. Puis elle comprit qu'il devait s'agir du placenta. Elle en avait entendu parler, mais ignorait à quoi ça ressemblait et ce qu'il fallait en faire. Cette masse était attachée au cordon ombilical, lui-même attaché au bébé. Prue s'étonna de pouvoir regarder d'un œil si détaché le fruit de son ventre. Dehors, le vacarme des cochons s'intensifia. Le terrifiant miracle de l'enfantement les lui avait fait oublier.

Elle tira sa veste ensanglantée de dessous son corps, y déposa le bébé et le reste, puis enveloppa le tout du mieux qu'elle put. Elle se leva, les jambes flageolantes, et remonta sa salopette trempée sans prendre le temps de la boutonner. Elle ramassa le paquet sanglant, le mit au creux de son bras et s'apprêta à sortir. Elle avait du mal à garder l'équilibre.

Juste avant qu'elle atteigne la porte du hangar, un cochon apparut dans l'embrasure. La tête rejetée en arrière, il reniflait, grognait, couinait, excité par l'odeur qu'elle dégageait avec son bébé. Un autre cochon entra, puis un autre. Bientôt toute une foule de ces bêtes lui barra le chemin. Certains lui cognaient les jambes de leurs groins humides. D'autres, flairant le sang, cherchaient à sauter pour atteindre le bébé. Prue les injuria. Une poussée d'adrénaline l'aida à se frayer un passage au milieu de ces bêtes obscènes. Elle courut vers la Sunbeam, poursuivie par les cochons. Ouvrant la portière à la volée, elle jeta sa veste et son extraordinaire contenu sur le siège. Les bretelles de sa salopette glissaient de ses épaules. Le vêtement souillé descendait, gênant ses mouvements.

Une fois dans la voiture, la tiédeur des sièges de cuir lui fit l'effet d'un baume, mais le bébé avait recommencé à crier. « Mon Dieu, aidez-moi, dit-elle à haute voix. Ne le laissez pas mourir. » Son doigt couvert de sang glissa sur le starter.

Dieu exauça sa prière. Le moteur se mit en marche. Elle entendait les cochons grogner autour de la voiture, renifler furieusement la carrosserie. Elle klaxonna. Certains sautèrent en arrière, le bébé cria plus fort. Elle pressa l'accélérateur, la Sunbeam bondit en avant, heurtant certainement quelques animaux. Cela lui était égal. L'adrénaline continuait à la soutenir. Tout à fait maîtresse d'elle-même à présent, elle se trouva en train de conduire plus vite qu'elle ne l'avait jamais fait sur le chemin creusé d'ornières qui aboutissait à la route. Elle voyait tout avec l'acuité propre aux cauchemars : le halo du soleil derrière le contour d'un nuage sombre, le dessin que les arbres nus projetaient sur les routes providentiellement vides qui menaient à

Manchester. Elle négociait les virages trop vite sans songer au danger.

Les hurlements du bébé devinrent des geignements. Elle jeta un coup d'œil à son visage qui dépassait des revers tachés de sang de la veste. Il agitait un poing minuscule au-dessus de son front. Les yeux de Prue s'embuèrent. Elle vit du sang suinter à travers le vêtement et craignit qu'une partie du « paquet » ne glisse à terre. Mais, dans un instant, quelqu'un d'autre prendrait la situation en main. Une fois en sécurité à l'hôpital, elle revivrait. Elle serait de nouveau capable de penser. À cette idée, elle sourit à travers ses larmes.

Faisant grincer les pneus, elle s'engouffra dans la cour de l'hôpital et freina à fond devant les urgences. Au loin, elle vit une infirmière vêtue d'une cape et coiffée d'une charlotte semblable à une auréole venir dans sa direction. Enfin quelqu'un qui saurait quoi faire. « Merci mon Dieu », murmura Prue. Elle ouvrit la portière et appela à l'aide. Comme dans les rêves, l'infirmière bougeait les jambes, mais n'avait pas l'air d'approcher. Prue appela de nouveau, les mots « au secours ! » se perdirent dans son cri. Puis la femme pencha son visage bienveillant vers elle, posa des questions et sourit calmement.

Prue sentit un drap rêche lui cisailler la joue. Elle serra les jambes : ses cuisses étaient sèches. Elle ouvrit les yeux. De minces rideaux fleuris devant une petite fenêtre. Les murs de l'étroite chambre étaient d'un bleu qu'elle ne reconnaissait pas. Trop somnolente pour se concentrer, elle se demanda quelle drogue on lui avait donnée.

Dans le silence de la pièce, son cerveau commença à rassembler les événements de la matinée. Des images soulignées de rouge : le bébé, les sacs de farine pour cochons, sa veste, le siège de la voiture. Le bébé, son fils. Où était-il ? Elle chercha un berceau de chaque côté du lit. Rien. Pourquoi ? Elle croyait qu'à l'hôpital les accouchées avaient leur enfant près d'elles. Que s'était-il passé depuis le moment où elle avait appelé à l'aide cette sympathique infirmière ? Elle n'en avait aucun souvenir.

Un bruit de voix retentit dehors. La porte s'ouvrit. Barry entra portant un bouquet de chrysanthèmes si grand qu'il lui cachait la partie supérieure du corps. Il le laissa tomber au pied du lit. « Il n'y a pas de vase ? » Il se tourna vers l'infirmière qui l'avait suivi. « Nous avons besoin d'un vase et d'eau. » Les lèvres pincées, l'infirmière sortit. Barry regarda Prue avec une sorte de dégoût. Il se pencha, l'embrassa sur la tête. Le corps de son mari pesa douloureusement sur ses seins. Elle se demanda vaguement comment l'hôpital avait réussi à le joindre, mais, au fond, peu lui importait.

« Chérie ! cria-t-il, je l'ai vu ! Mon fils ! » Sous ses yeux, sa peau ridée était humide. « Quelle malchance ! Tu as dû passer un sale quart d'heure. Je t'avais dit de laisser tomber ce stupide boulot dans cette foutue ferme. Enfin, le principal c'est qu'Alfred aille bien.

— Alfred ?

— Je ne t'ai pas dit que je voulais l'appeler Alfred ? En souvenir de mon oncle de Sheffield, celui qui m'a poussé dans la vie. J'ai toujours rêvé d'avoir un fils prénommé ainsi.

— Ah bon. » Prue se redressa péniblement sur ses oreillers. Dans la pièce, tout sembla vaciller.

Barry s'assit sur le lit. « Ils ne te l'ont pas montré ?

— Non. » Dans l'état comateux où elle se trouvait, Prue n'était pas pressée de voir son fils. Elle détestait le nom d'Alfred.

« Si Alfred te déplaît, nous pourrions l'appeler Fred tout court. Mais c'est le nom qui figurera sur son acte de naissance. Je m'occupe de cette formalité, chérie.

— Bien.

— Voudrais-tu que je t'emmène le voir ? Il est dans un de ces trucs où on met les bébés prématurés. Une couveuse ?

— Plus tard. Je suis un peu fatiguée.

— Oui, je comprends. » Barry soupira. « Ils disent qu'il s'en sortira. Qu'il ira mieux dans trois ou quatre jours.

— Pourquoi ? Quelque chose ne va pas ?

— Il m'a paru en parfait état. Il est petit, bien sûr, mais c'est un sacré beau gaillard, crois-moi. Un batailleur. Il m'a montré le poing. » Avec une ébauche de sourire, Barry leva le sien et boxa l'air. Prue parvint à sourire, elle aussi. Barry lui prit le poignet. « Je suis vraiment navré, chérie. On n'avait pas prévu ce genre d'accouchement. Ça a dû être un choc pour toi. Mais tu as été si courageuse ! On m'a dit que tu avais conduit toute seule jusqu'ici. » Il s'essuya les yeux de ses gros doigts. « J'ai hâte que tu le voies. Il me ressemble, je crois, bien qu'il ait les cheveux roux, ou plutôt auburn. Il est vrai que j'avais une grand-tante rousse. Du moins, c'est ce que tout le monde croyait jusqu'au jour où elle n'a pas pu aller chez le coiffeur à temps… » Sous l'effort qu'il faisait pour amuser Prue, ses épaules se soulevaient. Toutefois, lorsqu'elle lui demanda de tirer les rideaux, il regarda sa montre. « Faut que j'y aille, chérie. J'ai pas mal de choses à organiser. La chambre du petit. Les peintres et tout ça. À propos, tu as une préférence pour la couleur ? »

Prue secoua la tête. Impossible d'obtenir du bleu jacinthe, le bleu de sa robe de Buckingham Palace, ce n'était donc pas la peine d'en parler.

« Je vais mettre tout ça en route et je reviendrai ce soir. » Barry l'embrassa, cette fois sur le front. « Tu as besoin de quelque chose ? »

Prue secoua de nouveau la tête.

Après le départ de son mari, elle s'allongea. Barry et son fils n'existaient pas. Elle-même n'existait pas, du moins pas la personne qu'elle avait été ce matin. Elle ne savait qu'une chose : à la suite d'événements bizarres, elle avait échoué dans un lieu étranger où il n'y avait pas de sentiments. Même pas de curiosité.

La porte se rouvrit et l'infirmière entra avec les fleurs disposées dans une énorme jarre. Elle les posa sur la table de chevet. Prue détourna les yeux de leur hideuse masse couleur curry, mais leur odeur de terre mouillée lui évoqua les bouquets automnaux que Mrs. Lawrence plaçait toujours sur le buffet. Ce souvenir égaya un peu sa journée.

« Votre mère est dans le couloir, dit l'infirmière. Elle est dans tous ses états. Je peux la faire entrer ? »

À grand-peine, Prue se rassit. « Oui, mais dites-lui que j'ai besoin de me reposer. Qu'elle ne doit pas rester longtemps. »

L'instant d'après, Mrs. Lumley pénétrait dans la pièce avec un autre bouquet géant. Prue ne connaissait pas ces fleurs, mais elle frissonna lorsque cet assemblage de pétales multicolores, pareil à un ballon de la DCA, s'approcha de son lit. Le visage larmoyant de sa mère dominait le tout. « Prue ! s'écria Mrs. Lumley. Tu m'as fait une de ces peurs, ma chérie ! » Ses bras tombèrent sur les côtés, les fleurs s'écrasèrent sur le sol, couvrant le lino gris d'une débauche de couleurs : orange, jaune, mauve, rose et bleu. « Regarde ce que j'ai fait ! Quand je pense que ce bouquet m'a coûté une demi-couronne… »

Prue ferma les yeux.

Il fut convenu qu'elle resterait quelques jours à l'hôpital. Après sa première bonne nuit de sommeil, elle sortit de son état de somnolence.

Entre les visites de son mari et celles de sa mère — qui tous deux lui apportaient des boîtes de pâté de saumon en lui rappelant que c'était un luxe —, elle passait des moments paisibles. Matin et soir, elle allait voir son fils qu'elle ne pouvait se résoudre à appeler Alfred. Pâle et nu, le bébé était couché dans une couveuse d'aspect rudimentaire. Parfois son minuscule poing frappait l'air comme Barry l'avait imité. Parfois, il était complètement immobile. Le pédiatre déclara qu'il ne pourrait pas sortir avant un moment. Comme les travaux d'aménagement de la chambre d'enfant ne semblaient pas avancer très vite, cette nouvelle n'inquiéta pas Prue. Elle voulait que tout fût prêt quand le bébé arriverait chez lui.

C'était la dernière nuit de Prue à l'hôpital. Barry arriva plus tard que d'habitude et passa beaucoup de temps à parler de l'avenir d'Alfred : il irait dans un collège privé, puis à l'université, à l'armée — peut-être dans un régiment prestigieux — bref, il réaliserait tout ce que Barry n'avait pu faire lui-même.

« Tant de choses intéressantes nous attendent, ma chérie, dit-il en prenant congé. Je suis l'homme le plus heureux de la terre, tu sais. »

Après son départ, Prue se leva et se rendit dans la salle des couveuses. Une infirmière était en train d'ajuster un tuyau dans le nez de son fils. Prue eut l'impression que cette femme était préoccupée, mais on ne pouvait qu'être anxieux dans cette pièce réservée aux bébés malades.

« Je le trouve très éteint, dit Prue.

— C'est la fin de la journée, répliqua l'infirmière d'un ton brusque. Les nouveau-nés de cette taille ont peu d'énergie.

— Mais sa couleur est normale, n'est-ce pas ? »

L'infirmière lui lança un regard. « Oui. »

Après avoir porté deux doigts à ses lèvres, Prue glissa sa main dans l'appareil et reporta son baiser sur le front du bébé. « Bonne nuit, mon petit », dit-elle, puis elle partit se recoucher.

À l'hôpital, Prue se réveillait tôt. À travers les minces rideaux, le ciel de l'aube transformait un moment le bleu des murs en argent mat, avant de laisser entrer la lumière plus dense d'un jour de novembre. En ce matin où elle devait rentrer chez elle — Barry avait beaucoup hésité entre la Daimler ou la Humber pour venir la chercher —, Prue vit à sa montre qu'il était quatre heures et demie. Elle referma les yeux, mais sans grand espoir de se rendormir.

Elle fut tirée de sa somnolence par quelqu'un qui entrait dans la chambre. C'était l'infirmière qui l'avait secourue à son arrivée.

Prue se redressa, tous ses sens en éveil. « Oh ! Vous êtes de service de nuit ? »

L'infirmière acquiesça et s'assit sur le lit. Une petite veine palpitait sous l'un de ses yeux. « Je voulais que ce soit moi qui vous le dise : votre fils s'est éteint dans la nuit. »

Prue regretta qu'elle n'ait pas dit « est mort ».

« Non ! Pourquoi ? s'écria-t-elle d'une voix sur le point de se briser.

— Les prématurés sont très fragiles, vous savez. Alfred avait un problème de poumons. Ils n'étaient pas suffisamment développés. Il n'y a pas grand-chose à faire dans ce cas. Certains résistent et leurs poumons se développent avec le temps. D'autres... ne s'en sortent pas.

— Je vois. » Prue soupira. Il y eut un long silence.

« Ça va ? demanda l'infirmière. Je peux aller vous chercher quelque chose ? » Prue secoua la tête. « Je suis navrée, vraiment navrée. Mais vous êtes jeune, vous pouvez... »

Prue lui lança un regard incrédule. L'infirmière essaya de lui prendre la main, mais elle la lui retira brusquement.

« N'essayez pas d'être courageuse, poursuivit la femme. Pleurez, criez, laissez-vous aller. Ne réprimez pas vos sentiments. Tout le monde comprendra. »

Prue étira sa bouche en un semblant de sourire. « Je ne réprime rien, grogna-t-elle. Je vais bien. Mon fils n'a jamais été réel, pas plus que mon mari. De même que toute ma vie. Je vais donc bien et je continuerai à vivre cette vie irréelle jusqu'au jour où, peut-être...

— Oui, je comprends. » L'infirmière fronçait les sourcils.

« Votre métier doit être dur, reprit Prue d'une voix inhabituellement aiguë, mais ferme. Annoncer à des parents que leur bébé est mort...

— Oui, ce n'est pas facile.

— J'imagine. » Prue se glissa plus bas dans le lit. « Quelqu'un pourrait-il appeler mon mari à six heures ? Il est toujours debout à cette heure-là.

— Bien sûr. »

L'infirmière se leva. D'un geste automatique, elle borda le lit, lissa des plis sur la couverture.

« Merci de l'aide que vous m'avez apportée à mon arrivée, dit Prue qui brûlait d'être seule.

— Vous avez passé un sale moment, mais vous avez montré beaucoup de courage. Si vous avez besoin de quoi que ce soit, sonnez.

— Merci. »

Enfin la gentille infirmière s'en alla.

Barry arriva peu après sept heures, la cravate de travers, ses joues non rasées grises et affaissées, son étui à cigares à la main. Il se planta au pied du lit. « Chérie, j'ai pris la Daimler.

— Très bien.

— Je suis venu te chercher.

— Je sais.

— C'est le plus horrible jour de ma vie. Mon fils Alfred. Venu et reparti. Deux jours sur terre. Deux jours. » Barry leva deux doigts tremblants.

Prue acquiesça.

De sa main libre, son mari agrippa le montant du lit en fer. « Il faut que je le voie une dernière fois. Ensuite, nous partirons. Tu m'accompagnes ? »

Prue secoua la tête.

« Tu ne veux pas lui dire au revoir ?

— Non, je préfère me le rappeler vivant.

— Très bien. » Barry sortit en traînant les pieds. Prue se leva. Quelqu'un avait posé des vêtements propres sur une chaise. Elle les enfila, imaginant son mari en train de regarder le cadavre de son fils.

Il revint un moment plus tard, l'air hagard. Prue le prit par le bras. « Où est la voiture ? » demanda-t-elle.

Tandem cahotant, ils descendirent de longs couloirs aux murs beiges écaillés, empestant le désinfectant et la soupe en conserve. Enfin, dans un air merveilleusement frais, ils arrivèrent en vue de la voiture. L'état de choc dans lequel se trouvait Barry fut remplacé un instant par la surprise. « Je ne comprends pas, dit-il. C'est la Humber… J'aurais juré avoir pris la Daimler.

— Peu importe. Monte vite et rentrons. » Prue ouvrit la portière à son mari hébété. Ils traversèrent la ville. Barry, qui connaissait les rues par cœur, conduisait comme s'il s'était perdu.

CHAPITRE 8

Après l'enterrement, Barry se mit à partir au travail de plus en plus tôt et ne revenait le soir que le temps de fumer un cigare avant le dîner. À présent, ils mangeaient en échangeant à peine une parole. Un jour, Prue déclara : « Dommage que le cercueil du bébé ait ressemblé à une boîte à chaussures. » Barry ne répondit pas. Un autre jour, ce fut lui qui rompit le silence pour annoncer qu'il dormirait désormais dans une autre chambre.

« Maintenant que tout est fini, chérie, ce n'est pas la peine d'essayer à nouveau. Je sais que ça ne te dit rien. Donc, je ne t'ennuierai plus. » Il lui lança un regard interrogateur, espérant peut-être qu'elle le contredirait et lui demanderait de rester.

Prue hocha la tête. « Très bien », dit-elle.

Elle écrivit une longue lettre d'excuses à Steve, lui expliquant qu'elle ne reviendrait pas à la ferme. Elle n'avait ni le courage ni l'énergie de se consacrer plus longtemps à un travail qui n'en était pas un et elle ne voulait plus revoir une bande de cochons déchaînés de sa vie. Elle appela Ag et Stella qui toutes deux l'invitèrent. Elle viendrait dès que Barry se serait remis, leur dit-elle. Plusieurs fois, elle avait entendu de terribles sanglots s'échapper de la petite pièce qu'il appelait son bureau. Il s'en était à peine servi jusque-là, mais à présent il s'y enfermait après le dîner pour donner libre cours à son chagrin.

Pour une raison qu'elle comprenait mal, elle redoutait d'annoncer la nouvelle à Johnny. Mais un matin, il apparut au poulailler avec un panier d'œufs qu'il avait ramassés sans les livrer. « Je suis au courant, dit-il. Barry m'a appelé pendant que tu étais à l'hôpital. Il m'a demandé de m'occuper des poules. Il m'a appelé de nouveau à ton retour.

— Ah oui ? s'étonna Prue, les sourcils froncés.

— Je suis vraiment navré. » Johnny se détourna, tripota les œufs.

« C'est la vie. » Prue haussa les épaules.

Johnny se retourna vers elle, le visage fermé. Un muscle palpitait violemment dans sa mâchoire. « Barry m'a dit que le bébé, Alfred, lui ressemblait, mis à part la couleur de ses cheveux. » Il y eut un long silence.

« C'est ce qu'il pensait, en effet. » Prue s'éloigna de quelques pas, regarda les volailles à travers le treillis métallique. « Tu sais, Johnny, je vais partir un certain temps. Stella ainsi que Ag m'ont invitée chez elles pour que je me repose. Après, je ne sais pas… Je n'ai pas de projets, mais je pense que je pourrais…

— Bien entendu, je m'occuperai de tes poules, dit Johnny. Ça me fera plaisir. »

Soudain, Prue lui sourit. « Ce que j'aimerais, c'est que tu les prennes chez toi. Je t'en fais cadeau.

— Vraiment ?

— Accepte, je t'en prie. Tu m'as rendu tellement de services ! » Sentant sa voix se briser, elle s'interrompit. « Te donner mes poules est la moindre des choses.

— Bon, si tu en es sûre… » D'un air pensif, Johnny se passa la main dans les cheveux. « Je ne les réunirai avec les miennes que lorsque j'aurai agrandi mon poulailler. Si ça ne te dérange pas, je laisserai les tiennes ici pour le moment.

— Pas de problème.

— Merci. » Johnny s'approcha de Prue, lui effleura la joue du revers de la main. « Tu es pâle. Je suis content que tu partes en voyage. Fais-moi signe à ton retour. Nous ferons une balade dans la Sunbeam. À Bakewell, peut-être. Prends soin de toi. »

Pour la première fois depuis des semaines, il l'embrassa légèrement sur la joue, puis s'éloigna en hâte, le panier d'œufs non livrés toujours au bras.

Ce soir-là, installé devant la cheminée à gaz, dans un nuage de fumée, Barry avait l'air particulièrement malheureux. Au dîner, il n'avait pas touché à son filet de morue ni même au lait caillé que d'habitude il adorait. Assise en face de lui, Prue se faisait du souci, se demandant quand et comment le deuil intense que vivait son mari prendrait fin.

Barry écrasa son cigare à peine entamé et se leva. « Quelque chose me tourmente tellement que je dois t'en parler, chérie », dit-il. Il leva et laissa retomber plusieurs fois ses bras, rappelant si vivement à Prue un pingouin anxieux qu'elle faillit éclater d'un rire malencontreux. Sans un cigare entre les doigts, son mari semblait perdu, mais à cause d'elle, il résistait à la tentation d'en allumer un autre.

« Il faut que je te dise une chose, chérie : j'ai commis une grave erreur. Nous l'avons d'ailleurs commise tous les deux. En nous mariant. » Barry parlait avec calme et lenteur. Il poussa un profond soupir. Puis il commença à arpenter la pièce en se dandinant, obligeant Prue à tourner sans cesse la tête pour suivre ses déplacements.

« Voilà : je ne m'en suis sans doute pas rendu compte alors, mais je t'ai épousée sans savoir si je t'aimais vraiment. Je t'ai épousée pour de mauvaises raisons. Et je n'ai pas tardé à m'apercevoir que tu en avais fait autant. Tu voulais un toit, un enfant, de la compagnie et, surtout, une sécurité financière. C'est vrai ou non ? » Il attendit que Prue hochât la tête pour reprendre : « Moi, je voulais une épouse, ça c'est certain. Je t'ai trouvée par hasard alors que tu attendais un autobus sous la pluie. Des rencontres fortuites de ce genre mènent souvent à des erreurs, n'est-ce pas ? Elles s'accompagnent de l'idée qu'elles ont été dictées par le Destin. Mais comme pour tout le reste, il faut étudier soigneusement l'heureux élu avant de s'engager. Un peu comme lorsqu'on achète une voiture… » Ses lèvres ébauchèrent un sourire. « Nous, nous avons plongé dans le mariage en espérant que tout irait bien sans en être nous-mêmes convaincus. J'avais trouvé une très jolie volontaire agricole pleine de vie et de bonne humeur. Et puis, ici, dans cette maison, tu as rapidement perdu ta gaieté, malgré ton poulailler et malgré ce boulot idiot… Je ne savais pas quoi faire. Je ne savais comment te demander de m'aider. J'ai toujours su que l'argent n'était qu'un remède temporaire. Les cadeaux ont vite perdu de leur intérêt et je suis resté complètement désemparé. Puis tu m'as dit que tu étais enceinte — le plus beau jour de ma vie. »

Il s'arrêta devant la cheminée, passa les doigts sur la pierre granuleuse. « Mais le Destin en a décidé autrement. Alfred est venu et reparti à une vitesse incroyable. Ça a été le pire moment de ma vie — aussi pour toi, n'est-ce pas, chérie. » Leurs regards se croisèrent, mais Prue ne laissa rien paraître.

Barry s'élança à travers la pièce, se battant les flancs encore plus fort. Il s'arrêta devant la grande glace murale et s'y contempla. Prue voyait le reflet de son mari dont les muscles du visage se raidissaient dans un effort pour poursuivre.

« Jamais de toute ma vie, crois-moi, je n'ai

parlé aussi longtemps, sauf au conseil d'administration. Enfin... maintenant que j'ai commencé, je dois continuer. J'ai un autre aveu à te faire. » Pivotant maladroitement sur ses talons, il fit face à Prue. « Aucun homme ne pourrait souhaiter avoir une femme plus jolie ni plus gentille que toi, pourtant la jeunesse triomphante ne m'intéresse pas. Ce qui m'attire — et tu peux penser que c'est bizarre, voire pervers — ce sont les femmes d'un certain âge. La peau mûre, les rides d'expression, l'idée réconfortante de quelqu'un qui connaît la vie... Je ne le comprends pas moi-même. Quoi qu'il en soit, je me sens mal à l'aise avec les jeunes femmes, je ne sais comment me comporter. Je suis certain que si jamais une jeune fille daignait s'intéresser à moi, je la soupçonnerais d'en vouloir à mon argent. Toi aussi, chérie, tu t'intéressais à ma fortune, mais tu t'es montrée bonne et complaisante. Ça m'a plu. Cependant, je sais que je ne suis pas le mari qu'il te faut, pas plus que tu n'es l'épouse qu'il me faut. »

Prue contempla ses doigts croisés. Barry émit un petit rire.

« Lorsque je vous ai prises en voiture ce soir-là, j'ai regardé ta mère, qui s'est empressée de s'asseoir à côté de moi, tu te souviens, et j'ai pensé : voilà une femme mûre attirante. Elle doit avoir plusieurs années de plus que moi. J'ai beaucoup réfléchi avant d'envoyer mon bouquet de fleurs. Je me suis persuadé que la chose à faire, c'était de t'épouser toi, la plus jeune, pour avoir des enfants. J'ai bientôt compris que je t'avais ferrée. Je pensais que si je ne te plaisais pas, tu serais assez forte pour me refuser, mais tu m'as donné ton accord. Nous nous sommes trompés tous les deux. »

L'air épuisé, Barry se rassit et se permit enfin un autre cigare. Il tira dessus, exhala la fumée. D'avoir réussi à faire ce long discours sans s'effondrer l'avait soulagé et lui avait redonné du courage.

« Reste une dernière confession, chérie, bien que tu aies déjà compris. L'histoire avec Bertha. Je ne te l'ai pas dit à l'époque, mais c'est sans doute mon goût bizarre des femmes mûres, en particulier de celles qui sont indigentes, qui m'a conduit à faire ces bêtises. Je n'oublierai jamais la compréhension dont tu as fait preuve. »

Prue, qui ne voulait pas demander le sens du mot « indigente », hocha la tête. « Ça m'était égal, dit-elle.

— Oui, je sais. Ça t'était égal parce que tu n'as jamais été amoureuse de moi.

— Je suis désolée.

— J'ai presque fini, c'est promis. Je voudrais juste te parler de mon plan. Lorsqu'on commet une erreur, le mieux c'est de la réparer le plus vite possible. Depuis la disparition d'Alfred, plus rien ne nous lie. Nous aurions beau essayer, nous n'aurons jamais rien de plus en commun. S'obstiner ne mènerait qu'à la rancœur et à la souffrance. Je pense donc que nous devrions nous séparer. »

Prue haussa puis baissa les sourcils. « Mais comment vais-je...

— Ne te soucie de rien. Quand tu sauras où tu veux aller, ce que tu veux faire, je m'occuperai de tout. Je t'achèterai une maison, un appartement, ce que tu voudras. Je te verserai une pension pour le restant de tes jours, te donnerai tout ce dont tu as besoin. Tu pourras toujours compter sur moi. » Barry s'interrompit, la voix brisée par l'émotion. « Je pense que nous devrions commencer un nouveau chapitre le plus tôt possible. »

Incapable de parler, Prue hocha la tête. Elle découvrait un Barry qu'elle n'avait jamais songé à chercher. Vivre sans la protection étouffante de cette maison l'effrayait. Mais Barry avait raison : elle voulait partir et lui, il désirait la remplacer par une vieille femme ridée. « Je ne sais que penser », dit-elle.

Barry s'approcha de la fenêtre. Il tournait le dos à la lumière, et on distinguait mal son expression. « Tu as été si courageuse au sujet d'Alfred, dit-il à voix basse. Beaucoup plus forte que moi. Tu n'as pas pleuré. Tu ne t'es pas effondrée. Pourtant, tu as dû sentir... »

Prue haussa les épaules. « Bien sûr que j'ai senti quelque chose. Quelle mère resterait indifférente à la mort de son bébé ? Mais je ne vois pas l'utilité de parler de mon chagrin. D'ailleurs je ne trouverais pas les mots qu'il faut. Dire que je suis traumatisée, désespérée, ne signifierait rien pour les autres. Cela ne décrirait pas ce qui se passe dans mon cœur. » Elle esquissa un sourire. « En fait, ce n'est pas mon cœur qui souffre. Lui, il continue à battre. C'est mon ventre, ce sont mes tripes qui se révoltent. Tu vois, je n'y arrive pas. Je ne peux pas expliquer. Pour exprimer des sentiments aussi complexes, il faut un poète, comme Johnny. Une chose pourtant est certaine. » Elle se tut, essayant de maîtriser sa voix. « Je n'oublierai jamais Alfred. Je crois qu'il ne se passera pas un seul jour sans que je pense à lui. »

En écrasant une larme de sa paume, Barry retourna à son fauteuil. « Tu es solide comme un roc, Prue, dit-il enfin. Dieu sait si je regrette que notre histoire se termine ainsi. À présent, il faut que tu ailles voir tes amies, que tu réfléchisses à ton avenir. Demande-leur conseil, chérie. Puis reviens me dire ce que je dois faire. »

Dans un élan de gratitude, Prue se précipita vers lui. Elle s'agenouilla, posa sa tête sur ses genoux. « Tu es si généreux, dit-elle. Je ne t'aurais jamais cru capable d'une telle sagesse. » Elle sentit la main de son mari lui caresser les cheveux.

« Eh bien, tu vois, dit Barry, je suis parvenu à t'étonner. Et à m'étonner moi-même. » Il réussit à sourire. « Maintenant, il est temps d'aller au lit.

— Merci pour tout. » Prue lui envoya un baiser depuis la porte. Mais Barry, pour éviter d'autres larmes, avait fermé les yeux. D'une main tremblante, il porta son cigare à la bouche.

Prue rendit d'abord visite à Ag et Desmond. Dès son arrivée, elle remarqua la lenteur avec laquelle ils se déplaçaient, ce qui expliquait peut-être l'atmosphère paisible qui régnait dans leur cottage. Ils tournaient autour de l'énorme table de cuisine l'un après l'autre. Ag ramassait les assiettes à laver, Desmond les couverts qui n'avaient pas servi. Ag allait à l'évier sous la fenêtre, Desmond, comme monté sur des roulettes, au tiroir du buffet. Au bout de deux jours, Prue fut remplie d'admiration devant leur entente tacite. Ils semblaient ne pas avoir besoin de discuter de questions pratiques : l'un se contentait d'observer l'autre, puis s'attaquait à la tâche suivante. Voilà un vrai couple, se dit Prue.

Ag était à peine moins grande que Desmond. Debout, ils atteignaient presque le plafond bas. Ag avait gardé cette beauté un peu anguleuse qui l'avait tant impressionnée lors de leur première rencontre. À la différence de Prue, elle n'avait aucun penchant pour le flirt, c'était une fille sérieuse — comme ses amies l'avaient taquinée au sujet de son intelligence ! —, solide et bonne. Et patiente aussi. Elle avait attendu Desmond pendant une éternité. Elle avait presque abandonné l'espoir de jamais le revoir quand elle était tombée sur lui à la National Gallery. Prue, si exigeante en termes d'apparence, trouvait Desmond presque beau, à quelques détails près. Il avait le nez légèrement de travers et des sourcils broussailleux. Mais lorsqu'il souriait, tout son corps exprimait le plaisir, et la personne qui recevait ce sourire sentait la force de sa joie.

Lorsque Ag et Desmond s'étaient revus après cette longue séparation, Ag venait de terminer ses études de droit et envisageait de travailler comme avocate. Mais elle n'avait pas hésité une seconde entre exercer à Londres et vivre dans la campagne du Devonshire. Ils avaient trouvé un cottage délabré à la limite d'un village, près d'Exeter, avec un verger de pommiers et une laiterie en mauvais état. Quelques semaines après avoir emménagé, ils avaient acheté deux vaches de Jersey et une douzaine de poules. Ag tailla les haies avant même de restaurer la maison. Desmond travaillait dans un cabinet d'avocats établi de longue date, à Exeter. Leur idée, c'était d'économiser de l'argent, puis d'acheter plus de terrain alentour, d'agrandir le cottage, d'acquérir un troupeau de herefords et de se lancer sérieusement dans l'élevage.

C'était un matin pâle de début janvier. Devant la fenêtre, les pommiers dénudés formaient un dessin compliqué contre le ciel. Les deux jersiaises se tenaient tête à queue, hésitant à brouter l'herbe gelée. Un peu plus tôt, Prue était sortie les traire avec Ag. Elles les avaient emmenées dans le hangar délabré et, assises sur des tabourets, le seau entre les genoux, elles avaient tiré sur les pis glacés. Lorsque le premier jet frappa le récipient en fer-blanc, Prue se mit à rire si fort qu'elle faillit tomber de son siège. « Ça, c'est la vie ! s'écria-t-elle. Voilà ce qui m'a manqué et que je voudrais retrouver. Des poules dans un jardin de Manchester ? Promener un cheval dans les champs ? Foutaises ! La vraie vie est ici. Tu as de la chance.

— Je me le demande, quand il s'agit de traire à l'aube, dans le froid, avec de la pluie qui entre par le toit. » Ag leva la tête du flanc brun de sa vache. Prue la vit sourire. « Un jour, nous aurons des trayeuses. »

Les tâches d'après le petit déjeuner terminées, Desmond embrassa sa femme et partit travailler. Ag prit la cafetière que son mari avait laissée pour elle sur le fourneau. Assise en bout de table, elle versa le café dans de vieux mugs. Prue agrippa le bord de la table. Elle était là depuis trois jours et le temps semblait filer à toute allure. Ag et elle n'avaient pas parlé de la durée de sa visite. Répugnant à retourner à Manchester, Prue espérait que ses amis la garderaient une semaine. Malgré le feu de cheminée qui réchauffait la cuisine, il faisait un froid de gueux dans leur cottage mais elle s'y sentait bien, et dans sa chambre glaciale, sous les combles, munie d'une bouillotte et de nombreuses couvertures, elle avait dormi mieux que jamais depuis des mois. Réveillée à l'aube tous les matins, elle regardait par la fenêtre le verger, la terre rougeâtre des champs et son cœur se serrait. C'était dans un endroit semblable qu'elle voulait vivre.

Il lui rappelait Hallows Farm de bien des façons, surtout la cuisine. Les habitudes de Mrs. Lawrence avaient déteint sur Ag : objets disposés au petit bonheur la chance, photos d'avant-guerre de vaches primées, mugs suspendus dans le buffet, parmi de vieilles assiettes achetées sur un marché local. Les odeurs aussi étaient similaires : café, ragoût mijotant sur le feu, terre humide collant aux carottes à gratter.

« Bon sang, Ag ! Tout est si beau ici !

— Il nous faudra du temps pour remettre les choses en état, mais c'est plaisant aussi de progresser pas à pas. »

Prue leur avait raconté l'histoire de la naissance de son fils en détail dès le soir de son arrivée, afin d'évacuer le sujet. Elle leur avait aussi appris que Barry lui proposait une séparation. Elle en avait parlé d'un ton léger et les avait même fait rire en décrivant Barry, ses cigares, ses mains frappant ses flancs. Ses amis avaient compris la gravité de la décision qu'elle devait prendre, mais n'avaient pas suggéré de solution immédiate.

« Que dois-je faire, Ag ? demandait Prue à présent.

— Je pense qu'il serait bon que tu vives seule un certain temps. La solitude est tout à fait supportable tant que tu ne te mets pas à ruminer.

— Je n'ai jamais essayé, mais je suppose que j'en serais capable. La question c'est : où aller ? Je ne veux plus vivre en ville. Mais si j'habitais loin de tout, comme ici — même si c'est un endroit merveilleux —, où trouverais-je quelqu'un avec qui plaisanter au pub ? Où irais-je danser ? »

Ag se mit à rire. « Un tas de jeunes fermiers

sont revenus de la guerre. Si tu te dégottes un village avec un pub et une salle des fêtes, je ne te vois pas souffrant de solitude. »

Prue gloussa.

« À propos... » Ag se leva et sortit une épaule d'agneau du réfrigérateur — un voisin la lui avait échangée contre deux douzaines d'œufs ; le troc était une pratique courante dans le village. Elle prit un pot de miel dans un placard et, avec un couteau, se mit à en étendre le contenu sur la viande, avant de la saupoudrer de gingembre. Prue l'observait avec admiration. Ag était si compétente... Elle réussissait tout ce qu'elle entreprenait.

« À propos, reprit-elle en effeuillant du romarin, je sais que nous menons une vie très tranquille ici, avec Desmond. Pas exactement celle dont tu as l'habitude. Nous ne connaissons pas encore beaucoup de gens et ceux que nous connaissons ne sont pas susceptibles de t'intéresser.

— Ne dis pas de bêtises, Ag. Je n'ai pas besoin de distractions, de sorties. Je suis très heureuse d'être avec vous deux, dans cette maison parfaite, d'échanger avec vous les dernières nouvelles, d'écouter tes conseils...

— J'ai quand même réussi à mettre la main sur un homme pour toi.

— Un homme ?

— Oui, un homme inoffensif, quelqu'un qui ne sait pas ce que c'est que flirter.

— Ça alors, c'est un défi ! Écoute, Ag, je ne veux pas d'autre homme, d'aucune sorte, et pour un bon moment. Comment s'appelle-t-il ? À quoi ressemble-t-il ? Que fait-il dans la vie ?

— Il s'appelle Paul Simmons. C'est le genre de charmeur discret, éminemment sympathique... »

Prue éclata de rire. « Un jeune fermier ? »

Ag plaça le rôti dans un plat, le couvrit d'un torchon et le remit au frais. Le dos tourné, elle finit par répondre : « C'est notre pasteur.

— Un *pasteur* ? Enfin, Ag. Tu me vois parler à un pasteur ? D'ailleurs, qu'est-ce qu'un pasteur pourrait bien avoir à faire avec une pécheresse comme moi ?

— Il vient seulement dîner.

— Je ne sais pas parler de Dieu.

— Il parle rarement de Dieu à un dîner. »

Prue poussa un soupir de soulagement. « Quel âge a-t-il ?

— La trentaine, je suppose. Difficile à dire.

— Bon sang ! Encore un homme mûr ! »

Ag rit. « Il est assez séduisant, je t'assure. Il vit dans un immense presbytère glacial près d'ici. Sa sœur s'occupe de lui. Elle est un peu... bizarre. Nous ne l'avons pas invitée. Une fois nous a suffi.

— J'ai l'habitude des gens bizarres. Tu aurais dû voir Dawn Gander. »

Ag se rassit à table. Elle ouvrit une boîte de petits gâteaux qu'elle avait confectionnés. « Les biscuits préférés de Mrs. Lawrence. Tu te souviens ?

— Qu'est-ce que je vais pouvoir mettre ?

— Franchement, ça n'a aucune importance. Reste en salopette. On ne s'habille pas ici.

— Entendu, dit Prue, déçue. Je n'ajouterai que mon nœud à pois et un peu de mascara.

— Tu n'as pas changé, Dieu merci », commenta Ag en souriant.

Ce soir-là, peu après que Prue et Ag eurent enfermé les poules et jeté un coup d'œil aux vaches, Desmond rentra, portant trois bouteilles de vin. Une bouffée d'air froid s'engouffra derrière lui et une pointe de gel perça l'épaisse chaleur de la cuisine. Il ajouta des bûches dans le feu, ranimant la flambée.

Prue demanda en quoi elle pouvait aider ses amis. Ag lui dit de mettre le couvert.

« Je monte un instant dans ma chambre, répliqua Prue. Ensuite, je m'en occupe. »

Dans sa mansarde glaciale, emmitouflée de plusieurs gilets de laine, elle s'assit et réfléchit à sa tenue. Elle avait promis de ne pas être trop élégante, mais était bien décidée à enlever sa salopette, qui sentait les poules et les vaches. Elle ouvrit la petite armoire contenant à grand-peine les « quelques » vêtements qu'elle avait apportés et finit par choisir un pull en cachemire mauve décolleté, orné de feuilles pailletées. Rita Hayworth portait un chandail semblable sur une photo qu'elle avait vue. Après avoir passé une jupe noire, elle jugea que sa tenue avait besoin d'être égayée. Elle chaussa donc ses chaussures rouges vernies à bride. Dernière touche à son apparence : son plus beau nœud en satin rouge à pois. Dans la faible lumière de la pièce, il était difficile de se maquiller avec précision. Elle enduisit du mieux qu'elle put ses cils de mascara — elle aimait l'opération qui consistait à cracher sur la brosse et à la frotter sur la plaque de pâte noire contenue dans une petite boîte — puis transforma sa bouche en un arc parfait d'un rouge flamboyant. Avait-elle exagéré ces préparatifs pour un pasteur reçu dans une cuisine ? Peu importe. Il s'agissait de montrer à Ag qu'elle ne s'était pas rangée des voitures.

Prue descendit avec précaution l'escalier raide. Dans la cuisine, la table était déjà mise, les bougies allumées.

« Oh, je suis impardonnable ! s'écria Prue. Tu m'as devancée, Desmond. »

Le mari d'Ag sourit. « C'est mon boulot », dit-il.

Ag, dont le seul changement vestimentaire avait été de remonter ses manches, remuait quelque chose dans une casserole. Elle se retourna.

« J'en ai trop fait ? » demanda Prue.

Sans sourciller, Ag la regarda de la tête aux pieds. « Te connaissant, je dirais que non.

— Tu es superbe, se hâta d'intervenir Desmond. Paul sera ébloui. »

Ce compliment fit presque craquer Prue : il y avait très longtemps qu'on ne lui en avait pas fait. Elle se fichait de la désapprobation d'Ag. Son amie avait toujours été un peu coincée.

Desmond lui tendit un verre de vin.

« C'est vraiment gentil de m'accueillir comme ça », dit Prue. Elle aurait voulu s'exprimer avec plus d'originalité, mais les mots montaient spontanément à ses lèvres. « Je me plais tellement ici ! Merci. »

Vacillant sur ses hauts talons qui accrochaient le sol de pierre rugueux de la cuisine, elle s'approcha d'Ag et la serra dans ses bras. Les deux femmes restèrent un moment enlacées. Ag ne fit aucun commentaire sur le pull étincelant de son amie, plus approprié pour un night-club que pour la visite d'un pasteur. Puis Prue se dirigea vers Desmond. Elle sentit sa peau contre sa joue, la pression de sa large main sur son dos. Un agréable frisson la parcourut. Elle se hâta de reculer. Pour rien au monde, elle ne s'attaquerait au mari d'Ag. Cependant, s'ils étaient tous deux naufragés sur une île déserte, elle ne répondrait de rien, se dit-elle.

La sonnette retentit. Desmond alla ouvrir. Prue tira vers le bas l'encolure de son pull de star de cinéma.

Précédé de Desmond, Paul Simmons arriva dans la cuisine, une bouteille de xérès à la main. Son sourire, sans doute affiché depuis un moment, menaçait de craquer. Son visage large et un peu mou était très pâle. Ses cheveux grisonnaient prématurément. De loin, se dit Prue, il aurait pu passer pour un bel homme. Cependant, certains détails difficiles à déceler de prime abord gâtaient cette impression. Il n'était pas viril comme Desmond. Grand, maigre, la poitrine creuse, des doigts osseux faits pour prier. Pas le genre de gars auquel on pouvait demander de soulever une lourde valise ou un mouton mort, songea Prue. On les présenta l'un à l'autre, ils se serrèrent la main. « Fichtre ! s'écria Prue, un col pastoral ! Vous êtes vraiment pasteur alors ? »

Le sourire du révérend s'évanouit. « Je crains que oui », répondit-il. Puis, honteux d'avoir trahi sa foi, il ajouta : « Avant d'avoir la vocation, j'étais dans la marine.

— Vous avez fait la guerre ? »

Paul Simmons rougit. « Non, malheureusement. J'avais de l'asthme. Mon affection s'est aggravée le jour où les Allemands ont envahi la Pologne.

— Ce n'est pas de veine », commenta Prue.

Un peu inquiète au sujet de cette première rencontre, Ag était impatiente que tout le monde se mette à table. Elle exhiba son agneau à la grecque baignant dans du jus de cidre au romarin et accompagné de petits légumes colorés. Assise en face de Paul, Prue s'aperçut bientôt que celui-ci avait du mal à détacher d'elle ses yeux opalins. Elle joua des cils pour l'encourager, l'écouta avec l'air d'un vif intérêt raconter l'histoire d'une de ses paroissiennes qui s'était enfuie avec le président du conseil municipal.

Il parla en effet peu de Dieu. S'enhardissant après quelques verres, il osa même quelques plaisanteries et réussit à les faire rire, quoique l'humour ne fût pas son fort. Ag avait raison : le pasteur était doté d'un certain charme, en particulier dans les anecdotes où il se dépréciait. Heureusement qu'à l'église ça allait bien, parce que dans le monde du quotidien, tout se liguait contre lui. Sa voiture tombait en panne sur le chemin du cimetière, le teinturier abîmait son surplis, les papiers de son bureau étaient dans un tel désordre qu'on aurait pu croire qu'un esprit malin les mélangeait pendant la nuit. Un jour où l'évêque était en visite, Paul était monté en chaire sans son sermon. « Il ne me restait qu'à compter sur l'aide de Dieu. Eh bien, même si je ne suis pas censé me congratuler, les mots me sont venus comme par miracle. L'évêque m'a félicité. Il a trouvé mon sermon "rafraîchissant".

— Bravo ! s'écria Prue.

— Mais fichtre, quelle épreuve ! » Paul remplit de nouveau son verre.

Prue, qui, en fait, trouvait le langage recherché du pasteur plus drôle que ses histoires, rit obligeamment. L'ecclésiastique eut l'air un peu surpris, mais satisfait que sa contribution à la soirée fût appréciée par l'amie d'Ag.

Après avoir terminé le Sussex Pond Pudding, une recette de Mrs. Lawrence, ils restèrent à table et continuèrent à boire. Aux environs de minuit, Ag déclara qu'elle devait aller dormir si elle voulait se lever à cinq heures. Desmond, qui avait fait la vaisselle, lui emboîta le pas. Paul annonça qu'il rentrerait à pied : l'air frais lui éclaircirait les idées.

Lorsqu'ils se retrouvèrent seuls, Prue remplit de nouveau le verre du visiteur. « Figurez-vous que c'est la première fois que je rencontre un pasteur, confia-t-elle.

— Et moi, je n'ai encore jamais rencontré une fille aussi splendide que vous. Un esprit libre. Un miracle. » Paul émit un petit rire silencieux.

Si les rires étaient des animaux, se dit Prue, celui-ci aurait été un escargot. Elle rougit et gloussa. Elle aussi sentait les effets des quantités inhabituelles de vin qu'elle avait ingurgitées.

« Vous exagérez, mon révérend, dit-elle. Et moi qui croyais que vous alliez parler de Dieu toute la soirée... »

Paul fronça légèrement les sourcils. « Inutile de parler de Dieu quand ce n'est pas le moment, dit-il. Je pense sans cesse à notre Créateur, remarquez. Il est avec moi à chaque instant de la journée.

— Nom d'une pipe !

— Je ne m'en préoccupe pas jusqu'à ce que je sente qu'il est temps de méditer sur Lui. L'occasion ne s'est pas présentée ce soir.

— Je comprends. Mr. et Mrs. Lawrence, les propriétaires de la ferme où Ag et moi avons travaillé pendant la guerre, étaient croyants, mais ils le gardaient pour eux. Je trouvais ça très inspirant.

— En effet. On ne peut apprécier Dieu que dans un contexte approprié — chose qu'on ne m'a pas apprise pendant ma formation. Bon, je crois que j'ai vraiment assez bu... Je ferais bien de rentrer. » Il se leva, vacilla légèrement. « Vous êtes là pour combien de temps ?

— Je ne sais pas trop. Une semaine, peut-être.

— Alors j'espère que vous passerez au presbytère. J'aimerais vous montrer notre église.

— Volontiers », réussit à dire Prue avec conviction.

Elle raccompagna le pasteur. Une lampe à pétrole brûlait dans le vestibule, projetant de longues ombres brunes. Prue posa la main sur le loquet. Derrière elle, tout près, elle sentait l'haleine avinée de Paul. Affichant une expression féroce destinée à le dissuader de toute « privauté », comme aurait dit sa mère, elle se tourna brusquement vers lui. Preuve de l'efficacité de sa stratégie, le pasteur, surpris, recula d'un pas. Ensuite, il leva la main comme si elle pesait très lourd, deux de ses doigts formant un V. Prue se demanda s'il copiait le célèbre signe de la victoire de Winston Churchill ou s'il s'agissait d'un geste indécent. Après s'être posée un instant sur son épaule, la main caressa sa joue. Prue lui permit d'y demeurer deux secondes, puis s'en débarrassa d'un mouvement de la tête.

« Voilà ce que j'ai eu envie de faire toute la soirée », murmura Paul.

Si c'était tout ce qu'il avait eu envie de faire, se dit Prue, elle voulait bien le lui autoriser un moment, même si ce genre de geste pouvait en entraîner un autre. « Vous êtes un drôle de bonhomme, dit-elle.

— Oui, vous avez raison. » Paul soupira. « Mais quand on vit dans un coin perdu comme celui-ci, on n'a guère l'occasion de rencontrer quelqu'un d'aussi… délicieux que vous.

— Je veux bien le croire », acquiesça Prue. Le mot « délicieux » paraissait bizarre dans la bouche d'un pasteur. C'était la première fois qu'on la gratifiait de cet adjectif. À présent, elle voulait abréger ces étranges adieux et aller dormir.

Paul porta le V à son faux col. Ses doigts le tapotèrent comme pour s'assurer de sa réalité. Le petit bruit sec que produisirent ses ongles rompit le silence. « Bon, il faut vraiment que je parte, même s'il m'en coûte. Tout mon être demande à demeurer plus longtemps, mais ce serait inconvenant, n'est-ce pas ? »

Prue estima que la question ne méritait pas de réponse. Elle ouvrit la porte, l'air froid pénétra dans le vestibule.

« Dieu vous bénisse, ma chère Prue.

— Bonne nuit, Paul.

— J'espère que vous viendrez visiter mon église.

— Il y a des chances.

— Ma chère Prue… » Vacillant sur ses jambes, il descendit le sentier en secouant la tête. On aurait dit un vieillard.

Eh bien ça alors ! se dit Prue, et elle referma la porte.

Le lendemain, Prue, contrairement à ses habitudes, ne se réveilla qu'à dix heures. En proie à un terrible mal de tête, elle descendit à la cuisine en pyjama. Toute trace du dîner de la veille avait disparu : la pièce était rangée, le chat dormait sur le rebord de la fenêtre, le couvert était mis juste pour elle.

« Oh, Ag, je suis désolée, dit-elle. Je voulais t'aider à traire.

— Desmond reste à la maison le samedi. Il s'en est occupé. Il aime ça. Il commence d'ailleurs à avoir le coup de main. » En souriant, Ag lui versa du café. « Enfin… tu as fait des ravages comme d'habitude. J'ai déjà eu un appel de Paul. Il voudrait que tu viennes prendre le thé au presbytère. Il meurt d'envie de te montrer son église.

— Bon, d'accord, d'accord. » Prue se frotta le front. « Tu aurais de l'aspirine ? »

Ag prit un flacon sur le buffet et le lui tendit. « Tu ne buvais pas autant autrefois, dit-elle.

— C'est vrai. Sauf lors du fameux bal quand Joe a été obligé de me porter jusqu'à la ferme, tu te souviens ? Depuis, j'ai renoncé à la plupart de mes vices. Barry est assez sobre, bien qu'il aime le champagne. Il en descendait pas mal quand il me faisait la cour — si on peut appeler ça ainsi. »

Desmond entra par la porte de derrière, un grand chou et un couteau à la main. Il portait un vieux ciré qui craquait à chacun de ses mouvements. Il regarda aussitôt sa femme. « Tout va bien ?

— Oui. »

Desmond posa le chou sur la table. « Il est un peu gelé, mais encore mangeable. » Il jeta un autre coup d'œil inquiet à Ag. « Comment te sens-tu ?

— Parfaitement bien. »

Tous trois échangèrent un rapide regard. Desmond s'approcha de sa femme, mit une main sur son épaule. Malgré sa cervelle brouillée et son mal de tête, Prue eut tôt fait de deviner la raison de sa sollicitude. Ag et lui avaient peut-être décidé d'un commun accord de ne pas parler de bébés — du sien comme du leur. Elle parvint à sourire. « Quelle bonne nouvelle ! C'est merveilleux. Je suis très heureuse pour vous. Mais c'est pour quand ?

— Dans six mois.

— J'aimerais être sa marraine. » Prue se leva et alla embrasser Ag.

Lorsqu'elle revint à la table, Desmond, à son tour, embrassa Ag. Par-dessus l'épaule de sa femme, il dit à Prue : « Elle a été très mal fichue. Automatiquement, je m'informe chaque matin de son état.

— Nous ne voulions pas parler de bébés, dit Ag, mais cela aurait semblé anormal.

— Oui. » Prue eut un petit rire. « D'ailleurs, je suis tout à fait remise maintenant. »

Ag et Desmond s'éloignèrent l'un de l'autre, mais leurs yeux restèrent liés comme par d'invisibles toiles d'araignées.

« Je n'ai pas encore ramassé les œufs, dit Desmond. Tu m'accompagnes, Ag ? »

Sa femme acquiesça et décrocha son duffle-coat de la porte.

« Tu te rappelles comment couper un chou, Prue ? » demanda Desmond. Il lui tendit un énorme couteau. « Même si tu te gèles les mains, ce n'est pas une tâche désagréable. » Il ouvrit la porte du jardin pour Ag, entoura ses épaules de son bras. Ensemble, ils sortirent.

Toute cette journée, Prue observa attentivement ses hôtes, fascinée par le lien presque tangible qui existait entre eux. Ils étaient faits l'un pour l'autre. Il suffisait à Ag de regarder Desmond pour que celui-ci eût l'air de comprendre ce qu'elle pensait, et vice versa. Ils communiquaient relativement peu par la parole et leurs silences n'avaient rien de pesant. En outre, ils semblaient parfaitement contents de leur sort : une petite exploitation, quelques bêtes, des arbres fruitiers, des haies, un potager. Les soirées chic dans un grand hôtel, les voyages à l'étranger, une vie plus variée n'avaient pas l'air de leur manquer. Il leur suffisait de s'être enfin retrouvés après la guerre et de posséder un bout de terre. Un jour, quand le ou les enfants seraient grands, disait Ag, elle retournerait peut-être au barreau, mais, pour l'instant, elle n'envisageait pas de poursuivre sa carrière. Elle était très heureuse de se déplacer, de cette manière majestueuse qui lui était propre, du fourneau à la table, du jardin au poulailler et d'attendre chaque soir le retour de son mari. Voilà ! se dit Prue en coupant avec bruit le chou bleu glacé, c'est ce que j'aimerais connaître moi aussi.

Plus tard ce matin-là, alors qu'Ag repassait les chemises de Desmond à un bout de la table de cuisine, Prue se risqua à évoquer l'émerveillement qu'elle ressentait chez eux. « Votre bonheur, le tien et celui de Desmond, déteint un peu sur les autres. C'est extraordinaire. »

Ag sourit. « On court toujours le risque de devenir complaisants, dit-elle, mais je pense que nous avons reçu en partage une certaine *endaimonia.* C'est du grec ancien.

— Toi et tes mots savants ! gloussa Prue. Qu'est-ce que ça signifie ?

— C'est assez difficile à traduire. Disons "bonheur florissant" ou "bien-être".

— Eh bien, j'espère que moi aussi je le rencontrerai un jour. » Prue empila quelques chemises repassées et pliées.

« Notre genre de vie t'ennuierait. C'est très calme.

— Pas si je vivais avec un homme que j'aime. Ç'aurait été possible avec Barry n° 1. Peut-être qu'un jour je tirerai de nouveau le bon numéro. » Elle adressa un sourire à Ag. « Une chose, en tout cas, est certaine : l'homme de mes rêves n'habite pas à côté de l'église. Je ne me vois pas en femme de pasteur. Tu m'y vois, toi ?

— Non, mais fais attention. Paul est vulnérable. Il n'est pas habitué à croiser des filles éclatantes comme toi. Tu pourrais lui briser le cœur.

— Penses-tu ! » rétorqua Prue en se disant qu'elle porterait pour ce thé au presbytère son nœud le plus discret.

Débarrassée de sa migraine, un nœud bleu marine dans les cheveux, Prue arriva chez Paul à quatre heures et demie. Il faisait un froid de canard. Le court trajet depuis le cottage l'avait frigorifiée. Posté devant sa porte d'entrée, Paul Simmons s'en aperçut dès que sa visiteuse, la tête dans les épaules et les lèvres bleuies, eut franchi la grille. Il changea de programme aussitôt : d'abord le thé, ensuite l'église. Cette belle fille un peu trop mince avait besoin de se réchauffer.

Le presbytère, une vaste maison victorienne en brique, était morne et négligé. Paul guida Prue le long d'un couloir sombre qui sentait le poisson bouilli et les pommes pourries. Des claquements, puis des lamentations leur parvinrent de derrière l'une des nombreuses portes fermées.

« Ma sœur n'est pas très douée pour les travaux domestiques, expliqua Paul. Elle doit avoir un problème avec la bouilloire. Néanmoins, je m'estime heureux d'avoir de la compagnie. »

Il ouvrit une porte et introduisit Prue dans son bureau. Lorsqu'elle passa devant lui, il s'inclina légèrement. « C'est ici que je reçois mes paroissiens. » Il désigna un bureau encombré de papiers dont certains étaient tombés par terre. « J'y écris aussi mes sermons. »

La pièce était si lugubre que Prue en resta muette. Les murs étaient du même vert jaunâtre que les ongles des orteils d'un vieillard, le tapis élimé et les deux fauteuils aux pieds grêles avaient exactement la couleur du tas de fumier à Hallows Farm. Comme il se devait, le Christ était la seule représentation humaine en ce lieu : Il lui souriait depuis un tableau accroché au-dessus de la cheminée. Écartant sa chemise — du moins ce qui y ressemblait — il révélait un cœur rouge vif d'où jaillissaient des flammes jaunes et orange.

Prue garda les bras croisés sous sa poitrine, bien décidée à ne pas retirer sa veste. D'un geste, Paul l'invita à s'asseoir dans l'un des fauteuils qui encadraient un petit chauffage électrique. « Il va bientôt chauffer la pièce, dit-il. Je l'ai allumé il y a seulement... » Il avait oublié à quel moment il avait pris cette précaution, mais Prue fut relativement touchée par son optimisme. « Un jour, ajouta-t-il, les yeux embués, le conseil d'administration nous offrira peut-être le chauffage central. Entre-temps, j'enfile plusieurs pulls. On s'habitue au froid.

— Vous êtes très... courageux.

— Oui, mais voyez-vous, j'aime cet endroit. J'ai vécu dans ce village toute ma vie. Mon prédécesseur était mon oncle. » Prue leva les yeux vers le plafond brun grisâtre dont la lampe était couverte de toiles d'araignées. « Vous devez vous demander pourquoi je tiens à cette maison ?

— Oui, répondit Prue, parce que son interlocuteur attendait une réponse et qu'elle ne voulait pas mentir à un pasteur.

— On a souvent du mal à voir ce qui plaît aux autres. Surtout en matière de logement... » La voix de Paul s'estompa. « D'après ce que m'a raconté Ag, vous étiez toutes très attachées à cette ferme où vous travailliez comme volontaires, pourtant, elle aussi était froide et plutôt sombre.

— C'est vrai », admit Prue. Il y eut un silence.

Une rougeur diffuse monta au-dessus du col du pasteur, envahit ses mâchoires. Allait-il dire quelque chose d'important ? « Je vous dois des excuses, ma chère Prue. Le geste que j'ai eu hier soir… C'était inconvenant. Je n'aurais pas dû vous toucher. Que Dieu me pardonne, je crains d'avoir abusé de l'excellent vin de Desmond.

— Ce n'est pas grave, gloussa Prue. J'adore votre façon de parler. Je pourrais vous écouter des heures, même si je ne comprends que la moitié des mots que vous employez.

— Vraiment ? » Paul parut soulagé de ne pas l'avoir offensée par sa conduite d'ivrogne et ravi de son étrange compliment. La rougeur qui lui était montée aux joues redescendit sous son col. « Vous savez, j'adore la langue anglaise et ses tournures tarabiscotées. Nous devrions conserver ses subtilités, quitte à ce qu'on se moque de nous, vous ne croyez pas ? Bon, et maintenant Liz va nous apporter le thé. Ensuite, nous pourrons nous aventurer dans l'église. »

La sonnerie maussade du téléphone enfoui sous les papiers du bureau retentit à cet instant. Contrarié, Paul se leva et, fourrageant sur sa table pour trouver le combiné, expédia la moitié des feuilles par terre.

« Zut, zut et zut ! s'exclama-t-il. Prue, descendez donc le couloir jusqu'à la troisième porte.

Vous y trouverez Liz. Elle vous confiera le plateau. Je suis désolé. »

La sonnerie du téléphone l'avait mis dans tous ses états. Il colla l'écouteur à une oreille, puis à l'autre, désigna la porte, et entra enfin en contact avec son correspondant. « Oh, ma chère Mrs. Spooner ! » s'écria-t-il.

Prue partit à la recherche de la bonne porte, l'ouvrit et pénétra dans une cuisine encore plus glaciale que le bureau. Debout devant l'évier, quelqu'un y faisait couler de l'eau. Prue crut d'abord qu'il s'agissait d'un homme très petit, très gros, aux cheveux coupés ras, vêtu d'un pantalon et d'un long pull informe. Il ferma le robinet et se retourna. Une paire de gros seins disgracieux révéla alors qu'il s'agissait d'une femme.

« Excusez-moi de vous déranger, commença Prue.

— Oh, vous ne me dérangez pas. » Il y avait du sarcasme dans sa voix. « Je suis Liz, la sœur de Paul. Vous devez être sa petite amie. »

Prue se sentit rougir. « Non, pas vraiment. Je n'ai fait la connaissance de votre frère qu'hier soir. Il veut me montrer l'église.

— Ah. » Liz s'approcha de la table, prit quelques rochers dans une boîte à biscuits et les flanqua sur une assiette. « L'église est une bonne excuse. Il ne faut pas lui en vouloir. »

Perplexe et mal à l'aise, Prue fronça les sourcils. « Pourquoi lui en voudrais-je ?

— Eh bien, ma petite, parce que mon frère

cherche une épouse et utilise de temps à autre ce stratagème. Cela ne marche pas. Mais je dois dire qu'il n'a encore jamais emmené ici quelqu'un comme vous. D'habitude, ce sont des vieilles filles desséchées. »

Elle sourit, découvrant des dents noires ébréchées. Ses yeux dévisagèrent Prue, parcoururent son corps. Jamais encore Prue n'avait vu un sourire aussi terrifiant, pareil à un viol. Cela lui fit froid dans le dos. Nauséeuse, étourdie, elle s'appuya d'une main sur la table. Aussitôt, Liz posa la sienne par-dessus, la pressa. « Si vous avez besoin de réconfort, ma petite, n'oubliez pas que je suis là. » Elle sourit de nouveau, puis s'approcha de la bouilloire fumante ; son rire en couvrit presque le sifflement. « Je n'ai pas très bonne réputation dans le village, je sors donc très peu. »

Prue se glissa vers la porte ouverte.

La théière remplie, Liz posa des tasses et des soucoupes sur le plateau. « Ne vous inquiétez pas, ma petite, je ne vous ferai aucun mal. Mais je peux toujours essayer. J'y arriverai peut-être un jour. » Elle tendit le plateau à Prue.

Celle-ci se hâta de regagner le bureau. Paul s'était rassis. À l'entrée de Prue, il leva les deux mains, surpris, comme s'il ne s'attendait pas à ce qu'elle revienne. « Oh, parfait. Merveilleux. Merci beaucoup, dit-il précipitamment. Posez ça là-bas. » Jetant un coup d'œil à sa visiteuse, il remarqua son état. « Ça va ? J'espère que ma sœur ne vous a pas offensée. Elle est un peu bizarre, vous savez.

— Non, non, je vais très bien », répondit Prue. Elle appréhendait d'avoir à manger un des rochers.

À sa grande surprise, le thé avec le pasteur se révéla moins éprouvant qu'elle ne l'avait imaginé. Paul réussit à la faire rire, davantage à cause de son langage archaïque que de ses plaisanteries. Elle commençait à comprendre pourquoi Ag avait parlé de son charme. Elle se dit qu'elle ne pouvait l'éliminer complètement, même si elle voyait mal comment poursuivre leurs relations.

Une heure s'écoula très vite. Soudain, il fit nuit. Paul se leva pour fermer les rideaux sombres.

« Il est un peu tard pour visiter l'église, dit Prue. Je pourrais revenir demain.

— Excellente idée. » Paul frappa dans ses mains. Il leva les yeux vers l'image de Jésus. « Êtes-vous pratiquante ? demanda-t-il.

— Non, pas vraiment. Je vais à l'église à Noël, pour les mariages et des occasions de ce genre. J'aime les hymnes.

— Comme la moyenne des chrétiens britanniques, commenta Paul, avec un sourire que Prue estima plein de commisération. J'espère que vous êtes au moins en contact avec Dieu.

— En contact ?

— Eh bien, Dieu est partout, en permanence, pour le dire simplement.

— Est-Il dans cette pièce ? Avec nous ? » Prue leva les yeux vers le tableau. Elle ne l'aimait pas.

« En effet. » Paul poussa un soupir et joignit les mains comme pour prier. « Je Le sens auprès de nous.

— Eh bien, moi non. » Sur le point de pouffer de rire, Prue regarda les chaussures de l'ecclésiastique. Elles étaient du genre à couper court à toute hilarité.

« Oh, mon Dieu, je ne sais jamais quoi répondre à des mauvais croyants. Au moins, je peux vous enjoindre à marcher avec Lui, à Lui parler. C'est un bon début.

— Pour lui dire quoi ? Je me sentirais un peu bête de parler à quelqu'un qui n'est pas là.

— Vous pourriez commencer par Le remercier. La plupart des gens ne prient que lorsqu'ils ont quelque chose à demander…

— J'avoue que j'ai prié Dieu quand je craignais que mon bébé prématuré ne meure. Je l'ai même engueulé.

— Et vous a-t-Il entendue ?

— Non.

— Vous découvrirez qu'il y avait peut-être une bonne raison à ça. Ses desseins sont impénétrables, vous savez. Mais je suis sûr qu'il y a plein de bienfaits dont vous pouvez Le remercier, non ?

— Je suppose. » Prue s'agita sur son siège et tira sur sa veste pour signaler qu'elle allait partir. « Je dois avouer que tout votre truc sur Dieu m'intrigue un peu.

— Bien, très bien. Nous en reparlerons. »

Prue se leva. Paul alla lui ouvrir la porte.

Sur le seuil, la vue d'un bouquet d'ifs dont la lune venait d'effleurer le feuillage sombre la fit frissonner. « Écoutez, pendant que je rentre, j'essaierai de parler à Dieu. Il me montrera peut-être le chemin. Je n'ai pas de lampe de poche.

— Vous me taquinez, n'est-ce pas, Prue ?

— Évidemment. Mais j'essaierai. Ça doit être plus facile dans le noir.

— Revenez demain et nous visiterons l'église avant la tombée de la nuit. » Paul posa un instant la main sur l'épaule de sa visiteuse.

« D'accord. Merci pour le thé. »

Prue commença à marcher, consciente que Paul la suivait du regard. Elle avait hâte de raconter son après-midi à Ag et à Desmond. Pour une raison qu'elle ignorait, elle décida de passer sous silence leur petite conversation sur Dieu. Elle y voyait quelque chose d'intime.

L'après-midi suivant, Prue retourna au presbytère. Paul lui fit un bref résumé de l'histoire de l'église. Elle la trouva moins ennuyeuse qu'elle ne l'avait craint. La partie la plus ancienne datait du XIVe siècle. Pas étonnant qu'elle fût encore plus glaciale que la maison. Prue s'intéressa surtout à un tombeau sur lequel était allongé un jeune couple aux mains de pierre jointes et aux jambes étendues très droit. La femme, dont l'air pincé lui rappela l'épicière de sa rue, à Manchester, portait une longue robe aux nombreux plis froids et poussiéreux. Un chien était accroché tel un coquillage à l'une de ses jambes. Très peu réaliste, se dit Prue. Si l'animal n'avait pas été de pierre, il serait tombé. Et de quel genre de chien s'agissait-il : était-ce un chiot ou le spécimen d'une toute petite race ? Déplaisant, en tout cas. Dressés vers le plafond, les pieds du couple étaient complètement plats. Leurs chaussures n'avaient pas de talons. Prue examina leurs visages. Semblaient-ils heureux ? Leurs paupières de marbre étaient mi-closes, leurs yeux sans expression. On aurait dit qu'ils avaient toujours été aveugles et amnésiques.

« Je n'ai pas l'impression qu'ils viennent de s'envoyer en l'air, commenta Prue.

— Je suppose que non. » Le pasteur rougit. « Je pense qu'ils dorment du sommeil des innocents.

— Heureusement que je n'ai pas vécu à cette époque. Ces lourdes jupes... Ça ne devait pas être pratique pour...

— Certes. Je vois ce que vous voulez dire. »

Prue en douta, mais elle se dit qu'il valait mieux cesser de s'interroger sur la vie sexuelle de ces effigies. Elle demanda l'autorisation de faire le tour du cimetière.

Là, elle s'éloigna du pasteur qui punaisait un avis sous le porche et alla d'une tombe à l'autre, touchant les stèles penchées, couvertes de ronces et de mousse, leurs inscriptions pâlies par les intempéries. Quelques-uns des noms étaient très beaux : Dora, Agnes, Violet, Edwin, Sage. Elle parvint à une petite pierre tombale, celle d'un certain Hamish qui avait vécu trois mois, né et décédé avant la Grande Guerre. Prue s'agenouilla, posa sa main sur le monticule gazonné. Elle aurait aimé mettre des fleurs sur cette tombe, mais il n'y en avait nulle part. Elle resta un long moment dans cette position.

Une bande de freux s'envola de la cime d'un groupe d'ormes plantés sur un côté du cimetière et monta en croassant dans le ciel gris foncé, la faisant sursauter. Elle se leva, se tourna vers l'église. Toujours sous le porche, le pasteur la regardait.

Prue agita la main. Ils se rejoignirent et retournèrent au presbytère pour une autre collation de thé amer et de rochers. Liz resta invisible.

À sa propre surprise, Prue alla rendre visite à Paul tous les après-midi les cinq jours suivants. Lors d'un de ces thés, le pasteur lui servit des sablés au lieu de rochers : ces biscuits apparaissaient rarement à l'épicerie du village, expliqua-t-il, il en avait vu par hasard ce matin et avait sauté dessus. Assise près du chauffage électrique, Prue lui raconta une partie de sa vie. Elle avoua l'échec de son mariage — dont Paul avait été mis au courant par Ag — sans faire allusion à la mort du bébé. Le pasteur parla de son amour pour le village et pour le Devonshire, mais resta très discret sur sa vie privée — peut-être n'en avait-il pas, se dit Prue. Avec un peu d'hésitation, elle lui demanda ce qu'il lui conseillait de faire une fois qu'elle aurait quitté Manchester.

« Allez vivre à la campagne, engagez-vous dans une vraie ferme. Le travail ne manque pas depuis que les fermiers se reconvertissent dans l'élevage. Vivez seule. Je vous le recommande. Dieu sera avec vous.

— Ah, ça m'aurait étonnée, dit Prue, légèrement agacée, que Dieu ne soit pas mêlé à votre avis.

— Je suis désolé de ne pas vous être plus utile. » Le pasteur contempla ses mains jointes.

« Excusez-moi d'avoir été désagréable. Mais vivre seule... Il faut que j'y réfléchisse. Quoi que vous disiez, Dieu ne sera peut-être pas là pour me guider.

— Femme de peu de foi. » Le pasteur sourit. Il était habitué à ce que ses ouailles fassent peu de cas de ses recommandations.

« Je dois aller aider mes amis à préparer le dîner, dit Prue en se levant.

— Je ne veux pas vous retarder. Vous restez jusqu'à quand ?

— Je rentre chez moi — chez moi ! — après-demain. Ag m'a proposé de rester plus longtemps, mais je pense qu'il est temps pour moi de partir, de m'organiser.

— Évidemment. Eh bien, cela m'a vraiment fait plaisir de...

— À moi aussi. Ma mère sera ravie d'apprendre que j'ai eu des conversations sérieuses avec un homme de Dieu. »

Paul eut un autre petit sourire. Ce que Mrs. Lawrence aurait appelé un demi-sourire. Joe en adressait parfois à Prue.

La veille du départ de leur invitée, Ag et Desmond durent se rendre à un dîner d'affaires à Exeter. Ils ne pouvaient ni l'annuler ni emmener Prue. Celle-ci déclara qu'elle serait très heureuse de rester seule à la maison, à écouter la radio. Mais ses amis n'étaient pas plus tôt partis, que l'*endaimonia* d'Ag, qu'elle avait appris à prononcer et sentie depuis son arrivée, s'évapora. Elle commença à se tracasser. Qu'allait-elle faire maintenant ? Aussi bien Ag que le pasteur lui avaient conseillé de vivre seule. Mais où ? L'idée d'un endroit isolé ne lui plaisait guère, pourtant il lui était impossible d'habiter de nouveau en ville.

Elle gagna le salon. Comme ils passaient presque tout leur temps à la cuisine, cette pièce était froide, mais elle abritait, dans un meuble en noyer, l'énorme pick-up que Desmond avait offert à sa femme pour Noël. Prue examina la pile de disques. Il y avait là beaucoup de jazz, des chanteurs des années 1920 et 1930. Puis de la musique classique. Hésitant entre Bach, Mozart et Beethoven, elle se reporta sur Glenn Miller. Au moins, ça lui rappellerait les bals du temps de la guerre, dans le Dorset.

Elle monta le volume de façon à entendre la musique dans la cuisine où elle mangea la soupe qu'Ag lui avait laissée et but une demi-bouteille de vin en bougeant les pieds en mesure sous la table. Le morceau terminé, elle retourna au salon mettre un autre disque. La chanteuse Ruth Etting, cette fois. Elle ne la connaissait pas, mais Stella lui avait dit un jour qu'elle se passait *Harvest Moon* tous les soirs sur son vieux phonographe et qu'elle pleurait à tous les coups.

Ruth Etting la fit pleurer aussi. Ce n'est pas qu'elle sanglotât, mais elle avait conscience que des larmes d'apitoiement sur elle-même lui coulaient sur les joues. Peut-être confondait-elle l'apitoiement sur soi avec la simple peur de l'avenir, se dit-elle. À moins que ce ne fût juste à cause du vin. Elle essuya son visage barbouillé de mascara et se coupa un morceau de fromage. La pièce tanguait un peu autour d'elle, assemblage de formes, de couleurs et d'odeurs réconfortantes. Elle était légèrement ivre.

La sonnette retentit. C'est l'homme de ma vie, se dit Prue. D'une démarche incertaine, elle alla ouvrir.

Le pasteur se tenait sur le seuil, son visage blanc exprimant l'attente. Il portait une bouteille de vin.

« Oh, mon Dieu ! » s'exclama Prue.

Paul parut décontenancé. « Ce n'est que moi. Sachant que c'était votre dernière soirée, je voulais vous dire au revoir. » Il leva sa bouteille.

« Entrez, il fait froid, dit Prue sans enthousiasme, mais elle ouvrit en grand la porte. Ag et Desmond sont sortis. Je suis seule. »

Paul la suivit à la cuisine. Prue posa un autre

verre sur la table. Le pasteur déboucha le vin, le servit. On aurait dit deux étrangers dansant un menuet et ignorant le prochain mouvement de leur partenaire, pensa Prue, l'esprit embrumé. Ils s'assirent.

« Quelle belle voix ! dit enfin le pasteur. L'essence même de la mélancolie. C'est Ruth Etting, n'est-ce pas ? »

Prue fut impressionnée. Elle pensait qu'à part Stella et Ag personne ne connaissait cette chanteuse. Ils trinquèrent.

« Eh bien, je bois à… commença le pasteur.

— À quoi ?

— À toutes sortes de choses. Votre avenir. Votre bonheur. Votre réussite. Et que vous trouviez ce que vous cherchez.

— Merci, dit Prue, déconcertée par le sérieux de l'ecclésiastique.

— Votre visite, si je peux me permettre, nous a donné à tous une très grande joie. Il est rare qu'une fille aussi intelligente que vous atterrisse ici, dans le Devonshire. Et il est rare qu'une fille de ce genre vienne prendre le thé cinq après-midi de suite au presbytère. » Ils rirent tous les deux. « J'ai très envie de vous emmener à Londres un de ces jours. Nous irions visiter l'abbaye de Westminster, puis nous prendrions le thé chez Gunter's.

— Vraiment ? C'est quoi, Gunter's ?

— Un pâtissier. On y trouve la meilleure glace aux fraises du monde.

— Moi, si jamais j'allais à Londres, j'aimerais prendre le thé au Lyons Corner House.

— C'est faisable, dit le pasteur en frissonnant légèrement.

— Mais je suppose que ces visites à Londres n'auront pas lieu.

— En effet, il y a peu de chances. »

Ils avaient bu très vite : la bouteille était presque vide. Alors que Paul lui versait un troisième verre, Prue remarqua qu'une tache pourpre était apparue sur ses pommettes. Or elle savait d'expérience ce qui suivait d'habitude ces rougeurs : une déclaration d'amour ou une tentative de séduction. Désireuse de garder la tête froide pour le cas où Paul lui ferait des avances, elle repoussa son verre. Le pasteur, lui, continua à siroter son vin.

Au bout d'un moment, il dit : « Prue, je vais jouer cartes sur table. »

Malgré ses efforts pour rester lucide, Prue n'avait pas les idées très claires. Elle se demanda vaguement dans quelle poche il avait mis son jeu. Au lieu de cartes, il plaça devant lui ses mains, avec autant de précautions que si elles étaient de précieux objets. Pâles et plates, elles évoquèrent à Prue des poissons exotiques, le genre de poissons qu'elle avait vus dans des manuels de sciences naturelles.

« J'ai réfléchi, poursuivit le pasteur. J'ai parlé au Seigneur… Non, ne vous moquez pas de moi. »

Prue le regarda, étonnée. Elle n'avait pas conscience d'avoir eu une expression railleuse.

Cependant, quelque chose commençait à bouillir en elle.

« Pendant le week-end, grand nombre de mes pensées étaient liées à vous, voire enchevêtrées avec votre personne…

— Ah bon ! Et qu'avez-vous pensé ? » Prue n'était pas sûre de vouloir le savoir. Elle posait cette question à cause de la politesse que lui avait inculquée sa mère.

« Eh bien, beaucoup de choses. » Les mains-poissons se levèrent un moment comme si elles remontaient à la surface pour respirer. « D'abord, que j'avais de la chance d'avoir rencontré quelqu'un comme vous. Vous êtes extraordinaire, Prue. Vous êtes… magique. » Ayant trouvé le mot juste, les poissons replongèrent. « Je dois avouer que votre charme m'a fait trébucher.

— Vous avez vraiment une drôle de façon de vous exprimer ! »

Le pasteur eut un rire contraint. « Mes études de théologie y sont sans doute pour quelque chose. Et puis, toute ma vie, j'ai lu des livres de Trollope.

— De qui ? »

Paul ne répondit pas. Il ramena ses mains-poissons et les joignit comme pour prier. En dépit de ses bonnes intentions, Prue but une autre gorgée de vin. Son irritation était sur le point d'éclater. Paul rassemblait son courage pour une déclaration qu'elle ne voulait pas entendre : elle n'avait aucune envie d'écouter un vieux pasteur lui raconter qu'il s'était épris d'elle. La dernière chose qu'elle pouvait imaginer c'était qu'il la touche, sans parler de…

Il déplia ses mains, en tendit une pour couvrir celle de Prue. Elle tressaillit, mais la politesse ancrée en elle l'empêcha de la retirer. Le regard trouble et plein d'espoir, le pasteur fixait ses joues cramoisies.

« Comme je le disais, j'ai consulté notre Créateur à ce sujet et il m'a semblé qu'il me guidait dans une certaine voie. » Il avait pris une voix douce, sentimentale. Prue essaya de le voir tel qu'il lui avait plu, non pas sirupeux comme maintenant, mais plaisantant au sujet de ses gâteaux secs, au presbytère. Cette image fut toutefois supplantée par celle d'un homme en proie au désir. Si pendant qu'ils prenaient le thé il avait lutté contre des pensées charnelles, il avait bien caché son jeu.

« Et, à ce que j'ai cru comprendre, aussi invraisemblable que cela paraisse, nous pourrions espérer, vous et moi, faire notre vie ensemble. »

Prue le regarda, stupéfaite. Il ne voulait pas simplement la sauter, mais l'épouser ! L'emprisonner toute sa vie dans cet horrible presbytère. Doux Jésus ! « Je suis flattée, répondit-elle d'un ton calme, mais je pense que vous faites fausse route, mon révérend. »

La brutalité de son refus rendit le pasteur plus agressif. « Je veux dire, Prue, que le message que j'ai reçu de Dieu m'enjoint de vous demander de venir avec moi, corps et âme. D'être avec moi, d'être mienne. De vous engager envers moi comme je désire m'engager envers vous. » À présent, il parlait d'une voix forte, désagréable. « Voilà ce que m'a dit Dieu. »

Prue sentit une vague de colère brûlante envahir tout son être. Elle tapa du poing sur la table. « Ce n'est pas Dieu qui vous parle ! C'est votre queue frustrée et surexcitée, mon révérend ! »

Au même instant, elle entendit le raclement d'une chaise sur le sol. Paul avait bondi sur ses pieds et la regardait, livide, les traits déformés par la rage, de la salive au coin des lèvres.

« Jamais, jamais encore on ne m'a parlé ainsi », s'écria-t-il. Sur le dossier de la chaise, sa main tremblait.

Il y eut un silence. Prue haussa les épaules, renifla avec dédain. Son esprit émergea des brumes. Soudain tout devint merveilleusement clair : l'ecclésiastique geignard et son désir insensé, sa propre fureur qui, maintenant qu'elle avait explosé, s'évanouissait.

« Bon, je vous prie de m'excuser, finit-elle par dire. Mais j'aurais cru qu'un homme de Dieu comme vous savait lire dans les âmes. Qu'est-ce qui a bien pu vous laisser penser que je pouvais m'intéresser à autre chose qu'à prendre le thé avec vous ? »

Paul s'essuya les yeux avec un grand mouchoir froissé. « Vous avez l'art de piquer au vif, vous, dit-il. Nous vivons tous avec une faible lueur d'espoir. Je regrette de vous avoir offensée et je vous en demande pardon. Mais je vous faisais une proposition sérieuse. Je vous assure que je n'étais pas motivé par un vil désir.

— Il n'y a pas de mal, vraiment. » Prue se leva. Elle voulait que son visiteur s'en aille, et vite. « Vous savez, un jour la femme de vos rêves ou de vos prières apparaîtra au presbytère et vous vivrez heureux avec elle pour toujours. Simple question de patience. L'essentiel, c'est d'épouser la personne qui convient... au lieu de faire comme moi. » Paul haussa les sourcils. Prue se rappela lui avoir confié un après-midi qu'elle était libre à présent. Peut-être avait-il cru qu'elle était divorcée. « Et autre chose, mon révérend. Je ne suis pas l'épouse qu'il vous faut. Ou le bon Dieu s'est trompé ou vous l'avez mal compris. Je suis une ex-volontaire agricole pleine d'idées romantiques stupides. Je ne conviens sans doute à aucun homme. »

Paul rangea son mouchoir et passa le doigt dans son col qui, comme l'autre fois, avait laissé une ligne rouge sur son cou. « Il est temps que je m'en aille, dit-il. Malgré cette soirée, malgré les malentendus, j'ai passé une semaine très agréable. » Il eut un sourire forcé.

Prue le suivit à la porte d'entrée.

« Je crois que j'ai bu trop vite, dit-elle.

— Moi aussi. Je bois rarement, vous savez.

— Je ne suis pas aussi odieuse d'habitude.

— Bien sûr que non. D'ailleurs vous n'avez pas été odieuse, simplement indignée. Je suis tombé au mauvais moment, mais votre séjour touchait à sa fin. J'ai tout gâché, n'est-ce pas ?

— Je suis désolée. Je...

— Ne vous excusez pas. Tout est pardonné. Que Dieu vous garde, ma chère Prue. » Le pasteur ouvrit la porte et sortit. Prue le regarda partir, étonnée d'avoir été capable de blesser un homme aussi innocent. Bien entendu, cet épisode ferait une histoire drôle à raconter un jour à un petit ami qui pour rien au monde n'aurait employé le langage alambiqué de l'ecclésiastique. Elle devait toutefois admettre que ce dernier avait réagi avec dignité devant sa grossièreté. Sans doute Dieu lui avait-Il conseillé de rester calme.

Lors d'une de leurs prochaines conversations, Il ferait bien de lui dire de l'oublier, elle, le plus vite possible.

Prue repartit à Manchester le lendemain matin sans vraiment raconter à ses amis ce qui s'était passé la veille au soir. Paul n'en parlerait probablement à personne. Son silence à elle serait donc une sorte de rachat pour sa conduite, même si le pasteur n'apprendrait jamais son repentir.

Elle quitta Ag et Desmond à regret. Ils lui avaient montré le genre de vie conjugale à laquelle elle aspirait tout en doutant de pouvoir jamais l'obtenir.

CHAPITRE 9

Ne sachant à quelle heure elle quitterait le Devonshire, Prue n'avait pas prévenu Barry de son retour. Lorsqu'elle arriva, à quatre heures, elle remarqua que la bicyclette de Bertha n'était pas dans le garage, puis elle se rappela que c'était son jour de congé.

Elle entra dans la maison. Une étrange odeur de produit d'entretien au parfum synthétique particulièrement déplaisant l'accueillit. Elle nota une autre nouveauté : un bouquet de pensées artificielles semblable à celui que sa mère avait chez elle depuis des années. Toute la joie qu'elle avait engrangée chez Ag s'évapora. De toute façon, elle ne resterait pas longtemps.

Elle se rendit au salon pour allumer le chauffage. La pièce empestait le cigare. Manifestement, Barry, après l'interdiction de fumer qu'il s'était imposée pendant la grossesse de sa femme, se rattrapait.

Sur la table basse, un plateau préparé pour le thé : deux tasses et une assiette recouverte d'une serviette qui contenait une pile de sandwichs au pâté de saumon Shippam. Ils étaient un peu différents de ceux qui étaient servis d'habitude, comme Prue le découvrit lorsqu'elle en défit un : une rondelle de concombre surmontait la garniture de poisson. Et, détail non moins surprenant, des brins de persil décoraient le bord du plat. Ce raffinement intrigua Prue.

La sonnette retentit. Prue alla ouvrir. C'était sa mère. Sur son visage, l'expression d'espoir fit place à l'étonnement. « Je ne pensais pas te trouver ici, ma chérie. Je te croyais chez Ag.

— J'y étais, mais je viens de rentrer. »

Mrs. Lumley avait soigné sa tenue pour prendre le thé avec son gendre. Elle avait posé une fourrure sur ses épaules — un vieux renard aux yeux de verre dont la bouche, transformée en clip, retenait la queue. Ses pattes molles pendouillaient sur son corsage vert olive en soie artificielle. Prue avait toujours détesté ce renard, mais sa mère disait qu'il s'était transmis de mère en fille depuis des générations et que, pour rien au monde, elle ne s'en débarrasserait. Elle avait placé un chapeau plat comme une assiette en équilibre sur un côté de sa tête et mis un rouge à lèvres tirant sur le violet. Une épaisse couche de fard à paupières bleu éteignait le vert de ses yeux.

Elle entra et promena son regard autour du vestibule sombre. « Ces pensées rendent bien ici, dit-elle. Je trouvais que cette entrée avait besoin d'être égayée. Alors j'ai apporté ces fleurs jeudi dernier. »

Elle devança Prue et se rendit dans le salon avec l'assurance de quelqu'un qui connaît les lieux. Prue la suivit et alluma le chauffage.

« Barry m'a dit qu'il rentrerait à quatre heures. » Sa mère défit son étole et la balança sur le dossier du canapé. Les pattes du renard tombèrent sur un coussin, ses yeux de verre restèrent braqués sur Prue avec une lueur irréelle. Prue avait vu suffisamment d'animaux abattus pour savoir que la mort ternissait aussitôt leurs prunelles. Mais une étole de renard réaliste ne trouverait guère d'acheteurs, se dit-elle, en s'asseyant aussi loin que possible de cette chose.

« Tu dois te demander ce que je fais ici, ma chérie ? Eh bien, peu après ton départ, Barry m'a invitée pour m'apprendre votre séparation.

— Excuse-moi, je n'ai pas eu le temps de t'en informer avant de partir.

— Je sais qu'il est pénible d'annoncer ce genre de nouvelles. Je suis vraiment désolée, pour toi comme pour lui. » Mrs. Lumley sortit un mouchoir de son vieux sac en cuir que Prue avait connu toute sa vie. « Au cours de notre conversation ce jour-là, je lui ai parlé du salon de coiffure.

— Qu'est-ce qu'il a, le salon ?

— Pour ne rien te cacher, il périclite. Les clientes se font rares. Il n'a jamais retrouvé son prestige d'avant-guerre. J'étais débordée, tu te souviens ? » Mrs. Lumley marqua une pause pour se moucher et se tamponner les yeux. « Et puis maintenant, j'ai un concurrent, un peu plus loin dans la rue. Un salon très chic au nom français. Je ne suis pas sûre de pouvoir continuer à me battre. J'envisage de fermer.

— Oh, maman !

— J'ai raconté tout ça à Barry et ton mari s'est montré très compatissant. Ce matin, il m'a appelée pour m'inviter à prendre le thé. Il m'a dit qu'il avait une idée. Voilà pourquoi je suis ici. » Mrs. Lumley se leva et ajusta le chapeau qui lui tombait sur l'œil. « Tu sais, je vais aller à la cuisine nous préparer du thé. Barry ne devrait pas tarder. »

À son retour dans la pièce, elle semblait plus gaie.

« Tu t'entends avec Bertha, toi ? demanda Prue. Moi, elle ne m'a jamais admise dans sa cuisine.

— Oui, aucun problème. Nous nous comprenons. »

Prue se demanda combien de visites il avait fallu pour conclure cet accord. Bien qu'intriguée, elle préférait ne pas en avoir l'explication. Elle regarda sa mère découvrir le plat de sandwichs avec l'autorité d'une hôtesse.

« L'autre jour, j'ai expliqué à Barry comment rendre un sandwich plus appétissant, dit Mrs. Lumley. Il m'en a remerciée. Jamais il n'aurait pensé que quelques tranches de concombre et du persil pouvaient faire une telle différence, m'a-t-il dit. » Elle eut un sourire de satisfaction. Son chapeau glissa de nouveau. « Je suis ravie de te voir, Prue. J'espère que tout ira bien pour toi. Barry m'a promis qu'il ne te laisserait pas tomber. Tu ne manqueras jamais d'argent. Et intelligente comme tu l'es, tu peux trouver n'importe quel travail.

— Je m'en sortirai, maman. »

Barry entra dans la pièce. Apercevant Prue, il s'arrêta un instant et remplaça son expression de surprise par un sourire ravi.

« Je ne m'attendais pas à te voir, chérie !

— Je ne savais pas à quelle heure mon train...

— Moi aussi j'ai été surprise de trouver Prue ici », dit Mrs. Lumley.

Barry s'approcha de sa femme et l'embrassa sur la joue. Ensuite, tous trois formèrent un triangle autour de la table basse où luisait le plateau chargé de tasses à liseré doré et du plat de sandwichs fantaisie.

« Je suis bien content que nous soyons ensemble, dit Barry. Comme ça, je vais vous exposer à toutes deux l'idée qui m'est venue. » Il se tourna vers Prue. « Ta mère m'a dit que son salon battait de l'aile et qu'elle songeait à le fermer. Ça ne m'étonne pas. Peu de gens, après cette guerre, ont de l'argent à dépenser pour des permanentes. » Mrs. Lumley confirma la chose d'un signe de tête. « Alors voilà ce à quoi j'ai pensé, mesdames. J'ai besoin d'une nouvelle gouvernante. »

Mrs. Lumley sursauta, ce qui déséquilibra une fois de plus son chapeau. Elle tendit sa main à Prue qui la prit dans la sienne.

« Et que fais-tu de Bertha ? demanda cette dernière.

— Ah, Bertha. » Barry posa sa tasse et se cala contre le dossier de son fauteuil. Il chercha son étui à cigares dans la poche intérieure de sa veste et lança un regard à sa femme. « Je pense que le moment est venu de m'en séparer. Elle semble ne plus aimer son travail, ne fait plus aucun effort, même si elle s'est mise à se brosser les cheveux. J'ai l'impression qu'elle a rencontré quelqu'un et rêve d'aller vers de nouveaux horizons. » Il rit. « De toute façon, je voulais vous faire cette proposition, Elsie. Si elle vous intéresse, je renverrai Bertha — en m'assurant qu'elle ne manque de rien, évidemment. »

Mrs. Lumley poussa un gros soupir. Ôtant sa main de celle de Prue, elle la posa sur le genou de son gendre. « Je ne peux imaginer offre plus aimable, Barry. Qu'en penses-tu, Prue ?

— C'est une merveilleuse idée, maman.

— Je sais que vous aimez faire la cuisine, dit Barry. J'ai eu le plaisir d'y goûter. Vous êtes un cordon-bleu. Je vivrai donc comme un coq en pâte et vous, vous aurez un travail convenable. Vous pourrez habiter chez vous et venir tous les jours. » Il marqua une pause. « Ou emménager ici.

— Oh, je resterai chez moi pour le moment. Nous verrons comment ça marche, tu ne crois pas, Prue ?

— Fais ce qui t'arrange, maman.

— Vous pourriez commencer dans quinze jours, si ça vous convient. Ou quand vous aurez réglé la fermeture du salon.

— Si ça me convient ? répéta Mrs. Lumley, portant d'une main tremblante sa tasse à ses lèvres. Pour tout vous dire, Barry, cela fait longtemps qu'on ne m'a pas annoncé une aussi bonne nouvelle. »

Barry se leva et alla à la fenêtre allumer son cigare. Prue sentit qu'il voulait que sa mère s'en aille. Mrs. Lumley, elle, ne percevait pas ce message, mais lorsque Barry lui proposa de la ramener en Daimler ou en Humber, elle se leva, souriante. Elle s'approcha de son nouvel employeur et lui tapota l'épaule. « Une fois ici, j'aurai donc un choix de voitures, n'est-ce pas ? dit-elle avec une coquetterie qui fit rougir Prue. Ce que j'aimerais aujourd'hui — et c'est peut-être la dernière occasion — c'est que ma fille me reconduise dans sa Sunbeam…

— Parfait. Partez avec elle, alors. Pendant ce temps, je réfléchirai à la sorte de contrat que nous pourrions établir entre nous. » Barry lui toucha le bras, évitant une patte de renard.

« Oh, vous êtes un ange, Barry ! » Mrs. Lumley fit mine de l'embrasser, puis, se ravisant, se recula comme une enfant. Cela faisait longtemps que Prue n'avait pas vu sa mère aussi heureuse.

Depuis qu'elle habitait aux Mélèzes, Prue avait appris à reconnaître l'humeur de Bertha aux repas qu'elle préparait. Par une drôle d'intuition, la gouvernante semblait savoir ce que sa patronne aimait ou n'aimait pas, et il lui arrivait souvent de servir ce qu'elle détestait le plus. De temps à autre, elle confectionnait aussi des plats que Barry n'appréciait guère comme si elle le mettait au défi de se plaindre. Barry avait horreur de la viscosité des pêches en conserve et assurait à Bertha qu'il était prêt à payer n'importe quel prix pour des pêches françaises fraîches — il pouvait se les procurer, par des moyens probablement douteux. Bertha ne tenait aucun compte de ces offres et continuait à vanter les qualités des pêches en boîte. Les disputes au sujet des pêches étaient les seules qui avaient lieu devant Prue, mais celle-ci entendait souvent son mari et la gouvernante se quereller à la cuisine.

Ce soir-là, Bertha leur avait laissé une variété de viandes froides et des pommes de terre au four. Le dessert consistait en un blanc-manger à la fraise, une préparation toute faite que Prue avait du mal à avaler. Ce menu exprimait clairement ce que Bertha pensait du retour de l'épouse de son employeur.

Cependant, les nouvelles que Barry annonça ce soir-là firent oublier à Prue la question de la nourriture.

« J'étends enfin mon affaire à un nouveau domaine, chérie, dit-il. Les cinémas. » Il marqua une pause pour voir la réaction de sa femme.

« Tu veux dire que tu vas te lancer dans le tournage de films ? » Pendant un instant, Prue entrevit une nouvelle chance à l'horizon : devenir star de cinéma. Une starlette des fameux studios Rank, peut-être.

« Non, je parle de *salles* de cinéma. Je commencerai à en acheter de manière à en avoir toute une chaîne dans quelques années. J'ai acquis la première il y a deux jours. À Brighton, à la lisière de la ville. Elle domine la mer. Un très joli endroit. Le bâtiment est en mauvais état, mais je le restaurerai. Que penses-tu de mon idée ? »

Incapable de se faire une opinion, Prue déclara que c'était formidable. Barry repoussa son dessert à peine entamé, Prue l'imita.

« Avec l'arrivée de ta mère, les choses vont changer ici. Dîner deviendra un plaisir. Bon, et maintenant j'ai une autre nouvelle à t'annoncer. » Barry sortit son étui, choisit un des deux cigares qu'il contenait et s'absorba dans le rituel de la préparation. « Ne t'inquiète pas, chérie, je ne l'allumerai pas dans la salle à manger.

— Oh, ça m'est égal. » Leur mariage touchant à sa fin, elle se moquait bien de l'endroit où il allumait son cigare. Avec un regard reconnaissant, Barry craqua une allumette et tira sur son havane jusqu'à ce qu'une volute de fumée lui permît de se détendre. Toute cette scène se déroula dans le plus grand silence.

« Il se trouve, finit-il par dire, qu'au-dessus de ce vieux cinéma charmant il y a un petit appartement. Le directeur de la salle voudra peut-être l'occuper un jour, mais pour l'instant il est vacant. Meublé simplement mais confortablement. Le tout est compris dans le prix d'achat. Je me disais que tu pourrais t'y installer en attendant de savoir *où* tu veux vivre. »

Prue lui jeta un coup d'œil, mais il évita son regard. De sa main libre, il pianotait sur la table. « Bien sûr ! Un appartement en bord de mer alors que je ne sais pas nager et que je ne connais personne sur la côte sud !

— Je ne te le proposais qu'à titre provisoire. Tu pourrais essayer. S'il ne te convenait pas, tu n'aurais qu'à agiter un drapeau et j'enverrais un chauffeur te chercher avec la Daimler.

— Oui, je suis sûre que tu le ferais.

— Je sais que tu n'as pas envie de t'attarder ici maintenant que nous sommes parvenus à un accord. Retourner vivre chez ta mère serait une erreur. Je me suis donc dit que tu pourrais y emménager dès que tu voudrais. Je m'occuperais de tous les arrangements nécessaires. »

Prue baissa les yeux, déglutit. L'idée de son mari lui paraissait si absurde qu'elle ne savait que répondre. Elle finit par dire : « Je serai toute la semaine prochaine chez Stella et Philip.

— Ah oui, c'est vrai. » Barry chassa le nuage de fumée qui nimbait sa tête, mais son expression resta difficile à déchiffrer. « Eh bien, dans ce cas, tu prendras tes dispositions à ton retour. »

Sans réfléchir, Prue acquiesça. Elle comprit soudain que Barry voulait se débarrasser d'elle le plus vite possible. Bien qu'aussi désireuse que lui de mettre fin à leur vie commune, elle se demanda pourquoi sa proposition de partir tout de suite la perturbait autant. Elle avait pensé avoir du temps devant elle, pouvoir rester aux Mélèzes pendant qu'elle cherchait un point de chute — elle n'avait d'ailleurs aucune idée de par où commencer. Mais elle se dit que Barry s'était montré bon pour elle de multiples façons : il aurait été injuste de faire des histoires alors qu'il lui avait trouvé si rapidement un endroit où aller. Elle se leva, se dirigea vers la porte. « D'accord, dit-elle, j'irai à Brighton essayer cet appartement.

— Si ça ne marche pas, chérie, tu peux toujours… Je veux dire, je t'offrirai toujours le gîte et le couvert.

— Merci. » Prue tourna la poignée de porte. « Ah ! pendant ton absence, ton ami Johnny a téléphoné. Il voulait que tu le contactes rapidement. » Barry regarda sa montre. « Pourquoi ne pas l'appeler maintenant et voir ce qu'il veut ? »

Prue se rendit dans le vestibule, s'assit sur la chaise en chêne sombre devant la table du même bois et demanda le numéro de Johnny. À l'autre bout du fil, son ami paraissait joyeux comme autrefois, avant que l'incident de la grange ne crée une gêne entre eux.

« J'ai une nouvelle à t'annoncer, dit-il, mais j'attendrai de te voir pour t'en parler.

— C'est parfait. J'ai eu ma dose ce soir. Ma tête éclate. J'espère que c'est une *bonne* nouvelle.

— Peut-être. »

Dans un pub de Bakewell, ils mangèrent un hachis parmentier fait de viande en conserve et de pommes de terre reconstituées.

« Quand je pense aux tonnes de pommes de terre que j'ai déterrées ! dit Prue. Il doit tout de même en rester quelque part. Pourquoi nous sert-on cette cochonnerie ?

— C'est plus facile, affirma Johnny. Je connais plein d'endroits où on te prépare encore des œufs brouillés avec de la poudre. Et ça continuera peut-être ainsi pendant des années. La dernière fois que je suis venu ici, avec mon père — ça devait être un ou deux ans avant la guerre —, la nourriture était excellente. Je suis désolé que ce restaurant ait tellement baissé. »

La piètre qualité des plats ne les empêcha pas de faire un joyeux repas. Avec le ton léger qu'elle adoptait pour parler de choses sérieuses, Prue confia à Johnny que son mariage capotait et que son mari lui avait proposé de déménager à Brighton. Johnny fit la grimace et commenta la nouvelle d'un simple : « Je suis navré. » Puis, devant une gelée rouge sang surmontée d'un substitut de crème qui les amusa beaucoup, Johnny lui annonça que lui aussi quittait bientôt Manchester. Un de ses oncles sans enfant qui habitait un cottage dans le Wiltshire allait émigrer en Australie. Il avait offert à Johnny de lui louer sa maison à un prix dérisoire à condition qu'il veille sur elle et entretienne le jardin. Il y avait là une grande remise où Johnny pourrait aménager une menuiserie professionnelle et engager un apprenti. Il avait l'intention de fabriquer des meubles avec le bois local, surtout l'orme, son matériau préféré.

« Tout ça est très bien, dit Prue, mais que deviendra la poésie ?

— Un poète doit manger. Je continuerai à écrire. Les poules auront toute la place nécessaire. Je vendrai les œufs.

— Quand pars-tu ?

— Dès que Barry aura trouvé un nouveau locataire.

— Il est loin de Brighton, ton cottage ?

— Oui, mais je te donnerai mon numéro de téléphone, s'il y en a un. Tu seras toujours la bienvenue. » Il versa dans leurs tasses un pâle breuvage contenu dans une cafetière qui se trouvait sur la table. « En fait, j'ai pensé que... que ce cottage pourrait résoudre ton problème.

— Comment ça ?

— Nous pourrions y vivre ensemble.

— En tant que... ?

— En tant qu'amis. Des amis platoniques.

— Je vois. Des amis platoniques peuvent-ils vivre sous le même toit ?

— Je crois que oui. Les hommes ne pensent pas uniquement au sexe.

— La plupart des hommes que j'ai connus si. C'est très gentil de ta part de me proposer cette cohabitation, mais elle pourrait se révéler délicate. Si la femme de tes rêves venait te commander une table, par exemple, il faudrait que tu me mettes à la porte. »

Johnny eut un sourire désabusé. « Ça m'étonnerait.

— J'ai promis d'essayer cet appartement à Brighton. De toute façon, je n'ai pas le choix, je n'ai pas d'autre endroit où aller. Je déteste la mer, pour ce que j'en ai vu, mais il doit bien y avoir des pubs là-bas. Je trouverai peut-être des jeunes gens sympathiques et un travail ennuyeux. Je mènerai ma petite vie, quoi. »

Johnny demanda l'addition et passa un long moment à compter des pièces de monnaie. Il paraissait de nouveau préoccupé. « Va falloir que les poules y mettent du leur », plaisanta-t-il. Prue envisagea de prendre la note, mais craignit de le vexer. Johnny se leva, laissa six pence sur la table et alla payer au bar. « Mon offre reste valable, dit-il. Maintenant je t'emmène faire une promenade dans les Dales.

— Et moi, j'en ai une bonne à te raconter. Pendant mon séjour chez Ag, j'ai rencontré un pasteur. Je t'en dirai plus quand nous marcherons. »

Le récit de Prue les amusa pendant toute la montée d'une colline escarpée. Arrivés au sommet, ils s'assirent sur un banc et contemplèrent le paisible paysage qui s'étendait plus bas. Des bouquets d'arbres du Derbyshire s'étiraient à l'horizon. D'autres, moins sombres, se dressaient à proximité. Johnny se mit à rire.

« Qu'est-ce qu'il y a de si drôle ? demanda Prue.

— Tu es incorrigible. Je plains ce pauvre pasteur.

— Il survivra. Il peut parler à Dieu.

— J'ai l'impression que tu ne te rends pas compte de ce que tu infliges aux hommes. Tu les détruis, et pour finir, tu les repousses.

— J'attends de tomber sur le bon. Alors, je serai une épouse modèle. »

Johnny croisa les bras et regarda droit devant lui. « J'aurais donné cher pour voir la tête du pasteur quand tu l'as envoyé sur les roses dans ton langage impie. »

Encouragée par l'intérêt que montrait Johnny, Prue ajouta plus de détails à l'histoire du « Rejet de l'Homme de Dieu », comme elle l'appelait. Certains n'étaient pas tout à fait véridiques, mais ils les firent rire pendant tout le trajet de retour à travers bois, jusqu'à la voiture.

Lorsque Prue partit voir Stella et Philip dans le Norfolk, elle roula très lentement afin d'économiser l'essence. Elle prit des petites routes, s'arrêtant de temps à autre pour consulter sa carte et choisir un itinéraire qui lui paraissait intéressant. En fin de matinée, elle se gara dans un champ pour manger un sandwich qu'elle avait préparé et boire un peu de thé de sa Thermos. Alors qu'elle approchait de la côte, le ciel parut se déployer : un immense dais bleu pâle, patchwork de nuages, occupait tout son champ visuel.

On était au début du printemps, les haies commençaient à verdir. Celles de l'East Anglia étaient bizarres, songea-t-elle : un massif d'aubépine, un espace, puis un autre massif. De loin, on aurait dit des rangs de perles peu serrées. Les vastes champs lui rappelèrent qu'avant la guerre cette région avait été essentiellement consacrée aux cultures. Pas une vache à l'horizon, simplement des étendues de blé en herbe qui couvrait la terre noire comme un duvet.

Prue s'arrêta un moment au sommet d'une colline — elle croyait que le Norfolk était un pays plat ! — pour avoir son premier aperçu de la mer. Elle était bien là, mince bande d'argent qui ourlait le ciel dont le bleu passé donna à Prue un instant de regret : si elle avait trouvé cette couleur pour sa robe de Buckingham Palace, elle l'aurait jugée encore plus attrayante que le bleu jacinthe qu'elle avait choisi.

À ses pieds, un clocher surgissait de la plaine. Elle aperçut un groupe de cottages en brique rouge, des arbres épais. Au-delà, des marécages se prolongeaient par des dunes. Sous le vaste ciel dans lequel les nuages semblaient immobiles, tout, dans ce paysage, paraissait assez petit pour être ramassé et jeté dans un panier.

Suivant les instructions écrites de Stella, Prue traversa le village et emprunta un sentier boisé. Elle parvint à une petite maison plutôt ordinaire mais qui faisait face au marais et, plus loin, aux dunes et à la mer. Elle descendit de voiture. Alors qu'elle s'appuyait contre le capot, elle vit et entendit une alouette très haut dans le ciel. L'agréable sensation d'être en parfaite sécurité s'empara d'elle : pendant une semaine, elle n'aurait pas à prendre de décisions, à établir de plans. Elle pourrait rester tranquillement avec Stella et faire la connaissance de Philip.

Cependant, la paix qu'elle pensait trouver ici n'était pas au rendez-vous. Stella l'attendait, debout sur le seuil, les bras croisés, souriante. Son sourire n'était pourtant pas tout à fait celui d'autrefois : une pointe d'anxiété crispait les coins de sa bouche. Les deux femmes s'étreignirent et entrèrent dans la maison.

La cuisine de Stella ressemblait moins à la cuisine de Hallows Farm que celle d'Ag. Elle donnait l'impression qu'on n'avait pas fait beaucoup d'efforts pour la rendre accueillante. Stella était tellement prise par les soins à donner à Philip qu'elle devait négliger un peu tout le reste. De grandes chaises en bois encadraient la table sur laquelle était posé un vase rempli d'ajoncs.

« Quelle vue ! s'exclama Prue.

— Nous avons de la chance, n'est-ce pas ? » Stella prit une cafetière sur la cuisinière, la porta sur la table. « On ne s'en lasse pas. Tous les matins, quand j'entre ici et que je regarde par la fenêtre, qu'il fasse beau ou mauvais, je me félicite d'avoir acheté cette maison. »

Stella, la belle Stella… que lui était-il arrivé ? se demanda Prue. Depuis l'enterrement, pourtant récent, de Mrs. Lawrence, elle avait changé. Ses joues s'étaient creusées, ses yeux cernés. Son épaisse chevelure avait perdu son lustre. Ses mains avaient vieilli : des taches bleues apparaissaient entre ses articulations. Son chemisier n'était pas repassé. À Hallows Farm, Stella aimait se rendre à la buanderie où elle repassait non seulement ses affaires, mais aussi celles des autres.

« Philip ne va pas tarder, dit-elle après un coup d'œil à la pendule. Se lever le matin lui prend du temps. Enfin… nous avons mis au point un bon système. Ce n'est qu'une question de patience et d'organisation. Il ne se sentait pas trop bien dernièrement, alors… »

Prue devina que Stella avait vécu des nuits mouvementées, d'où son air exténué. « Tu ne peux pas te faire aider ? demanda-t-elle.

— Si, bien sûr. Un peu. Mais Philip, le pauvre, est difficile. Il préfère que ce soit moi qui m'occupe de lui. Cela étant, il a eu la gentillesse de ne pas se plaindre quand je suis partie à l'enterrement. Mais toi, comment vas-tu ? Parle-moi de ce pasteur que tu as mentionné au téléphone. »

Avant que Prue ait pu commencer son récit, Philip entra dans un lourd fauteuil roulant. Lui aussi était pâle, mais souriant. Prue se rappela ses traits agréables quoiqu'un peu ternes, le genre de visage qui est à son avantage sous la casquette d'un uniforme comme sur la photo que Stella gardait à son chevet à Hallows Farm et qu'elle embrassait tous les soirs. Il s'approcha de la table. Prue se leva et alla l'embrasser sur la joue.

« Je suis si content que tu sois là, dit-il. Cela fait des jours que Stella ne parle que de ton arrivée. Je crains que nous n'ayons pas organisé de fête en ton honneur. Nous menons une vie très tranquille ici, tu sais. Mais toi et Stella, vous pourrez aller vous promener, regarder les phoques, vous raconter vos vies.

— C'est parfait, dit Prue. Je n'en demande pas plus. » Lorsque Philip attrapa son mug de café, elle remarqua que sa main et sa lèvre inférieure tremblaient. De sa main libre, il soutenait celle qui tenait le mug.

Dans le Devonshire, Prue avait tout de suite perçu l'affection qui liait Ag à Desmond, et leur calme bonheur l'avait apaisée. Ici, dans cette maison du Norfolk, elle sentit très vite l'inquiétude ambiante. Stella tournait sans cesse les yeux vers son mari, attentive à ce qu'il ne manquât de rien. Quant à Philip, il souriait souvent, se déplaçait parfois pour lui tapoter la main.

« Ma femme est une sainte, déclara-t-il à voix basse alors que Stella s'était éloignée pour faire griller des harengs. Je ne sais pas ce que j'ai fait pour... Je suis le plus chanceux... » Il se racla la gorge. « En ce qui concerne la maison, j'ignore combien de temps il me reste à vivre, mais j'ai dit à Stella : il faut qu'elle soit au bord de la mer. Dans les terres, je me ratatinerais et je mourrais très vite. Je pense que Stella aime cet endroit autant que moi, n'est-ce pas, chérie ?

— Absolument. » Stella revint à la table, mit le couvert. Pendant le déjeuner — du pain fait maison selon la recette de Mrs. Lawrence et les harengs — Prue raconta l'histoire du pasteur avec une telle vivacité que ses hôtes n'arrêtèrent pas de rire. L'atmosphère se détendit. À la fin du repas, Philip annonça qu'il allait faire une sieste. « Comme tous les après-midi, dit-il. De quoi est-ce que je me repose ? Je me le demande. Pour moi, la vie n'est qu'un foutu long repos. » Avec force mouvements saccadés, il tourna les roues de sa chaise et sortit adroitement par la porte pourtant étroite.

« En fait, dit Stella après son départ, il veut écrire un livre sur son enfance et ses expériences durant la guerre. Je doute qu'il soit jamais publié, mais ça lui donnera un but, une discipline.

— Ce dont nous avons tous besoin, commenta Prue. Et où est James ? J'ai hâte de le voir.

— Il est parti chez sa grand-mère à Cromer. Il se plaît chez elle. De toute façon, nous n'avons que deux chambres. Tu dormiras dans la sienne, si tu n'y vois pas d'inconvénient.

— Bien sûr que non ! » Prue sourit et regarda de nouveau par la fenêtre.

« Je regrette que James ne soit pas là. J'aurais aimé que tu le voies. C'est un rayon de soleil dans la vie de Philip. Il s'assied sur ses genoux et se fait lire des histoires pendant des heures.

— Philip ne se doute toujours de rien ?

— Non, j'en suis sûre. Et il ne l'apprendra jamais.

— Et Joe ?

— Il dit que c'était le prix que nous avions à payer, mais que cet enfant compense notre séparation. Lors de l'enterrement, je me suis débrouillée pour lui montrer une photo. Je n'aurais peut-être pas dû. Il est devenu pâle comme un linge. Il m'a dit : "Oh, Stella, pourquoi faut-il que les choses soient ainsi ?" » Elle haussa les épaules. « Nous savions tous deux pourquoi, mais je sais aussi que ni lui ni moi ne regrettons d'avoir eu James. Un jour, je lui dirai qui est son vrai père. Ce serait impossible maintenant. Ça tuerait Philip d'apprendre que James n'est pas son fils. C'est un père merveilleux... »

Prue raconta la naissance de son fils à elle. Stella, horrifiée par l'agression des cochons, déclara que l'expérience dans son ensemble avait dû être traumatisante.

« Non, pas tellement, assura Prue. Ça peut paraître bizarre, mais j'ai eu l'impression que c'était plus une perte de temps qu'une catastrophe. Lorsque je suis tombée enceinte, je savais que mon prétendu couple battait de l'aile et que mon désir d'avoir un enfant d'un homme que j'aimais ne se réaliserait pas. Ce n'est donc pas si étonnant que la mort du bébé ne m'ait pas plus affectée.

— Et Barry ?

— Lui, ça l'a anéanti. Ce deuil lui a fait comprendre qu'il était inutile que nous continuions à vivre ensemble. Il aurait tant aimé avoir un fils. Parfois j'imagine quelle aurait été ma vie, enfermée aux Mélèzes, à m'occuper du bébé et à écouter sans cesse Barry me dire comment m'y prendre... » Prue marqua une pause. « Sans compter que, lorsque l'enfant aurait grandi, Barry aurait peut-être remarqué qu'il ne lui ressemblait pas.

— Tu veux dire… ?

— Je n'en suis pas sûre.

— Oh, Prue, qu'est-ce que tu as fabriqué ? On se met dans de sales draps quand les choses commencent à dérailler, non ?

— Oui, mais ce n'est pas une raison de perdre espoir. »

Elles longèrent une digue qui s'incurvait autour de champs d'un côté, du marécage de l'autre. À un certain endroit, celui-ci se confondait avec le bassin sur lequel oscillaient de petits bateaux aux voiles baissées. La mer semblait toujours aussi lointaine. Comme à leur habitude, l'horizon et la mer jouaient à se confondre. Des bandes d'oies sauvages rayaient de temps en temps le ciel couleur d'ajoncs. On n'entendait pas les cris rauques des mouettes, le silence enveloppait tout.

« Je connais mal le Norfolk, dit Stella, mais j'adore ce coin. Ça doit être l'un des endroits les plus tranquilles d'Angleterre. Ses habitants sont là depuis des générations et l'épicerie, qui vend surtout des tablettes de bouillon Oxo, n'a pas dû changer depuis cinquante ans — à mon grand plaisir. La plage est peu fréquentée, même en été. Les touristes vont à Cromer, où l'on trouve des glaces et des parcs d'attraction. Nous avons de la chance que ce lieu soit encore préservé. Bientôt il sera découvert, transformé, envahi par la foule. Ça me fait mal rien que d'y penser.

— Les distractions ne te manquent pas ? On ne peut pas vivre éternellement de paysages.

— Philip représente un travail à plein temps. Il fait ce qu'il peut, le pauvre, mais il est lourdement handicapé. Le "paysage", comme tu dis, compense ces contraintes. Tous les jours, je vais me promener. Je ne peux pas m'en passer, même si chaque fois je crains de découvrir une catastrophe à mon retour.

— Est-ce que Joe est venu ici ?

— Pas que je sache. Rien ne pourrait me faire plus plaisir. Mais après notre voyage en France, quand je suis revenue à Philip et lui à Janet, nous ne nous sommes plus fait signe. Ç'aurait été malhonnête. Je ne l'ai revu qu'à l'enterrement de Mrs. Lawrence et je ne me suis pas encore remise du choc que j'ai eu en constatant que rien n'avait changé entre nous. Je continue à espérer bêtement qu'un jour, peut-être… Qu'est-ce que je peux espérer franchement ? Janet est jeune et en bonne santé. Ils auront d'autres enfants. Quant à Philip… Je ne pourrai jamais le quitter. Et je ne peux pas souhaiter sa mort. Je l'aime comme on aime un homme qui est bon, mais pas comme… Lorsque nous avons quitté Hallows Farm, je lui ai avoué que je partais une semaine en France avec Joe. Il s'est montré très magnanime. Je ne lui demandais pas d'autorisation, je le mettais devant le fait accompli. "Une semaine de ta vie avec l'homme que tu aimes, c'est peu, m'a-t-il dit. Profites-en. Je ne serai jamais capable de te donner la même chose." Il a dû lui en coûter. Nous n'en avons jamais reparlé. À mon retour du Yorkshire, il ne m'a pas demandé si Joe était à l'enterrement. Je crois que prononcer son nom lui est trop pénible.

— Et Janet, comment a-t-elle pris cette escapade ?

— Très mal, m'a dit Mrs. Lawrence, mais Joe ne lui a pas laissé le choix. Elle a dû penser que si elle n'acceptait pas ce voyage, Joe ne l'épouserait pas. Évidemment, une fois marié, gentleman comme il l'est, il s'est conduit — et se conduit encore, je suppose — en bon mari. Mais il m'a suffi de le voir dans le Yorkshire pour savoir que…

— Oui, c'est vrai », dit Prue.

Stella haussa les épaules, ses yeux pleins de larmes reflétaient le ciel. Les deux amies rebroussèrent chemin.

À leur retour à la maison, elles trouvèrent un Philip très content de lui. Il avait préparé le thé. Prue se rendit compte que cela avait dû lui coûter beaucoup de contorsions et d'allées et venues dans sa chaise roulante pour prendre les assiettes, les confitures et les objets indispensables à un thé traditionnel. Il avait déployé le journal local sur la table et étudiait une annonce qu'il avait encadrée d'un trait rouge.

« J'ai découvert une nouvelle qui pourrait vous intéresser, dit-il. Nous avons beau être des gens tranquilles, ici, dans le Norfolk, ça ne nous empêche pas de faire la fête de temps à autre. Ton séjour ne sera pas aussi ennuyeux que tu le pensais, Prue. » Il lui sourit.

« Ne dis pas de bêtises. Je n'ai jamais pensé que je m'ennuierais. Comment le pourrais-je en votre compagnie ? J'ai rêvé d'être ici.

— Bon, quoi qu'il en soit, il y a un bal demain à la base aérienne. Grand orchestre. Bière. Hotdogs et tout le reste. Ça vous dit ? »

Alors qu'elle versait le thé, Stella se dérida. « Si Prue veut y aller, j'irai aussi, dit-elle.

— Évidemment que je veux y aller, si ça vous dit aussi », répliqua Prue, passant déjà en revue les vêtements qu'elle avait apportés, certes appropriés pour un séjour à la campagne mais peu sexy. Sa robe imprimée de marguerites rouges ferait peut-être l'affaire…

« En fait, aussi invraisemblable que ça puisse paraître, j'ai l'intention de vous accompagner, dit Philip. J'adorais danser, n'est-ce pas, Stella ? » Il se tourna vers Prue. « Oui, Stella et moi nous allions souvent danser. » Il regarda sa femme. « N'est-ce pas, chérie ?

— En effet. Philip dansait très bien. »

Le lendemain il plut. Au lieu de se promener avec Stella, Prue resta dans sa chambre à fouiller parmi sa demi-douzaine de robes, ses chaussures et ses nœuds. Elle s'assit sur le lit, entourée des animaux en peluche de James. Un mobile en fil de fer recouvert de coquillages fabriqué par Philip pendait du plafond : lorsque le vent secouait les vitres, les coquillages tintaient, mais moins harmonieusement que des clochettes. Prue sourit, tout excitée : dans un camp entier de soldats américains, il y en aurait sûrement un qui… Elle n'en demandait qu'un seul. Ce serait une soirée amusante. Elle n'en avait pas eu depuis longtemps.

Avant leur départ de la maison, ils se réunirent dans la cuisine. Que pouvait bien espérer Philip ? se demanda Prue. Il avait noué un superbe foulard en soie dans l'encolure de sa chemise et gominé ses cheveux, à présent aussi plats et brillants qu'un casque. Stella était presque redevenue la Stella de l'époque de Joe, à Hallows Farm. Elle avait camouflé ses cernes à grands renforts de fond de teint Max Factor et ressuscité sa magnifique bouche avec un rouge à lèvres foncé. Ses cheveux détachés dansaient sur ses épaules. Elle ressemblait presque trait pour trait à l'image que Prue garderait d'elle à jamais dans sa mémoire. À l'idée qu'une femme si belle soit coincée ici pour d'innombrables années avec un invalide qui ne pouvait plus danser, des larmes lui montèrent aux yeux. Se rappelant toutefois la quantité de mascara qu'elle avait appliqué sur ses cils, elle les ravala.

Pour gagner la voiture, ils sortirent dans la pluie. Leurs robes fleuries leur battaient les cuisses, leurs cheveux volaient au vent. Prue proposa son aide, mais le couple n'en avait pas besoin. Ils avaient perfectionné un système pour faire monter Philip dans le véhicule. Prue admira la patience avec laquelle Stella hissa les pieds de Philip, l'un après l'autre, sur le plancher de la voiture. L'opération prit beaucoup de temps. Prue n'aurait pu supporter une telle lenteur ne fût-ce qu'un seul jour. Elle piaffait d'impatience rien qu'à observer ce laborieux processus. Stella était une sainte, se dit-elle.

À leur entrée dans la vaste salle de bal, Prue songea que les organisateurs de telles manifestations, où qu'elles eussent lieu, partageaient les mêmes idées concernant la décoration et le buffet : ce hall dans l'East Anglia était presque identique à celui où Stella avait si brillamment dansé avec son enseigne de vaisseau — et où elle-même avait bu tant de gins-citron vert qu'elle avait eu du mal à se tenir debout pendant l'hymne national. Elle promena son regard autour d'elle, souriante. Passé et présent se mélangeaient dans sa tête. Les mêmes guirlandes de papier, entrecoupées au hasard de petits bouts de guirlandes de Noël argentées, ornaient les rideaux. Le vieux tissu qui servait au black-out n'avait pas été ôté mais agrémenté de flocons de neige en coton hydrophile. « Faut croire que c'est encore l'hiver ici », chuchota-t-elle à Stella qui, les yeux brillants, éclata de rire. Toutes deux se rappelaient — et avec quelle netteté ! — leur bal dans le Devonshire.

Poussant le fauteuil de Philip, Stella se fraya un chemin dans la foule qui s'écartait sur son passage et s'approcha d'une table vide, près de la scène. Sur un côté de la salle, le buffet n'avait rien à envier à ceux qui étaient proposés durant la pénurie, quatre ans plus tôt : les inévitables petits pains briochés et gelées parsemées de perles argentées, les assiettes de jambon en conserve reposant sur des feuilles de laitue fatiguées, auxquelles on avait ajouté quelques rondelles de concombre salé pour les rendre plus appétissantes.

« Bon sang ! s'exclama Prue. Rien n'a changé. » Puis baissant les yeux vers la tête brillantinée de Philip, elle se rappela que ce n'était pas le cas.

Ils s'assirent à la table près de la scène. Un quatuor de musiciens débitait avec nonchalance des succès du moment, mais les chaises disposées derrière eux promettaient un orchestre plus fourni. Philip leur proposa d'aller chercher des boissons au bar.

« J'y vais, se hâta de dire Prue.

— Non, non, je m'en occupe. » Philip éloigna prestement sa chaise de la table.

« Laisse-le faire, dit Stella.

— Un gin-citron vert, Prue ?

— Non, merci. Une bière, ça ira. » Prue voulait garder les idées claires cette fois.

La proximité des musiciens rendait vaine la moindre tentative de conversation. De toute façon, Prue n'avait pas envie de parler. Elle attendait de voir venir le gibier.

Une foule de pilotes américains se massait au fond de la salle, près du bar. Certains feignaient de boxer. On les entendait rire. Eux aussi semblaient s'interroger sur ce que la soirée leur réservait.

À sa grande satisfaction, Prue constata que peu de filles pouvaient rivaliser avec elle. Rassemblées en groupes, elles caquetaient et gloussaient. La plupart n'avaient pas de mères aussi habiles à manier l'aiguille et à couper le tissu d'avant-guerre que Mrs. Lumley. Une blonde avec une robe à motifs de coquelicots orange se détachait du lot, mais la robe n'avait pas grand intérêt. Les autres, mal fagotées, avaient tout misé sur leur rouge à lèvres et des permanentes trop frisées. Prue défroissa la jupe de sa tenue coûteuse et tira sur son décolleté en cœur pour découvrir la naissance de ses seins.

« Ne t'inquiète pas, tu es la star de la soirée, lui dit Stella d'un ton amusé. Ils se battront pour te faire danser. »

Prue secoua la tête et rougit. Non pas à cause des paroles de Stella, mais parce qu'elle s'était rendu compte que tous les pilotes s'étaient retournés comme un seul homme et les regardaient. Elle enleva son alliance et la glissa à son amie. « Garde-la-moi, tu veux. »

Philip revint à la table, un plateau chargé de boissons en équilibre sur les bras de son fauteuil.

« Bravo et merci ! s'écria Prue avec cette sorte d'exubérance provoquée par le sentiment que quelque chose d'excitant est sur le point d'arriver.

— Je peux encore me rendre utile », dit Philip avec une petite grimace.

La musique continuait à se déverser sur eux. Ils burent leur consommation en silence. Les membres du quatuor fatigué finirent par s'en aller, leurs instruments pendant mollement au bout de leurs bras. Ils furent remplacés par une vingtaine de musiciens fringants qui s'installèrent rapidement sur les chaises. Le cœur de Prue se mit à battre la chamade. Elle vit quelques pilotes s'avancer comme pour traverser la salle et s'approcher de leur table, puis reculer sous les quolibets de leurs camarades. Elle leva les yeux vers la scène. Certains musiciens étaient intéressants, eux aussi. Soudain ils attaquèrent *In The Mood.* Incapable de se contenir plus longtemps, Prue se leva. Ses amis se moquèrent d'elle. Philip prit la main de sa femme dans la sienne.

Avec un petit mouvement coquet de la tête, Prue se dirigea droit vers le groupe de militaires. Sa démarche ondulante faisait voltiger l'ourlet de sa robe. Alors qu'elle approchait, consciente que tous les regards étaient braqués sur elle, elle essaya de distinguer parmi les hommes ceux qui étaient les plus beaux.

« Salut, ma jolie, dit l'un d'eux en lui touchant le bras. Tu veux danser ? »

Prue aperçut un visage maigre et des épaules étroites. Soudain, avant même qu'elle comprît ce qui se passait, un grand gaillard s'interposa, l'enlaça et l'entraîna sur la piste. Enveloppante, irrésistible, la musique semblait sourdre du plafond et du plancher.

Prue, que son cavalier faisait virevolter, vit à peine les regards envieux des autres filles et le reste des Américains s'avancer, se choisir des partenaires, puis gagner la piste. Celle-ci fut bientôt bondée. À leur table, Stella et Philip, toujours la main dans la main, observaient la scène.

Quand la musique s'arrêta, Prue et son cavalier se trouvèrent bloqués au milieu de la piste par d'autres danseurs. Elle était essoufflée. Son partenaire la regarda avec une expression solennelle. Il s'inclina légèrement. « Nous avons juste le temps de nous présenter. Je m'appelle Rudolph. Rudolph Vincent Basie Junior.

— Et moi Prue.

— Je suppose que c'est le diminutif de Prudence, le nom de ma grand-mère. »

La musique reprit : un jitterbug. Sans se donner la peine de lui demander cette danse, Rudolph Vincent Basie Junior enlaça Prue en souriant de ses dents extraordinairement blanches. Ils jitterbuggèrent comme s'ils avaient dansé ensemble toute leur vie et remirent ça pour trois autres danses sans échanger un mot.

Enfin, lorsque l'orchestre fit une pause pour se désaltérer, Rudolph posa sa main sur la taille de Prue et la guida vers le bar. Il commanda deux verres de bière. « Les places pour s'asseoir sont chères, dit-il.

— Mon amie Stella et son mari sont à une table près de la scène, dit Prue. Nous pourrions les rejoindre. » Une idée lui traversa l'esprit. Et même si elle ne connaissait Rudolph que depuis moins d'une heure, elle avait l'impression qu'elle pouvait la lui soumettre. « Mon amie danse formidablement bien. Un jour, à une fête où nous étions toutes les deux, elle a dansé avec un enseigne de vaisseau et ils ont été tellement fantastiques que les autres danseurs leur ont cédé la piste. Mais son mari a été blessé à la guerre. Il est condamné à vie à la chaise roulante. Je me demandais... Je suis sûre qu'elle adorerait... » Rudolph acquiesça d'un signe de tête. Il avait vite compris.

Ils se frayèrent un chemin jusqu'à la table. La musique reprit avant qu'ils aient eu le temps de s'asseoir. Prue se hâta de présenter Rudolph qui se tourna aussitôt vers Stella. « On m'a dit que vous étiez une danseuse hors pair. Je serais très honoré si vous vouliez m'accorder cette danse. »

Stella jeta un coup d'œil à son mari.

« Vas-y, chérie », dit Philip. Stella repoussa ses cheveux et se tint, très droite, devant Rudolph. Sa beauté, qu'elle avait entièrement retrouvée ce soir-là, donna à Prue un petit pincement au cœur. Elle les regarda s'avancer et commencer à danser avec des sentiments mêlés.

« Ça va être à nouveau formidable, tu verras, dit Philip avec un sourire désabusé.

— Oui, sûrement », acquiesça Prue. Les danseurs qui se trouvaient près du couple d'experts reculaient déjà pour leur laisser plus de place. D'autres suivirent leur exemple. Bientôt il ne resta sur la piste que trois couples, puis seulement Rudolph et Stella.

Prue gardait les yeux rivés sur eux. Elle était heureuse du plaisir évident que Stella prenait à s'exhiber ainsi, mais elle aurait aimé que ce soient Rudolph et elle qui provoquent l'admiration des spectateurs. Détournant un instant le regard du couple virevoltant, elle vit que la bouche de Philip avait pris un pli amer. Un muscle tressautait dans sa mâchoire, mais lorsqu'il s'aperçut que Prue l'observait, il sourit. La mélancolie que celle-ci lisait dans ses yeux était insupportable, sachant ce qu'il devait éprouver.

L'orchestre appréciait le solo de Stella et de Rudolph autant que les danseurs et joua très longtemps. Lorsqu'il s'arrêta enfin, tous applaudirent. Prue se leva, secrètement heureuse que le numéro fût terminé. Elle grimpa sur la table et applaudit plus fort que tous les autres. Pendant un instant, elle se trouva à la même hauteur que Rudolph — il ramenait Stella — ce qui provoqua chez celui-ci un nouveau sourire étincelant.

« Tu as été éblouissante, chérie, dit aussitôt Philip à sa femme. Tu ne t'es pas rouillée. »

Les joues écarlates, Stella haletait. Elle s'assit et reprit la main de Philip.

« Je vous remercie, madame, lui dit Rudolph. Ça a été un grand plaisir pour moi. Peu de femmes dansent aussi bien que vous. »

L'orchestre passa à un slow. Rudolph regarda Prue onduler des hanches sur la table. Il tendit les bras, la fit descendre et la guida de nouveau vers la piste. Prue se rendit compte que les gens l'observaient. Sans doute espéraient-ils une autre danse spectaculaire comme avec Stella, mais Rudolph et elle se mouvaient très lentement — c'est à peine s'ils bougeaient.

L'orchestre jouait *I'm In The Mood For Love.* La main de Rudolph couvrait une partie du dos de

Prue. Celle-ci se pressa contre sa poitrine, ferma les yeux. Son cavalier appuyait légèrement son menton sur sa tête. À moins d'une catastrophe survenant au cours des deux ou trois heures suivantes, Prue avait trouvé son homme.

La catastrophe n'eut pas lieu. Ils dansèrent presque sans interruption. Parfois ils jitterbuggaient, virevoltant, se séparant, se réunissant de nouveau, parfois ils dansaient si serrés l'un contre l'autre que Prue entendait battre le cœur de son partenaire.

Puis le *God Save the King* retentit. Rudolph se redressa, le regard fixe, solennel, droit comme un *i*. Prue essaya de l'imiter, mais ne put s'empêcher de lui jeter un coup d'œil pour vérifier s'il n'avait pas bougé.

Les gens commençaient à partir. Tenant Prue par la main, Rudolph la raccompagna à la table de Stella et de Philip. En les voyant, ce dernier, qui avait l'air las et ennuyé, se ranima. Rudolph s'assit près de lui.

« Vous ne jouez pas aux échecs, par hasard ? demanda l'invalide. Impossible de trouver un partenaire dans le coin.

— Quelle coïncidence ! s'exclama Rudolph. Je suis moi aussi en manque d'échecs.

— Alors, venez donc nous voir demain, je vous en prie.

— Comptez sur moi. » Rudolph serra la main de Philip comme pour conclure un marché. Stella se leva et commença à pousser le fauteuil.

Elle aussi, son moment d'allégresse passé, accusait la fatigue. Rudolph lui prit les poignées des mains. « Laissez-moi faire, dit-il. Mon grand-père a été dans une chaise roulante pendant des années. Je les conduis plutôt bien. »

Prue et Stella le regardèrent foncer à travers la salle vide, évitant adroitement chaises et tables.

« C'est le genre d'occasion où l'on pourrait croire en Dieu, dit Prue. Il doit avoir jeté un coup d'œil en bas, sur la Terre, et inspiré à Philip l'idée d'une partie d'échecs.

— Tu pourrais aussi l'appeler un heureux hasard.

— En tout cas, ça sauve la situation. Je me demandais quoi faire. Le temps nous est compté. Maintenant, au moins, Rudolph et moi nous nous reverrons dans votre cuisine.

— Tu peux rester chez nous aussi longtemps que tu veux. Nous sommes très contents de t'avoir. Je dois aller chercher la voiture. »

Tandis que Stella installait Philip sur le siège du passager, Prue et Rudolph, l'un près de l'autre, la regardaient, baignés par le clair de lune.

« Fichtre ! » s'exclama Prue en frissonnant. Rudolph se tourna vers elle, son sourire d'un blanc électrique brillant dans l'obscurité. Puis il alla aider Stella à ranger le fauteuil dans le coffre.

Depuis la banquette arrière, Prue lui fit adieu de la main. Il n'avait même pas tenté de l'embrasser poliment sur la joue. Mais elle se contenterait de ce qu'elle avait pour le moment. Mieux valait ne pas paraître pressée, comme disait sa mère, qui ne mettait pas souvent ses propres conseils en pratique.

« Un vrai gentleman, ce Rudolph », commenta Philip.

Prue allait acquiescer lorsque, de sa voix émouvante, Stella entonna *They Can't Black Out The Moon*. Comme Prue le savait, à la différence de Philip, c'était la chanson qu'elle avait chantée au pub, le soir où Joe était tombé amoureux d'elle.

CHAPITRE 10

Prue ne parvint pas à s'endormir. Son corps était parcouru de décharges électriques, des décharges d'émerveillement, supposait-elle. Elle repensa à sa rencontre avec Barry n° 1. Elle avait alors connu des sensations semblables, mais pas tout à fait. Quel que fût le sentiment qu'elle éprouvait maintenant, il était plus fort. Peut-être cela avait-il quelque chose à voir avec l'idée que Rudolph Vincent Basie Junior était peut-être enfin le *bon*.

Comment pouvait-elle s'en assurer ? Ils avaient simplement dansé ensemble pendant trois heures en échangeant à peine une parole. Mais Prue trouvait qu'ils avaient été très proches. Elle comprenait à présent les gens qui affirmaient avoir rencontré quelqu'un qu'ils avaient l'impression d'avoir connu toute leur vie. Les mots étaient inutiles, ils communiquaient par ondes magiques. Malgré tout, elle était impatiente de parler avec Rudolph. Quand ? Ils n'avaient pas pris rendez-vous. Il n'y avait eu que la promesse d'une partie d'échecs avec Philip. Prue se tourna et se retourna dans son lit, horriblement éveillée, énervée par ces conjectures.

À cinq heures, il faisait presque jour. Du lit étroit de James, elle pouvait distinguer les jouets rangés sur la haute étagère du mur opposé. Il y avait là plusieurs trains en bois, un moulin et toute une ménagerie d'animaux en peluche. Un singe au sourire lubrique la regardait, se moquant de ses pensées stupides. Elle ferma les yeux, attendant qu'il soit l'heure de se lever.

Prue était déjà dans la cuisine quand Stella et Philip apparurent en s'excusant de leur retard.

« Nous n'avons pas l'habitude de ces heures indues, dit Philip. Et ton jeune pilote a appelé à huit heures, avant de commencer son service. Il viendra prendre le thé. »

Tous les tourments nocturnes de Prue s'évanouirent. Ne resta que l'émerveillement.

Après le petit déjeuner, elle partit se promener sur le chemin du marais, histoire de tuer le temps. Une forte brise courbait les joncs, les nuages se pourchassaient dans le ciel. D'ordinaire, ils l'auraient enchantée, mais c'est à peine si elle les voyait. Dans sa tête, elle continuait à danser, la grande main tiède de Rudolph sur sa taille.

À son retour, elle aperçut une voiture militaire garée dans l'allée de la maison. Assis à la table de la cuisine, Rudolph était absorbé par une partie d'échecs avec Philip. Il leva à peine la tête quand elle entra. « Salut, Prudence, j'ai pu me libérer une heure plus tôt.

— Salut. » Bien que peu timide d'habitude, Prue ressentit soudain l'envie d'être invisible. Persuadée que Rudolph ne remarquerait rien si elle montait un moment dans sa chambre pour vérifier son apparence et choisir un nœud plus coloré, elle s'éclipsa. Sa main tremblait tellement qu'elle se mit du mascara sur les joues et dut recommencer plusieurs fois l'opération. Lorsqu'elle revint dans la cuisine une demi-heure plus tard, les deux hommes jouaient toujours. Stella sortait des scones d'un moule à gâteau. Elle sourit à Prue et lui demanda de trouver la confiture de fraises. Dans une sorte de transe, Prue se mit à ouvrir les placards et à farfouiller parmi les pots comme une aveugle. Stella éclata de rire. « Toi alors ! » dit-elle à voix basse.

La partie se poursuivit pendant le thé et continua jusqu'au crépuscule. Lorsqu'elle se termina enfin, Philip reconnut un peu à contrecœur que Rudolph était un joueur expérimenté. « Et un adversaire intéressant, ajouta-t-il.

— Cela fait longtemps que je n'ai pas passé un après-midi aussi agréable », dit Rudolph. Ni Prue ni Stella ne savait qui avait gagné. Ne connaissant rien aux échecs, elles ne posèrent pas de questions.

« Venez aussi souvent que vous voulez, à n'importe quelle heure, dit Philip.

— Pourquoi ne restez-vous pas dîner ? » Debout devant la cuisinière, Stella mettait des feuilles de laurier dans un ragoût. « C'est bientôt l'heure de passer à table...

— Ce serait avec grand plaisir, merci madame. » Rudolph se leva et s'inclina devant Stella. Finalement, il regarda Prue. « Si nous allions faire un tour ? Je ne connais pas cette partie de la côte. Vous pourriez me montrer la plage. » Il lui adressa un de ses étonnants sourires.

« Oh oui, j'aimerais bien, répondit Prue d'une toute petite voix. Tu permets, Stella ?

— Bien sûr. Vas-y.

— Je te donnerai un coup de main à mon retour. » Regardant Rudolph, magnifique dans son uniforme, Prue se dirigea en trébuchant vers la porte.

Ils descendirent le chemin du marais jusqu'à la plage, puis grimpèrent dans les dunes. Le ciel était de ce pourpre foncé qu'on voit parfois au début du printemps, avant la tombée de la nuit. La lune y dessinait un disque couleur ivoire.

« Fichtre ! » finit par s'exclamer Prue qui n'avait pas trouvé un seul mot à dire sur la route. « Je crois que nous avons de la chance. La lune, pas de pluie, pas de vent, juste le bruit de la mer. Waouh ! »

Rudolph rit. Il lui prit la main et la tira à travers les oyats. Au sommet des dunes, ils découvrirent un creux qui avait gardé la chaleur du soleil. Ils s'y blottirent. Derrière eux, le marécage étendait ses digues boueuses, les roseaux s'inclinaient vers des voiliers lointains qui attendaient la marée haute. La plage était déserte.

Rudolph désigna une structure angulaire qui

émergeait de l'eau à une centaine de mètres. « On dirait une épave, dit-il.

— C'en est une. Stella m'a dit que, pendant la guerre, elle servait de cible à l'entraînement des soldats.

— Ah bon. » Rudolph cessa très vite de s'intéresser à l'épave. De son bras, il entoura les épaules frissonnantes de Prue. Puis il l'embrassa.

Si les baisers étaient un tissu, dirait plus tard Prue à Stella, ceux de Rudolph auraient été du velours. Jamais elle n'avait connu pareille douceur. Ensuite, il se redressa tout en gardant son bras autour de ses épaules. « D'habitude, je n'aime pas précipiter les choses, déclara-t-il après un silence que Prue avait meublé de points d'interrogation, mais j'ai l'impression que le temps joue contre nous. J'ai quelques jours de permission. Peut-être pourrions-nous sortir ensemble. Nous balader. Qu'en dis-tu ? »

Prue adorait son accent traînant, sa voix suave. Elle lui demanda de quelle partie des États-Unis il était originaire.

« De Savannah, en Géorgie. À quelques kilomètres au nord de la ville. Ma famille, plus exactement mon père, y possède une ferme. Ma mère est morte l'année dernière. » Rudolph changea de position, caressa d'un doigt la nuque de Prue. « Une avenue de vingt-cinq kilomètres bordée d'azalées conduit au centre de Savannah. Je donnerais cher pour te la montrer au moment où ces arbustes fleurissent. C'est éblouissant. »

Prue gloussa. N'ayant jamais vu une azalée,

elle était incapable d'imaginer l'artère en question. Elle voulait en revenir aux baisers. « Je suis heureuse que tu aies une permission, dit-elle. Oui, sortons ensemble. Je peux rester ici aussi longtemps que je veux.

— Formidable. » Rudolph l'embrassa, un peu moins doucement cette fois. Puis, à la surprise de sa compagne, il s'arrêta de nouveau. N'avait-il pas envie, comme elle, de continuer indéfiniment ? « Dommage qu'il n'y ait pas d'étoiles ce soir, dit-il. Je pense que nous devrions attendre un ciel étoilé.

— Tu crois ? » Prue avait froid. Elle se remit à frissonner. « C'est important, les étoiles ?

— Ça l'est pour moi. Elles me rappellent que je ne suis qu'un grain de sable posé sur cette terre pour peu de temps. » Il tendit la main à Prue. « Nous devrions aller aider ton amie à préparer le dîner. » Prue faillit répliquer que Stella se débrouillerait très bien sans eux, mais elle se ravisa. Elle éprouvait une légère déception, une pointe d'impatience. Pourquoi attendre ? Si le temps jouait contre eux, s'ils étaient des grains de sable prêts à être emportés par la marée, comme l'imaginait Rudolph — elle aimait imiter sa drôle de façon de voir les choses —, alors raison de plus pour ne pas perdre un instant.

Sur le chemin du retour, elle passa son bras sous celui de Rudolph. Ce dernier lui décrivit son professeur d'anglais, dans le secondaire, qui tenait à ce que ses élèves acquièrent un riche vocabulaire. « Avant les vacances, il nous donnait une liste de mots, dont certains très recherchés, que nous devions apprendre et employer à bon escient. À la fin de mes études, on se moquait parfois de mon langage, mais ça m'était égal. J'en étais assez fier. » Il rit. « Un des premiers mots que j'ai appris m'est revenu ce soir : *déliquescent.*

— Qu'est-ce que ça veut dire ? » demanda Prue, qui, au fond, s'en fichait. Elle n'était pas là, au clair de lune, pour prendre une leçon d'anglais. Cependant, lorsque Rudolph se pencha pour l'embrasser de nouveau, elle lui pardonna.

« Ça veut dire qui se liquéfie, qui fond. Parfois, on se sent comme ça. Quelqu'un peut vous faire vous sentir comme ça. Tout à l'heure, dans les dunes, j'ai eu l'impression que tu fondais. Moi, en tout cas, c'est ce que j'ai ressenti. On pourrait dire que nous fondions tous les deux… » Il dégagea son bras et prit la main de Prue en riant. « D'ailleurs, nous continuons peut-être à fondre. Tu sais — je ne devrais pas te le dire — mais quand je t'ai vue hier soir à l'autre bout de la salle… eh bien, mon cœur s'est arrêté. Tous les clichés possibles me sont venus à l'esprit. On aurait dit que j'avais reçu un coup dans le plexus. Je ne savais plus que faire, comment me comporter…

— Tu t'en es pas mal tiré », plaisanta Prue. Elle retrouvait sa bonne humeur. Inconsciemment, ils ralentirent le pas pour retarder le moment de rentrer.

« Tu es la fille la plus envoûtante que j'aie jamais... murmura Rudolph. Dieu sait ce que tu pourrais faire à un homme. »

Ils atteignirent la porte de derrière de la maison. Prue gloussa. « Eh bien pour moi, ça finit toujours mal, dit-elle. J'en ai connu des désastres et des déceptions ! On dirait qu'il est très difficile de trouver un type bien, de l'aimer et d'être aimée en retour. Mais je n'ai pas renoncé à le chercher. »

Ils s'embrassèrent encore une fois, puis se séparèrent à contrecœur tels des filets emmêlés. Prue savait qu'en apercevant ses joues cramoisies Stella comprendrait aussitôt la nature de leur promenade sur la plage. Peu lui importait. Elle avait son homme à présent, non ? Si elle menait bien son jeu, Rudolph lui demanderait peut-être de l'accompagner aux États-Unis. Ils pourraient alors descendre l'avenue des azalées comme il le désirait, même si pour elle ce n'était pas une priorité. Rudolph alla chercher une bouteille de vin dans sa voiture.

Pendant le dîner, Stella annonça que James revenait le lendemain : il en avait assez de ses grands-parents de Cromer et voulait rentrer chez lui.

« Bien entendu, tu peux rester, dit-elle à Prue, si ça ne t'ennuie pas de dormir sur le canapé. James est encore trop petit pour y passer la nuit.

— Le canapé me convient parfaitement. Je

suis contente que James revienne. J'ai hâte de le connaître. » Prue regarda Rudolph.

« Je pense avoir une solution, déclara soudain celui-ci. J'ai quatre jours de permission et j'aimerais emmener Prue... Nous pourrions explorer la région, découvrir de petits hôtels qui servent du poisson grillé, louer un bateau pour dire bonjour aux phoques... » Sa voix s'estompa. Il y eut un long silence.

Sans regarder Prue, Stella répondit : « C'est une excellente idée.

— Je suis du même avis, affirma Philip, à condition qu'à votre retour vous me donniez ma revanche aux échecs, Rudolph.

— Avec plaisir. »

Cette nuit-là, Prue dormit profondément. Elle rêva que Rudolph et elle dansaient sur une plage déserte. Un tas de phoques, en équilibre sur leurs queues, les applaudissaient avec leurs nageoires.

Le lendemain matin, Stella partit chercher James en voiture. Ce garçonnet de trois ans ressemblait tellement à Joe que Prue s'arrêta juste avant d'en faire la remarque. Content de rentrer chez lui, il se précipita sur les genoux de Philip pour lui montrer des coquillages rassemblés dans un sac en papier.

« C'est bien le fils de son père, commenta Philip. Enfant, je collectionnais un tas de coquillages dont j'encombrais mes pauvres parents. » Prue n'osa pas regarder Stella.

Ils ne jouèrent qu'un moment avec l'enfant

car Rudolph ne tarda pas à arriver. Bien qu'en permission, il portait toujours son uniforme gris-vert qui, aux yeux de Prue, l'embellissait. Ils partirent dans la Sunbeam, ayant décidé que ce serait plus agréable que de prendre la voiture militaire. Ils longèrent la côte, puis entrèrent dans les terres. Habités par l'impatience, ils ne se donnaient pas la peine de consulter la carte. De temps à autre, Rudolph posait la main sur la cuisse de Prue et lui adressait un de ses sourires en coin. Quant à Prue, elle regardait ses pieds s'agiter dans leurs sandales rouges à bride et à boucle argentée. Rouler en Sunbeam avec Rudolph ne pouvait se comparer à ses balades avec Johnny…

Rudolph fit prolonger sa permission de deux jours. Bien qu'explorer le Norfolk ne fût pas leur but principal, ils longèrent la plus grande partie de la côte, s'arrêtant dans des villages pour visiter des églises glaciales entourées de cimetières où broutaient des moutons et où roucoulaient des colombes. Ils cherchaient avant tout des endroits où faire halte. La nuit, il y avait les chambres froides et austères au-dessus des pubs ou les petits hôtels. Le jour, ils choisissaient les bois, des champs, des endroits dans les dunes où ils supposaient que personne ne venait hors saison. Rudolph avait apporté des couvertures, des boîtes de saucisses de Francfort et de viande achetées à la base. Certains jours, il ajoutait de la salade de fruits en conserve agrémentée de cerises molles. Il semblait toujours pourvu d'une Thermos de café et de barres de chocolat au lait Hershey, avec ou sans noisettes. Le soir, ils dînaient de bonne heure dans un pub, le plus souvent de fish & chips, suivis d'un pudding recouvert de crème instantanée. Rudolph était devenu très friand de ce symbole anglais qui avait survécu à la guerre, même si Prue lui assurait qu'il aurait raffolé encore davantage de la version maison de Mrs. Lawrence.

Ils avaient fait l'amour pour la première fois une heure après avoir quitté Stella et Philip. Ils s'étaient garés au bout du cap où le blé commençait tout juste à verdir et avaient trouvé un creux de terrain caché par des aubépines. Au-dessus d'eux, des hêtres, des ormes et des frênes s'élançaient vers des nuages chargés de pluie. Par des brèches dans les buissons, ils voyaient la mer : elle se confondait si intimement avec le ciel que seul un éclat de lumière révélait l'eau, les vagues, le courant.

Il faisait froid. Ils s'allongèrent sur l'une des couvertures, se couvrirent de l'autre. Alors qu'ils se contorsionnaient pour enlever leurs vêtements, la couverture s'envola et ils sentirent l'air vif leur glacer les membres. Soudain, ils eurent chaud, très chaud : Rudolph avait les tempes en sueur. Puis il y eut une légère averse. Les gouttelettes les rafraîchirent. Ils se mirent à rire sans trop savoir pourquoi. Un souvenir d'enfance vint à l'esprit de Prue : elle était à une foire, dans une balançoire en forme de barque. Agrippant les cordes rugueuses, elle s'élevait dans le ciel, descendait, remontait, redescendait. À chaque montée, elle avait l'impression de pénétrer dans l'azur, de voir quelque chose de l'autre côté. Elle éprouvait la même sensation à présent.

Toujours allongée, Prue regarda Rudolph s'asseoir, se sécher le visage avec sa chemise d'uniforme avant de l'endosser. « J'espère que tu vas mettre ta cravate, dit-elle.

— Quoi ? Dans ce désert ? Est-ce nécessaire ? Et ma casquette, je dois la mettre aussi ? Tu veux que je te salue ? »

Prue rit. « J'aime ton uniforme. C'est le plus joli que j'aie jamais vu, mis à part celui des volontaires agricoles. »

Obéissant, Rudolph jeta une cravate en coton kaki autour de son cou, il la passa sous son col impeccable et la noua de ses longs doigts agiles. « Ça te va comme ça ?

— C'est parfait. » Prue s'assit et récupéra son nœud jaune que le vent avait poussé plus loin.

« J'aime tes nœuds, dit Rudolph. Est-ce que leur couleur est censée transmettre un message ?

— Bien sûr », affirma Prue qui n'y avait jamais songé. C'était une bonne idée. « Je te laisserai deviner. » Elle ramassa ses chaussures, se pencha, attacha la bride. Puis, plutôt que de se démener sous la couverture pour se rhabiller, elle se leva et fit face à Rudolph, toujours assis par terre. Elle se tint devant lui, légèrement cambrée, les mains sur les hanches.

« Eh bien, Prue, je n'oublierai jamais ce spectacle. Je dirai à mes petits-enfants qu'un jour j'ai vu une fille nue en chaussures rouges avec un nœud jaune dans les cheveux. Elle se trouvait au milieu de la verdure, près de la mer, et la pluie qui gouttait des branches la faisait étinceler… » Rudolph débita tout cela d'une voix douce, lente, moqueuse comme s'il n'osait pas se montrer sérieux. Et sa voix donna à Prue des frissons de plaisir.

« Oh ! » s'exclama-t-elle. Rudolph se pencha et embrassa ses cuisses tour à tour. Sous une nouvelle averse, il s'agenouilla devant elle. Prue posa ses mains, l'une au-dessus de l'autre, sur la tête de son amant.

Plus tard, il sortit la Thermos de café, un remontant bienvenu après leurs ébats. Ensuite, ils somnolèrent entre les deux couvertures, écoutant la pluie qui parfois tombait en rafales, parfois dérivait doucement. Dans l'un des arbres, un oiseau se déplaçait d'une branche à l'autre, essayant diverses notes qui finirent par former un chant joyeux.

« Dire que j'ai passé tout ce temps dans l'armée de terre et que je ne sais toujours pas reconnaître les oiseaux, à part les poules », dit Prue. Rudolph rit. Comme Prue devait le raconter plus tard à Stella, ils parlaient peu. Cela ne semblait pas nécessaire. Leur désir et leur entente n'auraient pu être accrus par des mots.

Les jours suivants, ils firent l'amour dans presque tout le Norfolk : au bord de champs de choux, dans des granges, des meules de foin, les dunes, sur la plage.

« C'est comme ça qu'on apprend à connaître le pays », dit une fois Prue en brossant la terre collée à sa jupe. La nuit, ils dormaient peu, allongés dans les lits inconfortables de chambres sombres aux meubles hideux, où des odeurs de cuisine montaient à travers le plancher. Ils étaient toujours affamés. Un jour, ils rencontrèrent un pêcheur qui leur vendit deux homards. Ils persuadèrent le vieux cuisinier d'un pub moribond de les leur préparer — histoire de changer du fish & chips. Dans les moments où ils ne faisaient pas l'amour, ils se racontaient des bribes de leur vie. Rudolph assura à Prue que se séparer de Barry était une sage décision — elle n'avait pas parlé du bébé. Les anecdotes qu'elle rapportait sur les hommes qu'elle avait connus l'amusaient. Lui essaya de décrire les sensations qu'on éprouve quand on fend le ciel vide dans un avion ultrapuissant et ultrarapide : une ivresse mêlée de terreur, admit-il. « Et, tu sais, je suis membre du club de l'Œuf Coque.

— De quoi diable s'agit-il ?

— Eh bien, après de longues missions au-dessus du territoire ennemi, certains de nos pilotes rentraient avec tout juste assez de kérosène pour voler quelques minutes. Souvent, ils n'atteignaient pas la base. Les plus chanceux devenaient membres du club.

— C'est terrifiant. Je ne pourrais pas m'imaginer…

— Risquer à tout moment une mort horrible, et cela pendant une année entière, ça vous affecte forcément. » Rudolph semblait secoué. Prue lui prit la main.

Pour le distraire de ses sombres pensées, elle passa du tragique au quotidien. Elle lui décrivit sa mère. « J'aimerais faire sa connaissance », dit Rudolph, retrouvant sa gaieté. Ils étaient assis au bar d'un pub près du débarcadère et buvaient du ginger ale.

« Oh, sûrement pas ! s'écria-t-elle si fort que des pêcheurs tournèrent la tête. Si je ramenais un petit ami noir à la maison, elle piquerait une crise de nerfs. Elle ne te laisserait pas entrer et menacerait de ne plus jamais me parler. Elle dit que la peau noire lui donne la chair de poule, ce qui ne l'empêche pas de fréquenter les Blancs les plus répugnants... Elle a de terribles préjugés. Pour elle, les Noirs sont l'espèce humaine la moins évoluée. »

Rudolph contempla le fond de son verre. « Beaucoup de gens ici partagent ses opinions, dit-il. C'est pour ça que je porte presque tout le temps l'uniforme. Les militaires noirs font moins peur. En fait, ils étaient très appréciés pendant la guerre quand les maris étaient au combat. Ils ont laissé un tas de bébés américains derrière eux.

— Ce qui indignait ma mère. Je déteste ce côté-là chez elle, mais elle ne changera plus.

— Peut-être m'accepterait-elle si tu lui disais que je suis juste un copain.

— Ça ne marcherait pas, crois-moi.

— Eh bien tant pis, j'y renonce. » Rudolph secoua la tête, puis se tourna vers Prue en souriant. « Tu me considères comme ton petit ami, alors ? »

Prue ne répondit pas tout de suite. Elle réfléchit avec tout le sérieux dont elle était capable. « Nous avons été tellement… occupés que je n'y ai pas vraiment pensé. Et nous n'avons jamais parlé des sentiments que nous éprouvons l'un pour l'autre, n'est-ce pas ?

— Non. En principe, il vaut mieux ne pas le faire si tôt.

— Même quand c'est évident ?

— Oui.

— Mais le temps presse. » Prue perçut une pointe d'anxiété dans sa propre voix. La vie était courte, Rudolph, comme tant de soldats, ne le savait que trop bien, il comprendrait son impatience.

« Peut-être que oui », dit-il. Il la regarda, ses yeux noirs plus graves qu'elle les avait jamais vus. « Peut-être que non. »

Tout comme le ciel et la mer du Norfolk se confondaient, les jours s'écoulaient l'un après l'autre sans séparation bien définie. Prue parvenait à repousser l'idée que leurs vacances allaient inévitablement se terminer. Elle ne voulait vivre que dans le moment présent. Aussi, quand Rudolph lui annonça le dimanche matin que c'était son dernier jour de permission, qu'il reprenait son service le lundi, elle en resta abasourdie. Le temps lui jouait un tour pendable : il lui avait glissé entre les doigts sans prévenir.

Comme la journée était belle, ils décidèrent d'aller voir les phoques. Ils emportèrent un pique-nique, les couvertures pleines de sable et des manteaux pour se protéger de la brise glaciale qui soufflait de la mer.

La plage était presque déserte. Ils n'aperçurent qu'un vieil homme qui ramassait des coques. Pieds nus, ils marchèrent sur le sable dur, ridé par des millions de marées. Côte à côte, sans se toucher, en silence, sentant le soleil sur leur dos.

Les phoques s'assemblaient tout au bout de la plage, là où elle s'inclinait vers un chenal aux vaguelettes clapotantes pour rejoindre la mer. Cette pente offrait aux phoques une sorte de toboggan qui leur permettait de glisser dans l'eau, où une douzaine d'entre eux jouaient à cache-cache. Ils disparaissaient, puis leurs nez noirs pointaient à la surface, loin de l'endroit où ils avaient plongé. Remonter se sécher se révélait plus délicat, et leurs efforts maladroits étaient comiques. Arrivés au sommet, ils se roulaient par terre, épuisés, et s'éventaient de leurs nageoires.

Rudolph et Prue posèrent leurs couvertures en haut de la pente, mais à une centaine de mètres des phoques : ils ne voulaient pas les déranger. Le cœur de Prue battait la chamade. Elle savait que c'était le jour où ils devraient prendre une sorte de décision : se dire adieu temporairement ou faire des projets d'avenir. Ils s'allongèrent sur les couvertures, sa tête à elle reposant sur son bras à lui. Au bout d'un moment, Rudolph dit : « Je ne t'ai pas demandé quels étaient tes projets. Aujourd'hui, ça s'impose.

— Mes projets ? Mon Dieu, mes projets... » Prue fut prise d'une sorte de panique. Elle s'efforça de rassembler ses idées, de trouver ses mots. Elle voulait que sa réponse ne soit pas perçue par Rudolph comme la demande d'une promesse, mais qu'elle l'assure simplement de ses sentiments. « Avant de venir chez Stella, je pensais retourner à Manchester prendre mes affaires et m'installer dans cet appartement de Brighton que Barry met à ma disposition.

— D'accord. Ça, c'était avant de venir. Mais maintenant ?

— Ça reste valable, je suppose. » Prue se tourna vers Rudolph. « Et toi, que vas-tu faire ? »

Il se redressa pour pouvoir la regarder. « C'est pas facile, bon sang. Je rentre chez moi à la fin du mois. Je quitte l'Air Force et reprends la ferme de mon père. Il a des problèmes de santé. J'ai toujours voulu être fermier, mais la guerre a retardé ce projet.

— Oui, bien sûr. »

Rudolph ôta sa veste Eisenhower dont le vert plaisait à Prue et la lui glissa sous la tête. « J'ai beaucoup apprécié mon séjour ici. Ce pays me manquera.

— Alors, reste. Tu t'es bien débrouillé jusqu'à maintenant. Être capitaine à ton âge... »

Rudolph eut un petit rire. « Ce n'était pas très difficile, crois-moi. Il y a eu tellement de morts parmi les pilotes — soixante-dix mille rien que dans la Huitième Air Force. Presque tous ceux qui ont survécu jusqu'à l'âge de vingt-quatre ans ont été promus à ce grade. C'était surtout une question de chance.

— Tu es trop modeste.

— Je t'assure que non. » Ils regardèrent une mère phoque qui, du nez, poussait son bébé en haut de la pente. « En tout cas, Prudence — Prue —, je ne voudrais pas que notre histoire se termine là. Sans espoir. Sans projets d'avenir.

— Moi non plus. » Tout en disant cela, Prue sentit un léger doute l'assaillir. Étant donné qu'elle considérait Rudolph comme son homme, cette constatation la déconcerta.

« Il y a peut-être un moyen. Tu pourrais m'accompagner aux États-Unis.

— Comme quoi ? Ta petite amie ? » Les nuages, soudain, filèrent plus vite au-dessus d'eux.

« Non, non, bien sûr que non. » Il lui prit la main. « Comme ma femme. »

Prue se redressa, surprise. « Bon sang ! Doux Jésus ! De toute la semaine, tu ne m'as jamais indiqué par aucun signe que tu pensais à moi comme à une *épouse* possible. Comme amante, oui. Nous sommes les meilleurs amants du monde, n'est-ce pas ? De là à se marier…

— Nous étions trop occupés pour parler sérieusement. Et je ne voulais pas t'embêter avec ce genre de considérations. Je n'avais qu'un désir :

te rendre heureuse. Mais pour moi, ça a été le coup de foudre. Ça arrive, j'y crois dur comme fer. Tu dois avoir deviné la force de mes sentiments.

— Je n'étais pas sûre…

— Eh bien voilà où j'en suis. Je t'aime. Tu es la fille la plus merveilleuse que j'aie jamais rencontrée. Je ne t'ai pas acheté de bague parce que je n'ai pas pu en trouver une de convenable dans ce bled. Mais je veux t'épouser. Y réfléchiras-tu ? »

Prue écarta une mèche de ses yeux. Maintenant que Rudolph s'était déclaré et lui avait offert un avenir en tant qu'épouse aux États-Unis, sa propre certitude était ébranlée. « Doux Jésus, répéta-t-elle. C'est une drôle de décision à prendre. Une grande décision.

— Je ne te presse pas. Nous avons le temps. Tout ce que tu as à faire, c'est de m'écrire pour me dire que tu viens… » Rudolph réprima un soupir. « … Ou que tu ne viens pas.

— D'accord.

— En apprenant que j'allais être affecté ici, Ed, mon meilleur copain — il est tombé le dernier jour de la guerre —, m'a dit : "Rudi, trouve-toi une chic fille anglaise. Trouve-toi une bonne épouse." Il serait fou de joie s'il savait que je t'ai trouvée toi. » Rudolph marqua une pause. « J'ai connu d'autres filles, mais rien de sérieux. On ne m'a jamais brisé, ni même meurtri le cœur. Ça a toujours été "merci madame et adieu".

— Ça a été pareil pour moi, même si j'ai

beaucoup aimé Barry n° 1. Je l'aurais épousé. Il a été tué quelques mois après sa mobilisation… Après lui, je n'ai pas eu de chance.

— Et maintenant ?

— Que veux-tu que je te dise ? Je viens de passer l'une des meilleures semaines de ma vie. Je ne l'oublierai jamais.

— Alors, peut-être… Mais je devrais sans doute t'en dire davantage sur le lieu de ma naissance, sur la vie dans le Sud profond. À mon retour, je vivrai dans la grande maison — enfin, pas si grande que ça — et mon père déménagera dans une maison plus petite, à un kilomètre plus bas.

— Cela ressemble à l'arrangement entre Mr. Lawrence et Joe, dit Prue sans donner d'explications.

— Toi qui t'y connais en agriculture, tu adorerais cet endroit. C'est de la bonne terre. Nous sommes loin d'être riches, mais nous nous en tirons pas mal. Je suis content d'y retourner. Un jour, j'aimerais avoir deux fils et une ou deux filles pour m'aider. Ça te dit ?

— Oh oui ! » Pendant une fraction de seconde, Prue entrevit ce que pouvait être ce genre d'existence.

« Dans ce cas, tu devrais venir voir ce que j'ai à t'offrir, puis te décider.

— C'est une bonne idée », dit Prue, consciente que sa voix manquait de conviction.

Rudolph enleva sa casquette. Soudain espiègle, Prue s'en coiffa pour dissiper le caractère solennel de leur conversation. « Ça te va très bien, déclara son amant en inclinant le couvre-chef de côté. Je vais me baigner. Tu viens ? » Prue secoua la tête. Rudolph se leva et se déshabilla en un tour de main. Trop loin pour les voir, le vieil homme qui ramassait des coques ne pouvait donc pas être choqué par sa nudité. Son grand corps musclé luisait au soleil. Il s'élança vers l'eau. Les phoques s'écartèrent sur son passage. En souriant, Prue le regarda nager au milieu des animaux peu effarouchés. Curieux, certains s'approchaient tellement de lui qu'il aurait pu les toucher. Lorsqu'ils plongeaient, Rudolph les imitait, participant à leur jeu.

Tout en contemplant le ciel familier, le clocher d'une église lointaine et l'interminable étendue de la plage étincelante, Prue se disait qu'elle devrait réfléchir à la proposition qu'on venait de lui faire. Elle n'en avait aucune envie : elle voulait que cette dernière journée fût aussi insouciante que toutes les autres passées en compagnie de Rudolph : juste quelques heures de sensations merveilleuses. Son instinct la poussait à saisir sa chance. Ce bel Américain et elle semblaient avoir trouvé une rare intimité qui ne pouvait être que de l'amour — même si l'amour était difficile à définir. Elle désirait Rudolph à tout instant du jour et de la nuit et, à certains moments, sous leur extraordinaire passion, elle pensait détecter un amour susceptible de durer, un amour assez fort pour surmonter les difficultés. Elle eut une vision de leur mariage : il aurait lieu dans une église du Norfolk puisque c'était l'endroit où ils s'étaient rencontrés. Sa mère brillerait par son absence, mais elle n'aurait à s'en prendre qu'à elle-même. Même si c'était son second mariage, Prue n'en porterait pas moins une robe blanche et des plumes claires dans les cheveux.

Rudolph se tenait à côté d'elle, les jambes ruisselantes, une serviette autour des reins. « Voilà un bain que je n'oublierai jamais », dit-il. Alors qu'il se séchait, il envoya dans l'air une multitude de gouttes irisées. « À quoi pensais-tu ? »

Prue lui adressa son plus beau sourire. Elle avait beau se sentir sûre d'elle, elle voulut mettre sa certitude à l'épreuve. « Je me disais que nous ne nous connaissions que depuis une semaine. Cela suffit-il pour se lier pour la vie ? »

Rudolph se pencha et lui caressa la joue d'un doigt glacé. « Comme le disait ma mère, Dieu répand ses bienfaits selon Son plan à Lui. Il nous montre que le temps n'a pas d'importance. Parfois il est évident qu'une personne vous est destinée, il faut alors saisir sa chance. Nous devrions reconnaître les signes, avoir confiance. Je t'aime, tu sais.

— Je t'aime aussi. » À ce moment-là, c'était vrai. Mais elle voulait aussi cesser de parler. Elle tira sur la serviette.

Ils firent l'amour si longtemps qu'ils ne se rendirent compte de l'arrivée de la marée que lorsque l'eau recouvrit les bords du chenal. Il était trop tard pour pique-niquer. En hâte, ils rebroussèrent chemin sur le sable, plus froid à présent que le soleil avait disparu derrière un nuage. Le ramasseur de coques était parti. Ils étaient épuisés, étourdis et gelés malgré leurs vestes. Le fond du pantalon kaki de Rudolph était humide et couvert de sable. Dans la douce chaleur qui régnait à l'intérieur de la Sunbeam, ce dernier inscrivit son adresse sur un bout de papier. Il déclara qu'il devait être de retour à la base à six heures et qu'il était temps de prendre congé.

Leur long baiser d'adieu recelait une promesse. Lorsqu'ils se séparèrent enfin, Prue posa la question qui lui avait trotté dans la tête toute la journée. Quel genre de ferme Rudolph avait-il en Géorgie ?

« Pourquoi ? voulut-il savoir. Tu as une préférence ? Tu m'as dit que tu aimais traire. Nous avons peu de vaches, mais beaucoup de cochons. Environ deux cents. Nous augmentons sans cesse notre cheptel.

— Des cochons ?

— Oui. » Rudolph mit le contact en riant. « Tu n'aimes pas ces bêtes ? Elles sont très sympathiques quand on les traite bien. » Il toucha la main de Prue. « Je t'aime », dit-il de nouveau.

Ils ne prononcèrent plus un mot pendant le reste du trajet.

Plus tard ce même soir, Prue fit part à Stella de la demande en mariage de Rudolph. Son amie commença par froncer les sourcils. « Eh bien, il est rapide ce gars-là, commenta-t-elle.

— Oui, c'est vrai.

— Qu'as-tu répondu ?

— Que je réfléchirais.

— Prends ton temps. Pèse soigneusement le pour et le contre. L'Angleterre te manquera, non ?

— Certainement. Ag et toi, vous me manquerez aussi. Personne d'autre, en fait. Ce serait un véritable saut dans l'inconnu. D'un autre côté, dès notre première rencontre, je me suis sentie très proche de lui. »

Stella eut un sourire désabusé. « C'est ce qu'on ressent parfois en dansant. Même avec un inconnu.

— Non, c'était plus que ça. Il m'a complètement chamboulée. Et ce qui était formidable, c'est que nous n'avions même pas à parler. C'est tout juste si nous nous sommes raconté quelques épisodes de notre vie. Dans ce domaine, Rudolph m'a rappelé Joe. Ses silences étaient aussi attachants que ses mots. »

Stella lui tendit un verre de vin. « Est-ce qu'il t'aime ? Et toi, est-ce que tu l'aimes ?

— Je crois. Je réponds oui à tes deux questions.

— Parce que les États-Unis, c'est bien loin pour découvrir ensuite que tout cela n'était qu'un beau rêve.

— Je sais. Que dois-je faire ?

— Si tu décides de le rejoindre, ne promets rien. Vois les choses par toi-même : une autre culture, ses amis à lui, que tu devras adopter à défaut d'avoir les tiens. Mais je suppose que tu serais contente de retourner dans une vraie ferme.

— Tout à fait. Quoique les cochons… Je ne suis pas sûre de pouvoir m'en occuper de nouveau.

— Bien sûr que si. Sly, tu l'aimais beaucoup, souviens-toi. Maintenant que cette semaine irréelle est terminée, tu vas y voir plus clair. Une semaine ne suffit pas pour acquérir une certitude. Mais la vie est pleine de surprises. La révélation de ce qui est juste et bon peut vous tomber dessus et perdurer. J'admets que cela arrive rarement. Tu as besoin de te calmer, de dormir. Et la solution se présentera. Pourquoi ne restes-tu pas une autre semaine ?

— Je ne peux pas. Tout serait différent. Ça m'embrouillerait les idées. Je dois rentrer, déménager à Brighton. Merci de ton offre en tout cas. Tu es pleine de sagesse, Stella. Je n'oublierai jamais mon séjour ici, avec toi et Philip. »

James se précipita dans la pièce, en pyjama. Stella lui ébouriffa les cheveux. « Il ressemble tellement… » commença Prue, puis elle s'interrompit.

« Je ne sais pas ce que je ferais sans lui. »

Prue souleva l'enfant. Il était étonnamment lourd. La peau de sa joue contre la sienne avait la douceur des pétales de roses. Il sentait le lait et le chocolat. C'était la première fois que Prue tenait un garçonnet de trois ans dans ses bras. Ses yeux s'embuèrent de larmes. Elle pensa à ce qui aurait pu être, à ce qui était encore possible.

Bouleversée, elle rendit James à Stella. Si Rudolph et elle avaient un enfant, il n'aurait probablement pas ses yeux verts à elle, mais les yeux noirs de son père, des cheveux frisés et une peau couleur de miel. À cette pensée, Prue vida son verre, désireuse d'estomper l'avenir.

Le lendemain, elle repartit, étonnée que son désir pour Rudolph fût plus fort que tout ce qu'elle avait connu jusque-là, même si sa certitude de l'aimer comme elle avait aimé Barry n° 1 n'était pas au rendez-vous : d'une façon mystérieuse, elle avait diminué pendant la nuit. Cependant, la certitude était une notion insaisissable et capricieuse. À coup sûr, elle reviendrait bientôt.

Épuisée comme elle l'était, Prue trouva le voyage du retour interminable. Elle avait l'intention de passer une dernière nuit aux Mélèzes, d'emballer ses affaires et de partir pour Brighton le lendemain.

La bicyclette de Bertha n'était pas là. Se demandant si la gouvernante était déjà partie, Prue entra dans la maison. Elle ramassa quelques lettres qui l'attendaient dans le vestibule et gagna le salon. Là, elle constata aussitôt de légers changements : les coussins disposés autrement, des bougeoirs inconnus sur le dessus de la cheminée, deux pots de fleurs rouges hideuses sur le rebord de la fenêtre. Elle ressentit une vive contrariété. Sans doute déjà établie dans son rôle de gouvernante, sa mère n'avait pas tardé à imprimer sa marque sur cet intérieur.

Prue alla à la fenêtre et regarda le jardin dénudé. Il lui parut plus grand, mais ce n'était bien sûr qu'une illusion : le poulailler avait disparu. Johnny l'avait enlevé pendant qu'elle était dans le Norfolk. Elle avait oublié ce détail. L'absence des poules augmenta le sentiment de malaise qu'elle éprouvait depuis son retour dans cette maison.

Avec un pressentiment désagréable, elle monta sa valise dans la chambre d'amis où elle s'était installée lors de son dernier séjour. Barry s'étant montré généreux envers elle, elle lui avait rendu la pareille en lui cédant la grande chambre.

À la place des objets qu'elle avait laissés sur la coiffeuse, elle découvrit les dizaines de produits de beauté de sa mère : pots de crème, boîtes rondes de poudre Pond ornées de dessins de houppettes volantes, flacon d'eau de lavande — des choses tellement associées à son enfance, quand elle regardait sa mère se maquiller, qu'une sorte de chagrin s'ajouta à sa lassitude. Elle se demanda pourquoi : après tout, elle désirait que sa mère se sentît bien dans ses nouvelles fonctions. Elle ouvrit le placard. Ses vêtements avaient été poussés pour faire de la place aux robes amples de sa mère, affublées d'ourlets un peu voyants et de cols mous. Des chaussures en cuir perforé dont les côtés gardaient la forme des oignons de Mrs. Lumley encombraient le bas du meuble. L'ensemble dégageait une senteur de lavande mêlée d'une odeur de transpiration. Prue se tourna vers le lit.

Sur la table de chevet, elle aperçut un réveil dans un étui de cuir luxueux qu'elle n'avait jamais vu. Peut-être Barry avait-il trouvé une nouvelle personne à gâter ? Prue souleva une pochette en fausse fourrure qui imitait la forme d'un chat et dans laquelle Mrs. Lumley rangeait sa chemise de nuit. Quand elle était enfant et qu'elle se réfugiait dans le lit de sa mère les soirs d'orage, elle s'en servait comme oreiller. Elle s'allongea, ferma les yeux, la tête appuyée sur le chat.

Lorsqu'elle les ouvrit, sa mère se penchait au-dessus d'elle. « Oh, ma chérie, nous ne savions pas exactement quand tu rentrais. Ton absence a été longue. » Prue s'assit et les deux femmes s'embrassèrent. « Tu vas bien ? Tu m'as l'air fatiguée.

— Je vais très bien. Mon séjour là-bas a été formidable. Et toi, ça va ? »

Mrs. Lumley s'éloigna du lit. Elle tourna un moment en rond, tira un rideau qui n'était pas complètement ouvert, déplaça les objets sur la coiffeuse, se regarda dans le miroir. « Si j'avais su que tu reviendrais ici pour y rester, je n'aurais occupé ta chambre que lorsque tu serais partie pour de bon.

— Je ne suis pas revenue pour rester, maman. Je suis ici pour la nuit parce que je suis trop fatiguée pour faire un kilomètre de plus.

— Bien sûr. Tu sembles épuisée.

— Avant mon départ, Barry m'a dit qu'il n'y voyait pas d'inconvénient.

— Évidemment. » La voix aiguë de Mrs. Lumley trahissait sa nervosité. Elle pivota sur elle-même pour faire face à sa fille. « Comme tu as dû t'en apercevoir, il y a eu un changement de plan. » Leurs regards se croisèrent. Prue n'avait pas la moindre intention d'aider sa mère à lui annoncer la nouvelle. « Nous nous sommes très vite aperçus que venir ici pour la journée, prendre le bus matin et soir, était absurde.

— Très vite... Même pas deux semaines ! s'écria Prue, étonnée par sa contrariété.

— Bon, d'accord... "Ce serait plus commode si vous viviez ici, m'a dit Barry, vous n'auriez pas à vous lever si tôt pour me préparer le petit déjeuner." » Mrs. Lumley gloussa.

Prue se demanda si, dans une trentaine d'années, elle aussi aurait ce même rire faussement juvénile.

« Il m'a donc aidée à transporter mes affaires dans la Daimler — ou peut-être dans la Humber —, franchement, je n'en sais rien. Pas grand-chose à vrai dire, l'idée étant que je passe les week-ends chez moi en laissant deux repas pour Barry dans le frigo. En tout cas, c'est ce qui a été décidé pour le moment. Un jour — et Barry approuve ce projet — je céderai le bail du salon. Il a la bosse du commerce, lui.

— En effet. » Un ciel de plus en plus sombre emplissait la fenêtre donnant au nord. Sa mère alluma le plafonnier. Sous son abat-jour orné de zigzags, l'ampoule de quarante watts ne dispensait qu'une triste lueur. Prue jeta un coup d'œil dehors, vers l'allée. Elle vit Barry arriver dans la Humber. « Il est là, annonça-t-elle.

— Voilà quelqu'un de ponctuel. J'ai un beau carrelet pour le dîner. » Mrs. Lumley prit un miroir en écaille sur la coiffeuse et s'y regarda en souriant. « Écoute-moi, chérie : je ne veux pas que tu imagines des choses au sujet de cet accord entre Barry et moi. C'est juste un boulot. La sécurité. La fin de mes soucis. Tu comprends ?

— Bien sûr.

— Un autre genre de relation serait tout à fait inapproprié. » Mrs. Lumley buta sur ce dernier mot. « Il ne peut en être question. »

Prue lui accorda un sourire. « Bien entendu.

— Parfait, tout est clair alors ? Cette histoire me tracassait. Bon, descendons. Ce carrelet sera bien suffisant pour trois. Nous ferons un bon dîner. Je suis sûre que Barry sera content de te voir. Ensuite, je pourrais te préparer le lit de l'autre chambre d'amis.

— Non, merci maman. J'irai dormir chez toi, à Wimberley Road.

— Comme tu voudras, chérie, mais tu es la bienvenue ici. »

Prue trouva comique d'être invitée dans la maison qui était la sienne il y a encore peu de temps.

Elle descendait l'escalier, sa valise à la main, quand elle aperçut son mari au bas des marches. Les bras grands ouverts, il lui réclama gaiement un baiser. Trop fatiguée pour discuter, elle accepta de dîner là, mais insista pour partir tout de suite après. Barry lui donna une enveloppe contenant les clés de l'appartement de Brighton ainsi qu'un plan. Pendant qu'ils mangeaient leur poisson accompagné de choux de Bruxelles, Barry et sa nouvelle gouvernante ne cessèrent d'échanger des remarques stupides, sans doute dans l'intention d'alléger l'atmosphère. Prue s'en alla aussitôt qu'elle eut complimenté sa mère sur ses crêpes. Elle roula à une vitesse excessive vers la maison de son enfance. Une fois arrivée, elle se rendit tout droit dans sa chambre miteuse dont les murs étaient encore décorés de posters de Vivian Leigh dans *Autant en emporte le vent*. Peu lui importait : Rudolph occupait toutes ses pensées.

À son réveil, tôt le lendemain, Prue s'accorda quelques instants pour contempler les épaves de son enfance échouées tout autour de la pièce. Rebondissant sur les animaux en peluche avachis, les bibelots poussiéreux et ses premiers rubans accrochés au miroir de la coiffeuse, son regard finit par se poser sur la table de chevet où, dans un cadre bon marché en similicuir, se trouvait un instantané pris par sa mère. Il représentait un homme en uniforme d'aviateur. Son père.

« Il s'appelait Tom — ou Tim — Purdy, lui avait expliqué Mrs. Lumley le jour de son dixième anniversaire. Nous nous sommes rencontrés dans un pub. Il était si beau, si élégant dans son uniforme ! J'avais avec moi mon Box Brownie tout neuf, mon bien le plus précieux que j'emportais partout. Je l'ai persuadé de me laisser le photographier devant la porte du pub. Il était flatté. Le lendemain, il retournait à sa base, dans le nord. Bref, je me suis mise à contre-jour et, à mon signal, il m'a gentiment souri. Et voilà : tu es née neuf mois plus tard et je ne l'ai jamais revu. Nous étions si pressés que nous n'avons même pas échangé nos adresses, ce que je regrette souvent. »

Prue avait parfois demandé à sa mère de rechercher Tom, ou Tim Purdy, mais celle-ci répétait « À quoi bon ? ». Comme il ignorait l'existence de sa fille, il ne voudrait probablement pas qu'on bouleverse sa vie tant d'années plus tard. Selon Mrs. Lumley, la seule chose que Prue avait sans doute héritée de son père, c'étaient ses yeux, d'un émeraude plus foncé, disait-elle, que les siens. Bien entendu, elle n'aurait pu le jurer : l'aviateur et elle avaient fait l'amour dans un hangar sombre. Peu sûre de l'orthographe de Purdy (Purrdy ?), elle avait jugé plus prudent de donner à sa fille son nom de jeune fille. Prue avait réussi à extorquer à sa mère les rares détails que celle-ci connaissait au sujet de son père. « Nous n'avons pas passé notre temps à bavarder », avait répondu Mrs. Lumley d'un ton brusque un jour où Prue la harcelait. Il était originaire du Yorkshire et avait reçu une formation d'électricien avant de s'engager dans la RAF. Il n'aimait pas la couenne rissolée — particularité que Mrs. Lumley avait remarquée dans le pub

— et ses chaussures brillaient. Il était inutile de lui en demander davantage parce que c'était tout ce qu'elle savait. Avec l'âge, les questions que Prue se posait s'estompèrent. Elle se disait que tout ignorer de l'un de ses parents était triste mais pas traumatisant. Et il se passait parfois des mois sans qu'elle pensât à lui.

Elle n'était pas entrée dans sa chambre d'adolescente depuis longtemps. À la vue de la photo dans son cadre détérioré, elle eut un petit pincement au cœur, mais se ressaisit très vite. Elle balança ses jambes par-dessus la carpette aux bouclettes de laine collées et tachées pour éviter d'y poser ses pieds nus. Quand elle était enfant, ce tapis ne lui déplaisait pas, au contraire : avec ses couleurs vives, elle le trouvait plutôt joli. Elle se rappelait avoir beaucoup aimé cette pièce. Pour elle, ça avait été un refuge où elle rédigeait son journal intime et essayait des vernis à ongles, mais elle n'était plus capable de la voir avec ses yeux d'autrefois.

Elle alla à la fenêtre et regarda l'étroit jardin. Pas une seule fleur en vue (sa mère préférait les fleurs artificielles). Les toits voisins découpaient un motif si familier qu'ils s'imbriquèrent aussitôt dans sa mémoire visuelle. Elle soupira, prit une jupe sur le dessus de sa valise ouverte : elle était imprégnée de l'odeur de Rudolph. Un bain s'imposait, se dit-elle.

Dans la lugubre salle de bains où un tapis usé jusqu'à la corde ondulait sur le lino brun, elle fut submergée par la colère et le chagrin. Elle alluma le chauffe-eau. Comme d'habitude, elle dut s'y reprendre à plusieurs fois. Elle écouta le sifflement asthmatique de l'appareil, bruit qu'elle avait détesté pendant des années, tout en regardant un mince filet jaunâtre couler des robinets. Elle toucha un des vieux carreaux blancs qui couvraient le mur comme dans des toilettes publiques, puis contempla une étrange version d'elle-même dans le miroir piqueté au-dessus du lavabo fissuré. Un morceau de savon trempait dans son dépôt visqueux. Prue le saisit. Bon sang ! Sa mère n'avait pas perdu cette habitude de la guerre de coller ensemble les restes de plusieurs savonnettes... Elle examina l'assemblage dégoûtant de fragments durcis. Pourquoi sa mère faisait-elle ce genre d'économie stupide ? Le savon était encore rationné, mais on en trouvait si on était prêt à dépenser quelques pennies de plus. Elle se jura d'acheter une savonnette Imperial Leather avec ses propres tickets et de la lui envoyer... Au moment même où elle eut cette idée, son irritation fit place à la mélancolie et au remords d'avoir ce genre de pensée. Après tout, sa mère l'avait élevée seule. Son sens de l'économie se comprenait. Néanmoins, Prue n'avait pas envie de passer un instant de plus dans cette salle de bains. Elle répugnait à se laver dans la baignoire dont le fond était à peine recouvert d'eau tiède.

Elle descendit l'escalier raide couvert d'un tapis d'avant-guerre qui étouffait les pas, et gagna la cuisine, se demandant pourquoi elle ne se précipitait pas tout de suite dehors. Quelque chose l'obligeait à demeurer là un dernier instant, à se rappeler la raison pour laquelle elle était contente de partir. Elle s'assit à la petite table carrée. Le silence inhabituel de la pièce la mettait mal à l'aise. Autrefois, elle l'avait considérée comme la cuisine idéale, avec l'incessante musique des casseroles qui s'entrechoquent et de la bouilloire qui siffle. Sa mère absente, la cuisine semblait privée de vie. Prue songea que cette fois elle quittait Manchester *pour de bon.* Elle résisterait à l'idée de revenir ici, à cette propreté maniaque, à cette vaisselle ornée de coquelicots.

Mrs. Lumley avait vécu toute sa vie dans cette maison héritée de ses parents. Mille fois elle avait raconté à Prue qu'avant qu'elle en devienne propriétaire les toilettes se trouvaient dans la cour — devenue un petit jardin — et que le seul chauffage consistait en un feu de cheminée dans le séjour. Ses parents lui avaient également laissé de modestes économies dont elle s'était servie pour moderniser son logement en 1938. C'est alors qu'elle avait quitté sa place à la filature où ses copines et elle avaient travaillé avec plaisir pendant des années. Toujours en quête d'un mari, elle avait décidé qu'un emploi dans la vieille usine Ford de Trafford Park, réouverte pour fabriquer des moteurs d'avions de chasse, lui permettrait de rencontrer quelques beaux jeunes gens. Mais quand elle posa sa candidature, on n'embauchait plus.

« Le destin, dit-elle un jour à Prue, à la table de la cuisine. Si on m'avait donné du boulot dans cette usine, je n'aurais jamais pensé à réaliser mon rêve : devenir coiffeuse. » Elle avait juste eu assez d'argent pour louer un petit salon miteux un peu éloigné du centre-ville. Elle l'avait appelé Elsie's Bond Street Hair Salon. À sa grande surprise, l'affaire avait prospéré et Prue y avait toujours aidé sa mère pendant les vacances.

Elle n'avait jamais partagé l'amour que sa mère portait à Manchester. Aux yeux de Mrs. Lumley, c'était un endroit fascinant : salles de bal, grands magasins, défilés avec fanfare, excursions dominicales au jardin zoologique avec un sandwich, le merveilleux cirque de Noël à Belle Vue. Ce dont Prue se souvenait surtout, c'était l'aspect sombre de la ville, l'éternelle fumée au-dessus des toits, les immeubles en pierre noircie, le froid, l'humidité, la pluie incessante. Seuls quelques monuments lui inspiraient de l'admiration : la cathédrale, si massive dans le crépuscule brumeux, avec son horloge illuminée qui ne paraissait pas plus grande qu'un cadran de montre ; la majestueuse mairie dont les fenêtres, ensoleillées de temps à autre, égayaient les murs encrassés. Et le Ship Canal. Prue l'adorait. Elle s'y était souvent rendue avec des amis pour voir les grands paquebots tirés par des remorqueurs fendre l'eau aussi épaisse que du chocolat liquide. Parmi ses souvenirs d'enfance les plus marquants, il y avait cette promenade avec sa mère dans un champ de boutons-d'or, près du canal. Un bateau avait eu l'air de traverser une mer jaune.

« Comment peut-il naviguer dans un champ ? » s'était-elle écriée.

Sa mère l'avait embrassée en riant. « Il est dans le canal, bécasse. C'est ce qu'on appelle une illusion d'optique. »

Ça avait été un grand moment. Effrayant, puis drôle. Cette histoire avait amusé Rudolph. Mais Prue se rappelait surtout les bombes, les incendies, les hurlements de sirènes qui vous prenaient aux tripes. Lors du raid de 1941, qui avait détruit les bâtiments au coin de Deansgate et de St. Mary's Gate, sa mère et elle, debout devant la fenêtre de la cuisine, avaient regardé, terrifiées, les flammes monstrueuses s'élever vers le ciel. Les échelles des pompiers n'atteignaient que la base des immeubles. Elle était incapable d'aimer le Manchester de son lointain passé, il ne lui manquerait pas. Elle n'aimait pas davantage le quartier chic où elle avait vécu avec Barry. Prête à quitter cette ville pour toujours, elle se leva. La chaise grinça une dernière fois. Elle se hâta vers la porte d'entrée.

Son voyage à Brighton fut assez compliqué. Elle se perdit plusieurs fois, mais peu lui importait. Elle s'arrêta dans un joli village, y acheta une portion de fish & chips qu'elle mangea sur la banquette arrière de sa Sunbeam, garée près d'un étang couvert de canards. Elle apprécia la tiédeur du siège, sa légère odeur de cuir. Un méli-mélo de pensées lui traversa l'esprit. Sa mère prenait-elle son petit déjeuner avec Barry ? Et, dans ce cas, portait-elle sa vieille robe de chambre d'avant-guerre comme elle le faisait chez elle ? Barry se mettrait-il à la couvrir de cadeaux luxueux maintenant qu'il n'avait plus d'épouse à combler ? Sa mère résisterait-elle à l'envie de flirter avec lui ? Et lui, Barry, résisterait-il à l'envie de coucher avec ce genre de femme mûre qu'il semblait préférer aux plus jeunes ? Il s'agissait de simples questions, elles n'avaient rien de dérangeant.

Ensuite, elle en arriva à Rudolph. Où était-il à présent ? Filait-il dans le ciel, concentré sur son pilotage, sans une pensée pour elle ? Il avait été convenu qu'il ne la contacterait pas pendant une semaine. S'il n'avait pas de nouvelles d'elle après ce délai, avait-il dit, il comprendrait qu'elle refusait son offre d'aller vivre aux États-Unis. Qu'allait-elle faire ? Partir ou rester ? L'une comme l'autre décision serait pénible.

Une fois qu'elle fut à Brighton, le plan aimablement dessiné par Barry l'aida à trouver sans difficulté le vieux cinéma. Lorsqu'elle descendit de voiture, elle sentit la mer, une odeur plus forte que celle dont elle avait gardé le souvenir dans le Norfolk. Une brise souleva sa jupe alors qu'elle regardait le joli bâtiment avec sa peinture écaillée et ses fenêtres condamnées. Si Barry y investissait beaucoup d'argent, le cinéma retrouverait sa splendeur d'antan, elle en était sûre.

Suivant toujours ses instructions, elle ouvrit la

porte d'entrée latérale et monta sa valise au premier étage. La porte de l'appartement donnait sur un petit couloir sombre, mais de la lumière entrait par la fenêtre du séjour à l'autre bout. Prue renifla. Une odeur bizarre, difficile à définir, régnait dans le logement : un mélange de poisson, de suie et de renfermé. Gagnant le séjour, elle aperçut un canapé recouvert d'une hideuse cretonne à fleurs, une chaise, quelques tableaux accrochés très haut sur un papier peint à l'aspect de porridge solidifié. « Bon sang ! » s'écria-t-elle.

La vue était belle : un bout de mer grise, un pan de ciel assorti, un débarcadère lointain, un unique bateau. Prue se rendit dans la minuscule cuisine peinte en un vert vénéneux. À sa grande surprise, elle trouva des couverts dans les tiroirs et des boîtes de conserve dans le placard. Il y avait assez d'assiettes, de tasses et de bols pour un occupant plus un invité, à condition qu'ils fassent la vaisselle entre les plats. Le frigo contenait du lait, du pain, du beurre, six œufs, un chou jaunissant et une côtelette d'agneau. Le plus étrange, c'était la demi-bouteille de champagne. Comment diable… ? Qui avait pu… ?

Elle alla dans la chambre à coucher, à l'arrière, où de la lumière filtrait à travers un épais voilage. Le lit était fait, la lampe de chevet fonctionnait. Prue laissa tomber sa valise sur le sol, ouvrit l'étroit placard. Au moins deux douzaines de cintres étaient accrochés sur la barre. Était-ce un message de son mari qui connaissait l'ampleur de sa garde-robe ? Prue s'assit sur le lit, troublée et un peu soucieuse. Elle n'envisagea pas de défaire son bagage.

Pareille à un ronflement, la sonnerie du téléphone retentit dans le séjour. Prue s'y précipita, trouva par terre un gros appareil noir, identique à celui des Mélèzes.

« Bonjour, chérie.

— Ah, Barry...

— Je t'ai appelée plusieurs fois. Tu devais arriver beaucoup plus tôt. Je commençais à m'inquiéter. Tout va bien ?

— Oui, oui, ça va.

— J'ai chargé quelqu'un de te déposer quelques provisions. Cela devrait te permettre d'attendre demain pour faire des courses.

— Merci, mais, Barry, à ton avis, qu'est-ce que je peux bien fabriquer ici ? »

Barry ne répondit pas tout de suite. Prue l'entendit tirer sur son cigare — un bruit familier. Elle se demanda comment sa mère supporterait l'atmosphère perpétuellement enfumée.

« Eh bien, tu peux te détendre. Chercher un job, si tu y tiens, mais tu sais que ce n'est pas nécessaire. Tu te feras des amis — tu es jolie. Bientôt, tu iras danser tous les soirs. Et puis, tu pourrais apprendre à nager. Avec la mer à côté, c'est pratique. Tu pourrais aussi apprendre à cuisiner... Tu es une femme d'initiative, tu trouveras bien quelque chose.

— Je ne sais pas par où commencer. D'ailleurs, je ne veux pas vivre en ville comme je te l'ai dit.

— Ce n'est qu'une solution temporaire, chérie. Je pensais qu'au moins ce serait un point de chute en attendant que tu t'organises. Comme nous avons entamé une procédure de divorce, ton séjour à la maison risquerait de créer des problèmes. » Il avait une voix entrecoupée. Avait-il des remords, des regrets ? se demanda Prue. « Et maintenant que ta mère est ici...

— Je comprends.

— Mais tu pourrais commencer à chercher un cottage, avec des roses grimpantes autour de la porte. Ne t'inquiète pas du prix. Je t'ai promis de payer. Je viens de déposer deux cents livres sur ton compte pour que tu puisses subvenir à tes besoins jusqu'à ce que nous parvenions à un arrangement.

— Merci, c'est très généreux de ta part. » Prue se sentit au bord de l'évanouissement. Deux cents livres !

« Bon, je ne veux pas te retenir. On reste en contact. Fais attention à toi, chérie. C'est drôle ici, je ne me suis pas encore habitué à ton absence. »

Prue approcha la chaise de la fenêtre et regarda la mer. Elle n'avait pas emporté de livre. Il n'y avait pas de TSF. Elle détestait l'odeur de l'appartement. Même si elle ouvrait la fenêtre, la brise aurait du mal à la chasser.

C'était donc ça la solitude qu'Ag lui avait recommandée. Des heures aussi longues que des journées. Un silence qui vous écrasait.

À cinq heures, craignant de tomber dans un

gouffre d'apitoiement sur soi, elle décida de sortir. Elle flâna dans quelques rues, acheta un magazine, regarda les vitrines — elles étaient plus gaies qu'à Manchester, mais pas plus attirantes pour autant. Chose bizarre, bien qu'elle possédât beaucoup d'argent à présent, elle n'était pas disposée à le dépenser. Elle préférait garder cette somme intacte à la banque.

Elle arriva au Ship and Gull, un pub miteux, à un coin de rue. Va dans un pub, avait dit Barry. Fais-toi des amis. Eh bien, elle essaierait.

À en juger par la rareté des clients, l'établissement venait d'ouvrir. À un bout du bar, un soldat contemplait sa bière, à l'autre bout se tenait une vieille femme avec un foulard noué sous le menton et un manteau qui tombait presque jusqu'à terre. Même s'il y avait peu de chances qu'elle établît des liens avec cette pitoyable personne, Prue se plaça à côté d'elle, loin du militaire. Celui-ci avait déjà interrompu sa méditation pour la regarder d'un œil concupiscent.

La vieille femme, dont la tête dépassait à peine le comptoir, demanda un ginger ale. Le barman le lui versa et le poussa dans sa direction. Elle prit le verre entre ses mains tremblantes et le porta à ses lèvres grises. Prue commanda un gin-citron vert : elle avait besoin d'un remontant. Un couple d'un certain âge entra, s'installa à une table et sortit un jeu de cartes. L'homme cria qu'il voulait la même chose que d'habitude. Prue resta auprès de la vieille femme qui sirotait sa boisson dont une partie lui coulait sur le menton.

« Vous êtes nouvelle dans le coin ? hasarda celle-ci quand elle eut terminé.

— Oui, je suis arrivée cet après-midi.

— Moi, ça fait trente ou quarante ans que je suis ici. L'endroit a drôlement changé. »

Le barman lui demanda avec brusquerie si elle réglerait sa consommation. La vieille femme se mit à fouiller fébrilement dans son sac archi-plein, puis dans son porte-monnaie. « J'ai pas assez de sous ce soir, George, dit-elle. Il faudra que vous attendiez.

— Franchement, j'en ai marre d'attendre, Nancy. C'est l'heure de payer. Je patiente depuis des semaines, mais ça ne peut pas durer.

— Ça ne peut pas durer, hein ? » La pauvresse montrait qu'elle avait encore du cran, une fière effronterie. Elle se tourna vers la porte. Prue en profita pour lui glisser un billet de dix livres dans la poche. La femme se retourna. « Vous ne devriez pas faire ça, ma petite », dit-elle. De toute évidence, elle n'était pas sûre de ce qui s'était passé. « Mais que Dieu vous bénisse quand même. » Elle se hâta vers la sortie.

« On voit de tout ici », dit le barman.

Prue commanda un autre gin, paya ses consommations et régla l'ardoise de la vieille femme. « Est-ce que le bar s'anime un peu, plus tard ? » demanda-t-elle.

Le barman eut l'air vexé. « Ça dépend. C'est toujours calme le mardi. Revenez plutôt samedi. »

Samedi ! C'était bien trop loin. Prue le remercia, jeta un dernier regard aux joueurs de cartes et s'en alla. Le gin avait adouci la pénible impression que lui avait faite l'appartement. Elle avait l'intention de préparer la côtelette avec des petits pois en conserve, de lire sa revue et de regarder les étoiles par la fenêtre du séjour. Elle voulait essayer de comprendre pourquoi elles comptaient tellement pour Rudolph. Peut-être ouvrirait-elle la bouteille de champagne, histoire de se blinder contre la laideur des meubles, des lampes qui dissipaient à peine l'obscurité, des odeurs.

La solitude, se dit-elle. Cela ne valait pas vraiment la peine d'en faire l'expérience, mais elle allait y penser sérieusement une dernière fois. Foutue solitude !

De retour dans l'appartement, elle se servit un verre de champagne. Quelle que fût la personne que Barry avait chargée de meubler le logement, elle y avait déposé une très jolie coupe. Un mystère de plus, mais Prue refusait de s'en préoccuper : elle avait des sujets de réflexion plus élevés.

Prue savait vaguement qu'à travers les âges les étoiles avaient été une source d'inspiration pour beaucoup d'hommes, et pas seulement pour Rudolph. Donc, maintenant, dans cet horrible appartement, assise devant la fenêtre, elle allait leur demander de l'aide. Voir si elles lui donneraient quelque sage conseil au sujet de ce qu'elle devait faire. Elle prit une grosse gorgée de champagne et la fit tourner dans sa bouche pour se débarrasser du goût des petits pois et de la côtelette trop grasse. Cependant, tout ce que lui rapporta sa contemplation, ce fut *Twinkle, twinkle, little star*[1], comptine que sa mère lui avait chantée autrefois en sautillant dans la cuisine, un bol de gelée à la main. Lorsqu'elle s'était enfin arrêtée, elle avait déclaré : « Je suis une étoile, tu sais, chérie. Toi aussi tu seras une étoile un jour. Tout le monde devrait essayer de devenir une étoile. » Prue n'avait pas compris ce qu'elle disait. Elle avait simplement pensé que sa mère avait l'air bête avec sa goutte de gelée sur le menton, ses joues d'une drôle de couleur et ses yeux qui regardaient de tous côtés.

Voilà ce que lui inspiraient les étoiles. Foutue solitude !

Mais ensuite, alors qu'elle regardait de nouveau la mer plate et noire transpercée par le poignard d'un rayon de lune et la masse d'étoiles dispersées dans la sombre immensité du ciel, il se passa quelque chose. Avec une étonnante clarté, compte tenu du gin et du champagne qu'elle avait bus, elle se rappela, du moins en grande partie, sa nuit au creux des dunes avec Rudolph. Lors de ses nombreuses aventures, elle n'avait jamais connu une telle passion. Elle le lui avait avoué, et il lui avait souri de son sourire si blanc. Lorsque, épuisés par leurs ébats, ils s'étaient blottis l'un contre l'autre pour se tenir chaud, Rudolph avait commencé à lui parler de

1. « Scintille, scintille, petite étoile. » *(N.d.T.)*

la vie aux États-Unis, de sa famille et de ses amis en Géorgie. Elle s'en était fabriqué une image attrayante. Si son amant lui avait suggéré alors de partir dans l'heure, elle aurait accepté. Cependant, au cours des jours suivants, des doutes s'étaient glissés dans son esprit, brouillant l'idée qu'elle s'était faite d'une vie loin de son pays.

À présent, son enthousiasme revenait sans crier gare. Elle pesa rapidement le pour et le contre. Que risquait-elle en cessant de faire souffrir Rudolph, en acceptant de le suivre aux États-Unis et de devenir sa femme ? Stella et Ag lui manqueraient. Elles ne se voyaient pas souvent, mais le seul fait de leur existence et l'assurance qu'elle pouvait toujours se rendre chez elles lui procuraient un sentiment inestimable de sécurité. Lui manqueraient aussi l'Angleterre, les saisons qu'elle avait appris à apprécier pendant son volontariat, les arbres si différents d'un comté à l'autre. Les jacinthes des bois — y en avait-il en Amérique ? Elle pourrait sans doute se passer de ces fleurs et même des primevères. Le Light Programme, le bread and butter pudding de sa mère — mais il devait exister des recettes. Sa mère ? Pas tellement. Elle avait de l'affection pour elle, mais elle ne l'aimait pas profondément. De toute façon, sa mère la rejetterait si elle épousait un homme de couleur. Elle ne possédait aucune des qualités de Mrs. Lawrence — force, dignité et compréhension — qui, selon Prue, étaient indispensables à une mère. Quant à Barry et à sa grande maison, ils appartenaient déjà au passé. Son ami Johnny... À part le jour de « l'incident », il s'était montré bon envers elle. Elle l'oublierait vite.

Mariée à un fermier, elle s'épanouirait. Plusieurs enfants joueraient autour de la maison, s'occuperaient des animaux. Rudolph lui montrerait un nouveau pays impossible à imaginer — on n'avait pas fait beaucoup de géographie à l'école de Prue. *Autant en emporte le vent* était tout ce qu'elle connaissait de l'Amérique. Dans son esprit en ébullition, elle savait parfaitement qu'il fallait parfois faire un choix difficile comme celui-ci. Pour autant qu'elle pût en juger, elle aimait Rudolph et il l'aimait en retour. Ç'aurait été idiot de ne pas saisir cette chance de quitter cette sinistre Angleterre d'après-guerre et de cesser de hanter les pubs dans l'espoir de rencontrer un aimable soldat en quête d'une épouse.

Le sort en était donc jeté. Elle partirait. Vers un nouveau pays, une nouvelle vie. La magie des étoiles avait opéré.

Prue gagna sa chambre d'un pas chancelant. Elle se jeta tout habillée sur l'édredon et s'endormit aussitôt.

Quelques heures plus tard, elle se réveilla, terrifiée, se demandant où elle était. Encore à moitié prisonnière de son cauchemar, elle alluma. Elle avait rêvé que des milliers de cochons l'encerclaient, la bousculaient de leurs groins, cherchaient à l'attaquer. Leurs méchants petits yeux brillaient, les veines de leurs oreilles luisaient comme sous l'effet d'un courant électrique. Leurs gros corps velus la heurtaient. Le concert de leurs cris et de leurs grognements lui perçait le tympan.

Prue s'assit et, posant la tête sur ses genoux, essaya d'arrêter le vacarme dans sa tête. Puis elle se souvint : Rudolph lui avait dit que sa famille élevait des cochons. Des centaines de cochons. « Des animaux sympathiques si on les traitait bien. » Il était peu probable que Rudolph y renonce, quel que fût l'amour qu'il lui portait. Tout devint clair, deux fois plus clair que le projet que lui avaient inspiré les étoiles quelques heures plus tôt. Après l'expérience qu'elle en avait eue dans la réalité et dans son rêve, jamais plus elle ne pourrait s'occuper de cochons. Pas plus qu'elle ne pourrait quitter l'Angleterre, Ag et Stella. Et elle voulait rendre visite à Mr. Lawrence dans sa vieillesse. Elle devait avoir perdu la tête.

Durant le reste de la nuit, Prue réfléchit à sa stupidité. Elle se leva à six heures. Elle savait que Johnny serait réveillé. Il aimait écrire de la poésie à l'aube, avant d'aller nourrir ses poules.

Elle gagna le séjour et demanda à la standardiste à moitié endormie du central téléphonique de lui passer le numéro que Johnny lui avait donné.

« Tu es bien matinale, lui dit-il. Où es-tu ?

— À Brighton. Dans ce foutu appartement que Barry m'a prêté. Mais j'en ai marre de la solitude. »

Johnny rit. « Tu y es depuis combien de temps ?

— Pas tout à fait vingt-quatre heures.

— Pas très probant comme test.

— Oui, mais j'en ai vu assez pour savoir que cela ne me convient pas.

— J'imagine. » La voix de Johnny était moins légère que dans le souvenir de Prue. Un peu pâteuse, aurait-on dit.

« Pourrais-je venir habiter chez toi ? Peu importe le montant du loyer. » Il y eut un silence à l'autre bout du fil. « Je veux dire, jusqu'à ce que j'aie trouvé un autre logement...

— Bien sûr. Cela me ferait plaisir. Peut-être ta présence est-elle juste ce qu'il me faut pour m'empêcher de retomber dans mes mauvaises habitudes.

— Quelles mauvaises habitudes ? »

Une autre pause, puis un petit rire. « As-tu de quoi écrire ? Je vais te donner l'adresse. »

Dix minutes plus tard, Prue était en route. La peur de son exil à Brighton avait disparu. Le chagrin d'avoir quitté Rudolph s'était lui aussi estompé, même s'il jetait une ombre sur son cœur. C'était un beau matin de printemps. Elle roula vite, son attention concentrée sur la route. Elle avait hâte de revoir Johnny sans se demander quelles pouvaient bien être les mauvaises habitudes dont il lui avait parlé.

CHAPITRE 11

Quand elle arriva, Prue aperçut Johnny appuyé contre le portail comme s'il avait besoin d'un support. Quelque chose dans son attitude lui fit penser qu'il l'attendait depuis un moment. Pâle, non rasé, les yeux injectés de sang, il agitait nerveusement les mains dans ses poches. Cependant, lorsque Prue descendit de voiture, il sourit.

« Tu roules plus vite qu'autrefois, dit-il.

— C'est vrai. J'aime ça.

— J'ai hâte de faire une autre balade dans ta bagnole. »

Ils s'embrassèrent sur la joue. Johnny lui tapota l'épaule. Il avait l'air fatigué.

« Je suis si heureux de te voir ! Allons jeter un coup d'œil aux poules avant d'entrer. »

Prue le suivit à l'arrière du cottage, une jungle de plates-bandes envahies par les mauvaises herbes. Toutefois, le poulailler avait été monté. Deux douzaines de volatiles y gloussaient en picorant des vers.

« Tu as installé tout ça très rapidement, dit-elle.

— Obligé. En travaillant dur, j'ai mis deux jours. À présent, je peux me consacrer à la remise en état du potager. Nous pourrons bientôt faire des soupes de légumes.

— Chic ! s'exclama Prue. Je me sens bien ici.

— J'adore les Downs. Nous irons nous promener. » Johnny cligna des paupières.

« Formidable.

— Rentrons poser tes affaires. Ne fais pas attention au désordre. »

C'était le même que celui de son appartement de Manchester : fauteuils délabrés, papiers et livres éparpillés par terre, assiettes et casseroles sales empilées dans l'évier.

« Je t'aiderai à ranger », proposa Prue, feignant l'enthousiasme. Son regard tomba sur une étagère près de la cuisinière. Trois bouteilles de vodka y étaient posées, deux pleines, une à moitié vide.

« Oui, oui, je sais ce que tu penses, fit Johnny, mais ne t'inquiète pas, j'essaie de régler le problème. Avec toi, ce sera plus facile. »

Il lui montra le séjour tout aussi crasseux et triste que la cuisine, quoique la vue sur des champs escaladant les Downs fût superbe. La chambre d'amis, petite et à peine meublée, donnait sur le même paysage.

« Il y a un placard sur le palier », l'informa Johnny, sur un ton qui suggérait qu'elle ne devait pas s'attendre à davantage d'aide sur le plan pratique. « Moi, je flanque mes vêtements sur une chaise, dans ma chambre. » Prue lança un coup d'œil par la porte entrebâillée. Dieu merci, elle n'aurait pas à s'occuper des affaires personnelles de son hôte. La salle de bains rudimentaire, qui était fissurée depuis les murs et le sol jusqu'à la baignoire et au lavabo et lui rappelait tant celle qu'elle venait de fuir, ne lui disait rien. Mais Prue n'était pas difficile. « Mon cousin ne se préoccupait pas de son intérieur, expliqua Johnny. Ce qui comptait à ses yeux, c'était l'extérieur. Le toit de chaume est en excellent état et il a repeint récemment les châssis des fenêtres. »

Ils retournèrent à la cuisine. Prue avait une faim de loup. Elle ouvrit le frigo, mais n'y trouva qu'une demi-bouteille de lait et une plaque de beurre criblée de miettes de toast.

« Désolé pour mon accueil, dit Johnny. J'avais l'intention de faire des courses avant ton arrivée, mais la matinée m'a filé entre les doigts. » Il paraissait au bord des larmes.

« Ne t'inquiète pas. J'irai acheter ce qu'il faut cet après-midi. Pour le moment, on n'a qu'à prendre du thé avec un biscuit.

— Il doit y avoir des sardines quelque part », dit Johnny d'un ton désabusé. Il alla à un placard qui sentait le moisi et choisit une boîte parmi un tas de conserves similaires. Après avoir désespérément fouillé dans un autre placard, il découvrit deux assiettes propres, mais pas de biscuits. « Veux-tu que je fasse des œufs durs ? Les œufs, ce n'est pas ce qui nous manque. »

Ils s'assirent à la table près de la fenêtre, partageant la seule fourchette propre, et saucèrent l'huile des sardines avec un morceau de pain rassis.

« Alors, quel est le problème ? s'enquit Prue. Qu'est-ce qui t'est arrivé ? »

À la recherche d'une réponse adéquate, Johnny passa ses mains tremblantes dans ses cheveux. « Je ne veux pas t'ennuyer avec mes difficultés, mais j'ai l'impression que ça ne va pas marcher. Venir ici… C'est une grosse erreur.

— Mais cela ne fait que quinze jours que tu es là. Comment peux-tu en être sûr ?

— Tu sais immédiatement si un endroit est propice à ton travail. Je n'ai pas écrit une ligne depuis que je suis ici. Et je n'ai fabriqué aucun meuble, ce qui est plutôt rageant car cet endroit regorge de très beau bois de hêtre pas cher. Je n'ai pas reçu la moindre commande.

— Patience, Johnny. Il faudra que tu te fasses connaître. Les bons menuisiers sont très demandés partout.

— Je sais, je sais. Je n'ai pas eu assez d'énergie pour faire ma publicité. À peine une semaine après avoir emménagé dans ce bled, j'ai rechuté. » Johnny marqua une pause. « Dire que pendant cinq ans je n'ai pas touché à une goutte d'alcool ! » Il regarda les bouteilles de vodka. « J'ai recommencé, Prue. Il faut que tu m'aides à arrêter.

— J'ignorais que tu avais ce problème. Tu ne m'en as jamais parlé. » Prue lui toucha la main. Johnny tressaillit. « Bien sûr, je ferai tout ce que je peux pour te sortir de là.

— Je ne t'en ai jamais parlé parce que je pensais m'être désintoxiqué. C'était vrai pendant un bout de temps. Mais j'ai une autre bonne nouvelle : je suis complètement fauché. Je n'ai plus que quatre shillings et six pence provenant de la vente de quelques œufs. Avant mon départ de Manchester, j'avais fabriqué un grand portail dont j'étais assez fier. Je l'ai livré, le client semblait content. Il m'a donné un gros chèque qui m'aurait permis de vivre plusieurs mois, mais il était sans provision et le bonhomme s'est évanoui dans la nature. Sa maison est fermée et personne ne sait où il est. Donc… » Johnny haussa les épaules.

« C'est terrible. Quel salaud ! Mais tu n'as pas à te préoccuper d'argent pendant mon séjour ici. Barry a déposé l'équivalent de lingots d'or sur mon compte. Je me demandais comment dépenser cette fortune. Pour commencer, je vais aller faire des courses. De la nourriture, des produits d'entretien — de quoi d'autre avons-nous besoin ? J'achèterai aussi un fer à repasser. Et j'ai encore la totalité de mes tickets. Quand j'étais chez Stella, elle n'en a pas voulu. Alors passe-moi les tiens que je puisse faire des provisions. Quant au loyer… Je te paierai trois livres par semaine.

— Trois livres ? Tu es folle.

— Si. J'y tiens. Ça me plaît d'aider un artiste comme toi.

— Tu es un ange. » Johnny posa sa main sur celle de Prue, et la retira aussitôt. Il semblait bouleversé par sa générosité.

« Ce soir on dîne au pub. Celui de ton choix. À condition que tu te rases et que tu mettes une chemise propre. » Ils éclatèrent de rire. Tous deux cependant se demandaient comment se conduire en ces nouvelles circonstances.

Prue passa l'après-midi à Marlborough. Elle revint, triomphante, avec plusieurs sacs remplis des meilleurs produits qu'elle avait pu dénicher. « Tu ne sais pas ce que j'ai trouvé ? demanda-t-elle alors qu'ils s'asseyaient à la table encombrée de ses achats. Une barre de Mars ! C'était la dernière. Si nous la coupons en petits morceaux, elle nous fera la semaine.

— Une barre de Mars ? Incroyable. Tu sais combien j'aime ce chocolat. » Johnny avait rougi. « Je suis bien content que tu sois venue. »

Prue se cala contre son dossier et promena son regard autour de la cuisine : elle était presque aussi déprimante que celle des Gander. « Tu sais quoi ? Je vais faire un grand ménage ici. Je commencerai demain. J'ai acheté des brosses et des tas de produits. » Elle pouffa. « La semaine prochaine, à cette heure-ci, tu ne reconnaîtras pas ta maison.

— Tu es un ange, répéta Johnny, trop soulagé et reconnaissant pour trouver un autre compliment. Si tu es sûre que ça ne t'ennuie pas...

— Tu me connais. J'adore les gros travaux, des projets à réaliser.

— Tu ne m'auras pas dans les pattes. Je passerai la journée dans l'atelier. J'y travaillerai à une table que j'espère vendre à un homme de goût, même si je ne l'ai pas encore rencontré. Tu me l'as dit toi-même, je dois me faire un peu de publicité. » De nouveau, il effleura la main de Prue comme s'il craignait un contact plus prolongé. « Je me charge des poules. Tu te charges de l'intérieur.

— D'accord. » Un léger doute s'insinua dans l'esprit de Prue. Combien de temps se contenterait-elle de faire le ménage pour un ami alors qu'elle rêvait d'être dehors, de traire des vaches, tondre des moutons, labourer ? Elle chassa cette pensée et commença à empiler des boîtes de soupe dans un placard sale qu'elle nettoierait bientôt à fond.

Ce soir-là, Johnny l'emmena en Sunbeam dans un pub près du canal. Un feu brûlait dans la cheminée, quelques habitués se tenaient au bar. Après avoir choisi une table, Prue se hâta d'aller commander deux ginger ale — elle se rappelait que Johnny lui avait confié un jour que c'était sa boisson préférée. Lorsqu'elle posa le grand verre devant lui, il sourit.

Rasé et portant une chemise propre, Johnny semblait être redevenu lui-même. « J'ignore ce qu'a été ta vie dernièrement. Que s'est-il passé dans le Norfolk ? »

Tandis que Prue commençait à raconter, le

souvenir de Rudolph lui revint douloureusement à l'esprit. Elle se rendit compte qu'il ne lui restait plus que trois jours pour écrire la lettre promise. Elle se rendit compte aussi que, occupée par les problèmes de Johnny et le désordre de sa maison, elle n'avait pas pensé une seule fois de la journée à son amant.

Johnny, son ami plutôt malheureux, avait semblé approuver son aventure trépidante dans le Norfolk. C'était peut-être cette attitude compréhensive qui effaçait un peu l'image de Rudolph.

« À mon avis, dit Johnny à la fin du récit qui avait accompagné la soupe au curry en conserve, la tranche de foie coriace et le blanc-manger couleur de durillon, tu serais malade de nostalgie si loin de ton pays. Tu es profondément enracinée dans la terre d'Angleterre. Je crois que tu serais plus heureuse ici. »

Prue mourait d'envie de boire un gin-citron vert, mais n'osait pas le proposer. « Si je reste, je dois trouver un vrai travail. Impossible de rester comme ça chez toi à nettoyer et à cuisiner, même si je te suis reconnaissante de m'assurer un toit.

— Évidemment. Nous commencerons à te chercher un emploi dès la semaine prochaine.

— Oui, sauf si… si je pars aux États-Unis.

— Mais tu viens de me dire que tu avais décidé de rester ici.

— C'est vrai, mais je n'en suis pas entièrement sûre. À un moment, je pense telle chose, l'instant d'après une autre.

— Il faudra que je t'aide à trancher. » Johnny plongea le regard dans le verre vide qu'il serrait dans sa main. Prue voyait qu'il s'efforçait de se dominer. Elle déclara qu'il était temps de partir et lui confia son porte-monnaie pour qu'il paie leur dîner au bar. « Tu penses vraiment à tout », dit-il en revenant avec la monnaie.

À leur retour au cottage, Prue alla droit dans sa chambre, disant qu'elle devait écrire à Barry et à Rudolph.

Johnny se préoccupa alors de l'absence de table dans la pièce. Sans prêter attention aux protestations de son invitée qui affirmait pouvoir écrire sur ses genoux, il se rendit dans la remise muni d'une lampe de poche. Au bout d'un long moment, il en revint avec une caisse qu'il monta lentement, s'excusant auprès de Prue de n'avoir rien de mieux à lui offrir. Après avoir placé cette table improvisée à côté du lit, il quitta la pièce avec un regard mélancolique auquel il substitua très vite un sourire. Prue l'entendit claquer la porte de sa chambre.

Elle sortit son papier Basildon Bond, choisi parce qu'il était ligné, et son stylo.

Cher Barry [il était plus facile de commencer par lui],

Je te remercie de la peine que tu t'es donnée pour me trouver un endroit où vivre, mais je dois te dire que cet appartement et Brighton ne me conviennent pas. Ça ne peut pas marcher. As-tu vu ce logement ? Il est sombre et triste. Je suis bien allée dans un pub, mais contrai-

rement à ce que tu pouvais espérer, il n'était pas rempli d'amis potentiels, et je me suis baladée dans les rues. J'ai senti qu'il n'y avait pas d'avenir pour moi là-bas. D'ailleurs, je ne voulais pas vivre en ville ni au bord de la mer. Après une nuit, je suis donc partie. À présent, j'habite chez Johnny, dans un cottage qu'on lui a prêté dans le Wiltshire. La maison est dans un état de saleté et de désordre indescriptibles — je vais m'y attaquer — mais située dans une très belle région, près des Downs. Je te jure que je ne suis que sa locataire, même si ça te serait probablement égal s'il s'agissait d'autre chose. Johnny est triste. Il se sent seul et pense que quitter Manchester a été une erreur. Je ne resterai pas longtemps ici parce que je veux m'établir pour de bon quelque part.

Merci pour tout cet argent que tu as déposé sur mon compte. Tu es très généreux. Cela me donne un sentiment de sécurité. J'espère que maman est bien installée. Tu t'es montré très bon envers elle. Embrasse-la de ma part. Je te tiendrai au courant. Baisers.

PRUE.

Alors qu'elle fermait l'enveloppe, elle se rappela qu'Ag et Stella lui avaient toutes deux parlé du plaisir d'écrire des lettres, le plaisir d'essayer de communiquer à quelqu'un ce que vous faisiez ou pensiez à tel ou tel moment. Ag décrivait longuement à son père les progrès qu'elle faisait dans l'art de tailler les haies, les excentricités de Ratty et le soin que Mrs. Lawrence prenait de ses arbres. Stella racontait à Philip tout ce qui se passait à la ferme et terminait toujours sa lettre par des serments d'amour. Prue avait déclaré qu'un correspondant autre que sa mère lui inspirerait peut-être une réponse intéressante. Mais à Hallows Farm elle ne recevait pratiquement pas de courrier. En revanche, à la différence des deux autres filles, elle avait dans le coin des petits amis qui étaient bien plus amusants que des lettres.

Lorsqu'elle reprit son stylo pour écrire à Rudolph, elle ne savait toujours pas ce qu'elle allait lui dire. « Oui, je viendrai aux États-Unis » ou « Non, je reste en Angleterre ». Ce serait au gré de sa plume.

Cher Rudolph,

Comme tu t'en rendras compte, la correspondance n'est pas mon fort. Je n'écris presque jamais de lettres et ma mère est la seule personne qui m'en envoie. Toutefois, j'ai promis de te donner la Réponse. La voici :

J'ai réfléchi et réfléchi et je ne sais toujours pas ce que je pense. J'ai pesé le pour et le contre des centaines de fois. D'un côté, il ne fait aucun doute que tu m'as fait vivre une des meilleures semaines de mon existence. C'était complètement irréel, comme un rêve. Tous les jours, j'avais l'impression que nous flottions. J'aurais voulu que ça continue à jamais. En fait, c'était peut-être un rêve : un homme et une femme se rencontrent, dansent comme s'ils ne faisaient qu'un, unis par la musique et un désir réciproque. Mais durant cette merveilleuse semaine avons-nous vraiment appris à nous connaître ? Nous étions tellement sous le charme du ciel, de la mer, des phoques, de ces herbes dures dans les dunes, de la pluie qui traversait le feuillage ce jour inoubliable où nous avons fait l'amour pour la première fois, que nous n'avions pas besoin de parler. Pour mon plus grand plaisir. J'ai eu des petits amis qui analysaient notre relation toutes les cinq minutes et je trouvais cela très ennuyeux. Avec toi, je me contentais de vivre. Mais un moment parfait est-ce pareil qu'un amour durable ? Je n'en sais rien. Je ne connais personne capable de dire si quelque chose est pour la vie, alors une décision, quelle qu'elle soit, est toujours risquée, n'est-ce pas ?

Quand je t'ai vu pour la première fois et que, presque aussitôt, nous nous sommes retrouvés à danser, je me suis dit que j'avais trouvé mon homme. Et puis, comme toutes les filles célibataires qui cherchent l'amour et un mari, car c'est ainsi que je me vois maintenant que mon histoire avec Barry est terminée, j'étais remplie d'espoir. Or, il me semble que lorsqu'on est rempli d'espoir, on se met à imaginer des choses. Comment savoir alors si ce que je ressentais pour toi était vraiment de l'amour ou si je prenais mes désirs pour des réalités ? Oui, notre sentiment était réciproque, mais peut-être étais-tu toi aussi plein d'espoir et que cet espoir tu l'as plaqué sur moi en le prenant pour une vérité. Je n'en sais rien. Je raconte peut-être des bêtises — j'aurais voulu qu'Ag soit ici pour m'aider à éclaircir mes idées — ou Mrs. Lawrence. Dommage que tu ne l'aies pas connue. C'était une femme merveilleuse, la sagesse en personne. Elle aurait su ce que nous devons faire. J'aurais aimé l'avoir pour mère.

J'ai toujours eu un rêve très simple : épouser un fermier dans le West Country, avoir des enfants. Toi, tu seras fermier et nous pourrions avoir beaucoup d'enfants. L'ennui, c'est que tes terres se trouvent à des milliers de kilomètres d'ici. Et, pour être honnête, c'est là l'obstacle. Je suis enracinée dans ce pays. J'aime passionnément l'Angleterre — surtout depuis l'époque où j'étais volontaire agricole. Nous avions toutes le sentiment de faire quelque chose pour notre patrie, de lui apporter une petite contribution. Les États-Unis, pour moi, c'est juste une tache sur une carte. Je sais que tu ferais tout ton possible pour que je m'y sente chez moi, mais ce serait un exil. J'y serais dans un état de manque constant.

Tu pourrais me dire que tout ça est idiot étant donné que je n'ai même pas un endroit où vivre : les Mélèzes, c'était juste une maison et je n'ai jamais considéré celle de ma mère comme un chez-moi. Maintenant je vais chez Ag, chez Stella ou chez d'autres amis. C'est à Hallows Farm que je me suis sentie le mieux. Cela peut paraître idiot, mais je voudrais créer une ferme de ce genre ici en Angleterre. Je crois que je serais incapable de franchir des milliers de kilomètres et de changer de culture. Explorer le monde, voyager, vivre dans des pays étrangers n'est pas mon truc. Mon bonheur consiste à vivre sur quelques hectares de sol national, dans un village anglais.

Ce n'est pas tout : il y a tes cochons. J'ai honte de te l'avouer, honte de ma faiblesse. Je m'explique : tes cochons constituent peut-être la raison principale pour laquelle je ne veux pas émigrer aux États-Unis. Je ne te l'ai jamais raconté, mais quand j'ai accouché de mon bébé dans la grange, j'ai été attaquée par des douzaines de cochons. Ça a été pour moi la plus horrible expérience de ma vie. Je serais incapable de m'appro-

cher de nouveau d'une de ces bêtes — sans même parler de tout un troupeau. Je ne pourrais donc pas t'aider. Or les cochons représentent ta première source de revenus. Tu ne pourrais pas y renoncer. D'ailleurs je ne te le demanderais pas. Par conséquent…

Depuis notre séparation dans le Norfolk, j'ai essayé l'appartement de Brighton pendant une nuit et suis repartie le lendemain matin. Cet endroit ne me convenait pas du tout. À présent, je loge chez Johnny, un vieil ami à moi, un poète et mon ancien voisin à Manchester. Il loue un vieux cottage crasseux dans le Wiltshire. La semaine prochaine, je nettoierai la maison et mettrai de l'ordre. Pour le cas où cette cohabitation t'ennuierait, je te prie de me croire si je te dis que Johnny n'est pas mon amant. Il ne me touchera jamais. Il est bon, il se sent seul et il se débat avec un problème d'alcool. Je resterai chez lui jusqu'à ce que je trouve une autre solution. J'espère que ce sera bientôt.

Cher Rudolph, je suis vraiment désolée. Pardonne-moi. Je t'aime et je me sens toute chose quand je pense à toi. Tu me manques affreusement et je sais que je serai toujours tourmentée par l'idée que j'ai pris la mauvaise décision. Cependant, incertaine de la force de notre amour — durerait-il ? — et terrifiée à la perspective de quitter un pays que j'adore, je dois te dire que je ne viendrai pas te rejoindre en Géorgie. Chasse-moi de tes pensées et trouve-toi une bonne et brave fille de Savannah qui te rendra plus heureux que je ne serais capable de le faire. Garde en mémoire notre semaine dans le Norfolk jusque dans ta vieillesse quand tu pourras t'en souvenir en souriant.

Je t'ai prévenu que je ne savais pas écrire de lettres,

mais j'espère que tu comprendras ce que j'ai essayé de dire. Je t'embrasse de tout mon amour.

PRUE.

Laissant son bloc de papier et son stylo glisser à terre, elle se jeta sur le lit et se mit à sangloter. Elle se rappela qu'un jour — c'était pendant la fenaison — Stella lui avait dit qu'au moindre doute au sujet de l'homme qu'on envisageait d'épouser il fallait tout arrêter. Stella, elle, n'avait eu aucun doute au sujet de Philip, mais ensuite elle était tombée amoureuse de Joe. Et comme tous deux, Joe et elle, avaient le sens de l'honneur, ils s'étaient mariés avec leurs fiancés qu'ils n'aimaient pas de la même façon. Tout cela était très compliqué.

Peu avant l'aube, épuisée par ses pleurs, Prue décida de ne pas envoyer sa lettre. Cela voulait dire qu'il lui faudrait affronter l'épreuve d'en écrire une autre sans se débarrasser de ses hésitations pour autant.

Cependant, dès qu'il fit jour, elle se leva, sortit dans la pluie et se dirigea vers la boîte victorienne rouge. Fixée à un poteau, elle lui rappelait un perroquet à poitrine rouge perché sur un bâton. C'était le genre de surprise qui vous attendait parfois dans cette Angleterre profonde qu'elle adorait. Se moquant de son esprit versatile, elle glissa sa lettre dans la fente. Le sort en était jeté. Dans deux heures, elle serait ramassée par un facteur monté sur une bicyclette rouge, inconscient de la charge explosive qu'il transportait dans sa sacoche. Et demain, Rudolph aurait sa réponse.

Sur le chemin du retour, alors que le ciel gris virait à l'ambre doré, elle établit son programme de nettoyage. Après son petit déjeuner avec Johnny, elle se sentit plus calme et plus forte. Elle avait hâte de frotter le plancher de la cuisine. Au tréfonds de son être, elle continuait à se demander si elle avait agi intelligemment, mais elle savait qu'elle devrait vivre avec ses doutes pour le restant de ses jours.

Prue mit une semaine à transformer le cottage. Chaque jour, elle s'attaquait à une pièce différente. Elle lavait le plancher, dépoussiérait, secouait les coussins, jetait tout ce qui ne servait plus à rien, nettoyait les vitres. Elle laissa la lessive, qu'elle redoutait, pour la fin. Mais elle s'y attela, avec sa détermination coutumière, procédant par petits ballots. Dans une des dépendances, elle trouva une essoreuse à rouleaux : elle y passa des heures à fourrer du linge trempé entre les mâchoires de la machine et à écouter le bruit de l'eau extraite goutter dans un seau en fer-blanc. Lors d'une journée ensoleillée, elle tendit une corde dans le jardin et prit plaisir à regarder les vêtements et les draps se gonfler et danser au vent.

Ensuite, il y eut le repassage. Prue avait observé Mrs. Lawrence et Stella, toutes deux expertes en la matière, poser le fer grésillant sur des chemises étalées devant elles et, en quelques minutes, les lisser et les plier. Elle-même s'y était rarement risquée. Mais par un après-midi gris — la semaine qu'elle s'était donnée pour le nettoyage touchait à sa fin —, elle brancha le fer neuf et se lança dans cette nouvelle tâche sur la table récemment briquée de la cuisine. La station de radio Home Service diffusait une émission sur le piétin. Mr. Lawrence devait l'écouter dans le Yorkshire et peut-être Joe aussi. Cette pensée la réconforta. Dans la pièce flottait une agréable odeur de coton humide qui dominait celle du bacon qu'elle avait fait frire au déjeuner. Elle souleva le fer pesant, le tint au-dessus d'une chemise de Johnny, puis commença.

Bien que délicat, ce travail se révéla moins difficile qu'elle ne l'avait imaginé. Deux heures plus tard, plusieurs piles de vêtements et de draps repassés s'élevaient à l'autre bout de la table. Prue s'étonna du plaisir qu'elle ressentait. Elle éprouvait la même satisfaction que le jour où elle avait maîtrisé l'art de traire. Tout ce dont elle avait besoin maintenant, c'était de quelques compliments.

Elle ramassa deux des chemises pliées et les tint à plat sur ses paumes. Elle voulait les montrer tout de suite à son ami, plutôt que d'attendre qu'il vienne pour le thé. Sa surprise et son plaisir égaleraient sûrement les siens.

Elle traversa le jardin avec précaution. La porte de la remise était fermée. Elle la poussa et entra, les chemises en avant comme si elle servait une omelette.

Assis sur un banc, tête baissée, Johnny contemplait des copeaux tout en faisant osciller de droite à gauche un marteau qu'il tenait à la main. Chaque fois que l'outil partait en avant, il ratait de peu une bouteille de vodka presque vide posée sur le sol.

« Oh, Johnny, s'écria Prue en s'immobilisant sur le seuil, je croyais que… »

Il leva la tête, un rictus aux lèvres, les yeux rouges. « Moi aussi », répondit-il.

Prue inspira profondément. « J'ai fait du repassage, dit-elle, consciente de la banalité de cette nouvelle. Je t'ai apporté ces chemises pour te montrer… que j'ai réussi à… »

Johnny se leva si vite que, surprise, Prue eut un mouvement de recul et sa tête heurta une étagère fixée à l'arrière de la porte. « M'en fous de ton repassage », cracha-t-il en balançant violemment les vêtements par terre. Prue et lui se regardèrent.

« Pourquoi tu as fait ça ?

— Tu essaies de mener la barque. À présent, le cottage est aussi aseptisé qu'un hôpital. Il me convenait parfaitement tel qu'il était. » Johnny avait la voix pâteuse.

Prue n'en croyait pas ses oreilles. « Désolée. Je pensais que tu approuvais mon idée, que tu aimais l'idée d'avoir une maison propre et bien rangée.

— Oui, c'est ce que tu pensais. Mais tu te trompais. Tu te trompes souvent, Prue Morton. Tu es incapable de te mettre dans la peau des gens. Je te serais reconnaissant de ficher le camp maintenant. Et emporte ces foutues chemises. »

D'un pas chancelant, Johnny alla se rasseoir. Prue ramassa les chemises, à présent sales et froissées, et se précipita hors de la remise.

De retour au cottage, elle s'aperçut que le débat sur le piétin continuait, ce qui lui fit croire un instant que la scène qu'elle venait de vivre n'avait pas eu lieu. Cependant, les piles de linge repassé avaient perdu leur charme. De toute évidence, elle comprenait mal les gens. Sa stupide fierté d'avoir, comme elle l'avait cru, réussi à empêcher Johnny de boire toute cette semaine était anéantie. Il s'était soûlé en secret dans son atelier et le lui avait habilement caché. Que devait-elle faire à présent ? La solution, c'était peut-être de partir très vite comme elle avait quitté Brighton. Ce serait sans doute un soulagement de laisser derrière elle le problème apparemment insurmontable de Johnny et d'envoyer à Rudolph un télégramme disant : « J'ai décidé de venir après tout. »

Déterminée à mettre son projet à exécution, Prue gagna sa voiture. Elle eut la fâcheuse surprise de voir qu'un des pneus de devant était à plat. Johnny le lui aurait changé facilement, mais pour rien au monde elle ne le lui aurait demandé. Elle retourna à la cuisine et monta le linge propre à l'étage. Ensuite, elle commença à préparer un ragoût d'agneau — un fermier leur avait donné quelques côtelettes en échange d'œufs — en essayant de se rappeler la recette de Mrs. Lawrence. Puis elle alluma la radio et mit le Third Programme. Un violoncelle — elle supposa que c'en était un — jouait une musique infiniment triste. Si Johnny revenait maintenant, il pourrait lui dire ce que c'était.

Mais son ami ne rentra que bien après la fin du morceau. Il faisait nuit. Prue avait tiré les rideaux et allumé les lampes. La pièce était méconnaissable, mais elle s'interdit d'en tirer la moindre fierté. Elle avait mal compris Johnny : l'ordre et la propreté ne l'intéressaient pas. Quand il entra finalement, il se mit à table, l'air dégrisé.

« Mmm, ça sent bon », dit-il. Prue lui servit du ragoût accompagné d'une pomme de terre au four. « Je meurs de faim. Merci. »

Prue s'assit en face de lui, devant la petite portion de nourriture sur son assiette. Les émotions de l'après-midi lui avaient coupé l'appétit.

« Je suis vraiment désolé, dit Johnny. Je te prie de me pardonner. Je te jure que je n'ai pas touché à l'alcool jusqu'à aujourd'hui. Ta présence ici a opéré un miracle. Honnêtement. Mais ce matin je me suis réveillé avec cette espèce de cafard étouffant qui me tombe dessus de temps en temps. Et puis, il y a eu la goutte d'eau qui a fait déborder le vase… » Il se tut pour couper sa pomme de terre en deux et y écraser un morceau de margarine. Prue avait sous-estimé leur consommation de beurre et, une fois de plus, ils avaient terminé leur ration. « Quand je suis sorti ce matin voir les poules, j'ai constaté qu'un renard s'était introduit dans le poulailler. C'est la première fois que ça arrive. Il y avait des plumes partout. La pauvre vieille Dolly, l'un des premiers oiseaux que j'ai achetés, gisait par terre, décapitée. Au lieu de l'enterrer tout de suite, je l'ai portée dans la remise. Après le déjeuner, quand je suis retourné dans l'atelier pour la prendre, l'affreux spectacle de son cou sanguinolent m'a mis dans une rage folle. Une fois la bestiole enterrée, je n'ai pas eu le courage de recommencer à travailler. C'est de la faiblesse, je sais, mais j'étais bouleversé. Je me suis dit : juste une petite gorgée, ça va me calmer. Malheureusement, j'avais là une bouteille entière qui datait de la semaine avant ton arrivée. Je l'ai ouverte en me traitant de tous les noms.

— La première chose à faire demain matin, c'est de réparer le grillage du poulailler.

— J'ai rebouché le trou pour cette nuit. Je m'en occuperai sérieusement demain, c'est promis. Et j'ai jeté le reste de la… » Johnny se cala sur sa chaise et tendit son assiette pour se faire resservir. « Ton ragoût est délicieux. Il m'a revigoré. Un jour, tu seras un vrai cordon-bleu. » Il sourit à Prue, puis promena son regard autour de lui. « Je ne t'ai rien dit encore, n'est-ce pas ? Je ne t'ai fait aucun compliment ? Tu as transformé cette bicoque. C'est merveilleux.

— C'était presque aussi dur que le travail des champs.

— Merci de tout cœur. Tu es unique, Prue. D'une part, une véritable tête de linotte qui, apparemment, ne pense qu'aux robes, aux rubans et à séduire les jeunes gens, de l'autre, la plus grande bosseuse que j'aie jamais rencontrée. Tout ce que j'ai pu te dire au sujet de ton incapacité à te mettre dans la peau des gens, c'est de la foutaise. Je débloquais complètement. Tu as été formidable. Plus gentille avec moi que toutes les personnes que j'ai connues dans ma vie. Si j'étais quelqu'un de différent, j'aimerais t'épouser, avoir des enfants avec toi. Mais je suis un vieil ours. La présence d'une autre personne m'agace, aussi sympathique et discrète soit-elle.

— Est-ce que ça veut dire que tu me fiches à la porte maintenant que ta maison est propre ?

— Absolument pas ! Je suis heureux que tu sois ici. Ça a tout changé pour moi. J'ai l'impression que nous ne nous gênons pas. Notre arrangement est parfait.

— Il ne durera pas. Il faut que je trouve un boulot et un endroit où je puisse enfin m'établir.

— Pas trop loin d'ici, j'espère.

— Je l'espère aussi.

— Ne me laisse pas tomber. » Johnny prit une des mains de Prue dans la sienne. Elle s'attendit à ce qu'il la lâche aussitôt, comme d'habitude, mais il continua à la serrer. « Je suis résolu à me débarrasser de mon problème d'alcool. Pour toujours. Ce que je dois éviter, c'est d'avoir recours à la bouteille à la moindre contrariété. Comme le massacre de mes poules. Sans ta présence, Dieu sait ce qui serait arrivé. » Il retira sa main.

« J'ai essayé de faire un pudding à la mélasse », annonça Prue. Le dessert était si lourd et si sec qu'ils ne purent qu'en rire, le jeter et y substituer du thé.

Plus tard ce soir-là, Johnny donna à Prue sa première leçon de jacquet. Elle alla se coucher, très fière d'avoir compris quelques-unes des règles de ce jeu et soulagée de s'être raccommodée avec son ami. Malgré tout, la scène de l'après-midi dans la remise lui avait révélé un côté sombre de Johnny. Un autre incident risquait de le pousser de nouveau à boire et de déclencher un accès de colère. C'était inquiétant. Même si elle aimait cet endroit et gardait de l'affection pour son hôte, la perspective d'une longue cohabitation ne l'enthousiasmait guère.

À la fin de la semaine, la nouveauté du grand nettoyage s'était émoussée et le besoin urgent qu'avait Prue de trouver un travail sérieux l'incita à parcourir les annonces du journal local. Aucune d'elles ne l'intéressa. Elle demanda au village s'il y avait dans le coin un club de Jeunes Fermiers. L'idée qu'un grand gaillard l'emmène au bal avec ses amis tout aussi bien charpentés lui parut soudain très attrayante. Un tel club existait, en effet, et il organisait justement une fête à Pâques, comme l'annonçaient des affiches. Prue envisagea de s'y rendre, sans Johnny, mais son enthousiasme s'évanouit aussi vite qu'il était apparu.

Elle reçut une lettre de Barry. Pour l'ouvrir, elle attendit que Johnny, de bien meilleure humeur ces derniers jours, se fût retiré dans son atelier.

Chère Prue,

Merci pour tes nouvelles. Le fiasco de Brighton n'a pas d'importance. Je me suis trompé, voilà tout. Je suis content que tu habites chez Johnny. C'est un gentil garçon, même s'il a quelque chose de bizarre, je trouve. Mais je n'ai jamais pu mettre le doigt dessus. Alors, méfie-toi. J'espère que tu découvriras bientôt l'endroit idéal pour t'installer. Il te suffira de me prévenir et je t'enverrai l'argent. En ce moment, je me ruine en vieilles salles de cinéma.

Le divorce est en cours. Il faut qu'on me surprenne dans une chambre d'hôtel avec une fille aux mœurs légères. Qui ? C'est là mon problème. Je sens que ça va être difficile. Un ami qui se trouvait dans la même situation que moi a fini par demander à sa femme de jouer le rôle de la codéfenderesse. Il lui a acheté une perruque et des lunettes ! Je crois qu'ils ont passé un si bon moment ensemble qu'ils ont failli arrêter la procédure.

Je suis vraiment navré de l'échec de notre mariage, mais heureux que nos relations restent si bonnes. Tu sais que tu peux toujours compter sur moi. Je regrette un peu de ne plus te voir tournicoter dans la maison avec tes drôles de nœuds dans les cheveux. Ta mère est bien installée, elle t'embrasse. Elle s'occupe bien de moi et arrive à produire des merveilles avec les maigres rations dont nous devons encore nous contenter. Elle ne se plaint jamais de faire la queue et aime aller faire ses courses coiffée du chapeau qu'elle portait à notre mariage ! Bien qu'elle tienne parfaitement mon intérieur, elle semble avoir des loisirs. Je lui ai donc conseillé de joindre l'Association des Ménagères Britanniques — un groupe de femmes en colère qui écrivent aux ministres pour se plaindre du rationnement, et cetera. Je pense que cela lui plaira. Comment va la Sunbeam ? La Daimler et la Humber sont toujours en bon état. Je ne parviens pas à décider quelle est ma préférée. Je t'embrasse.

BARRY.

Prue relut la lettre. L'anecdote de la codéfenderesse la fit sourire. Durant leur vie commune, Barry ne lui avait jamais raconté d'histoires drôles ni fait part de ses observations personnelles. Pourquoi ne l'avait-il pas mise en garde contre Johnny ? Et pourquoi elle-même n'avait-elle pas capté de signaux d'alarme sous l'extérieur aimable, quoiqu'il fût un peu coupé du monde, de son ami ? Sa conduite ne l'avait jamais choquée, sauf lors de l'incident de la grange. Mais alors il avait agi sous l'emprise du désir et elle lui avait pardonné depuis longtemps. La lettre de Barry la surprenait. Parfois son mari lui avait paru si commun, terne, insensible. Elle ne l'aurait jamais cru capable d'écrire aussi bien. Peut-être étaitelle en partie responsable du fiasco de leur mariage. Au fond, elle n'avait jamais essayé de connaître Barry ni de lui faire plaisir. Elle avait toujours apprécié sa générosité, mais s'était moquée de sa conviction qu'un tas de cadeaux lui vaudrait l'amour de sa femme. Mariée à un homme riche, elle avait très vite compris que les biens matériels ne compensaient pas les lacunes de leur relation. Si elle s'était montrée attentive, elle aurait peut-être découvert un homme plus intéressant qu'elle ne l'avait imaginé. Bien entendu, il était trop tard pour changer la situation. De toute façon, elle n'avait aucune envie de réintégrer l'atmosphère étouffante des Mélèzes. De plus, Barry et elle avaient sans doute trop peu de points communs pour pouvoir être heureux ensemble. Étant donné le goût de Barry pour les femmes mûres, elle n'aurait jamais pu le satisfaire sur le plan sexuel et sa façon expéditive de faire l'amour ne lui aurait jamais permis, à elle, de s'épanouir. Malgré tout, en ce matin radieux où les jonquilles se balançaient au bord des plates-bandes, Prue ressentit un léger sentiment de culpabilité, un soupçon de honte. Elle se dit qu'elle pouvait au moins lui écrire une autre lettre et lui présenter quelque chose comme des excuses.

Roulant très lentement — maintenant que Barry ne lui fournissait plus d'essence de marché noir, elle devait faire des économies — elle partit à Marlborough se procurer des timbres. Ensuite, elle alla acheter le *Picture Post* chez le marchand de journaux. En sortant du magasin, elle regarda les annonces exposées en vitrine ; elles concernaient des baby-sitters, des jardiniers et des vendeurs. Une des cartes se distinguait des autres : épaisse, brillante, coûteuse, elle portait, imprimés en haut, les mots « Hon. Mrs. Ivy Lamton ». Sous le nom, une offre était rédigée à l'encre sépia, dans l'écriture la plus élégante que Prue eût jamais vue. « Cherche personne disposée à tenir compagnie à une vieille dame quelques heures par semaine. Conversation, un peu de jardinage facile, cadre agréable. Veuillez répondre par écrit. »

Selon l'adresse indiquée, la maison ne se trouvait qu'à quelques kilomètres du cottage de Johnny. Si jamais elle décrochait ce boulot, se dit Prue, elle s'y rendrait à bicyclette. Elle relut la carte. Que n'aurait-elle pas donné pour la prendre et l'envoyer à Ag ? Son amie l'aurait appréciée. Puisque l'annonce était toujours là, c'était que la place était encore à pourvoir, si on pouvait l'appeler une place. À quoi bon attendre ? Pourquoi ne pas se rendre tout de suite à cette adresse en s'excusant d'arriver sans prévenir ?

À la limite d'un village composé de cottages en pierre grise disséminés, le Vieux Presbytère se dressait au bout d'une longue allée, presque aussi longue que celle, caillouteuse, des Gander, mais impeccablement goudronnée et bordée d'une haie d'ifs taillés. On aurait dit une maison de poupée grandeur nature : brique rouge, fenêtres symétriques aux cadres d'un blanc luisant, porte d'entrée peinte de laque noire et pourvue d'un heurtoir en cuivre. Prue se gara, mais resta un moment dans la voiture à se demander si elle allait ou non rendre une visite impromptue à l'Hon. Ivy Lamton. Qu'était-ce donc qu'une Hon. ? Et Ivy, était-ce vraiment un prénom ? Pourquoi n'était-ce pas un pasteur qui occupait le Vieux Presbytère ? Tout cela était bizarre. Mais puisqu'elle était là...

Elle essaya d'étirer sa jupe sous ses genoux et tapota le nœud dans ses cheveux, regrettant que ce fût le jaune à pois rouges. Elle chercha longuement une sonnette avant de se rendre compte que la poignée en fer forgé fixée à une barre de fer torsadée comme un sucre d'orge était le genre de celles qu'on trouvait dans des endroits pareils. Elle l'actionna. Au bout d'un instant de silence, on entendit un carillon grave, semblable à un grondement venu du fond de la mer. Mais aucun bruit de pas.

Prue allait regagner sa voiture quand la porte s'ouvrit. Une vieille dame appuyée sur une canne apparut sur le seuil. Elle se tenait très droite, comme si elle avait appris à marcher avec des livres en équilibre sur la tête et en avait gardé l'habitude. Ses cheveux blancs mousseux étaient relevés en un chignon, pareil à une miche de pain, sur le haut du crâne. Elle avait de petits yeux couleur raisin noir enfoncés dans leurs orbites.

« Vous cherchez quelqu'un ? demanda-t-elle d'une voix douce et haut perchée.

— Je suis venue... J'ai vu votre annonce chez le marchand de journaux et je me suis dit qu'il valait mieux me présenter tout de suite avant que la place ne soit prise.

— Vraiment ? » La vieille dame rit. « Entrez donc. Cette carte traîne là-bas depuis des mois. J'ai l'impression que ça n'intéresse personne. Je ne sais pas pourquoi je me suis imaginé... »

Prue pénétra dans le vestibule. Elle comprit pourquoi elle n'avait pas entendu de bruits de pas : le tapis était si épais que les talons de ses chaussures s'enfonçaient dedans.

« J'étais sur le point de renoncer. Comme c'est gentil à vous d'être venue ! Si nous passions au salon ? »

Touché par un rayon de soleil, le cadran en laiton de l'horloge étincela. On aurait dit qu'il faisait un clin d'œil à Prue pour confirmer l'étrangeté de sa rencontre avec l'Hon. Ivy. Du bout de sa canne, la vieille dame frappait le tapis qui passa du gris au rouge foncé quand les deux femmes franchirent la lourde porte à panneaux du séjour. Là, Prue se figea, abasourdie.

« Mince alors ! s'exclama-t-elle. Excusez-moi, mais je n'ai encore jamais vu une pièce pareille. »

Ivy la regarda, un de ses sourcils tressauta. Elle sourit. « Oh, elle a perdu de sa splendeur depuis longtemps. Que la tapisserie soit passée ne me dérange pas, mais l'ensemble est un peu… morne, maintenant que tout le monde est parti. » L'espace d'une seconde, son visage prit un air mélancolique qu'elle remplaça aussitôt par une expression joyeuse. « Pendant que nous prenons un café, vous me parlerez de vous.

— Très bien. Merci.

— Asseyez-vous donc.

— Très bien. Merci. »

Prue s'en voulut de cette stupide répétition. Pourquoi était-elle si nerveuse, si mal à l'aise ?

Sans doute parce qu'elle ne s'attendait pas à se retrouver dans un monde si différent du sien. Elle promena son regard autour d'elle se demandant combien de livres contenaient les étagères qui couvraient tout un mur. Elle décida de s'asseoir au bout du canapé, près de la cheminée. Elle déplaça un coussin recouvert d'un tissu qui devait être du véritable satin. Ivy s'approcha d'un bureau de bois sombre agrémenté d'ornements en cuivre. Elle y attrapa une clochette qu'elle agita. Dans le profond silence de la pièce, le tintement parut presque insolent.

« Alice nous apportera un plateau, dit-elle. Cette chère âme est ici depuis toujours. Pas très rapide, mais c'est une perle. Une de ces saintes qui passent leur vie dans les villages anglais à aider les gens. Elle n'a pas dû entendre sonner. Je vais aller lui parler. »

Ivy se dirigea presque en bondissant vers la porte. Prue caressa le coussin et examina la pièce. Cirés depuis des décennies, les vieux meubles luisaient. Les murs vert cendré dépourvus de rayonnages étaient couverts de portraits. Des visages sévères se détachaient sur des fonds sombres et ternes. Tous avaient l'air triste ou en colère. Un peu inquiétants, pensa Prue. Elle n'aurait pas voulu se trouver seule dans cette pièce avec eux un soir d'hiver. Devant les hautes fenêtres, des rideaux aux plis impeccables pendaient de cantonnières raffinées. « Cantonnières. » Le mot lui revint soudain : sa mère avait un jour exprimé le désir de vivre dans une maison qui en aurait eu. Les rideaux — du brocart ? — avaient la couleur du sable sur la plage aux phoques. Oh, comme elle aurait aimé décrire tout cela à Rudolph ! Cependant, leurs bords, pâlis par le soleil, avaient pris une teinte cireuse.

À côté d'elle, sur un guéridon, étaient disposées des photos dans des cadres d'argent. L'une d'elles représentait un homme majestueux en uniforme, la poitrine couverte de médailles. Sur une autre table trônait une coupe de jacinthes blanches. Leur parfum traversait la pièce.

Ivy revint.

« Excusez-moi, ma chère, dit-elle en s'installant dans un énorme fauteuil en face de Prue, relevant l'arrière de sa longue jupe noire avant que son postérieur ne touche le coussin. Expliquez-moi la raison de votre visite. Mon annonce vous a-t-elle vraiment intéressée ? Je me demande bien pourquoi. Mais peut-être est-ce mon jour de chance. Qui êtes-vous ? Comment vous appelez-vous ?

— Prudence. Prudence Lumley.

— Quel joli prénom ! Condamné à se démoder, je le crains. Ma belle-sœur s'appelait ainsi. Ce nom lui allait comme un gant. Pour la taquiner, je l'avais surnommée Mère de sûreté. » Mrs. Lamton sourit.

Ne sachant que répondre, Prue se tut. Elle espéra que les questions de l'Hon. Ivy ne seraient pas trop subtiles pour elle.

Une vieille femme voûtée entra en portant un

plateau chargé de vaisselle qui s'entrechoquait. Prue eut l'impression qu'elle serait incapable de traverser la pièce sans tout lâcher. Bondissant sur ses pieds, elle l'en débarrassa.

« Merci beaucoup. Mettez ça ici », dit Ivy en tapotant une ottomane. Prue posa le plateau sur un exemplaire du *Times*, se demandant si elle faisait une bêtise. Peut-être aurait-elle dû déplacer le journal. Son cœur battait à grands coups. Jamais une pièce ne l'avait autant intimidée. Mais l'Hon. Ivy la regarda d'un air approbateur. Ouf ! elle avait donc agi comme il fallait. Les tasses, les soucoupes, la cafetière et le pot à lait étaient presque transparents tellement la porcelaine en était fine. En comparaison, le service des grands jours de Barry paraissait grossier, inélégant. Ici, les tasses n'étaient pas ornées de roses surannées, comme celles de Johnny, mais simplement bordées d'un liseré doré. Ivy se tourna vers Alice qui oscillait telle une statue mal fixée sur son socle, la bouche ouverte, les poings serrés. Elle n'avait pas l'habitude qu'une jeune pimbêche portant un nœud de star de cinéma dans les cheveux lui arrache son plateau des mains. « Merci, Alice, dit Ivy. Nous avons tout ce qu'il faut. Ça ira. »

Vexée, Alice sortit en traînant les pieds.

Ivy se cala contre le dossier de son fauteuil, sans s'occuper du plateau. Prue se demanda s'il n'incombait pas à une dame de compagnie de servir le café. Elle le proposa à Ivy.

Les yeux de la vieille dame s'éclairèrent. « Oh, comme ce serait gentil ! »

Pas si gentil que ça, songea Prue. Elle se contenta de dire « Mince ! ». Comme Ivy ne réagissait pas, elle se dit qu'elle devait expliquer son exclamation. « Votre maison, cette pièce... Tout ça m'impressionne. C'est parfait...

— Allons, allons, l'interrompit Ivy, ce n'est qu'un vieux presbytère plein de jolis objets qu'Edward, mon mari, et moi avons collectionnés au fil des ans. Il était dans le service diplomatique. Nous avons vécu un peu partout dans le monde. À chaque déménagement, je tenais à emporter toutes ces choses pour transformer la nouvelle ambassade en un coin de chez nous. Dans la plupart des endroits où nous allions il faisait chaud, et ces meubles paraissaient très lourds. J'ai été tellement contente de revenir ici ! J'ai toujours préféré l'Angleterre à tout autre pays. Juste un nuage de lait, s'il vous plaît. Et servez-vous. Mais ce que je voudrais, c'est apprendre à vous connaître. Dites-moi pourquoi une jolie jeune femme comme vous — oh ! j'adore vos chaussures, j'ai toujours eu envie de chaussures rouges — voudrait tenir compagnie à une vieille dame comme moi. »

Prue s'enfonça dans les coussins avec l'impression d'être sur un nuage solide. Si elle ne s'était pas creusé la cervelle pour savoir par où commencer, elle se serait peut-être endormie, apaisée par le parfum des jacinthes. Après avoir bu très vite son café et reposé la tasse sur la soucoupe glissante, elle s'apprêta à parler quand l'horloge du vestibule sonna onze heures : chaque coup faisait écho, puis s'affaiblissait jusqu'à ce que résonne le coup suivant. Prue attendit que le silence revienne.

« Eh bien, je vais essayer de vous l'expliquer. »

Et elle se lança dans son récit.

CHAPITRE 12

De temps en temps, durant l'heure où Prue raconta la plupart mais non la totalité des événements de sa vie, l'Hon. Ivy chassait d'une chiquenaude une invisible particule de poussière sur sa jupe. Parfois elle tournait ses yeux caves vers les jacinthes et ébauchait un sourire. Mais pendant la plus grande partie du récit, elle resta parfaitement immobile, l'air d'écouter de tout son être. Lorsque Prue estima qu'elle n'avait plus rien à confier à cette inconnue, elle haussa les épaules et se tut.

Ivy soupira. Elle rejeta la tête en arrière et ferma les yeux. « Eh bien, ma chère Prue, que d'aventures en si peu d'années ! J'ai eu l'impression de connaître grand nombre des personnes que vous avez évoquées. Vous racontez très bien. »

Prue se demanda ce qui résulterait de cet entretien qui n'en était pas vraiment un.

Ivy ouvrit les yeux. « Oh, cette vie de volontaire agricole ! Qu'aurions-nous fait sans vous ? Ma sœur s'est engagée dans l'armée de terre à la fin de la Grande Guerre. Elle n'y est pas restée longtemps puisque le conflit se terminait. C'est une bonne chose qu'on ait rétabli cette unité lors de la dernière guerre, même si, à ce moment-là, Maud était trop vieille pour y entrer. »

Maud ? Maud et Ivy ? L'Hon. Mrs. Lamton et sa sœur venaient manifestement d'un autre monde. Prue ressentit un étrange besoin d'en apprendre davantage sur celui-ci, tout comme autrefois elle avait été désireuse de découvrir la vie rurale des Lawrence.

« Vous devez avoir des choses à me demander ? » disait Ivy. Elle haussa plusieurs fois ses sourcils pâles.

Prue hésita. La question qu'elle aurait aimé poser paraissait indiscrète, mais elle était persuadée qu'elle n'offenserait pas la vieille dame. « Qu'est-ce qu'une Hon ? fit-elle. C'est la première fois que j'en rencontre une. »

Ivy éclata de rire. « Voyons, comment est-ce que je peux vous l'expliquer ? Cela concerne l'étrange système des titres anglais. Mon père était vicomte. Les enfants des vicomtes qui, eux, sont des comtes… Oh, c'est trop compliqué ! Déroutant, en fait, pour ne pas dire stupide. Tout cela disparaîtra un jour.

— Fichtre ! J'ai hâte de raconter tout ça à ma mère. Elle ne croira jamais que j'ai rencontré la fille d'un…

— Ce que je voulais dire, c'est : avez-vous des questions au sujet du travail que je vous offre ?

— Que vous m'offrez ?

— Oui, pourquoi pas ? Je ne vois pas encore très clairement la nature de cet emploi, mais nous la préciserons une fois que vous serez ici.

— C'est entendu.

— Il s'agit simplement de passer quelques heures avec moi. Deux ou trois fois par semaine, disons. Nous verrons ce que ça donne. »

Ivy, dédaignant tout à coup sa canne, se leva avec l'agilité d'une personne beaucoup plus jeune. On aurait dit le fantôme d'une vieille dame, tel que Prue se l'imaginait. Durant une seconde, elle se demanda si cette étrange visite ne faisait pas partie d'un rêve, mais sa nouvelle employeuse parlait d'un ton ferme. Elle n'avait rien de chimérique.

« Pendant que vous me décriviez Johnny et ses malheurs, il m'est venu une idée. Deux portes de mon écurie sont complètement pourries et le vieux menuisier du village, un homme merveilleux, est mort la semaine dernière. Je me demande si votre ami pourrait m'en fabriquer des neuves.

— Je suis sûre qu'il serait ravi.

— Quel soulagement ! Je ne savais pas à qui m'adresser. »

Prue sentit qu'elle aussi devait se lever, mais Ivy s'était emparée d'une des photos encadrées et la lui tendait. « Si jamais vous cherchez un autre mari, vous pourriez trouver pire que Gerald, mon neveu.

— Pardon ? » Prue se demanda comment répondre à cette drôle d'idée.

Ivy riait, contente de sa plaisanterie. « Il est très intelligent. Élève à Eton, lettres classiques à New College, les Grenadier Guards et maintenant la City. »

Rien de tout cela n'avait de sens pour Prue. Au Vieux Presbytère, on parlait un langage qu'elle avait peine à comprendre.

« La city ? fit-elle.

— La City de Londres, voyons. La banque. Il s'y ennuie à mourir. Quand je serai partie, il héritera de tout ceci. Il adore ma maison. »

Prue se mit debout et examina le portrait d'un homme incroyablement beau en uniforme. Gerald. Waouh ! « Quel âge a-t-il ? » se risqua-t-elle à demander.

Ivy eut un geste vague de la main. « Je ne sais pas. Dans les trente-cinq, quarante ans.

— C'est un peu vieux.

— Quoi ? Pour se marier ? Les maris plus âgés sont une bénédiction. D'accord, ils meurent généralement les premiers, mais, à ce moment-là, l'épouse s'est habituée à cette idée. Edward avait quinze ans de plus que moi. Il m'a comblée d'attentions et donné de bons conseils pour le jour où je serais veuve. Mais ne croyez pas, Prudence, que mon désir d'avoir un peu de compagnie veuille dire que je souffre de la solitude. J'adore vivre seule. Il y a tant de choses à faire… » Commencée d'une voix ferme, cette déclaration se perdit dans un murmure.

« Je peux me l'imaginer, assura Prue qui, en

fait, en était incapable. Qui pourrait se sentir seule dans une maison pareille ?

— Exactement. Il y a tous ces livres. Le piano. Le phonographe. Le jardin. Est-ce que vous lisez ? »

Prue se rendit compte qu'elle rougissait. « Très peu. Il n'y avait pas de livres chez nous. J'en ai vu beaucoup à Hallows Farm, mais je n'avais guère le temps de lire, là-bas.

— Évidemment. Avec tout ce qu'il y avait à faire… Vous êtes quand même parvenue à lire quelques pages de Hardy, étant dans le Dorset ?

— Non. J'ai parfois regardé les *National Geographic* de Mr. Lawrence et les *Picture Post* de Mrs. Lawrence.

— Oh, ma chère petite, vous avez encore des trésors à découvrir ! » Ivy s'approcha de la bibliothèque et sortit un livre relié d'une rangée de volumes identiques. « Dickens ? » Prue secoua la tête. « Je pense que vous devriez commencer avec ce maître. *Les Grandes Espérances.* Tenez, prenez-le. Quand vous me le rapporterez, je vous en prêterai un autre. »

Prue regarda le cuir ouvragé, les titres dorés. « J'ai peur de l'abîmer. Il est si beau !

— Les livres sont faits pour être lus. S'il tombe par terre dans la cuisine de Johnny, ça n'a pas d'importance. » Elle débarrassa Prue de la photo qu'elle replaça sur le guéridon. « J'essaierai de faire venir Gerald un jour où vous serez ici. Vous le trouverez amusant.

— Merci infiniment. »

Prue attendait beaucoup plus de plaisir d'une visite de Gerald que de la lecture d'un livre.

« N'oubliez pas de parler de mes portes d'écurie à votre ami.

— Comptez sur moi. »

Ivy lui tendit une main parcheminée que Prue veilla à serrer avec douceur.

« Venez lundi matin. Ne parlons pas de salaire et de ce genre de choses ennuyeuses comme tout. Nous verrons ce qui se passe. »

Lorsque Prue traversa le vestibule pour sortir, l'horloge sonna midi. Comme elle l'écrivit par la suite à Ag et à Stella, elle avait vécu là une des matinées les plus bizarres de sa vie. Même si la nature de son travail restait vague, elle attendait avec une étrange impatience de le commencer.

Johnny fut ravi de l'offre de l'Hon. Ivy : il aimait fabriquer des portes. Il montra peu d'intérêt pour la description que Prue lui fit de la maison et de sa propriétaire et passa la plus grande partie du week-end dans son atelier. De temps en temps, Prue lui apportait une tasse de thé ou de café, surtout pour s'assurer qu'il ne buvait pas d'alcool. Son ami avait réussi à se convaincre qu'il avait renoncé à la boisson, du moins pour le moment, et se contentait des verres de ginger ale qu'elle lui offrait.

Le week-end sembla interminable à Prue. À présent, elle trouvait le ménage très ennuyeux et le réduisait à une demi-heure chaque matin, après le petit déjeuner. Elle avait hâte de travailler pour Ivy, essayant d'imaginer ce que cet emploi impliquerait. Une certaine agitation s'empara d'elle. Rudolph n'avait pas répondu à sa lettre. Lorsqu'elle pensait à lui, elle se demandait encore si elle avait pris la bonne décision, mais son souvenir s'estompait.

Elle se rendit bientôt compte que les humeurs changeantes et la frustration de Johnny rendraient leur cohabitation difficile. Elle devait sans cesse deviner ce qu'elle pouvait faire pour lui. Il semblait très différent du voisin qu'elle avait connu à Manchester, mais il était vrai qu'alors elle le voyait beaucoup moins. Mieux vaudrait pour elle vivre seule qu'avec un homme imparfait, même si elle n'était pas sûre d'être prête à supporter la solitude.

Elle arpenta la maison, confectionna un bread and butter pudding pour utiliser quelques-uns de leurs nombreux œufs et les restes de pain rassis — Johnny appréciait sa cuisine. Elle alla se promener, mais vu son état de nervosité, ni les ondulations des Downs, ni le vol des alouettes ne lui apportèrent le moindre réconfort. De retour au cottage, se reprochant son mécontentement dénué de raison, elle se rendit dans le séjour et prit *Les Grandes Espérances.*

Elle se contenta d'abord de le tourner et de le retourner respectueusement entre ses mains. Elle passa l'index sur les motifs ciselés dans le cuir bordeaux qui sentait… quoi ? se demanda-t-elle. Une odeur plus légère que celle du harnais de Noble, mais quelque chose d'approchant. Elle feuilleta quatre ou cinq pages couleur crème dont les bords semblaient avoir été découpés avec soin. Il y avait longtemps qu'elle n'avait pas tenu, ni encore moins lu, un livre. Ce magnifique volume la rendait curieusement nerveuse, mais elle était décidée à s'y mettre. Impossible de retourner chez Ivy et de lui dire qu'elle ne l'avait pas ouvert. Les caractères typographiques étaient très petits, les paragraphes denses. Ça ne serait pas du gâteau.

Un moment plus tard, elle se trouvait avec Pip dans le cimetière attenant à l'église, étonnée qu'un écrivain fût capable de vous faire ressentir le réalisme d'une image si clairement. Les marécages traçaient une longue ligne noire horizontale… le fleuve une autre, mais moins large et moins foncée ; le ciel était strié de raies rouges et noires… Prue voyait tout, sentait le froid humide. Elle était sur place.

Elle passa le reste de la journée à lire, ne s'arrêtant que pour manger. Sa soudaine passion pour Dickens semblait plaire à Johnny. Il lui conseilla de passer ensuite à *David Copperfield*. Il y avait encore beaucoup d'autres ouvrages. Dickens l'occuperait un bout de temps. Prue lut pendant presque toute la nuit du samedi et une partie du dimanche. Le lundi matin, fatiguée mais heureuse, elle alla rendre le livre à Ivy, ravie de la surprendre et impatiente d'en emprunter un autre.

Johnny la suivit dans sa camionnette de manière à pouvoir retourner au cottage et commencer à travailler une fois les mesures prises. Il se gara devant le Vieux Presbytère, à côté de la Sunbeam. « Belle maison », se borna-t-il à dire comme s'il s'interdisait des louanges excessives. D'une main ferme, il prit Prue par le coude.

Pendant un instant, elle se dit que marié, il soutiendrait sa femme, puis elle se rendit compte qu'il ne se tenait à ses côtés que parce qu'il appréhendait sa rencontre avec Mrs. Lamton.

Ivy ouvrit la porte avant même qu'ils ne gravissent le perron. Elle tendit ses deux mains à Johnny qui, en arrivant près d'elle, les prit dans les siennes avec l'aisance de quelqu'un habitué aux gestes de salutation peu conventionnels. « Comme c'est gentil à vous d'être venu, dit la vieille dame à Johnny. J'ai grand besoin d'un bon menuisier. Mes écuries tombent en ruine. Quel heureux hasard que Prue soit votre amie ! »

Elle les mena dans le séjour. Johnny regarda furtivement autour de lui, essayant de cacher sa curiosité.

« Écoutez, je vais emmener Johnny jeter un coup d'œil aux écuries pour voir ce qu'on peut faire. Ensuite, nous prendrons un café ensemble. Oh, Prue, ma chère petite, vous avez rapporté le livre ! Vous l'avez lu très vite. Alors, qu'en pensez-vous ?

— Je suis émerveillée, transportée, répondit Prue, incapable de trouver sur-le-champ une appréciation plus littéraire.

— Ça me fait vraiment plaisir ! Allez donc choisir un autre Dickens.

— Je lui ai recommandé *David Copperfield*,

intervint Johnny qui semblait vouloir montrer qu'il partageait la culture livresque de sa nouvelle cliente.

— Bonne idée, cher monsieur. Prudence, à mon retour, je vous demanderai d'avoir la gentillesse de m'emmener à la poste. » Ses yeux pétillèrent. « Vous savez, je meurs d'envie de faire un tour dans votre belle voiture rouge.

— Elle est sensationnelle », assura Johnny.

Après leur départ, Prue rangea *Les Grandes Espérances* sur l'étagère et en sortit *David Copperfield*. Elle s'assit à sa place préférée, au bout du canapé, et regarda autour d'elle, voulant vérifier si ce cadre était aussi magique qu'il lui avait semblé à sa première visite. Plus calme à présent, elle l'apprécia encore davantage. À sa grande surprise, elle constata qu'elle s'y sentait presque chez elle. Elle pouvait s'imaginer vivre dans cette maison. Arranger des fleurs sur le bureau. Tirer les rideaux les soirs d'hiver. Descendre le matin quand le soleil effleurait le délicat tapis provenant d'un des pays orientaux où Ivy avait séjourné. Tout en jouant avec ces idées, elle s'enhardit à prendre entre ses mains la photo de Gerald dans son cadre d'argent. Elle l'examina, s'efforçant d'en mémoriser chaque détail. Gerald. Ça avait de la classe ! « Prue et Gerald », se dit-elle. Elle aimait essayer ce genre de combinaisons. Celle-ci lui parut harmonieuse. Un jour, sur ce dessus de cheminée, il y aurait peut-être, imprimées sur de l'épais papier blanc, des invitations avec, tout en haut, « Prue et

Gerald »… Il faudrait qu'elle rappelle discrètement à Ivy qu'elle aimerait rencontrer son neveu.

Absorbée par ses rêves éveillés, Prue ne vit pas le temps passer. Elle éprouvait un bonheur tangible, le genre de bonheur qu'elle avait parfois éprouvé en labourant le Pré d'En Bas, et les sonneries de l'horloge ne parvenaient pas à interrompre ses pensées.

Lorsque Ivy revint enfin, elle semblait ravie des promesses que lui avait faites Johnny. « Ce jeune homme est très doué, dit-elle. Je pourrais lui trouver plusieurs travaux à effectuer dans la propriété. Il y a toujours des réparations à faire. Il n'a pas voulu rester pour le café, il m'a dit qu'il rentrait tout de suite, commander le bois. Alors, si on faisait ce saut à la poste ? Elle est à un kilomètre d'ici à peine. D'habitude, je m'y rends à pied, mais… Edward et moi adorions les voitures rapides. À une époque, nous avions une Lagonda. »

Prue fit attention à ne pas rouler trop vite sur les routes étroites, mais Ivy n'éleva aucune objection. Elle se trémoussait sur son siège comme une gamine. Arrivée devant la poste, Prue remarqua que la vieille dame répugnait à descendre, aussi lui proposa-t-elle d'expédier la lettre à sa place.

« C'est gentil de votre part, dit Ivy. Nous devrions faire une vraie balade un jour. Je n'ai qu'une minuscule Ford à peine plus rapide qu'un landau. Ce n'est pas amusant. » Elle se tut un moment, puis reprit : « Vous savez, je me suis creusé les méninges au sujet de votre travail, et je ne sais toujours pas en quoi il consistera. Enfin… on verra. Cet après-midi nous pourrions nous attaquer à l'armoire à linge. Quand cette tâche deviendra trop ennuyeuse, vous commencerez à lire *David Copperfield* pendant que je ferai une petite sieste… » Comme si elle doutait de l'intérêt de son programme, elle laissa sa phrase en suspens.

« C'est parfait. Je suis prête à faire n'importe quel travail.

— Un jour, nous pourrions trier les vêtements que je portais dans ma jeunesse, les ranger dans des boîtes et les donner à une œuvre.

— Ce serait une bonne idée. »

Alors qu'elle tournait dans l'allée, Prue accéléra un peu pour faire plaisir à Ivy et fut récompensée par des exclamations ravies. Soudain, la vieille dame plaqua sa main sur sa bouche. « Ça alors ! Regardez qui est là ! N'est-ce pas une étrange coïncidence ? J'allais appeler Gerald aujourd'hui. Il a besoin de rencontrer des femmes jeunes et intelligentes comme vous. J'ai l'impression que sa vie est assez monotone. »

Une voiture, moins grande qu'une Humber ou une Daimler mais plus sportive, était garée près de la maison. Aucune trace du conducteur. Prue regretta d'avoir mis si peu de mascara. Ivy et elle descendirent. Ivy appela plusieurs fois son neveu, mais sa voix fut brusquement couverte par le croassement d'une bande de corneilles perchées dans les arbres.

Gerald apparut au coin de la demeure et

s'approcha de sa tante sans avoir l'air de remarquer Prue. Sa tenue ressemblait à celle des aristocrates que Prue voyait à l'église le dimanche, quand elle était à Hallows Farm : pantalon au pli impeccable, veste en tweed, chemise de coton fin, cravate de son régiment, pochette en soie jaune. Il tirait sur une cigarette dont l'odeur de la fumée révélait malgré l'air vif qu'il s'agissait d'une marque étrangère. Il l'agita au bout de son porte-cigarette d'ambre, puis la tint au-dessus de sa tête pour embrasser sa tante.

« Gerald ! Quelle bonne surprise ! s'exclama la vieille dame. J'avais l'intention de t'appeler.

— J'ai pensé que ça ne t'ennuierait pas si je m'arrêtais un moment chez toi, lui répondit-il en souriant. Je ne tire pas au flanc, je t'assure. Je suis en route pour Salisbury Plain. Pour affaires, évidemment.

— Je te présente Prudence. Elle vient m'aider quelques jours par semaine. Prue, voici mon neveu, Gerald Wickham. »

Comme le dénommé Gerald restait immobile, Prue s'avança vers lui. Ils se serrèrent la main. Elle remarqua aussitôt ses yeux en amande, telles deux petites ailes. Au repos, sa bouche était sévère, presque méprisante, mais lorsqu'il sourit, ce qu'il fit en lui serrant la main, de sympathiques ridules plissèrent son visage.

Ils se rendirent ensemble au salon. Gerald s'installa sur le canapé de Prue. Ivy alla chercher un cendrier en verre qu'elle plaça près de lui. Prue choisit le fauteuil opposé. Elle regretta que

Gerald fût assis à contre-jour alors qu'elle était exposée à la lumière. Ivy invita son neveu à déjeuner. Il la pria de l'excuser, il ne pouvait s'attarder.

« Le devoir t'appelle, je suppose, dit Ivy. Je vais juste… » Elle sortit en hâte. Une fois de plus, elle s'appuyait à peine sur sa canne.

Gerald croisa les jambes et regarda Prue avec l'attention d'un homme qui examine un objet rare pour lequel il a l'intention de faire une offre. Prue remarqua sa rotule saillante, telle une plaque dure, sous l'épais tissu de son pantalon. C'était bon signe : il avait de belles jambes. Elle n'avait jamais aimé celles de Barry n° 2.

« Alors, qu'est-ce que vous fabriquez ici ? » demanda Gerald. Il avait un débit traînant, un peu comme Rudolph, sans le charme de l'accent du sud des États-Unis.

« Eh bien, je n'en sais trop rien. Votre tante non plus, d'ailleurs. Elle dit qu'on verra bien.

— Ah bon. » Gerald tira profondément sur sa cigarette. « Qu'aimez-vous faire ? Quel genre de travail ?

— J'adore m'occuper d'animaux. Pendant la guerre, j'étais volontaire agricole. J'aime les vaches, labourer, conduire un tracteur. » Elle battit des cils. « En fait, je suis drôlement fortiche pour tracer des sillons droits.

— Ça ne m'étonne pas. » Gerald eut un faible sourire. « Malheureusement, il n'y a aucun animal ici. Il y en aura quand je prendrai la suite. Comme tout le monde, Ed et Ivy ont dû se convertir à la culture arable pendant la guerre, et ils en sont restés là. Aussi, je suppose qu'un jour nous vous trouverons un coin de terre à labourer. »

Prue chassa l'idée qu'il se montrait légèrement sarcastique. En fait, elle se moquait de ce qu'il pouvait dire ou ne pas dire. Elle était parfaitement contente de rester là à le regarder. Elle appréciait ses chaussures luisantes et son air sérieux lorsqu'il tirait sur sa cigarette. Devenir Mrs. Gerald Wickham ne lui aurait pas déplu.

Il interrompit ses réflexions lorsqu'il lui demanda où elle habitait.

« Près d'ici, chez un vieil ami, Johnny. C'est provisoire. Je dois me trouver une maison quelque part. Johnny est menuisier.

— Menuisier. » Ce n'était pas une question. Gerald sembla réfléchir longuement à la profession de Johnny.

« Et aussi poète, ajouta Prue, se demandant si cette occupation remporterait un plus grand succès.

— Menuisier et poète ? Quelle combinaison ! Une très bonne combinaison, à vrai dire. » Gerald laissa errer son regard sur la pièce, évitant Prue, comme absorbé par un nouveau sujet de réflexion.

« En fait, il va effectuer des travaux pour votre tante, dit Prue qui regrettait d'avoir mentionné Johnny. Il va fabriquer des portes d'écurie neuves.

— Ah, très bien. » Gerald finit par la regarder. « Tante Ivy adore employer des gens. Mais je ne vois vraiment pas ce qu'elle vous trouvera à faire.

— Je crois qu'elle aimerait juste un peu de compagnie.

— Elle pourrait vous apprendre beaucoup de choses. Elle est très intelligente et détient un savoir secret.

— Elle m'a déjà poussée à lire.

— Poussée à lire ?

— Oui, des livres. » Prue gloussa. « Jusqu'ici je ne lisais que des magazines. Des revues de cinéma ou le *Picture Post.*

— Je vois. » Gerald écrasa son mégot. Il sortit aussitôt un étui en or de la poche intérieure de sa veste et alluma une autre cigarette.

Prue repensa à toutes ces soirées aux Mélèzes où, avant sa grossesse, Barry accomplissait le rituel de choisir un cigare dans son étui en or, moins fin que celui de Gerald, et de l'allumer. Sentant qu'elle progressait un peu, elle se trémoussa dans son fauteuil. « Oui, elle m'a prêté *Les Grandes Espérances.* Je l'ai lu en entier pendant le week-end, et je peux vous assurer que je ne lis pas vite.

— Très bien, approuva Gerald avec moins d'intérêt qu'elle n'en avait escompté. Vous passerez de bons moments. Mais vous devez vous ennuyer ici. N'avez-vous jamais envie de vous rendre à Londres ?

— Pas tellement. Je n'y suis allée qu'une fois. » Prue se réjouit de l'occasion qui s'offrait de se vanter d'un honneur auquel même l'arrogant

Gerald Wickham ne pouvait sans doute pas prétendre. « Il y a quelques années, le roi et la reine ont invité des volontaires agricoles à Buckingham Palace. J'étais l'une des heureuses élues.

— Petite veinarde. » Les yeux de Gerald se fermaient.

Son anecdote était-elle si ennuyeuse que ça ? « J'ai eu le privilège de leur faire à tous la révérence. À un certain moment, j'étais si près de la princesse Margaret que j'ai... » À présent, son interlocuteur avait les paupières closes. Dormait-il ? Quel goujat ! La plupart des hommes s'étaient toujours intéressés à elle.

Il ouvrit les yeux, la regarda de nouveau comme s'il voulait enregistrer son image et la mettre en réserve. « Moi, l'endroit que j'aime, c'est le Savoy, dit-il de sa voix langoureuse.

— Le quoi ?

— C'est un grand hôtel près du fleuve. Avant la guerre, c'était le paradis. J'y ai souvent dormi, j'y ai rencontré des amis, j'y ai dansé... Je me suis souvent dit que si jamais je me mariais, j'aimerais y passer ma nuit de noces. Dans la suite qui donne sur la Tamise.

— Quelle bonne idée ! » Prue imagina la chambre, la salle de bains probablement pourvue de robinets en or. Et ce qui était drôle, c'était que Gerald avait peut-être sous les yeux la femme avec laquelle il passerait cette nuit-là... Elle eut du mal à ne pas le lui dire.

« Vous aimeriez que je vous y emmène un

jour ? Dans quelques semaines, vous mourrez d'envie de vous distraire un peu. »

Prue le regarda, muette de surprise. Un soir à Londres en compagnie de cet homme étonnant ?

« Si j'aimerais ? Je serais folle de joie !

— Alors, mettons ça au point. »

Gerald alla à la fenêtre où il alluma une énième cigarette.

Johnny ne partageait pas l'admiration de Prue pour le Vieux Presbytère. « C'est le genre de maison qu'on trouve dans tous les villages anglais. Elle n'a rien d'extraordinaire. Quelques beaux meubles, ça oui. L'ensemble aurait besoin d'un coup de peinture.

— Moi, je l'aime comme ça. Qu'as-tu pensé de l'écurie ?

— Elle est splendide. La vieille sellerie est encore pleine de selles et de brides. On dirait que quelqu'un continue à les cirer. Je suis ravi de fabriquer ces portes. Merci pour la commande. Mrs. Lamton m'a proposé une somme énorme. Je n'ai pas discuté. » Assis à la table de la cuisine, Johnny versa le thé. Il semblait heureux.

« J'ai fait la connaissance de son neveu, Gerald. Un homme bizarre, assez gentil. Il doit avoir dans les quarante ans. » Prue marqua une pause. « Toujours est-il qu'il m'a invitée à dîner dans un endroit appelé le Savoy.

— Le Savoy ? » De sa paume, Johnny frappa

la table, faisant déborder son mug. « Mais c'est à Londres !

— Je sais. Tu connais ? »

Johnny tamponna la flaque de thé avec son mouchoir. « Évidemment. »

Prue comprit qu'il mentait. « J'ignore où tu as été et ce que tu as fait. Mais il est certain que tu as mené une vie beaucoup plus raffinée que moi. »

Cette affirmation sembla plaire à son ami. Ensuite, il fronça les sourcils. « Je n'arrive pas à m'imaginer cette soirée, dit-il. Comment te rendras-tu à Londres ? En voiture ? Est-ce ce Gerald qui t'y conduira ? Tu te rends compte du nombre de tickets d'essence que tu vas engloutir ? À moins que tu ne prennes le train, ce qui veut dire rentrer au milieu de la nuit.

— Je n'en sais rien. On n'en a pas parlé. Nous n'avons même pas fixé de date. Pourquoi ça te contrarie autant ?

— Ça ne me contrarie pas.

— Je ne suis que ta locataire. Nous menons des vies indépendantes. Jusqu'ici, je ne suis pas sortie une seule fois, pas vrai ?

— Je te croyais heureuse ici.

— Je le suis, mais si on m'offre une occasion d'aller danser dans un endroit chic, je ne vois pas pourquoi je refuserais.

— Certes. » Johnny soupira. « Mais méfie-toi. Les hommes quadragénaires ont l'art d'exhiber leur argent pour circonvenir les jeunes filles.

— Qu'est-ce que ça veut dire "circonvenir" ?

— Les embobiner, les fourrer dans leur lit ! se mit-il à crier.

— Oh, Johnny, ne sois pas bête. » Prue posa la main sur celle de son ami qui la retira vivement. « Tu ne peux pas me refuser de passer quelques bons moments, non ? Pour qui tu me prends ? Pour une séductrice ?

— Exactement. Il n'y a pratiquement aucun homme au monde avec lequel tu ne flirtes pas, avec qui tu ne te voies pas mariée et heureuse à jamais comme dans les romans à l'eau de rose. Ta recherche constante de l'amour, tes fantasmes sont pathétiques. » Sa chaise racla bruyamment le sol quand il la recula et se leva. « Eh bien, amuse-toi bien au Savoy, un endroit tellement au-dessus de ta condition que tu ne sauras même pas comment t'y comporter. En tout cas, je ne veux pas en entendre parler. Je resterai ici en compagnie d'une bonne bouteille de vodka.

— Johnny ! » cria Prue.

Son ami quitta la pièce en claquant la porte.

Prue ne fut guère affectée par cette mystérieuse colère : elle était trop occupée à imaginer sa sortie avec Gerald. Plus elle pensait à lui, plus elle le voyait comme un possible candidat au mariage. Lorsque Johnny revint pour dîner, il semblait avoir oublié et sa fureur et ce qui l'avait provoquée. Ils passèrent une soirée tout à fait normale : ginger ale, conversation roulant sur les poules, parties de jacquet.

Les deux semaines suivantes, Prue se surprit à se rendre au Vieux Presbytère presque tous les jours en semaine, ne sachant jamais ce qui l'y attendait. Parfois, elle accompagnait Ivy dans la serre et l'aidait à mettre en terre de jeunes plants. Un matin, elle tailla une haie, travail qui lui était plus familier. « Ag l'aurait fait beaucoup mieux que moi », assura-t-elle à Ivy. Elle recopia des adresses dans un nouveau répertoire relié, laissant de côté celles qui étaient barrées. « Tant de mes amis et connaissances sont morts », soupira Ivy.

Un après-midi pluvieux, elles finirent par trier le linge comme l'avait suggéré la vieille dame. Pour chacune c'était plutôt une corvée, aussi exécutèrent-elles leur tâche avec lenteur. Elles déplièrent et replièrent d'énormes draps brodés aux initiales des Lamton, se demandant ensuite sur quelle étagère les ranger. Pour la distraire, Ivy décrivait à sa compagne la vie aux Indes, sous l'Empire britannique. Tous les jours, les deux femmes déjeunaient au salon d'une tasse de café accompagnée de sablés.

« Alice utilise toute ma ration de beurre et de sucre pour confectionner ces biscuits, dit Ivy. Comme c'est pour me faire plaisir, je n'ose pas la décourager. Il a fallu que je m'habitue à manger mon porridge sans sucre. » Lorsque Prue lui suggéra de prendre, pour plus de commodité, leur repas à la cuisine, Ivy eut l'air choqué. « Aujourd'hui, la plupart des gens passent sans doute plus de temps dans leur cuisine que dans leur salle à manger. Je ne suis pas de ceux-là, Dieu merci.

— Que faites-vous le soir, quand vous dînez seule ?

— Alice me laisse un plat dans le four et me met le couvert dans la salle à manger. J'allume des bougies, j'écoute un concert à la radio, je réfléchis, je pense au passé. C'est très agréable. »

À l'heure du déjeuner, Ivy ne précisait jamais la nature du travail qu'elle voulait donner à Prue pour l'après-midi. Il apparut bientôt que, malgré le plaisir qu'elle prenait à être seule, la présence de quelqu'un dans la maison était tout ce qu'elle désirait. Leur frugal repas terminé, elle se creusait la cervelle pour trouver une occupation à Prue pendant qu'elle se reposait. Chaque jour, elle parvenait à la même conclusion : « Vous n'avez qu'à vous installer confortablement ici et continuer à lire. » Prue acceptait toujours, les après-midi passés avec Dickens lui étant devenus très chers. Elle avait l'intention de lire toute son œuvre. Vers quatre heures, elle entendait la vieille dame descendre, mais celle-ci n'entrait pas dans le salon, comme si elle faisait exprès de laisser Prue à sa lecture, n'ayant aucune tâche à lui confier. Cet arrangement les satisfaisait tellement toutes deux qu'elles n'en parlaient jamais.

Un jour, Prue demanda si elle pouvait écrire à Ag pendant qu'Ivy faisait la sieste. La vieille dame lui offrit aussitôt de l'encre, une plume et des feuilles à volonté. Prue s'assit derrière le grand bureau, examina l'encrier de cuivre — « un cadeau du haut-commissaire en Inde » —, le coupe-papier en argent et le buvard immaculé dans son sous-main en cuir gaufré. Fichtre ! se dit-elle. L'épais papier crème aux bords tranchants portait un en-tête gravé. Impressionnée, Prue passa le doigt sur les caractères en relief. Elle trempa sa plume dans de l'encre Quink bleu roi. Absorbée par ses efforts pour décrire à Ag sa nouvelle vie, elle n'entendit pas Ivy entrer dans la pièce.

« Je viens d'avoir Gerald au téléphone, annonça-t-elle. Il demande si ce mercredi vous conviendrait pour la soirée au Savoy. »

Prue perçut une touche d'hésitation, peut-être même d'inquiétude dans sa voix.

« J'ai cru qu'il n'appellerait jamais ! Mercredi serait parfait.

— Gerald n'est jamais pressé de réaliser ses projets, mais il finit toujours par le faire. » Ivy fit une moue comme si elle se rappelait certains incidents survenus dans le passé.

« Oui, mais qu'est-ce que je vais bien pouvoir mettre ? » Prue avait aussitôt passé en revue sa garde-robe inappropriée, entassée dans l'armoire qui sentait le moisi de Johnny.

« Une robe longue évidemment.

— Longue ? Je n'ai pas de robe longue. Je n'en ai jamais eu.

— Dans ce cas, venez avec moi. » Prue la suivit au premier, dans une pièce qu'elle ne connaissait pas, aux murs couverts de placards. « Mon vestiaire, expliqua Ivy. Ces placards sont pleins de vêtements que je n'ai pas eu le courage de jeter. À ma mort, ils iront sans doute à une œuvre de charité. »

Les deux femmes passèrent le reste de l'après-midi à examiner des rangées de robes de toutes les couleurs de l'arc-en-ciel : en soie, velours, crêpe de Chine, ornées de boutons étincelants, de cols de fourrure ou de jabots de dentelle. Chacune d'elles avait une histoire : un bal à Pékin, une réception à l'ambassade de Washington ou de Rome… Ivy soulevait un cintre après l'autre, permettant à ces vêtements, témoins de son passé, de se balancer à nouveau. Ils dégageaient une légère odeur de naphtaline et une touche à peine perceptible de parfum. « Mitsouko, je portais toujours Mitsouko. C'était le préféré de mon mari. » La vieille dame sautait d'un pied sur l'autre, la voix vibrante de souvenirs.

La lumière commençait à baisser. Un ciel pourpre apparut à l'unique fenêtre de la pièce. Elles entendirent gronder le tonnerre, puis il se mit à pleuvoir. De grosses gouttes espacées frappèrent les carreaux. Bientôt il fit si sombre qu'on avait peine à distinguer les tissus, les broderies, les plis et les manchettes. Ivy mit entre les mains de Prue une longue robe couleur de l'encre Quink. Sous ses doigts, l'étoffe paraissait presque vivante — le velours le plus doux qu'elle eût jamais touché.

« Essayez-la donc. » Ivy s'approcha du seul meuble de la pièce, une grande psyché, qu'elle inclina pour capter un restant de lumière. « Je crois que j'avais exactement votre taille quand je l'ai portée — au début des années 1920, à un réveillon dans le Derbyshire.

— Vous êtes encore très... » De crainte de paraître trop familière, Prue n'acheva pas sa phrase.

« J'ai essayé de ne pas me laisser aller. »

Dans l'obscurité grandissante, Prue se déshabilla et passa la tête dans le tunnel sombre et soyeux de la robe. L'instant d'après, elle ondulait devant le miroir, reconnaissant à peine son reflet. Au moindre mouvement, la longue jupe dansait autour de ses jambes.

« Elle vous va parfaitement. Inutile d'en chercher une autre. Il fait trop noir à présent — je me demande pourquoi il n'y a pas de lampe dans cette pièce — mais demain je vous trouverai un châle et des bijoux. Gerald vous offrira peut-être un gardénia à mettre dans vos cheveux — si cela ne vous ennuie pas d'abandonner votre nœud juste pour un soir... » Ivy ne parvint pas à réprimer un sourire.

« Ça ne m'ennuie pas du tout », répondit Prue.

Elle retourna au cottage en plein orage, sous une pluie battante, se demandant comment décrire son après-midi. Elle commença par informer Johnny que son rendez-vous avec Gerald était pour le mercredi et que, n'ayant pas de robe longue, Ivy lui en avait prêté une.

« Ah oui ? » fut le seul commentaire de son ami. Devant son manque d'intérêt, Prue renonça à lui parler de Londres. Elle décida de garder les détails de la soirée pour elle : ce serait un événement impatiemment attendu, puis, avec un peu de chance, un souvenir inoubliable.

Prue n'eut aucun contact avec Gerald jusqu'au mercredi après-midi où il vint la chercher au Vieux Presbytère. Le rendez-vous avait été mis au point par l'intermédiaire d'Ivy. Conformément aux instructions de Gerald, Prue avait emporté une petite valise : ils devaient se changer au Savoy. Ivy avait montré à Prue comment protéger la robe dans un nuage de papier de soie. Elle lui avait aussi prêté des bijoux — « Par mesure de sécurité, ce n'est que du strass » — qu'elle glissa dans une bourse en velours.

« Vous passerez la nuit au Savoy », dit Ivy au moment où, ponctuelle, la voiture de Gerald se garait dans l'allée. Sa moue trahissait quelque arrière-pensée.

Gerald embrassa sa tante, puis tendit la main à Prue — qui détourna en hâte la joue qu'elle lui offrait, espérant qu'il n'aurait rien remarqué de son intention. Élégant comme de coutume, Gerald portait un complet gris et une cravate en soie bleue à pois si épaisse que Prue se demanda comment il avait pu la nouer. Elle aurait bien voulu savoir si ce qu'avait prédit Ivy au sujet de leur nuit au Savoy était exact. Ils n'avaient pas encore fait un kilomètre le long de routes étroites qu'elle demanda d'un air de défi quelles étaient les dispositions prévues.

« Nous descendons au Savoy, bien sûr, répondit Gerald. Pourquoi irions-nous ailleurs ? » Vexée par cette rebuffade, Prue se tut pendant le reste du trajet. Lorsqu'ils passèrent devant Buckingham Palace, elle se rasséréna, mais se rappela que le souvenir du thé pris avec le roi et la reine avait laissé de marbre son maussade — maussade ou concentré sur la route — compagnon. Persistant dans son silence, elle imagina le luxe de la chambre donnant sur la Tamise qu'elle partagerait avec Gerald.

Lorsqu'ils se garèrent devant l'entrée de l'hôtel, de grands gaillards en chapeau haut-de-forme et manteaux à double rangée de boutons, pareils à ceux que portaient les enfants avant la guerre, se précipitèrent pour les débarrasser de leurs petites valises, des clés de la voiture et pour leur ouvrir les immenses portes vitrées. Prue sentit ses chaussures rouges s'enfoncer dans des centimètres de tapis alors qu'elle suivait Gerald à la réception. Là, des hommes en uniforme le saluèrent comme s'il était un habitué, mais elle n'entendit pas leur conversation. Un chasseur coiffé d'un petit chapeau rond, qui ressemblait exactement à celui qu'elle avait vu un Noël lors d'une représentation d'*Aladin*, apparut à côté d'eux. Il avait un visage éveillé et joyeux, une mèche blonde lui tombait sur l'œil. En d'autres circonstances, Prue n'aurait pas refusé d'aller boire un verre avec lui. Elle lui sourit. Le groom lança un regard au dos tourné de Gerald, puis répondit à Prue par un sourire entendu.

Il les emmena à l'ascenseur. Pendant un instant, on aurait pu croire qu'une douzaine de personnes s'entassaient dans la cabine : leurs reflets, pressés les uns contre les autres, évitaient de se regarder. Ils sortirent dans un long couloir et suivirent le chasseur jusqu'à l'une des portes. D'un geste théâtral, le garçon l'ouvrit et, lorsqu'ils pénétrèrent dans la pièce, s'inclina (était-ce un signal secret ?). D'un coup d'œil, Prue enregistra tout : le couvre-lit en satin, les placards laqués, du verre de tous côtés, les abat-jour en tissu plissé. Par une porte entrebâillée, on apercevait une salle de bains en marbre.

« Ça ira ?

— C'est parfait. » Gerald se tourna vers le groom. « Ma chambre est à l'étage au-dessus, n'est-ce pas ?

— Oui, monsieur. » Le garçon agita une seconde clé.

À l'étage au-dessus ? Qu'est-ce que c'était que cette histoire ? se demanda Prue. Qui rendrait visite à l'autre ? Pourquoi diable Gerald n'avait-il pas pris une chambre double ? Craignait-il pour sa réputation ? Furieuse, elle adressa au chasseur un autre sourire tandis que Gerald écartait le voilage et regardait dehors. Le garçon rougit, mais resta impassible.

« Désolé, cette chambre ne donne pas sur la Tamise », dit Gerald d'un ton qui ne dénotait aucun regret. Il se tourna vers Prue et la détailla à sa manière froide d'adjudicateur. « Vous pouvez prendre un bain et vous changer. À sept heures, je viendrai vous chercher, nous irons boire un verre au bar avant le dîner.

— Entendu, répondit Prue avec un petit mouvement brusque de la tête destiné à lui faire comprendre que les dispositions prises pour la nuit la contrariaient.

— À tout à l'heure, alors. » Gerald et le chasseur quittèrent la pièce.

Prue resta un moment à regarder sa valise. Elle n'avait plus très envie de déballer sa belle robe. Elle alla à la fenêtre, en écarta le rideau et découvrit une vue de toits sombres. Le silence de la pièce l'oppressait : des centaines de personnes devaient avoir dormi ici, mais aucune n'avait laissé une trace de son passage. Sans doute était-ce là le propre d'une chambre d'hôtel. Aussi magnifique fût-elle, elle restait anonyme. Une autre déception. Elle s'était attendue à ressentir une certaine excitation dans cette pièce inconnue. Peut-être aurait-ce été le cas si Gerald avait disposé ses brosses en argent (ou en ivoire) sur la commode et avait pendu son complet dans l'un des vastes placards...

Plus tard, lorsque Prue repenserait à cette soirée à Londres, elle se rappellerait que pendant l'heure où elle était restée dans la chambre pour se changer, elle avait ressenti une solitude glaciale comme elle n'en avait encore jamais connu. Et quand elle la raconta à Ag et à Stella, elle omit ce moment, jugeant ingrat et peu raisonnable de se sentir déçue en des circonstances considérées en général comme un luxueux privilège.

N'empêche que dans ses rêves elle avait imaginé que Gerald aurait remonté la fermeture Éclair de sa robe, puis lui aurait passé le collier de faux saphirs autour du cou. Les choses étant ce qu'elles étaient, elle se débrouilla seule. Pas signe non plus de gardénia et, sur le conseil d'Ivy, elle n'avait pas emporté de nœud. Sans cet accessoire, elle se sentait mal à l'aise. Elle se regarda dans le miroir, et trouva qu'à la lueur des lampes la robe avait perdu de son attrait. Le charme magique qu'elle avait dégagé au Vieux Presbytère lors de cet après-midi d'orage s'était évanoui.

Prête bien avant l'heure, elle regretta de ne pas avoir apporté *Bleak House.* Même ayant renoncé à prendre un bain, elle alla explorer la salle de bains. Les dalles de marbre étaient tièdes au toucher. Elle jeta un coup d'œil dans les énormes placards, se demandant si certains clients parvenaient à les remplir. Elle aurait voulu être transportée dans une chambre à coucher familière. Laquelle ? Certainement pas celle de son enfance, ni celle des Mélèzes ou celle du cottage sans âme de Johnny. Non. Le grenier de Hallows Farm : c'était la chambre qu'elle avait le plus aimée. Fermant les yeux, elle s'en rappela chaque détail avec nostalgie tout en se moquant de ses sentiments puérils.

À sept heures précises, on frappa à la porte. Gerald se tenait là, en smoking, dégageant le parfum d'une eau de Cologne que Prue ne reconnut pas.

« Tout va bien ? » Debout dans le couloir, il l'examinait de son regard critique.

« Oui, très bien.

— Descendons au bar, alors. » Ils se dirigèrent vers l'ascenseur. Marcher sur le tapis silencieux donnait à ce court trajet la qualité d'un rêve. « Le Grill est le meilleur endroit pour manger, mais puisque vous avez sans doute envie de danser, nous irons au restaurant.

— Très bien », répéta Prue. Elle n'avait aucune idée de quoi Gerald parlait.

Une fois qu'ils furent installés dans un coin obscur et confortable du bar, Gerald proposa de prendre des White Ladies. « Ce cocktail est un peu passé de mode, mais toujours aussi capiteux. Vous voulez le goûter ? »

Consciente d'avoir dit « très bien » déjà deux fois, Prue acquiesça d'un signe de tête. La multitude de nouvelles expériences et de nouvelles références lui donnait le vertige. Le Grill ? Elle pensait que ça faisait partie d'un four. Au moins connaissait-elle les White Ladies, mais le mot « capiteux » ? Une fois de retour chez Johnny, elle le chercherait dans le dictionnaire. Cependant, déterminée à paraître à l'aise dans ce monde inconnu, elle renversa la tête en arrière et battit des paupières — geste qui, d'habitude, permettait de passer au stade suivant. Gerald Wickham, lui, ne sembla nullement impressionné. Il alluma sa cigarette avec un briquet en or gravé à ses initiales.

Le garçon arriva avec deux verres peu profonds, évasés, en cristal — des verres aristocratiques, hautains, destinés peut-être à vous intimider, se dit Prue en souriant. Elle leva le sien. Gerald l'imita. Prue s'attendait à ce qu'il prononce quelque toast plein d'esprit ou, pour le moins, un banal « À votre santé ». Il demeura silencieux. Craignant de dire une bêtise, elle se tut elle aussi. Tant de leçons à apprendre ce soir ! Pas étonnant qu'elle se sentît désorientée. Ils burent.

« Vous aimez ? » demanda Gerald.

Pour ne pas être en reste, elle répondit : « Vous avez raison, ce cocktail est très *capiteux.* » Le choix judicieux de cette appréciation sembla entamer la réserve de son compagnon.

« Je dois dire que vous êtes très en beauté », déclara-t-il au bout d'un moment. Comme Rudolph, il était lent à réagir.

« Merci. » Il y avait donc du progrès, peut-être même un début de quelque chose.

« Très jolie robe.

— C'est votre tante qui me l'a prêtée. Ainsi que le collier.

— Je suis sûr qu'elle aura pris plaisir à revivre un peu sa jeunesse. Elle était toujours très élégante. Elle séduisait tout le monde. Vous aimez travailler pour elle ?

— Oui, bien qu'on ne puisse guère parler de travail.

— Je pense qu'elle souhaite simplement un peu de compagnie, que quelqu'un lui donne un coup de main dans la serre et des choses de ce genre.

— Je passe beaucoup de temps à lire des romans de Dickens.

— Tant que cette inactivité ne vous pèse pas, cet arrangement vous semble profitable à toutes les deux, dit Gerald, une pointe d'ironie presque imperceptible dans la voix.

— En effet.

— Qu'en pense votre petit ami ?

— Je n'ai pas de petit ami.

— Je croyais que vous viviez avec un dénommé Johnny qui doit fabriquer de nouvelles portes d'écurie.

— Oui, mais je ne suis que sa locataire.

— Ah, fit Gerald en poussant un soupir compassé. Un autre cocktail ? » Agitant sa cigarette en l'air, il appela le serveur. Prue remarqua ses ongles, tous parfaitement limés. Qu'il puisse prendre Johnny pour son petit ami la contrariait. Mieux valait lui enlever le plus vite possible cette idée de la tête.

« Je cherche à acheter une maison pour y vivre seule », dit-elle, battant de nouveau des cils.

Deux autres White Ladies apparurent sur la table.

« Seule à la campagne, une jeune fille comme vous ? Pour quoi faire ? C'est de la folie !

— Pour quoi faire ? » Pour que vous, Gerald Wickham, songea-t-elle, veniez me rendre visite, m'apportiez des White Ladies, me fassiez l'amour toute la nuit jusqu'à ce que vous perdiez vos manières collet monté afin que nous puissions rire, nous promener, boire et dormir ensemble.

« Vous ne devinerez jamais. » Elle voulait paraître mystérieuse, mais ses mots avaient tendance à se télescoper. « C'est peut-être de la folie, mais je voudrais avoir une ferme avec des frisonnes, des moutons. Des hectares de blé et de maïs. »

Un demi-sourire s'était installé sur les lèvres de Gerald. Prue n'aurait su dire s'il était moqueur ou méprisant, mais elle avait l'impression que son compagnon commençait à se détendre.

« C'est bien la première fois que je parle agriculture au bar du Savoy, dit-il. Je trouve ça rafraîchissant.

— Mais nous n'en avons pas vraiment parlé. Si vous voulez, je peux vous préciser ce que je voudrais, la taille de mes troupeaux, et tout le reste.

— Une autre fois. Allons dîner. »

Quittant le bar, ils parcoururent des kilomètres de tapis pourpre dont les vagues montaient à leur rencontre. Ils atteignirent une série d'escaliers aux marches peu élevées. Après avoir lancé un coup d'œil à Prue, Gerald posa une main sur son coude. « Les White Ladies peuvent être fatales », déclara-t-il.

D'un mouvement brusque, Prue releva la tête. Il la croyait ivre, hein ? Eh bien, elle lui montrerait qu'elle était tout à fait capable de tenir deux de ses cocktails de luxe. Tâtant du pied le bord de chaque marche, elle essaya de se débarrasser de la main de Gerald. Celui-ci resserra son étreinte.

Apercevant devant eux la lueur rosée du restaurant, elle déclara, pesant ses mots : « On a l'impression d'entrer dans un coucher de soleil d'intérieur. » Elle n'avait pas eu le temps de trouver une repartie amusante pour lui prouver que les White Ladies n'avaient pas affecté son équilibre, mais l'image qui lui était venue spontanément à l'esprit parut plaire à son cavalier.

« Quelle drôle d'idée, répliqua-t-il. Je vois ce que vous voulez dire. Bien trouvé. » Il lui adressa un sourire chaleureux, le premier de la soirée.

On les conduisit à une table près de la piste de danse. La nappe d'un blanc éblouissant, aux plis amidonnés aussi raides que du carton, lui rappela l'hôtel préféré de Barry, à Manchester. Mais ici, tout était de meilleure qualité. L'unique rose dans sa flûte argentée commençait tout juste à s'ouvrir. À chaque place étaient posés quatre verres à pied où des reflets vieux rose s'enroulaient comme des rubans. Les serveurs qui circulaient entre les tables étaient plus jeunes et plus beaux. Les clients ressemblaient à ceux de Manchester, ne fût-ce que par l'âge. Désireuse de poursuivre la comparaison, elle regarda l'orchestre.

Sur l'estrade, les musiciens vêtus de vestes bleues débitaient *Tea For Two.* Prue se trémoussa en cadence sur sa chaise. « Mince ! » lâcha-t-elle contre son gré.

On leur remit des menus aussi grands que des affiches. Le serveur lança à Prue un regard si franchement concupiscent qu'elle se sentit rougir.

« Vous faites sensation on dirait, commenta Gerald un peu agacé, mais toujours souriant. Que prendrez-vous ? Compte tenu du rationnement, leur cuisine n'est pas mauvaise. »

Jetant un coup d'œil à la carte, Prue se rendit compte qu'elle n'y comprendrait rien : elle était écrite en français. « Choisissez pour moi, dit-elle. Vous vous y connaissez. » Elle entendit Gerald passer leur commande : dans cette langue étrangère, tout lui parut insolite. Aussi fut-elle surprise quand on plaça devant elle l'entrée, quelques champignons éparpillés sur une tranche de pain frit.

Bien qu'elle essayât de se convaincre que l'effet des White Ladies s'était dissipé, elle dut constater qu'après deux verres de vin rouge tout le décor du coucher de soleil s'était mis à onduler. Pose-lui des questions, se dit-elle. Écoute.

Interroger Gerald sur sa vie ne lui apporta que peu de satisfaction. Il parla de l'époque où il était militaire, de son amour du golf, d'un scandale qui avait éclaté à son club — une longue et ennuyeuse histoire. Prue décela une certaine chaleur dans quelques-unes de ses réponses, mais il semblait toujours très loin, distant, quoique toujours poli. Peut-être la danse le détendrait-il ? Même s'il y avait en lui quelque chose qu'elle ne comprenait pas, elle n'en continuait pas moins à tenter de le séduire. L'orchestre attaqua *Dancing On The Ceiling*. Elle regarda la piste encombrée de couples d'un certain âge. La tête en arrière, les hommes baissaient les yeux sur les cheveux gris permanentés de leurs cavalières qui n'avaient pas craint d'exposer leurs bras flétris.

« Allons-y », dit Gerald.

Ils se levèrent. Un peu chancelante, Prue lui agrippa le bras. Pendant une seconde, juste à l'instant où ils atteignaient la piste, Gerald la regarda. Elle aurait juré que c'était avec fierté.

Il tendit les bras et l'enlaça dans le style traditionnel du danseur de fox-trot. Prue se pressa contre lui et leva les yeux en battant de nouveau des cils. Pas le moindre sourire en retour. Elle repensa au bal dans le Norfolk, au moment où Rudolph avait traversé la salle et l'avait prise dans ses bras. Aussitôt, ils avaient formé un seul corps, un seul esprit, une seule flambée de désir.

Ici, dans cet hôtel de luxe, au rythme de cette musique irrésistible, dans les bras de ce bel officier, il ne se passait rien. Absolument rien. Elle avait l'impression de danser avec un mannequin, l'imitation d'un homme sans les réactions d'un homme. Prue se colla encore plus contre lui. Qu'est-ce qui clochait chez Gerald Wickham ? Ou était-ce sa faute à elle ? Elle n'avait jamais subi pareil échec.

D'accord, il dansait bien et en mesure. Parfois il la repoussait pour qu'elle pût tourner sur elle-même, se déhancher et revenir vers lui avec un sourire aguichant. Mais, là encore, elle ne recevait qu'une inclinaison de tête en retour. Ils regagnèrent leur table pour manger de minuscules côtelettes ornées de papillotes, comme celles de

Manchester, et leurs tomates grillées. À présent, une combinaison fatale d'ivresse et de déception s'était emparée de Prue. Elle n'allait pas continuer à interroger Gerald sur son foutu club de golf et à écouter ses réponses barbantes. Avec une totale insouciance, elle demanda :

« Avez-vous l'intention de vous marier ?

— C'est une question que je ne me suis jamais posée, répondit Gerald, un peu surpris. Et vous ?

— Je l'ai déjà été. Ça n'a pas marché. J'essaierai peut-être encore une fois, mais il faudra que ce soit avec quelqu'un de sacrément hors du commun.

— Oui, bien sûr. »

Un serveur remplit leurs verres. Prue mit ses coudes sur la table et appuya sa tête sur ses mains. Un jour, sa mère lui avait donné ce qu'elle appelait un précieux tuyau : lorsqu'on tenait sa tête d'une certaine manière dans ses mains, cela faisait briller vos yeux. Si c'était le cas, cela n'impressionnait pas Gerald. Il se contenta d'allumer une cigarette, retardant le moment de goûter à sa côtelette.

« Ma théorie sur le mariage est sans doute un peu particulière », énonça Prue avec quelque difficulté. Gerald haussa poliment un sourcil. « Étant donné qu'il est impossible de savoir comment les choses vont évoluer, même si vous avez trouvé un homme que vous pensez aimer, autant peser froidement le pour et le contre et prendre un risque. Si vous avez assez de points communs, vous finirez peut-être par vous apercevoir que vous vous aimez vraiment et tout s'arrangera... » Elle se rendait compte que ses mots avaient tendance à glisser, à tomber comme des dominos. « Par exemple, vous pourriez dire que vous et moi avons une chance de former un bon couple. Nous semblons nous entendre, bien que nous nous connaissions à peine. Nous apprécions les mêmes choses...

— Ah oui ? » Dédaignant le cendrier, Gerald fit tomber de la cendre dans l'assiette à pain.

« Enfin, c'est ce que j'imagine. Une vie tranquille. Des enfants. Je crois que je parviendrais même à vous faire aimer les vaches. »

Gerald hocha la tête. « Peut-être. » Puis, la regardant droit dans les yeux, il fronça les sourcils : « Dois-je comprendre que vous me demandez en mariage ? »

Surprise, Prue éclata de rire. « Je n'y avais pas pensé, mentit-elle. Ce n'était qu'une théorie destinée à montrer que si nous désirions être mari et femme, ça serait possible. »

Le front de Gerald se dérida, mais celui-ci resta silencieux.

« Pour ne rien vous cacher, je pense que je suis un peu soûle.

— Je le pense aussi. Une autre danse ? Ensuite, nous commanderons de la glace. »

Cette fois, quand elle se leva, Prue eut l'impression de marcher sur un volcan. Le plancher se soulevait, les murs s'affaissaient. Heureusement que Gerald la soutenait. Elle lui en était reconnaissante. Elle voulait lui faire comprendre que, malgré sa légère ivresse, cette stupide demande en mariage n'était qu'une plaisanterie de sa part. « D'habitude ce sont les hommes — il y en a eu plusieurs — qui me demandent de les épouser, murmura-t-elle. Pour une fois, je voulais être celle qui propose… »

Ils valsèrent au milieu de murs qui s'écroulaient, de danseurs qui titubaient, de lumières qui explosaient. Puis ils revinrent à leur table, où Prue retrouva la sécurité de sa chaise. « Une dernière question, dit-elle dans un suprême effort pour maîtriser sa voix, pourquoi avez-vous réservé des chambres séparées ?

— À votre avis, ma chère ? » Gerald lui lança un regard chargé de mépris.

« Je ne sais que penser. Lorsqu'on emmène une fille à Londres, qu'on l'invite dans un endroit comme celui-ci, qu'on dépense tout cet argent, n'est-ce pas pour coucher avec elle ?

— Vous vous trompez complètement. Réfléchissez. Nous nous connaissons à peine. Tante Ivy m'a dit que vous n'aviez guère de distractions, coincée là-bas, à la campagne. J'avais envie de vous offrir une innocente sortie. Pour moi, cela ne comprend pas forcément le sexe. » Gerald la regarda, cette fois avec pitié. « Vous allez trop vite, Prue. Beaucoup trop vite. Il vous faudra apprendre à ralentir si vous ne voulez pas gâcher de vraies possibilités. Vous voyez ce que je veux dire ?

— Je crois que oui, même si je n'y ai jamais pensé. Selon ma formule, on baise d'abord, puis on voit ce que ça donne. » Prue vit son compagnon tressaillir. Sur une impulsion, elle décida de jouer sa dernière carte. « Si vous voulez changer d'avis, considérez-moi comme une de ces filles légères qui... Ce que je veux dire, c'est que je suis consentante, même à ce dernier moment.

— Je sais ce que vous essayez de me dire, mais moi je ne suis pas consentant. Je vais demander l'addition. Au diable la glace. »

Regrettant sa bêtise, Prue suivit Gerald en haut. Elle vacillait toujours, mais cette fois, il ne la soutint pas. Il marchait devant elle sans se préoccuper de son état. Il lui ouvrit cependant sa porte et entra dans la chambre. Prue lui présenta son dos.

« Ça vous ennuierait ? » demanda-t-elle. Dans son esprit embrumé, ce n'était pas une dernière tentative, juste une question pratique.

Gerald tira lentement sur la fermeture Éclair. Prue allait s'éloigner lorsqu'elle sentit un doigt descendre le long de sa colonne vertébrale. « Je regrette, dit Gerald. Je regrette d'être le premier à refuser, mais jamais, au grand jamais, ça ne marcherait entre nous. »

Prue émit un petit rire étranglé. « Il n'y a pas de mal. Merci pour cette agréable soirée.

— J'ai commandé votre petit déjeuner pour huit heures. Nous partirons à neuf heures.

— Entendu.

— Venez, je vais défaire votre collier. » Maintenant que la soirée était presque terminée, il semblait se radoucir. « J'espère que vous voudrez bien sortir encore quelques fois avec moi. Nous pourrions aller au théâtre ou au cinéma. Parler de vaches, si vous voulez. Ou de Dickens. Mais pas de nous. » Il souleva ses cheveux, dégrafa le collier et lui tendit le tas de pierres étincelantes encore tièdes.

Presque instinctivement, Prue tira sur la robe ouverte. Le vêtement lui tomba sur la taille. Elle se tourna vers Gerald, les seins nus. Sans les regarder, celui-ci l'embrassa légèrement sur la joue. « Bonne nuit », dit-il, et il quitta la pièce.

Une fois au lit, Prue se moqua d'elle. Son rire se transforma en hurlement, en larmes, puis de nouveau en rire. Elle ne put trouver le sommeil.

Gerald la ramena dans le Wiltshire en conduisant très vite — il avait un autre rendez-vous près de Salisbury — et la déposa au Vieux Presbytère. Ne voulant pas affronter tout de suite le regard interrogateur d'Ivy, Prue monta dans sa voiture et rentra au cottage. Une fois de plus, Johnny l'attendait au portail. « J'ai une nouvelle à t'annoncer, dit-il dès qu'elle fut descendue de voiture. J'ai trouvé un fusil. » Il brandit son arme en souriant.

Portant sa petite valise, Prue le suivit à la cuisine. Deux pigeons décapités gisaient sur l'égouttoir. Leurs plumes mauves luisaient faiblement dans la lumière matinale, leurs griffes étaient recourbées telles les mains de vieilles douairières. Du sang gouttait de leur cou dans l'évier où

Johnny avait jeté leurs têtes. Ils semblaient se regarder dans la mort, leurs becs l'un contre l'autre, les yeux mi-clos.

Écœurée, Prue se retourna vers la table. À côté des restes du petit déjeuner de Johnny, elle aperçut deux lapins éviscérés, les cavernes rougeâtres de leurs ventres à l'air.

« Il ne reste plus qu'à les dépiauter, dit Johnny. Ragoût de lapin ce soir, pigeons demain. Plus de problème de ravitaillement. C'est pas des bonnes nouvelles, ça ?

— Oui, sans doute. »

Johnny appuya le fusil contre le mur, se tourna et la regarda. « Rappelle-toi que je ne veux pas entendre un mot au sujet de ta nuit à Londres. Jamais.

— D'accord, d'accord. » Prue ramassa sa valise et monta dans sa chambre.

CHAPITRE 13

« J'ai appris par Johnny que tout s'était bien passé, dit Ivy le lendemain à Prue.

— Je crois que oui, mais je dois avouer que je ne sais que penser de Gerald. Je me suis demandé comment l'intéresser. » Elle capta le coup d'œil d'Ivy, mais fit semblant de ne pas le voir. Après une bonne nuit de sommeil, elle se sentait de nouveau dans son état normal. La soirée au Savoy se réduisait à un mauvais rêve. L'homme qui la préoccupait à présent, c'était Johnny et non Gerald.

« Je dois dire que pour moi aussi mon neveu est une énigme... Mais prenons un café, ensuite vous m'emmènerez à la poste. »

Elles s'assirent au salon, le plateau chargé de tasses posé comme d'habitude sur la table entre elles. Ivy demanda si sa robe avait plu.

« Oh, j'ai eu tant de plaisir à la porter ! Encore une fois : merci. Jamais je n'en aurai une aussi belle.

— Est-ce que Gerald l'a remarquée ?

— Je suppose que oui.
— Ah. Est-ce qu'il danse bien ?
— Très bien. Et l'orchestre était sensationnel. »

Il y eut un silence pendant lequel on n'entendit que le tintement des petites cuillers contre la porcelaine.

« Je voudrais vous parler de quelque chose, Prue. » Ivy s'éclaircit la voix, toucha ses cheveux. « De mon testament, si vous voulez bien m'excuser d'aborder un sujet pareil. Je n'ai pas d'enfant, il est donc très simple. Toutes les dispositions ont été prises il y a déjà un bon moment, comme vous pouvez l'imaginer. Toutes, sauf ce qui concerne le contenu de mon vestiaire. J'hésitais sur la personne à qui l'attribuer, voulant me sentir libre de le laisser à une personne qui l'apprécierait. Il est fort possible que je sois morte avant que Gerald se marie, si jamais il se marie, et qui sait si son épouse aimerait ces vieilles affaires. Mais vous, Prue, vous semblez les aimer et les apprécier. Par une étrange coïncidence, nous avons la même taille. Vous étiez vraiment belle dans cette robe de velours. Vous seriez belle dans toutes les autres. Voici donc ma volonté. Quand je mourrai, vous direz à Gerald que je vous ai légué mes vêtements. Portez-les et soyez heureuse.

— C'est impossible ! Comment puis-je accepter ? Nous ne nous connaissons que depuis si peu de temps !

— Oui, mais dès le début, j'ai eu l'impression

que nous étions des âmes sœurs. Vous étiez comme un don du Ciel. À présent, j'ai du mal à imaginer que vous ne soyez pas là, égayant mes journées, lisant mes livres… »

Les yeux de Prue se remplirent de larmes, ceux d'Ivy restèrent secs. Prue essaya de nouveau de protester, mais la vieille dame écarta ses objections d'un geste impérieux de la main. S'il s'était agi d'une autre personne, songea Prue, elle l'aurait embrassée dans un élan de joie et de gratitude. Mais son employeuse n'était pas femme à aimer ce genre de démonstration, pas plus qu'elle n'aurait accepté qu'on l'appelle par son prénom. Bien que trouvant ces usages bizarres, Prue les considérait comme une question de génération. Elle commençait d'ailleurs à les apprécier : ils créaient une distance polie dans les relations, sans empêcher la cordialité, le rire, l'humour ou l'échange d'idées.

« Voilà qui est décidé, dit Ivy en reposant sa tasse vide. Terminé. Cela faisait plusieurs jours que cette affaire me tracassait. Je suis contente qu'elle soit réglée. Promettez-moi que vous réclamerez…

— Je vous le promets.

— Bon, et maintenant à la poste ! Dans votre voiture. »

Prue aida Ivy à s'installer sur le siège bas de la Sunbeam. Au grand plaisir de la vieille dame, elle emballa le moteur, mais roula lentement sur les petites routes bordées d'aubépine en fleurs. Souriante, Ivy se taisait. Prue se rendit compte qu'elle éprouvait un étrange besoin de lui exprimer son affection. Si elle l'avait osé, elle lui aurait dit qu'elle l'aimait d'une manière particulière — comme une petite-fille aime sa grand-mère en quelque sorte. Toutefois, elle se tut et s'efforça de se concentrer sur la morne perspective d'avoir à chercher un endroit où vivre, un travail et un mari. Pour l'heure, elle était parfaitement heureuse de tenir compagnie à Ivy.

Cet été-là, le rythme de sa vie avec Ivy ne changea guère. Elle allait au Vieux Presbytère tous les jours, et se vit confier peu de tâches nouvelles, à part couper les roses mortes. Après le déjeuner, Prue se rendait au salon ou sur la terrasse et continuait à progresser dans l'œuvre de Dickens. Lorsque Ivy descendait après sa sieste, elle lui enjoignait de ne pas arrêter sa lecture : « Profitez-en. Plus tard, vous serez peut-être trop occupée pour avoir le temps de lire », disait-elle souvent. Quand elles étaient ensemble, la vieille dame évoquait des épisodes de sa vie avec une telle éloquence et tant d'humour que Prue en était émerveillée. Elle passait de moins en moins de temps au cottage et ne voyait Johnny que le soir.

Son ami travaillait d'arrache-pied à la fabrication des portes d'écurie. Lorsqu'il les livra, Ivy se déclara très satisfaite et lui commanda aussitôt une barrière pour un de ses champs. À ses heures de loisirs, il tirait des lapins, des pigeons et des faisans. Il s'était pris d'un intérêt soudain pour la cuisine et préparait des repas avec le produit de sa chasse et les légumes du potager qu'il avait remis en état. Prue estimait qu'il était heureux, plus heureux en tout cas que lorsqu'elle l'avait connu. Pas la moindre trace de bouteille de vodka nulle part.

Elle n'eut de Gerald aucune nouvelle, ni aucune invitation à une autre soirée. En revanche, Stella lui fit suivre une carte de Rudolph, qui était rentré aux États-Unis. « Merci pour ta lettre, écrivait-il. Ce petit mot pour te donner mon adresse si jamais tu changeais d'avis. Affectueusement. Rudolph. » Elle représentait l'avenue bordée d'azalées qui menait à Savannah. C'était une de ces cartes qu'on gardait éternellement sur une étagère, son image pâlissant sous des couches de poussière, et qu'on mettait sur une nouvelle étagère en cas de déménagement. Rudolph lui semblait déjà très loin, mais elle ne jeta pas son message.

En juillet, il y eut une vague de chaleur. Ivy déclara que, malgré les nombreuses années qu'elle avait passées dans des pays chauds, elle n'avait jamais supporté la canicule. Cela sapait son énergie. Elle passait les matinées allongée sur une chaise longue, à l'ombre, sur la terrasse, à lire le *Times*. Elle portait un chapeau de paille orné d'un ruban. Lorsqu'elle sortait de dessous le buddleia envahi par les papillons, le soleil perçait le tissage lâche de son chapeau, parsemant sa peau blanche d'éphélides dorées. Après le déjeuner — en l'honneur de l'été, on avait remplacé les sablés par des pêches de la propriété —, elle s'accordait une longue sieste dans sa chambre, stores baissés. Prue remarqua qu'elle s'appuyait davantage sur sa canne, mais en dehors de son inertie causée par l'implacable chaleur, elle paraissait en parfaite santé. Prue leur préparait tous les jours de la citronnade. Cette boisson semblait aider Ivy à attendre le coucher du soleil. Elle regagnait sa chaise longue avec une carafe, un verre, ses lunettes bleutées et une anthologie de poèmes.

« Retournez vite chez Johnny manger votre délicieux ragoût de lapin », disait-elle. Cette phrase était devenue une plaisanterie entre elles. « Ne vous inquiétez pas. À l'automne, je serai de nouveau aussi alerte qu'un criquet. »

Un soir, fascinée par le récit que lui faisait Ivy d'une chasse au gros gibier organisée par son mari, elle partit plus tard que d'habitude. En parvenant au cottage, elle aperçut Johnny debout près du portail. Il semblait aussi agité que le jour de son arrivée. « Ça fait des heures que je t'attends, aboya-t-il. Que s'est-il passé ? Où étais-tu ? J'étais inquiet. »

Voyant qu'il était étrangement contrarié, Prue posa une main sur son bras.

« Ne me touche pas », grogna-t-il, puis il disparut dans la cuisine. À cette heure, la pièce commençait à être plus fraîche. Prue remarqua qu'elle était mieux rangée que d'habitude. Sur la table, un pot de confiture rempli de lavande et une petite boîte maladroitement enveloppée de papier de soie. « J'ai un petit cadeau pour toi. Assieds-toi. Excuse-moi, je suis un peu nerveux aujourd'hui. C'est cette foutue chaleur. Tiens. » Il poussa la boîte vers Prue qui s'installa en face de lui.

« En quel honneur ?

— En remerciement des portes d'écurie. Je te dois ce travail. Cette chère Mrs. Lamton m'a grassement payé. À partir d'aujourd'hui, je peux contribuer aux dépenses.

— Ce n'est pas la peine, à moins que tu y tiennes absolument. » Prue défit l'emballage et ouvrit la boîte. Elle contenait un médaillon en argent repoussé attaché à une chaîne, elle aussi en argent. Riant de plaisir, Prue fit osciller le bijou comme un pendule. « Oh, Johnny, il est ravissant ! J'ai toujours eu envie d'un médaillon. Merci.

— Je l'ai trouvé à Marlborough. Ouvre-le. » Prue s'exécuta. Les deux espaces réservés aux photos étaient vides. « J'espérais qu'il y aurait ton portrait d'un côté, le mien de l'autre… » Manifestement, il plaisantait. Prue sourit.

« J'achèterai un Box Brownie, dit-elle. Comme ça, je pourrai nous prendre en photo. » Elle attacha le collier autour de son cou. « Ça va ? Comment puis-je te remercier ?

— Je suis content qu'il te plaise, c'est tout. » Johnny se leva, alla à l'évier et remplit deux verres d'eau. « Je donnerais cher pour une bonne bière glacée, mais mieux vaut m'abstenir.

— Oui. Tu t'es montré très fort. »

Johnny se rassit. « J'ai essayé. » Il regarda Prue, tendit le bras et toucha le médaillon. « Il te va bien. Mais il y a autre chose que je dois te dire. » Il retira son doigt et marqua une pause. « Je te demande de te mettre sérieusement en quête d'un autre endroit où vivre. Le rôle de logeur commence à me peser. Désolé.

— Que veux-tu dire ?

— Ce que je veux dire, c'est que nous ne pouvons continuer à vivre sous le même toit. C'est trop pénible, du moins pour moi. Je pensais que ça ne poserait pas de problème. Qu'à part cette fois-là, il y a longtemps, dans la grange, je pouvais me dominer.

— Je ne sais pas de quoi...

— Écoute-moi : tu es là tous les matins, tous les soirs, tous les week-ends à te balader les seins à moitié nus sous tes petites robes d'été sans penser une seconde à ce que tu me fais, à ce que tu ferais à n'importe quel homme. C'est insupportable. Dieu sait combien de fois j'ai failli te sauter dessus. Rassure-toi, ça n'arrivera pas. Je te le promets.

— Bon sang ! Je n'ai pas imaginé un instant... » Prue s'en voulut d'avoir été si aveugle. Que sa présence ait pu être pénible pour Johnny ne lui était jamais venu à l'esprit. Elle avait veillé à ne pas flirter avec lui et il n'avait jamais manifesté la frustration dont il parlait maintenant. « J'ignorais que je te plaisais encore.

— Tu n'es pas très observatrice, Prue. Il y a

trop de remue-ménage dans ta jolie tête à moitié vide. L'un de tes charmes, c'est que tu n'as pas la moindre idée de ce que tu provoques chez les hommes — ou est-ce que je me trompe ? Je ne sais pas. Cohabiter était peut-être une erreur. Je regrette de te l'avoir proposé. Comment un homme et une femme normalement constitués peuvent-ils vivre ensemble sans… ? De plus, je ne veux pas seulement coucher avec toi. Je crois que je suis tombé amoureux de toi. Ce qui m'étonne : tu n'es pas du tout mon genre. » Johnny termina son verre d'eau.

Il y eut un long silence que seul brisait un robinet qui gouttait. Prue cligna des yeux. « Que veux-tu que je te dise ? Pour moi, c'est une très mauvaise surprise. Que dois-je faire ?

— Partir, et le plus vite possible si tu ne veux pas me rendre fou.

— Mince alors ! D'accord. » Prue réfléchit. « Ça ne devrait pas être trop difficile de trouver un autre logement…

— Tu peux imaginer comme j'ai souffert quand tu me parlais de tes amants, de tes "fantastiques" séances de baise avec Rudolph. Et maintenant, il y a ce Gerald. Alors, c'était comment au Savoy ?

— Il ne s'est rien passé, je te le jure. Nous avions des chambres séparées. L'échec total. Un jour, ça fera une histoire drôle à raconter. »

Johnny regarda Prue, l'air incrédule. « Ce type doit être idiot. Je n'ai pas fermé l'œil de la nuit, à vous imaginer ensemble.

— Oh, je suis vraiment désolée. Je m'en irai dès que je pourrai. » Prue toucha son médaillon. Johnny la regarda retracer du doigt le dessin gravé sur le couvercle. Son désir de la voir partir semblait diminuer.

« Ce n'est pas urgent, dit-il. Je peux supporter cette torture un peu plus longtemps. D'ailleurs, je n'arrive pas à décider ce qui est pire : te perdre ou continuer à te désirer sans espoir ici. Quoi qu'il en soit, commence à chercher et ne t'occupe pas de moi.

— Je ferai de mon mieux.

— J'ai préparé un lapin rôti à l'aneth et au cidre. » Johnny alla à la cuisinière.

« Formidable.

— Tu ne m'aimerais pas un petit peu, par hasard ? Ne serait-ce que d'un amour quasi fraternel ? » Le dos tourné, il continuait à remuer une sauce dans une casserole. Son ton désinvolte ne trompait personne.

« Bien sûr que je t'aime. Tu as été très bon envers moi. Nous avons partagé beaucoup de choses. Mais je ne t'aime pas assez, toi ou un autre, pour m'engager à vie.

— Je m'en doutais. Je suppose que je finirai par m'habituer à cette idée.

— Oh, Johnny ! Pourquoi se fourre-t-on dans des situations pareilles ?

— Je me le demande. »

Ils réussirent malgré tout à passer une soirée paisible : ils parlèrent de lapins et firent une partie de jacquet. À la fenêtre, une lune nouvelle pendait d'un fil de nuage. Ils entendirent un renard glapir quelque part.

« Je vais jeter un coup d'œil aux poules », dit Johnny.

Prue monta dans sa chambre. Par précaution, pour la première fois, elle ferma sa porte à clé.

Septembre amena un temps plus frais. Son énergie retrouvée, Ivy se reposait moins. Comme elle avait envie de reprendre les balades en Sunbeam, abandonnées pendant la canicule, elle proposa à Prue de l'accompagner dans sa quête d'un endroit où s'installer. Elles ne virent aucun cottage qui eût pu convenir. Souvent Ivy renvoyait l'agent immobilier qui les attendait. « Je crois que nous ne prendrons pas la peine de visiter cette propriété, disait-elle après avoir jeté un coup d'œil à la façade. Nous voyons déjà que ce n'est pas ce que nous cherchons. » Elle semblait savoir mieux que Prue quelle serait la maison idéale.

À l'entrée de l'automne, celle-ci commença à s'inquiéter de la prolongation de son séjour dans le cottage de Johnny. Pourtant, depuis la scène où il lui avait demandé de partir, il semblait s'être calmé. À plusieurs reprises il s'était excusé de son algarade et avait déclaré qu'il souhaitait de tout cœur qu'elle restât le temps nécessaire. Sa présence le faisait souffrir, dit-il, mais son absence serait tout aussi pénible.

Afin de prouver qu'elle faisait des efforts, Prue lui parlait de chaque cottage qu'elle visitait. Ils continuaient à cohabiter dans une prudente harmonie. Johnny fabriqua plusieurs autres barrières pour Ivy. Prue, qui maintenant lisait Jane Austen, passait le plus clair de son temps au Vieux Presbytère.

Gerald leur fit une visite surprise. Durant l'heure où il resta poliment assis avec elles, il parla surtout avec sa tante. Il ne proposa pas d'autres sorties. Il devait avoir oublié, se dit Prue, heureuse de constater que cela l'affectait peu. Un jour du début d'octobre, Ivy entra dans le salon où Prue dévorait *Emma*. Elle avait l'air tout excitée. « Je viens de recevoir un coup de téléphone de mon vieil ami Arnold Barrow. J'ai été très étonnée : je croyais qu'il vivait en Suisse. Eh bien, il est de retour dans sa maison, près d'Amesbury, et voudrait qu'on vienne le voir, il veut nous montrer son jardin. Vous voulez bien m'emmener ?

— Bien sûr. » En fait, plongée dans sa lecture, Prue n'en avait guère envie, mais elle réussit à feindre l'enthousiasme.

Un peu essoufflée, Ivy s'assit sur le canapé. Elle posa une main sur sa poitrine. « Vous pensez sans doute que je manque étrangement d'amis, dit-elle. Il m'arrive de le penser aussi. Vous savez, après toutes ces années passées à l'étranger, ils sont plutôt dispersés. Et, bien entendu, grand nombre d'entre eux sont morts. Mais il y a Arnold. Je suis si heureuse qu'il soit encore parmi nous ! C'était un collègue d'Ed. À une certaine époque, nous partagions une maison avec lui, à Delhi. Ed l'aimait beaucoup. » Un petit sourire aux lèvres, elle marqua une pause. « À vrai dire, je crois qu'Arnold avait un faible pour moi, toutefois il était bien trop gentleman pour le montrer... Mais allons-y. Ce n'est pas loin. »

Peu après leur départ dans la Sunbeam, l'air doré d'octobre s'assombrit et il y eut une averse.

« Peu importe, dit Ivy. Arnold a plein de parapluies. Je crois me souvenir qu'il en faisait collection. »

Elles se garèrent devant une belle maison, un peu plus petite que le Vieux Presbytère. « Queen Anne », déclara Ivy, qui profitait de toutes les occasions pour éduquer sa compagne. Prue ne l'avait jamais vue descendre aussi vite de voiture. Sa canne dansait par terre, entravant sa marche, et sa longue jupe noire s'entortillait autour de ses jambes. Ivy permit à Prue de l'aider à se libérer, puis elle se hâta, courant presque, vers la porte.

Lorsque Arnold l'ouvrit, Pruc faillit éclater de rire : il ressemblait tellement aux vieillards des illustrations qu'on trouvait dans les livres de Dickens ! Des favoris argentés encadraient son visage et allaient se fondre imperceptiblement dans une crinière blanche. Il avait des yeux plissés comme s'il avait passé sa vie à rire. Prue se demanda s'il avait jamais été assez attirant pour mériter un furtif coup d'œil d'Ivy. La vieillesse vous joue des tours, vous trompe si cruellement sur les souvenirs de jeunesse...

« Ivy ! Ma très chère Ivy !

— Cher Arnold ! Il y a si longtemps... »

Ils s'embrassèrent. Les doigts déformés d'Arnold pianotèrent sur l'épaule d'Ivy, ceux d'Ivy complétèrent le duo sur la veste en tweed de son ami. Finalement, ils se séparèrent et s'examinèrent avec une affectueuse franchise.

« Tu es toujours aussi belle ! Seuls tes cheveux ont un peu pâli.

— Tes dents sont-elles neuves, Arnold ? Une splendeur ! »

Ils éclatèrent de rire.

Ivy présenta Prue sans expliquer son rôle. On décida de faire le tour du jardin avant une nouvelle averse.

Prue les suivit à une certaine distance. Ils avançaient côte à côte d'une démarche incertaine. Arnold était si voûté qu'il avait du mal à lever les yeux jusqu'aux roses trémières. Plus droite que jamais, Ivy désignait de sa canne des fleurs dans les bordures de plantes herbacées. De temps en temps, Prue les entendait pousser des cris ravis et rire. Ils interrompaient souvent leur inspection horticole pour rapprocher leurs têtes et évoquer un souvenir que Prue ne connaîtrait jamais. Elle se demanda si dans soixante ans elle-même se promènerait à petits pas dans un jardin en compagnie d'un autre vieillard, et, dans ce cas, qui cela pourrait-il être ?

Le jardinage ne l'avait jamais intéressée. Mrs. Lawrence, se rappela-t-elle, la taquinait au sujet de son ignorance en matière de plantes. « C'est tout juste si vous reconnaissez les jonquilles », disait-elle. Les jonquilles étaient les seules fleurs qu'elle avait vues à Manchester, avait-elle rétorqué. Par amitié pour Ivy, elle avait fait un effort dans ce domaine. Elle avait appris à distinguer certains buissons et à apprécier le parfum des roses, mais examiner chaque plante comme Ivy et Arnold le faisaient avec un plaisir évident lui semblait d'un ennui mortel. Elle resta en arrière. Pour finir, elle se dirigea vers une des petites terrasses où elle s'assit sur une chaise en fer. De là, elle voyait toujours les promeneurs. Ils ne s'étaient pas aperçus qu'elle ne les suivait plus.

Combien de temps demeura-t-elle là ? Elle n'aurait su le dire. Elle était parfaitement sereine. La pelouse, que la dernière averse faisait scintiller, étendait sa surface veloutée d'un vert émeraude. Un chat longea le mur et sauta sur la branche basse d'un arbre. Un oiseau s'essaya à un chant compliqué. Un merle ? Prue connaissait assez bien les draines, mais n'avait eu qu'une occasion d'étaler son savoir. Il n'y en avait pas au Vieux Presbytère et Ivy avait semblé intéressée par tout ce que Prue avait pu lui en dire.

Elle vit le vieux couple s'arrêter. Ivy tendit la main. Arnold s'en empara. Le nœud que formaient leurs doigts arthritiques monta et descendit comme pour sceller un pacte, puis se défit. Soudain, un gros nuage noir passa au-dessus des plates-bandes et couvrit presque tout le bleu du ciel. Quelques gouttes aussi lourdes que des pièces de monnaie s'écrasèrent sur les dalles de la terrasse.

Ivy et Arnold regagnèrent la maison aussi vite que le leur permettaient leurs jambes. Des taches d'un noir profond marquaient la jupe d'Ivy. Arnold avait glissé la main sous le coude de sa compagne, plutôt pour son propre équilibre semblait-il.

Comme dans un rêve, le temps sembla ralentir. Enfin, les deux amis franchirent la baie vitrée du salon. Pas un mot au sujet de la pluie. Ivy fit le tour de la pièce et admira une collection d'aquarelles pâlies. Arnold appuya sur une sonnette.

Prue continuait de se tenir un peu à l'écart. Lorsqu'elle ne passait pas les sandwichs aux concombres ou ne servait pas le thé de Chine, elle s'asseyait sur un tabouret recouvert de velours, près de la cheminée. Elle ne s'était jamais sentie aussi invisible et s'en félicitait. Fascinée, elle écoutait les deux vieux amis raconter des histoires qui avaient pour cadre l'Empire britannique aux Indes. Ils parlaient de personnes aux noms étranges : Calypso, Euphemia, Lalage, Candida, Eugénie. Ivy prononça ce dernier avec un accent français parfait. Prue essaya de les imaginer à une fête sous une pleine lune indienne, dansant avec Clarence, Edgar ou Erskine. Les noms surgissaient à mesure qu'Ivy et Arnold évoquaient ce monde disparu. Leurs souvenirs de ces temps révolus avaient l'air de leur procurer un si grand plaisir qu'ils se touchaient spontanément. Le doigt de l'un se posait sur le bras ou le genou de l'autre, furtif comme un papillon.

Ivy ne donna le signal du départ qu'après six heures. « Oh, Arnold, quel agréable après-midi !

— Par chance, nous vivons enfin à proximité. Il faudra que tu viennes souvent ici.

— Et toi chez moi. Bientôt, très bientôt.

— C'est promis.

— Cher Arnold, merci de tout cœur.

— Au revoir, ma chère Ivy. »

Tous trois se tenaient sous le porche de pierre, regardant la pluie courber les arbres du jardin. Le ciel était noir, pas un rayon de lumière. Arnold ne leur proposa pas un parapluie de sa collection. Peut-être la mémoire d'Ivy se trompait-elle sur cette partie-là de son passé. D'une voix énergique, Arnold suggéra qu'ils se mettent tous à courir.

Sous la pluie battante, le court trajet jusqu'à la voiture n'était pas sans danger. Prue prit un des bras d'Ivy, Arnold l'autre, ce qui ralentissait plutôt leur progression. Enfin la portière fut ouverte et la vieille dame enfournée dans le véhicule. Prue se baissa pour ramasser sa longue jupe humide. Arnold se pencha maladroitement à l'intérieur et embrassa son amie. Trempée, Prue attendit pendant que le vieux couple échangeait à voix basse d'inaudibles promesses.

Les adieux terminés, Arnold eut du mal à se redresser et à s'extirper de la voiture. Prue tira son bras, Ivy le poussa de ses deux petites mains tandis que le vieil homme proférait des jurons démodés qui les firent rire. Enfin, il se tint debout. La pluie ruisselait sur ses cheveux et ses favoris, sur ses joues écarlates. Prue rejoignit en courant la place du conducteur et s'assit au volant.

Arnold agita la main. Elles partirent.

« Je ne me suis pas autant amusée depuis des siècles ! N'est-ce pas qu'il est adorable, Arnold ? » Ivy se sécha le visage avec un minuscule mouchoir.

Prue regardait à travers l'espace clair en forme d'éventail que les essuie-glaces avaient dégagé sur le pare-brise. Une seconde plus tard, la pluie oblitérait tout de nouveau. La visibilité était quasi nulle. Prue alluma les phares.

« Nous devrions rentrer à toute allure, dit Ivy.

— Je ne peux pas rouler vite avec ce temps. Je n'y vois rien.

— Ed avait l'habitude de foncer en toutes circonstances. Pour lui, c'était un défi. Il conduisait très bien, mais j'avoue que nous avons eu plusieurs accidents. N'empêche que c'était excitant. Mais il faut que je vous laisse vous concentrer. »

Prue roula lentement sur les petites routes, écoutant le chuintement des pneus sur le sol détrempé et le battement de la pluie contre le pare-brise. Elle faillit s'arrêter pour attendre une éclaircie, mais craignit qu'Ivy ne considère cela comme une faiblesse. Sur une portion de ligne droite, elle pressa l'accélérateur plus fort qu'elle ne l'avait voulu — sa chaussure mouillée avait glissé — et la voiture bondit en avant. Ivy poussa un cri ravi.

À la hauteur d'un virage invisible, deux phares apparurent au milieu de la route et avancèrent droit sur elles. Crispées sur le volant, les mains de Prue devinrent moites.

« Vite, Prue ! cria Ivy d'une voix aiguë. Braquez à gauche, là... Bien ! »

La Sunbeam évita le véhicule en face d'elle, mais patina et heurta violemment un énorme chêne au bord de la route. On entendit un bruit de tôle froissée et un faible gémissement d'Ivy. Puis plus rien, à part le son mat de la pluie.

Prue lança un coup d'œil à sa gauche. Ivy avait percuté le pare-brise qui avait volé en éclats. Prue elle aussi avait été projetée en avant, mais le volant l'avait sauvée. Elle essaya de se redresser. Une douleur aiguë lui transperça les côtes. Après un nouvel effort, elle parvint à tirer Ivy doucement en arrière, à la replacer sur son siège. Des filets de sang coulaient sur son visage. D'une pâleur mortelle, elle avait les yeux clos. Prue murmura son nom. Pas de réponse. Regardant à travers le pare-brise laiteux et ruisselant, elle vit que le capot de la Sunbeam s'était relevé et avait pris une forme bizarre. Plus loin, elle distingua les contours fantomatiques d'une camionnette.

Prue tint la main d'Ivy et continua à murmurer son nom. Elle essaya vainement d'ouvrir la portière côté passager. Cet effort sembla lui déchirer la poitrine. Elle réussit à baisser la vitre de quelques centimètres. Une rafale de pluie horizontale s'engouffra par l'ouverture. La vitre refusa de remonter. Prue resta assise là, prisonnière de l'averse, hébétée. Serrant le poignet d'Ivy, elle crut percevoir une faible pulsation. Elle hésitait à lui mettre la main sur la poitrine, doutant de pouvoir dire si son cœur battait. Elle se demanda dans une sorte de brouillard ce qu'elle devait faire. Combien de temps devrait-elle attendre l'arrivée de quelqu'un ?

Après quelques minutes ou une demi-heure, un visage effrayé apparut à la fenêtre du passager. Un ouvrier agricole, sans doute, songea Prue. Ses vêtements sombres étaient trempés.

« Je suis navré, dit-il d'une voix tremblante. J'ai essayé de vous éviter… Ça va ? » Il regarda dans la voiture. « La vieille dame a l'air… Il y a un pub près d'ici. Je vais aller appeler une ambulance.

— Merci », dit Prue. Elle se pencha pour soulager sa douleur, mais ne lâcha pas le poignet froid d'Ivy. La pluie se mit à danser devant ses yeux, le capot relevé de la voiture oscillait, lui donnant la nausée. Prue se demanda si elle allait s'évanouir. Elle supplia plusieurs fois Ivy de dire quelque chose, mais la vieille dame resta muette.

Une éternité plus tard, elle entendit la sirène d'une ambulance, puis le bruit de pneus roulant dans les flaques. Un courant d'air froid l'enveloppa lorsque la portière fut débloquée. Des mains la touchèrent doucement, des voix lui parvinrent comme de très loin : « La vieille femme est inconsciente... La jeune doit avoir des côtes cassées... Dépêchez-vous. »

Ils avaient dû se hâter ces braves secouristes, car soudain — le temps avait passé inexplicablement — Prue vit des rideaux à fleurs délavés remuer autour d'elle et sentit une odeur pénétrante de propreté. Une jeune infirmière, précédée de sa coiffe blanche amidonnée, écarta les rideaux. Comme tapé à la machine, chaque caractère séparé par un espace, un mot apparut dans l'esprit de Prue : « h ô p i t a l ».

« Comment va Mrs. Lamton ? demanda-t-elle, étonnée de pouvoir parler d'une voix claire. Où est-elle ? »

Ivy se trouvait dans une autre chambre, un peu plus loin, mais Prue n'avait pas le droit de la voir avant que les médecins aient établi un diagnostic.

« Elle n'est pas morte, alors ? »

L'infirmière eut l'air choquée. Au lieu de répondre, elle s'informa de l'état de Prue.

« Je vais très bien », répondit celle-ci, balançant ses jambes par terre. Une sorte de sangle entourait sa poitrine, elle la sentait sous sa chemise de nuit d'hôpital. L'infirmière s'approcha pour l'aider à se lever. Bien que nauséeuse et étourdie, Prue réussit à se tenir debout.

« À votre place, je me recoucherais, dit l'infirmière. Quelqu'un va passer vous poser des questions.

— Des questions ?

— Oui, qui sont les parents à prévenir. Le

nom et l'adresse de la vieille dame. Ceux de la personne qui pourrait vous apporter des vêtements de rechange. On va vous garder pour la nuit, mais je suis sûre que vous pourrez sortir demain. Une fois bandées, les côtes cassées guérissent très bien.

— D'accord. Mais dites aux médecins que je voudrais voir Mrs. Lamton le plus vite possible.

— C'est une parente ?

— Oui, ma grand-mère. » Ce mensonge était peut-être le seul moyen d'être autorisée à se rendre auprès d'Ivy.

« Je vais voir ce que je peux faire », dit l'infirmière, et elle repartit à travers les horribles rideaux.

Plus tard le même soir, on emmena Prue voir Ivy. Un jeune médecin la conduisit le long de couloirs qui sentaient le désinfectant mêlé à une odeur plus désagréable. Il avait un visage sympathique. En d'autres circonstances, Prue lui aurait peut-être manifesté de l'intérêt. Mais marcher était douloureux. Elle avait du mal à rester à sa hauteur.

« C'est votre grand-mère alors ?

— Oui. »

Le médecin ouvrit une porte qui donnait sur une petite chambre blanche.

Appuyée contre un tas d'oreillers, dans un lit surélevé, Ivy avait les yeux fermés. Son visage, qu'on avait nettoyé, était couvert d'égratignures comme si elle était tombée dans des ronces. Au coin d'un œil, un sparadrap maintenait une compresse. Prue posa une main sur le lit, évitant la bosse que ses jambes formaient sous le drap. « Est-ce qu'elle s'en tirera ? demanda-t-elle. Quand va-t-elle se réveiller ? »

Le médecin haussa les épaules. De sa grande main, il enserra le poignet d'Ivy. « Qui sait ? Nous pensons qu'il n'y a pas d'hémorragie interne. Elle n'est peut-être qu'en état de choc. Avec un peu de chance, elle guérira. Mais elle n'est plus très jeune, n'est-ce pas ?

— Je peux rester avec elle ? » dit Prue.

Le médecin lui sourit gentiment. « En ce qui me concerne, je n'y vois pas d'inconvénients, mais ce n'est pas moi qui commande ici. Je ne suis qu'un interne, ajouta-t-il avec modestie. Restez donc ici jusqu'à ce que quelqu'un vous mette dehors. »

Après son départ, Prue s'approcha de la tête d'Ivy, toute petite sur les gros oreillers. Son chignon était de travers. Un des coins de sa bouche pointait vers le bas, l'autre semblait figé dans une ébauche de sourire. Elle serrait les poings. Prue essaya de lui ouvrir doucement les doigts d'une main pour qu'ils reposent à plat, comme ils le faisaient sur sa jupe quand elle parlait. Impossible. On aurait dit qu'ils étaient déjà atteints de rigidité cadavérique. Elle recula à cette idée. Elle ne voulait pas voir Ivy morte, elle voulait se la rappeler vivante. Mais le fait que son cœur battît encore la rassura.

Elle s'assit sur une chaise basse près du lit, se

demandant quoi faire. Elle était incapable d'imaginer ce qui pouvait arriver. Pour soulager la douleur dans ses côtes, elle changea de position, mais en vain. Elle voyait au-dessus d'elle le profil d'Ivy, ses belles pommettes, ses paupières pareilles à des pétales nichés horizontalement dans leurs cavités mauves. La commissure tournée vers le bas semblait descendre jusqu'à son menton. Si seulement Ivy pouvait se réveiller et effacer cette ligne par un sourire ! Prue se détourna, tourmentée par l'idée que tout cela était sa faute.

Le jour tombait, mais elle ne voulait pas allumer, craignant que la lumière projette d'autres ombres sur le visage de son amie. Pour se distraire, elle se leva et ferma les rideaux. Ils étaient d'un reps vert foncé et imprimés de perroquets grossièrement dessinés, rien qui pût égayer un patient. Mais peut-être cette chambre était-elle réservée à des malades qui allaient trop mal pour s'indigner de la laideur de ces oiseaux.

On frappa à la porte. Une infirmière inconnue entra. « Vous avez une visite », annonça-t-elle. Johnny la suivait, une petite valise à la main.

« Oh, mon Dieu ! » s'exclama-t-il, une fois l'infirmière ressortie. Il jeta un regard à Prue, puis au lit. « Je ne reste qu'une seconde. » Il mit la valise par terre et posa la main sur la tête de Prue. « Je suis juste venu t'apporter des vêtements et ta brosse à dents. Ils m'ont appelé. Il paraît que tu leur as donné notre numéro. Tu es blessée ?

— À peine. Simplement quelques côtes cassées.

— Et Mrs. Lamton ? »

Prue haussa les épaules. « Personne n'en sait rien. Apparemment, elle n'a pas subi de dommages graves. Peut-être qu'elle n'est qu'en état de choc.

— Espérons-le. Certaines de ces vieilles dames sont très résistantes. Que s'est-il passé ?

— Il pleuvait à torrents et je n'y voyais rien, expliqua Prue. Deux phares sont apparus au milieu de la route. Je savais que je devais les éviter. » Sa voix semblait lointaine, métallique. « C'est ce que j'ai fait, mais j'ai patiné, et il y avait cet arbre...

— Et la voiture ?

— Je ne sais pas. Je crois qu'elle est en piteux état. Qu'est-ce qu'il faut faire à ce sujet ?

— Ne t'inquiète pas. Je m'en occuperai. Tu rentres avec moi ?

— Bien sûr que non. Je reste avec elle... jusqu'à ce qu'elle reprenne connaissance.

— Très bien. Fais-moi signe quand tu voudras que je vienne te chercher. » Johnny souleva le menton de Prue, l'embrassa doucement de chaque côté du nez. « Je suis vraiment désolé. Quel affreux... »

La porte s'ouvrit une nouvelle fois et Gerald entra, sans infirmière. En veste de tweed et cravate jaune, une expression de curiosité plutôt que d'inquiétude sur le visage. À la vue de Johnny, il s'arrêta net. Prue n'eut pas le temps de réfléchir. « Johnny, je te présente Gerald, dit-elle. Gerald, voici Johnny. » Les deux hommes se saluèrent d'un signe de tête. « Johnny fabrique des barrières pour Ivy, s'entendit expliquer Prue.

— Bon, je vous laisse. » Après un bref coup d'œil à Prue, Johnny se précipita hors de la pièce sans un regard à la silhouette couchée dans le lit.

Dès qu'il fut parti, Gerald s'approcha de Prue et, à sa grande surprise, la prit dans ses bras. Elle poussa un profond soupir tremblotant. « Ma pauvre petite », dit-il. Il alla ensuite près du lit et regarda longuement sa tante en silence.

Son geste affectueux n'avait laissé sur Prue qu'une empreinte éphémère. Il ne lui apportait aucun réconfort, mais au moins il avait eu lieu.

« Qu'est-ce qu'ils en pensent ? » demanda Gerald au bout d'un moment. Il effleura les poings serrés d'Ivy.

Prue s'approcha de la fenêtre. « Ils n'ont pas l'air de savoir. Elle n'a rien de cassé. Elle est juste inconsciente.

— Avec la constitution qu'elle a, elle devrait s'en tirer.

— Espérons-le.

— Et vous, comment ça va ? » Gerald revint vers elle et passa de nouveau ses bras autour de ses épaules. Il sentait la cigarette de luxe.

« Bien.

— Je ne vous poserai pas de questions maintenant. Un jour, vous me raconterez tout. » Prue acquiesça de la tête. Le tweed de la veste de Gerald lui grattait la nuque. « Je vais prendre une semaine de congé, m'installer au Vieux Presbytère et venir voir ma tante tous les jours. Et vous, qu'allez-vous faire ?

— Il paraît que je pourrai sortir demain, mais je veux rester avec Ivy.

— Vous êtes sûre ?

— Absolument. » Prue bougea un peu pour soulager la douleur qui la submergeait par vagues. Gerald déplaça son bras. « Au moins, elle aura passé un bel après-midi avec son vieil ami Arnold », ajouta-t-elle. Sentant sa voix se briser, elle renonça à donner plus d'explications.

« Arnold ? » Gerald sourit. « Cette vieille canaille ! Ils s'aimaient bien ces deux-là. Bon, je vais vous quitter. J'ai pas mal de choses à organiser. Je parlerai à l'infirmière en chef pour qu'elle rende votre séjour ici le plus confortable possible.

— Je leur ai dit que j'étais la petite-fille d'Ivy. Je pensais que sinon ils ne me permettraient pas de la voir.

— Vous avez bien fait. Je ne vous trahirai pas. » Gerald retourna auprès du lit et embrassa sa tante sur la joue qui n'avait pas de pansement. « Appelez-moi quand vous voulez au Vieux Presbytère. Je reviendrai demain matin. » Il donna à Prue le même genre de baiser.

Après son départ, Prue se rassit. Comme c'était bizarre ! Inconsciente sur un lit d'hôpital, Ivy avait inspiré à son neveu une certaine affection alors qu'au Savoy, quand Prue s'était offerte à lui, il n'avait manifesté ni chaleur ni intérêt.

Un peu plus tard, un garçon de salle entra

dans la chambre, alluma la lumière et donna à Prue une tasse de thé et un sablé. Elle se rendit compte qu'elle avait faim, mais le biscuit resta coincé dans sa gorge.

Ensuite, une aide-soignante apporta un lit de camp, un matelas en caoutchouc, un oreiller et une couverture. De toute évidence, Gerald avait parlé à quelqu'un en haut lieu.

Toute la nuit, des infirmières, et parfois un médecin, se succédèrent dans la pièce. Ils regardaient Ivy, tâtaient ses paupières closes et repartaient sans dire un mot. Une fois seule, Prue se levait et regardait Ivy, elle aussi. Elle avait ouvert les rideaux. Une lune presque pleine emplissait la chambre d'une lumière blanche qui s'harmonisait avec le teint de la vieille dame. Prue ne toucha plus celle-ci : elle craignait de la trouver froide, transformée en marbre. Elle ne voulait pas être témoin de l'arrêt de son cœur — s'il s'arrêtait. Alors que la nuit se traînait, elle fut envahie d'un étrange optimisme. Ivy ne mourrait pas. Elle était trop douée, capable de tout, même de vivre jusqu'à un âge très avancé. Mrs. Lawrence avait été vaincue par le cancer, Ivy avait simplement subi un choc violent. Elle reprendrait connaissance, récupérerait, vivrait encore un bon bout de temps au Vieux Presbytère, faisant profiter Prue de son savoir.

Elle dormit à peine. Semblables à des nuages, des pensées traversaient le ciel orageux de son esprit. Si elle épousait Gerald, elle parviendrait peut-être à faire apparaître le côté affectueux, caché, de sa nature. Ils habiteraient au Vieux Presbytère, parmi les meubles de Mrs. Lamton. La maison ne serait pas tout à fait pareille à ce qu'elle était du vivant de la vieille dame. Il faudrait faire quelques travaux. Repeindre la cuisine, mettre un tapis sur l'escalier glissant. Mais elle aimerait cette demeure comme Ivy l'avait aimée.

Si elle restait avec Johnny, elle l'aiderait peut-être à ne plus boire. Ils investiraient leur énergie dans la transformation du cottage qui deviendrait un endroit gai et confortable. Ils achèteraient davantage de terrain, des moutons, des vaches...

Si elle acceptait l'invitation de Rudolph, elle pourrait peut-être se persuader que la vie aux États-Unis était idéale, à condition que Rudolph consente à se débarrasser de ses cochons.

Que de *si* et de *peut-être* ! Et sans doute ces options n'existaient-elles pas vraiment : elle n'aimait aucun de ces hommes, du moins pas d'un véritable amour — pas comme Ivy avait aimé Ed, Mrs. Lawrence Mr. Lawrence, Ag Desmond ou Stella Joe...

Le jeune médecin passa la tête par la porte. « Tout va bien ? » demanda-t-il en regardant le lit en désordre de Prue. Elle acquiesça et le remercia. Par une vieille habitude, qui revenait chaque fois qu'elle voyait un homme séduisant, elle battit des cils. Le médecin n'eut pas l'air de s'en apercevoir. Pas étonnant : son mascara avait disparu depuis longtemps. « Nous passons voir Mrs. Lamton régulièrement », dit-il, et il repartit.

Prue se dit qu'elle aimerait bien être mariée à un médecin. Celui-ci avait un visage très sympathique. Elle se dit qu'il serait peut-être possible, une fois qu'Ivy serait rétablie et de retour au Vieux Presbytère, d'entrer en relation avec lui. Elle expliquerait à Ivy qu'il s'était bien occupé d'elle pendant sa perte de conscience et lui suggérerait de l'inviter pour le thé. La suite ne présentait aucune difficulté : ils se promèneraient dans le jardin, elle lui avouerait avec un certain petit rire qu'elle ne connaissait rien aux fleurs... L'imagination de Prue s'emballa. Elle regarda Ivy, se demandant quelles étaient les probabilités d'une telle invitation, puis elle s'en voulut d'avoir des pensées aussi triviales en de telles circonstances.

Elle essaya de trouver une position plus confortable. Impossible de dormir. Elle regarda la lumière de l'aube filtrer à travers les rideaux à perroquets et donner aux murs la couleur d'une pomme verte.

Gerald revint tôt le lendemain matin.

« Pas de changement ?

— Je crains que non.

— Ils vous ont apporté un lit.

— Oui, merci.

— Vous savez, Ed et Ivy ont été de généreux membres donateurs de cet hôpital. »

Prue annonça qu'elle allait faire un brin de

toilette et s'habiller. À cause du manque de sommeil, elle avait la tête lourde, étrangement pesante. Ses côtes continuaient à la faire souffrir, douleur sourde qui, de temps à autre, la prenant par surprise, devenait aiguë. Lorsqu'elle revint dans la chambre, Gerald était plongé dans le *Times*.

« J'ai quelque chose pour vous, dit-il en fouillant dans sa serviette. Tenez. » Il lui tendit l'exemplaire d'*Emma* qu'elle lisait avant l'accident et un sac de prunes. « J'irai faire des courses un peu plus tard et je vous apporterai quelques victuailles.

— Oh, ce n'est pas la peine. Je n'ai pas faim.

— Si vous montez la garde, on doit prendre soin de vous. Ivy serait furieuse si je ne m'occupais pas de votre bien-être. » Gerald rouvrit son journal.

Toute la journée, des infirmières et des médecins entrèrent pour de brèves visites. Ils examinaient Ivy, lui prenaient le pouls. Inexpressifs, ils ne disaient rien, ne donnaient aucun pronostic. Gerald allait et venait. Il demanda un autre fauteuil. Prue lisait son livre, se forçant par moments à se détacher du sage Mr. Knightley pour regarder l'immobile Ivy. Gerald prit l'habitude de lui lire des bribes d'articles humoristiques qui les faisaient sourire un instant. Prue appréciait sa calme présence, appréhendait ses départs. Johnny ne revint pas la voir.

Pendant trois jours, Prue et Gerald campèrent dans la petite pièce, assis de chaque côté de cette forme inerte qui ressemblait à une effigie d'Ivy. La journée était rythmée par les allées et venues du personnel médical, les regards qu'échangeaient les infirmières, les tasses de thé d'hôpital, les moments de fuite qu'offrait la lecture, les efforts pour manger le contenu des sacs en papier qu'apportait Gerald. De temps à autre, on leur demandait de sortir. Ils se tenaient alors, un peu perdus, dans le couloir, frôlés par l'incessant défilé des infirmières, essayant de ne pas imaginer ce qui se passait dans la chambre. Parfois Gerald prenait la main de Prue dans la sienne, mais seulement pour un instant et avec une politesse exigée par la situation plutôt que par une affection grandissante. Lorsqu'ils retournaient dans la chambre, les oreillers avaient été retapés, les draps sous les poings serrés d'Ivy retendus, mais la vieille dame n'avait pas changé de position.

Prue remarqua que Gerald devenait distrait. Quelque chose, qui n'avait rien à voir avec l'hôpital, le tracassait. Il expliqua qu'il devait absolument assister à une réunion à Londres, mais qu'il ne cessait de la reporter. Il resterait néanmoins deux jours de plus. « Quand je partirai, rentrez chez vous. Vous ne pouvez pas passer votre vie ici. Ivy risque de rester dans le coma pendant des mois. Cela arrive.

— Oui, mais je voudrais être présente lorsqu'elle reprendra connaissance, dit Prue, appréhendant le départ de son compagnon.

— Je pense que vous devez comprendre qu'elle

ne se réveillera peut-être jamais, dit Gerald d'un ton calme. J'ai parlé au médecin. Je reviendrai cet après-midi. »

Le troisième jour se traîna encore plus que les autres. Abrutie par le manque de sommeil, Prue ressentit un étrange besoin de parler à Johnny. Cependant, elle n'eut pas l'énergie de se rendre au bureau des infirmières pour demander si elle pouvait se servir du téléphone. Elle voulait simplement avoir des nouvelles du monde extérieur, mais elle y renonça. Elle se replongea dans son livre et but d'autres tasses de thé. Parfois, elle allait à la fenêtre pour contempler la ligne irrégulière des toits. Elle avait découvert un moyen de se déplacer dans la chambre sans regarder Ivy. Gerald envoya un message disant qu'il était retenu, mais viendrait tôt le lendemain matin.

Cette nuit-là, épuisée, Prue s'endormit dès qu'elle s'allongea sur le lit de camp. Elle se réveilla à l'aube. À ses yeux ensommeillés, les perroquets des rideaux n'étaient plus sagement alignés, mais dans un complet désordre. Quand elle s'assit, le silence lui parut plus profond que d'habitude. Elle leva les yeux vers Ivy. D'abord, elle remarqua seulement que ses mains ne reposaient plus sur la couverture, mais étaient cachées sous un drap qui s'étendait par-dessus sa tête. Prue remonta ses genoux contre sa poitrine, ce qui lui fit mal aux côtes : elle avait besoin de cette douleur physique.

Une infirmière âgée qu'elle ne connaissait pas entra dans la pièce.

« Je suis désolée, dit-elle, Mrs.... Votre grand-mère s'est éteinte à quatre heures vingt-huit ce matin. » Elle sortit une montre de gousset de la poche de sa blouse amidonnée. « Il y a juste un quart d'heure. Je ne voulais pas vous réveiller.

— Je comprends.

— Vous n'auriez rien pu faire. Elle n'aurait même pas su que vous étiez auprès d'elle. Elle est morte très paisiblement.

— Tant mieux.

— Voulez-vous la voir ? Passer un moment seule avec elle ?

— Non, merci. » L'infirmière parut surprise. « Je veux me la rappeler vivante, pas morte.

— Très bien. Je vais aller vous chercher une tasse de thé. »

Prue se leva. « Si c'est possible, je préférerais rester dans le couloir jusqu'à l'arrivée du neveu de Mrs. Lamton. Je n'aimerais pas rester seule avec... » Elle savait que si elle essayait de donner des explications sa voix se briserait.

« Il y a une salle d'attente avec un canapé et des fauteuils un peu plus loin, sur votre gauche. Je vous apporterai votre thé là-bas.

— Merci », dit Prue. Elle ramassa ses vêtements et se hâta de quitter la chambre à la suite de l'infirmière. Tout ce qu'elle vit d'Ivy lorsqu'elle lui jeta un dernier coup d'œil fut une petite forme, étroite ligne de crête, couchée sous un drap. C'est alors qu'elle remarqua, saillant sous le linceul, l'angle aigu que dessinait son nez élégant. Du vivant de son amie, elle ne s'en était jamais aperçue.

Installée sur le canapé de la salle d'attente, Prue fut incapable de lire. Elle regardait fixement par la fenêtre, observant l'activité matinale de la rue : des gens attendaient l'autobus ou marchaient sur le trottoir, courbés sous l'assaut d'une pluie violente. Elle se dit que de nombreuses personnes devaient se sentir comme elle après la mort d'un être cher : en état de choc, surprises que la vie puisse continuer. Elle ne put avaler son thé. Elle regarda les patients qu'on poussait le long du couloir dans des chaises roulantes, se demandant quand ils allaient mourir. En passant près d'elle, certaines des infirmières lui lançaient un regard compatissant.

Gerald apparut peu après dix heures.

« On m'a mis au courant à l'accueil, dit-il. Je suis allé la voir. Une dernière fois. »

Prue tomba dans ses bras. Il la tint en silence pendant un long moment. Puis il dit : « Vous savez, il y a seulement quelques jours, avant l'accident, Ivy me parlait de la joie que votre présence lui avait apportée. Vous avez illuminé sa vie, disait-elle. Vous l'avez rendue très heureuse pendant sa dernière année, même si vous ignoriez toutes les deux que ce serait la dernière. Ne l'oubliez pas. » Il écarta Prue légèrement. « Voyons, ne pleurez pas.

— Je ne pleure pas.

— Et si je vous ramenais au Vieux Presbytère ?

Vous pourriez y passer un ou deux jours, dormir tranquillement. Il faut que je m'occupe de l'enterrement et de tout le reste. »

Prue réfléchit à sa proposition. « Je ferais mieux de rentrer au cottage. Johnny me...

— Comme vous voudrez. » Gerald se raidit légèrement. « Je vous y conduirai, puis je reviendrai ici régler les formalités.

— Merci », dit Prue en inclinant la tête.

Gerald l'étreignit de nouveau, pressa sa joue contre la sienne. « Comme elle me manquera, ma chère tante ! Je regrette de ne pas m'être plus occupé d'elle. Je l'aimais énormément.

— Moi aussi. »

Ils roulèrent en silence jusqu'au cottage où Gerald la déposa au portail. Il ne descendit pas de voiture et repartit sans un mot. Prue aperçut Johnny au bout de l'allée. Adossé contre la porte, il l'attendait.

CHAPITRE 14

Prue voulut courir vers lui, mais ses pieds refusèrent de lui obéir. Elle était à la moitié du chemin lorsque Johnny se retourna brusquement. Il se précipita dans son atelier et claqua la porte. Prue était trop épuisée pour s'en soucier ou pour mettre la bouilloire sur le feu une fois dans la cuisine. Elle essaya de se rappeler l'aspect de la pièce avant la mort d'Ivy. Elle avait toujours trouvé bizarre la façon dont les événements dramatiques transformaient l'apparence des choses concrètes et familières.

Une lettre de Barry l'attendait. Elle l'ouvrit avec un couteau. Une distraction en ce jour vide, où rien n'avait d'importance.

Chérie,

J'espère que le moral est bon, que tu es installée quelque part et que tu te sens en forme. Ici, tout va pour le mieux. Le divorce est sur le point d'être prononcé. Il y a des papiers à signer. Je te demande donc de venir voir l'avocat dès que possible. J'ai passé ma nuit de « débau-

che » dans un autre hôtel que celui où nous allions d'habitude : je me sentais incapable d'affronter le regard de l'aimable réceptionniste. Devine avec qui. Non, pas ta mère — elle ne voulait pas. Avec Bertha. Je lui ai offert tellement d'argent qu'elle n'a pas pu refuser. Et on ne peut pas dire que c'était un travail difficile ! Nous avons joué aux cartes la plus grande partie de la nuit. Je voulais lui apprendre un nouveau jeu très intéressant — le Scrabble — mais Bertha ne semblait pas capable de le comprendre. Je me demande si tu as déjà trouvé la maison de tes rêves. J'ai de l'argent en réserve que je peux t'envoyer dès que tu en auras besoin. Une bonne nouvelle : nous avons acheté une machine à laver dernier cri. Elle a changé la vie de ta chère mère. Il t'en faudra absolument une quand tu t'installeras. Bonne chance, chérie. Je t'embrasse.

BARRY.

Prue mit la lettre de côté. Levant les yeux, elle vit Johnny passer devant la fenêtre. Il entra et s'assit près d'elle. « Excuse-moi, dit-il. Tout à coup, je n'ai pas eu le courage de te regarder en face, je ne savais pas quoi te dire. Je suis un peu déboussolé. » Prue hocha la tête. Peu lui importait son humeur. « Je sais combien tu tenais à Ivy. Du moins, je crois le savoir. Je m'y connais mal en matière de sentiments. » Johnny se leva, prit la bouilloire, prépara du café et revint à table. Il lui semblait très loin. « À l'hôpital, ils m'ont annoncé qu'elle était morte à quatre heures ce matin, reprit-il. Sauf qu'ils m'ont dit : elle *s'est éteinte*. Je suppose que c'était pour adoucir la nouvelle. » Prue inclina de nouveau la tête. Pour elle, les paroles de Johnny formaient une sorte d'écheveau embrouillé dénué de sens. « En quoi puis-je t'aider ? Quels sont tes plans ? »

Mes plans ? se demanda Prue en buvant une gorgée de café. « Je n'ai pas beaucoup dormi ces trois dernières nuits, dit-elle. J'ai donc l'intention de me reposer quelques heures si je veux m'éclaircir les idées. J'aurai besoin d'une voiture en attendant que la Sunbeam soit réparée. Tu connais un endroit qui en loue à la semaine ? Juste une petite voiture qui me permette de me déplacer sans avoir à te déranger.

— Bien sûr. »

Ils restèrent assis un moment, leurs mains posées à plat sur un carré de soleil qui était apparu sur la table.

« Tu trouveras bientôt un autre job. Tu sembles faite pour t'occuper de personnes âgées. Et oublie s'il te plaît ce que je t'ai dit au sujet de notre cohabitation. Reste ici aussi longtemps que tu veux. Je sais, je t'ai dit que ça me posait problème, mais ce serait pire si tu partais. D'accord ? »

Prue le regarda et acquiesça avec indifférence. « Je vais me coucher », dit-elle.

Alors qu'elle traversait la pièce, Johnny reprit d'une voix plus dure : « J'aurais pu venir te chercher à l'hôpital. J'ai attendu ton appel toute la matinée.

— Gerald était sur place. C'était facile pour lui de me ramener ici.

— Bien sûr. Manifestement, il t'a été d'un

grand réconfort. » Johnny se mit à réarranger les œufs contenus dans un panier, sur la table.

Dans une sorte d'état second, Prue monta dans sa chambre. En ouvrant la fenêtre, elle entendit les poules caqueter. Elle espéra que ce bruit la bercerait.

L'enterrement eut lieu à la fin de la semaine. C'était un beau jour d'octobre, le ciel bleu était parsemé de moutons qui semblaient pressés. En effet, lorsque les employés des pompes funèbres eurent déchargé le cercueil, les nuages, pareils à des spectateurs qui en ont assez vu, s'éclipsèrent.

Prue avait garé la petite Ford 8 que Johnny lui avait louée près de la porte du Vieux Presbytère et passa par le jardin pour se rendre à l'église. Elle n'y était encore jamais entrée. Ivy allait à l'office tous les dimanches, jour où Prue ne venait pas. Elle avait déclaré à plusieurs reprises qu'elle emmènerait son amie voir le beau vitrail au-dessus de l'autel, mais cela ne s'était jamais fait. Prue avait l'intention de contempler cette fenêtre pendant toute la durée de la cérémonie. Elle se concentrerait sur le verre coloré.

L'assistance était clairsemée : une demi-douzaine d'ouvriers agricoles, Alice, la tête chargée d'un chapeau à grandes plumes noires (un cadeau qu'Ivy lui avait fait autrefois), un ou deux villageois et la vieille employée de la poste où Ivy et Prue s'étaient rendues si souvent pour expédier une unique lettre.

Suivant les instructions de Gerald, Prue gagna

le premier banc à gauche. Relevant fièrement la tête, elle descendit la nef, consciente que sa longue jupe noire new-look — appelée désormais sa jupe de funérailles — virevoltait autour de ses jambes d'une manière frivole. Ivy aurait approuvé, mais les gens guindés étaient susceptibles de trouver sa tenue inappropriée. Elle portait un nœud noir dans les cheveux et des gants de daim noir — un des nombreux cadeaux que lui avait offerts Ivy en guise de salaire.

Le banc de devant était tout près du cercueil placé sur des tréteaux.

Prue se demanda si, à l'intérieur, Ivy était pareille à ce qu'elle était à l'hôpital avant de mourir ou si elle avait changé. Une gerbe de chrysanthèmes blancs accompagnée d'une carte de Gerald était posée sur la bière. Dommage que ce ne fût pas la saison des roses. Ivy aurait aimé qu'on la recouvre de « Himalayan Musk », nom qu'elle avait appris à Prue quelques semaines plus tôt. À côté des chrysanthèmes sans âme, il y avait le petit bouquet de Prue : trois gardénias, les seuls qu'elle avait pu trouver. Sachant qu'elle en désirait, Johnny était allé jusqu'à Winchester, où il connaissait une fleuriste qui en cultivait dans sa serre. Le trajet lui avait coûté ses derniers tickets d'essence. Ç'avait été très gentil de sa part. Ivy avait souvent répété que les gardénias étaient ses fleurs préférées. Leur parfum lui rappelait les folles fêtes des années 1920 et Ed en portait un à sa boutonnière le jour de leur mariage. Gerald aussi avait eu la gentillesse de permettre à Prue de poser ses fleurs et sa carte — « Avec tout l'amour de Prue » — sur le cercueil, près des siennes. Tout le monde avait été très gentil.

Gerald apparut soudain à côté d'elle en complet sombre et cravate de soie noire. Prue continua de fixer le vitrail où le soleil faisait briller les ailes des anges. En se tournant, elle vit le pasteur franchir la porte et la refermer derrière lui. Dans la lumière qui éclaira un instant le fond de l'église, elle aperçut également Johnny, debout près des fonts baptismaux. Il avait dit qu'il ne viendrait pas. Il pensait qu'il ne serait pas le bienvenu. Lui aussi avait déniché quelque part une cravate noire, très fine. On aurait dit qu'il s'était mis une ficelle autour du cou.

Prue se retourna et se concentra de nouveau sur la fenêtre. Ses couleurs vives finirent par lui brouiller la vue. Elle posa alors les yeux sur les deux cierges de l'autel. À côté d'elle, Gerald bougea légèrement. Elle savait qu'il la regardait. Elle continua à contempler les cierges.

Le petit orgue près de l'autel émit un souffle asthmatique, puis de ses flancs ventrus sortit un son si ténu que Prue se sentit sourire. « Lead, kindly light… » Tout cela est ma faute, se dit-elle sur l'air de cet hymne. J'ai tué l'Hon. Ivy. L'assistance se leva et entonna : « … *amid the encircling gloom*[1] ».

1. « Conduis-moi, douce lumière, parmi l'obscurité qui m'entoure… » *(N.d.T.)*

Ivy fut enterrée dans le cimetière à côté de son mari. Un if se dressait près des deux tombes, ses feuilles vert foncé contrastant avec la couleur blafarde du gazon artificiel qui recouvrait les monticules de terre. Les quelques personnes qui avaient assisté à l'office se rassemblèrent autour de la fosse. Johnny était parti. Gerald se tint près de Prue jusqu'au moment où il dut s'avancer, ramasser une motte de terre et la jeter sur le cercueil. Il ne fit pas signe à Prue de l'imiter. Juchées dans les arbres alentour, des corneilles croassaient, obligeant le pasteur à élever la voix pour la prière finale.

La réception au Vieux Presbytère fut des plus modestes. Alice avait tenu à s'en occuper. À ses yeux, il suffisait de servir des tasses de thé et le reste des sablés. Personne ne s'attarda. Avant de s'en aller, les invités serrèrent la main de Gerald en murmurant des condoléances.

Après leur départ, Gerald et Prue s'assirent au salon. Même si on n'avait touché à rien — le *Times* du jour était posé sur le tabouret habituel, tout était pareil — la pièce semblait désespérément vide maintenant qu'Ivy n'y entrerait plus, frappant le sol de sa canne.

« Qu'allez-vous faire à présent ? » demanda Gerald.

Il avait l'air si préoccupé que Prue ressentit un vague espoir. « Je ne sais pas. Je dois quitter le cottage. Johnny est devenu trop lunatique. Il faut que je trouve une maison.

— Vous pouvez toujours rester ici pendant

que vous cherchez. Je suis sûr qu'Ivy vous l'aurait proposé. Je ne m'installerai pas ici avant un bout de temps. J'ai encore pas mal d'affaires à régler. » Gerald défit sa cravate et l'enleva. Il ouvrit le bouton supérieur de sa chemise.

« Merci, dit Prue, mais je ne peux pas. Je trouverais ça trop bizarre. »

Gerald eut un hochement de tête compréhensif. De petites ombres triangulaires étaient récemment apparues sous ses yeux. Il sourit, ce qui effaça un moment son air fatigué. « Ce n'est sans doute pas le moment approprié pour vous dire une chose pareille, mais tout ce noir vous va bien », dit-il sans la regarder. Prue se sentit rougir. « Je suppose que notre présence côte à côte sur le banc de l'église donnera aux villageois matière à cancaner. » Le visage de Prue s'enflamma. « Lors de votre départ, promettez-moi de me faire savoir où vous allez, poursuivit Gerald. Promettez-moi de rester en contact avec moi. Quand vous serez installée pour de bon, je louerai une camionnette de déménagement pour vous livrer les vêtements d'Ivy. Ma tante m'a laissé un mot pour me dire qu'elle vous léguait sa garde-robe. C'était une excellente idée. » Il croisa les jambes, regarda la bibliothèque. « J'y ajouterai les œuvres complètes de Dickens. Je pense qu'elles doivent vous revenir. »

Prue cligna nerveusement des paupières. « Je ne sais quoi vous dire. » Elle se leva, répugnant à partir, mais sentant qu'il le fallait. « C'est très généreux de votre part, mais ça va créer un vide dans les rayonnages.

— Eh bien, tant pis. » Gerald se leva à son tour. « L'ennui, c'est que je dois rentrer à Londres. Je vois que vous avez loué une voiture. » Il regarda par la fenêtre en souriant. « Espérons qu'elle tiendra le coup jusqu'au cottage. Vous pouvez toujours emprunter celle d'Ivy... » Pour une raison inconnue, cette idée fit trembler sa voix.

« Non, impossible.

— Eh bien... » Gerald s'approcha de Prue.

Elle comprit qu'il lui restait peu de temps. « Pensez-vous que ce soit ma faute ? demanda-t-elle. Est-ce moi qui ai tué Ivy ? »

D'un geste presque brutal, Gerald lui posa les mains sur les épaules. « Ne dites pas de bêtises, gronda-t-il. C'était un horrible accident. Vous avez réussi à en éviter un encore pire. Ne pensez plus jamais une chose pareille, je vous en prie. Faites-le pour moi. Ce dont vous devez vous souvenir, c'est que, pour Ivy, c'était le meilleur jour pour mourir. Elle venait de passer un agréable après-midi avec Arnold. Elle était avec vous, dont elle était devenue si proche, et dans la Sunbeam. Ne l'oubliez jamais. »

Il attira Prue vers lui. Leurs joues ne se touchaient pas, mais ils restèrent un long moment serrés l'un contre l'autre, en silence. Puis Prue lui dit qu'après son départ elle aimerait faire un tour dans le jardin. « Je vous en prie, allez où vous voulez, restez aussi longtemps qu'il vous plaira, répondit Gerald. Inutile de fermer la porte à clé. Ivy ne croyait pas aux serrures ni aux verrous. » Il débita tout cela d'une traite, les mots se télescopant presque. Peu après, il descendait l'allée à toute allure dans sa puissante voiture. Ils ne se firent aucun signe de la main.

Prue passa la fin de l'après-midi à se promener dans le jardin, s'asseoir sur la terrasse, regarder les arbres qui prenaient des teintes automnales — « un rouge hectique », avait dit Ivy seulement une semaine plus tôt, citant un poète nommé Shelley qu'elle avait noté sur la liste de Prue des livres à lire. Alors qu'elle déambulait dans les allées, elle essaya de ne pas évoquer trop de souvenirs, sachant qu'elle craquerait. Elle devait rester forte.

Lorsque la nuit tomba, elle s'assit un moment au salon. *Emma*, qu'elle n'avait pas terminé, était posé sur la table. Elle le rangea à sa place dans la bibliothèque puis rentra au cottage dans sa bruyante petite voiture de location.

Assis à la table de la cuisine, Johnny faisait des patiences, une bouteille de vodka et deux verres à côté de lui. « J'y suis allé après tout, annonça-t-il.

— Je sais. Je t'ai vu.

— Tu avais l'air lessivée, mais très belle dans tes vêtements de deuil », dit-il. Prue tressaillit. « Tu as besoin d'un remontant. Je te jure que je n'y ai pas touché.

— Bien. Bonne idée.

— Tiens. » Elle but d'un trait la vodka qu'il lui avait servie. Cela ne lui était encore jamais arrivé. L'alcool lui brûla le gosier.

Johnny remplit de nouveau son verre. « Où est Gerald ?

— Il est retourné à Londres.

— Je suppose qu'il s'installera bientôt au Vieux Presbytère.

— Je ne sais pas.

— Il aura besoin d'une femme — d'une épouse — pour s'occuper de cette maison.

— Il n'aura aucun mal à en trouver une.

— J'espère qu'il me commandera d'autres barrières.

— C'est certain. » Prue avait l'impression de semer ses paroles au hasard, comme des cailloux. « J'ai presque terminé la dernière.

— Très bien.

— Ça serait formidable de vivre au Vieux Presbytère, non ?

— Je suppose que oui. » Prue leva les yeux vers Johnny. Elle avait du mal à le voir à travers ses larmes. Elle comprit qu'il la pressait de boire plus de vodka. Elle en avala plusieurs autres verres entre les sanglots qui la secouaient. Très vite, elle se sentit complètement désorientée. Les objets se liquéfiaient, tournaient, s'approchaient d'elle puis reculaient en une affreuse danse. Hébétée, elle vit Johnny se lever avec une expression étrange, à la fois bienveillante et déterminée.

Il la souleva et la monta à l'étage. Là, il l'étendit sur son lit, ouvrit son chemisier noir, lui ôta sa jupe d'enterrement et s'allongea à côté d'elle. Au milieu du chaos que la vodka et les larmes avaient créé dans son esprit, elle se rendit vaguement compte que la présence de cet autre être humain lui apportait du réconfort. Mais bientôt Johnny se mit à outrepasser son rôle de consolateur et elle fut incapable de l'en empêcher.

Tard le lendemain matin, Prue descendit à la cuisine avec sa petite valise. La tête dans les mains, Johnny était assis à sa place habituelle.

« Finalement, tu as eu ce que tu voulais », dit-elle.

Johnny la regarda, les yeux chassieux. « Tu avais besoin de réconfort. D'ailleurs, tu avais l'air d'aimer ça.

— Aimer ça ? Je ne savais pas ce que je faisais. Tu as honteusement abusé de moi, et tu en es conscient. Tu appelles ça du réconfort ?

— Désolé », dit Johnny d'un ton las. Il regarda la valise. « Tu sais ce qui arrivera si tu pars ? » Il toucha la bouteille de vodka vide, encore sur la table.

« C'est du chantage, ça. Et je vais te dire une chose, Johnny : je m'en fiche. Rends-toi malade si ça te chante. Je n'ai plus de sentiments pour toi. Nous avons passé de bons moments ensemble et tu t'es souvent montré gentil envers moi. Mais tu savais que je ne pourrais jamais te donner ce que tu voulais. Le demi-viol que tu as commis hier soir a ruiné l'idée même de notre cohabitation.

— Je ne t'ai pas violée, je te le jure. Tu étais probablement trop ivre pour te le rappeler, mais tu étais consentante. Trop ivre et trop affligée par la mort d'une vieille femme qui semblait avoir beaucoup d'influence sur toi, que tu semblais aimer…

— Arrête ! Je m'en vais.

— Et où vas-tu ?

— Je n'en sais rien. Je descendrai dans un pub ou dans un hôtel. À des kilomètres d'ici.

— Il faudra que tu me donnes tes coordonnées. J'aurai peut-être des lettres à te faire suivre. » Johnny se couvrit les yeux de la main.

« On verra.

— Et la Sunbeam ? Et tes poules ? »

Sa tactique pour gagner du temps était lamentable, se dit Prue. Sa tête éclatait. « Mes poules ? Je t'en ai fait cadeau.

— Je m'en occuperai. » Johnny brisa un moment de silence en frappant du poing sur la table. « Alors, pars ! cria-t-il. Si c'est ce que tu veux, fous le camp… » Prue se hâta vers la porte. « Pense parfois aux soirées que je vais passer — il prit la bouteille et l'agita dans les airs — et souviens-toi que je faisais partie de ces idiots qui t'ont aimée. »

Prue se précipita dehors. Elle eut du mal à démarrer la voiture, mais après une attente interminable, celle-ci bondit en avant. Jetant un coup d'œil par-dessus son épaule, elle vit que Johnny n'était pas à la fenêtre pour la regarder partir. Elle s'éloigna aussi vite qu'elle put avec une seule idée en tête : acheter une carte routière.

Ce soir-là, elle se gara devant le pub de Hinton Half Moon. Plus tôt, alors qu'elle étudiait sa carte au bord de la route en mangeant un sandwich, une pensée lui était venue : au lieu de rester à proximité du Vieux Presbytère et du cottage, pourquoi ne pas retourner dans la partie du pays qu'elle aimait le plus ? Se rappelant que le pub disposait de quelques chambres, elle avait décidé de tenter sa chance.

L'homme derrière le comptoir était un nouveau venu. Il avait acheté l'établissement un an seulement auparavant. Il fut ravi de lui louer la grande chambre sur le devant pour le temps qu'elle voudrait. Prue commanda un ginger ale et expliqua qu'elle travaillait autrefois comme volontaire agricole à deux kilomètres de là, à Hallows Farm.

« La ferme des Lawrence, pas vrai ? dit-il. On continue de parler d'eux dans le coin. C'est un couple de Londres qui l'habite à présent. Je ne crois pas qu'ils cultivent la terre, ils se contentent de la posséder. Maintenant que j'y pense : un jeune homme est passé ici il n'y a pas longtemps. Le fils des Lawrence. Il m'a dit qu'il venait voir si les nouveaux propriétaires étaient disposés à lui vendre leur vieux tracteur, s'ils l'avaient gardé.

— C'est Joe.

— On raconte aussi que les Londoniens envisagent de démolir la grange pour construire autre chose.

— Vraiment ? » fit Prue. La grange, ah ! la

grange… Elle demanda si elle pouvait avoir une assiette de soupe aux carottes, seul plat figurant sur la carte posée sur le comptoir.

« C'est plutôt au menu du déjeuner, déclara le patron. Mais je suppose que ma femme pourrait vous en réchauffer un peu. » Il ressortit de la cuisine, annonçant qu'on allait la servir.

Prue expliqua qu'elle voulait acheter une petite maison dans le coin.

L'homme secoua la tête. « Je n'en connais pas par ici. Il est vrai que je sors très peu : je suis toujours coincé derrière ce bar. »

Plus tard, la femme du patron lui montra la chambre : elle était chichement meublée, mais confortable. Prue dormit à poings fermés et se mit en route le lendemain matin, aussitôt après le petit déjeuner.

Avant de consulter un agent immobilier, elle voulait parcourir quelques kilomètres, refaire connaissance avec la région et chercher quelque vieux cottage à rénover. Elle roula toute la journée, jouissant de l'air frais automnal, ne s'arrêtant que pour examiner des rangées de bâtiments dans divers villages. Parfois, elle se garait et traversait un champ familier, à présent vide de moutons. Elle évita le bois de Barry n° 1 et n'éprouva aucun désir de revoir la grange. Cette fois-là, avec Johnny, lui avait suffi.

En fin d'après-midi, elle était toujours bredouille. En guise de consolation, elle se dit qu'elle avait le temps, beaucoup de temps. Inutile de s'inquiéter. Pour ne pas passer devant Hallows

Farm, elle retourna au village par le chemin où se trouvait la maison de Ratty. Sur le portail, elle aperçut un petit écriteau pâli par les intempéries : « À vendre ». Elle freina si brusquement qu'elle se fit mal aux côtes, mais peu lui importait. Pour s'assurer qu'il ne s'agissait pas d'un mirage, elle sauta hors de la voiture et examina l'annonce de plus près : elle indiquait le nom et le numéro de téléphone de l'agent immobilier.

Prue resta un moment près du portail en bois à regarder le cottage. La vilaine peinture neuve qu'elle avait remarquée lors de sa visite avec Johnny commençait déjà à s'écailler. Sans doute n'avait-elle pas été appliquée avec soin. Les carreaux étaient sales, la porte d'entrée fissurée. Le jardin ressemblait à une jungle. Les mauvaises herbes envahissaient jusqu'à l'allée de devant que Ratty avait toujours veillé à maintenir impeccable.

Malgré sa fatigue, une poussée d'énergie permit à Prue d'agir vite et avec efficacité. À la première heure le lendemain, elle se rendit chez l'agent immobilier du village. Le cottage était en vente depuis longtemps, lui dit-il. La plupart des gens renonçaient à être aussi « isolés », comme ils disaient. Il lui remit la clé, la prévint que la maison avait besoin d'être retapée, que l'intérieur était en plus mauvais état encore que l'extérieur. Il ajouta que, si cela l'intéressait, elle pouvait acquérir davantage de terrain : les propriétaires de Hallows Farm étaient venus lui demander de leur trouver un acheteur. Ils ne savaient que faire de tous leurs hectares.

Plus tard ce même matin, Prue, que seul frustrait le moteur poussif de sa voiture de location, ouvrit la porte du cottage de Ratty. Elle n'y était pas entrée plus de deux ou trois fois — cette folle d'Edith n'encourageait pas les visites. Dans son souvenir, elle était encombrée de meubles sombres et il y régnait une odeur aigre de vieux thé, de légumes pourris et de chats.

L'odeur flottait toujours dans les pièces vides où la peinture jaunie des murs s'effritait. Pareilles à des cadres fantômes, des toiles d'araignées sombres couvraient l'emplacement des tableaux disparus. Le foyer de la cheminée contenait encore des cendres. Des taches de moisissure s'étalaient aux endroits où la pluie s'était infiltrée par les fenêtres. Dans son état présent, le cottage de Ratty n'était guère attirant. Mais un détail important dissipa les réserves de Prue : le séjour et la chambre qui se trouvait au-dessus donnaient sur le Pré d'En Bas — qui avait d'ailleurs bien besoin d'être labouré, hersé et ramené à la vie. Devenu énorme, un lilas où nichaient les merles que Ratty aimait tant cachait une partie de la vue, mais il suffirait de le tailler un peu.

Prue resta un long moment à regarder par la fenêtre. Dans les champs vides, elle voyait des frisonnes, des moutons, des agneaux. Les haies seraient de nouveau bien nettes comme l'exigeait Mr. Lawrence. La vieille remise pourrait être agrandie pour abriter un nouveau tracteur. L'intérieur serait repeint en blanc, les meubles proviendraient de ventes aux enchères locales. Elle se procurerait un téléphone plus moderne que celui des Mélèzes et un annuaire. La carte de Rudolph trônerait sur une étagère. Au premier, il y aurait une pièce entière où elle rangerait les vêtements d'Ivy, des étagères pour les Dickens et tous les autres écrivains que la vieille dame lui avait recommandés. Dehors, la forêt vierge qu'était devenu le jardin comprendrait les fleurs préférées de son amie défunte et les pruniers si chers à Ag et à Mrs. Lawrence. Prue se rendit compte que cela représentait un énorme travail. Cela lui prendrait peut-être des années. Mais c'était là le projet dont elle avait rêvé. La perspective des efforts qu'elle aurait à fournir l'enchantait. Être ici, seule, avec tant de choses à faire était exactement ce dont elle avait besoin.

Elle s'éloigna de la fenêtre et redescendit. L'image des champs et du jardin demeurait dans son esprit : leur aspect présent, leur aspect futur. Une fois en bas, la vive lumière de son imagination se superposa à la pénombre. Elle vit tout, très clairement.

DU MÊME AUTEUR

Aux Éditions de la Table Ronde

LES FILLES DE HALLOWS FARM, Quai Voltaire, 1997 (Folio n° 3338)

L'INVITATION À LA VIE CONJUGALE, Quai Voltaire, 1998 (Folio n° 3337)

TENDRES SILENCES, Quai Voltaire, 1999 (Folio n° 3559)

FOLLE PASSION, Quai Voltaire, 2001 (Folio n° 3815)

AMOUR ET DÉSOLATION, Quai Voltaire, 2003 (Folio n° 4213)

DE TOUTES LES COULEURS, Quai Voltaire, 2005 (Folio n° 4433)

UN FILS EXEMPLAIRE, Quai Voltaire, 2006 (Folio n° 4658)

SOUVIENS-TOI DE HALLOWS FARM, Quai Voltaire, 2011 (Folio n° 5479)

Composition Nord Compo
Impression Maury-Imprimeur
45330 Malesherbes
le 5 septembre 2012.
Dépôt légal : septembre 2012.
Numéro d'imprimeur : 175925.

ISBN 978-2-07-044830-2. / Imprimé en France.

243170